WITHDRAWN

Karen Robards es autora de más de treinta novelas románticas, tanto históricas como contemporáneas. Vive en Louisville, Kentucky.

Visita la página web de la autora en: *www.karenrobards.com*

Publicadas en Zeta Bolsillo:
Ojos verdes
El ojo del tigre
Desaparecida
Señuelo

ZETA

Título original: *Desire in the sun*
Traducción: Anibal Leal
1.ª edición: enero 2011

Ante la imposibilidad de contactar con el autor de la traducción, la editorial pone a
su disposición todos los derechos que le son legítimos e inalienables.

© 1988 by Karen Robards
© Ediciones B, S. A., 2011
 para el sello Zeta Bolsillo
 Consell de Cent, 425-427 - 08009 Barcelona (España)
 www.edicionesb.com

Printed in Spain
ISBN: 978-84-9872-462-2
Depósito legal: B. 40.957-2010

Impreso por LIBERDÚPLEX, S.L.U.
Ctra. BV 2249 Km 7,4 Polígono Torrentfondo
08791 - Sant Llorenç d'Hortons (Barcelona)

Deseo bajo el sol

KAREN ROBARDS

ZETA

*A mi hermano Tod
y su esposa, Mary Ann,
en honor de su segundo aniversario de boda.
30 de noviembre de 1988.
Y como siempre,
con todo mi amor a Doug y Peter.*

1

—Señorita Remy —Dalilah—, ¡usted ocupa mis pensamientos noche y día! Como la antigua Dalilah, usted es una hechicera, ¡y ha embrujado mi corazón! Yo...

—Por favor, señor Calvert, no diga más —murmuró Lilah, tratando de recuperar su mano.

El enamoradizo señor Calvert, inmune a los tironeos de la joven, se aferraba obstinadamente a los dedos de Lilah, una rodilla doblada frente a ella. Lilah miró desalentada la cabeza cubierta de rizos castaños, inclinada sobre su mano.

Michael Calvert era poco más que un jovencito, quizá tenía un año o un poco menos que ella, que había cumplido los veintiuno. Lilah no lo amaba más que a *Hércules*, el malcriado perro de su tía abuela, que en ese momento se enroscaba apaciblemente junto a ella, en la hamaca, con su corto pelo rojo derramándose sobre la frágil seda blanca del vestido de la joven. Pero hasta entonces había sido tan imposible convencer al señor Calvert del desinterés de Lilah como desalentar a *Hér-*

cules. Ninguno de los dos parecía dispuesto a recoger una indirecta cortés. El señor Calvert había estado cortejándola asiduamente la mayor parte de los tres meses que Lilah llevaba de visita en casa de su tía abuela, Amanda Barton, de Boxhill. Nada de lo que ella había dicho o hecho para expresar su total falta de interés por el pretendiente había servido para disuadirlo en lo más mínimo. Ahora, él estaba visiblemente decidido a decir lo que pensaba. Si llegó a escuchar el ruego formulado en voz baja, no le dio importancia.

Lilah suspiró. Atrapada en el rincón más oscuro de la baranda, y poco deseosa de provocar una escena, no tenía más alternativa que escuchar al joven.

—¡La amo! ¡Quiero que sea mi esposa!

Había dicho muchas otras cosas, pero Lilah no había atinado a escuchar la mayor parte. Ahora, él estaba reconquistando la atención de la joven, presionando su mano, y besando el dorso con entusiasmo. Lilah tironeó de nuevo de la mano. Él la sostuvo con un apretón que no aflojaba.

—Usted me honra demasiado, señor Calvert —dijo ella entre dientes.

Dadas las circunstancias, era difícil que se obligase a pronunciar las frases propias de una dama que le había inculcado Katy Allen, su amada y vieja gobernanta, cuya tarea ingrata había sido vigilar los años de formación de Lilah. Las formas del decoro no habían importado tanto en su isla nativa de Barbados, donde a pesar del orgullo de los habitantes de ser más británicos que la propia Gran Bretaña, los modales eran mucho más libres que aquí, en las mejores residencias de la Virginia colonial.

En Boxhill las formas y los modales importaban. Aunque las Colonias se habían liberado formalmente del dominio británico más de una década atrás, y por esta época, el año 1792, estaban enredadas en una ardiente relación de amor con todo lo que fuese francés, ese vínculo no llegaba tan lejos que las indujese a abrazar las ideas francesas acerca de lo que era una conducta aceptable para las jóvenes solteras de buena familia. En este único ámbito, las Colonias continuaban siendo tan británicamente circunspectas como siempre, y cada palabra y cada gesto estaban rígidamente preestablecidos.

Si seguía su inclinación natural, que era recompensar la devoción del señor Calvert con un empujón que lo enviaría a sentarse en el suelo, sobre el fondillo de sus pantalones, sin duda se vería censurada por las viejas damas que estaban en la casa, y cuya jefa indiscutida era su propia y formidable tía abuela. Durante las semanas de su visita, Lilah había adquirido un saludable respeto por la lengua avinagrada de Amanda Barton. A menos que se viese forzada por las circunstancias más apremiantes, prefería evitar que recayese sobe su cabeza otra represión. No debía ser imposible que pasara las tres semanas que restaban de su visita sin pisotear otro de los sacrosantos postulados de Amanda acerca del comportamiento que se esperaba de las jóvenes damas bien educadas.

—Rendir todo el honor que usted merece sería imposible —canturreó el señor Calvert, apretando sus labios con una atrevida proximidad a la muñeca de Lilah—. ¡Cuando sea mi esposa, se le dispensarán todos los honores!

Lilah contempló al joven arrodillado frente a ella, y

la irritación la llevó a fruncir el ceño. De veras, ¡esto ya era absurdo! Los caballeros elegibles del condado Mathews, al parecer, consideraban que la especial combinación de Lilah, es decir la belleza de cabellos dorados y la riqueza de las plantaciones de Barbados, era irresistible; y por supuesto, así debían ser las cosas. En el curso de su vida nunca había carecido de atención masculina, y no había supuesto que los varones coloniales serían distintos. Cuatro años después de su presentación en sociedad, había recibido casi dos docenas de propuestas de matrimonio, y todas las había rechazado sin vacilar. La del señor Calvert era la tercera que había recibido durante su estancia en Boxhill, y otros dos caballeros estaban galanteándola asiduamente; pero hasta ahora, ella se las había arreglado para evitar que llegasen al tema que les interesaba.

Suspiró otra vez. La verdad era que ninguno de ellos le agradaba más que el otro, y ciertamente ninguno la complacía tanto que deseara casarse. Pero ella misma veía que pasaba el tiempo, era la hija única de su padre, y como él no perdía oportunidad de señalarle, era hora de que contrajese matrimonio y concibiese herederos para Heart's Ease. Comenzaba a parecer que la única alternativa que le restaba era aceptar a Kevin Talbott, sobrino de su madrastra, que le había formulado una propuesta cuando Lilah tenía diecisiete años, una propuesta renovada regularmente y que ella rechazaba con la misma regularidad. Kevin era el hombre que el padre de Lilah había elegido para ella, y pese a todos sus defectos, su padre era el hombre más inteligente que ella conocía. Por lo menos, casarse con Kevin tendría la ventaja de permitirle vivir su vida en Heart's Ease, un lugar que amaba con inflexible devoción, y al mismo tiempo aportaría a la plantación un administrador competente durante los años futuros. En la condición de marido de Lilah, Kevin continuaría desempeñando sus actuales funciones de supervisor hasta la muerte del padre de la joven. Después, los dos cónyuges heredarían, y la vida en la dilatada plantación de azúcar continuaría como siempre. El padre de Lilah parecía creer que esa idea era intensamente reconfortante. A Lilah, le resultaba inquietante.

Ella había concebido tan elevadas esperanzas en relación con esta visita... había soñado con que en este lugar, nuevo y (¡así lo había creído!) sugestivamente distinto, podría encontrar a un hombre que realmente la enamorase. Pero como le había advertido su madrastra poco antes de embarcarse, esos sueños no eran más que sueños, y la dura realidad estaba representada por ese ridículo joven que se encontraba a sus pies. Al mirar, Lilah tuvo la imagen momentánea del hombrecito metiéndose en la cama con ella la noche de bodas, y de veras se estremeció. Era mucho mejor Kevin, que pese a sus modales toscos y expeditivos por lo menos era conocido. Como de costumbre, su padre tenía razón. El amor no era más que la charla vacía de los tontos, y si ella usaba el cerebro con el cual había nacido, se casaría por razones concretas y sensatas.

—¡... y digo que usted será mía!

A pesar de la falta de atención de Lilah, el señor Calvert continuaba haciendo declaraciones de amor eterno y besando la mano de la joven con la devoción de un cachorro. La áspera respuesta, que flotaba en la punta de la lengua de Lilah, tuvo que ser reprimida en favor de las frases corteses inventadas para situaciones de ese carácter. ¡Ciertamente, ella no podía decir que con su voz aguda y los cabellos rizados le recordaba precisamente a una versión en tamaño grande del propio *Hércules*!

—Por favor, suelte mi mano, señor Calvert. No puedo casarme con usted. —En su voz había apenas un mínimo filo. La mano libre le picaba del deseo de tirar de las orejas del joven. Pero aguantaría un poco más, y quizás el señor Calvert vería la luz de la razón antes de que ella tuviese que infringir de un modo absoluto todas las reglas. Sería agradable huir de ese encuentro manteniendo intacta la imagen que el señor Calvert tenía de ella como una princesa de miel y azúcar. Pero si sus labios continuaban ascendiendo por el brazo...

El señor Calvert, empujado por una corriente de pasión, y al parecer afligido también de sordera, comenzó a depositar besos en cada uno de los dedos de Lilah. Tironeando otra vez de su mano, pero también ahora sin resultado, Lilah dirigió una mirada de desesperación a la terraza en sombras, para asegurarse de que la ridícula escena no tenía testigos.

Esa tarde su tía abuela había ofrecido en su honor una reunión al aire libre. Al caer la noche, el grupo se había trasladado al interior de la casa para participar de la danza, que era el fin tradicional de un entretenimiento de ese género. La música y la alegría atravesaban los ventanales abiertos y llegaban a la terraza y aún más lejos, a los prados de verde terciopelo y las rosaledas cuidadosamente cultivados. Las parejas se paseaban por esos jardines, pero no eran más que voces que murmuraban a lo lejos, demasiado distantes para provocar incomodidad en Lilah. Además, todos estaban demasiado absortos en sus propios problemas como para dedicar un pensamiento a lo que podía o no podía suceder allí.

La luz y la música se volcaban por las largas ventanas, y así el rincón del porche en que ella estaba atrapada parecía aún más oscuro, por contraste con el resto. Transcurría el mes de julio, y la noche era tibia. El sordo canto de las cigarras y el aroma de la madreselva que crecía alrededor del porche se unían a la música y la risa para formar un trasfondo ridículamente romántico del aprieto en que estaba la joven. Esa misma tarde, un rato antes, había bailado todas las piezas sin darse siquiera un descanso. En la última pausa de la música, se había sentido cansada y había salido al jardín. Así, había sucumbido al apremio del señor Calvert, que le proponía salir de la casa y sentarse en la hamaca para recuperar aliento. Y en la hamaca continuaba la joven, mientras el señor Calvert seguía arrodillado frente a ella, sobre las tablas bien pulidas de la ancha galería que rodeaba por tres lados la casa de columnas blancas, y depositaba ardientes besos en la mano de la joven, que prácticamente había renunciado al intento de encontrar una frase cortés para rechazarlo. Estaba cada vez más claro que no le soltaría la mano si Lilah no adoptaba medidas drásticas.

—¡Oh, Lilah, si usted consintiera en casarse conmigo me haría el hombre más feliz! —La pasión del señor Calvert lo indujo a un acto de audacia desusada, y en realidad llegó al extremo de tocar con su lengua la palma de la mano de Lilah.

Extrañada, Lilah movió bruscamente la mano, y el

leve fruncimiento de su ceño se transformó en un gesto de total desagrado. Al lado, *Hércules*, inquieto por el súbito movimiento de su ama, alzó la cabeza. Sus ojos de mirada irritada pasaron de la cara de Lilah a la del señor Calvert. La mirada hostil se posó en el señor Calvert, y el animal emitió un gruñido sordo.

—¡Calla, *Hércules*! —exclamó Lilah, exasperada, y después devolvió su atención al señor Calvert—. No, no me casaré con usted, ¡y devuélvame la mano! —exclamó, con su paciencia al fin agotada.

El señor Calvert la miró. Sus ojos castaños eran casi idénticos a los de *Hércules*, y estaban enturbiados por el ardor cuando encontró la mirada de Lilah.

—Esa timidez que usted muestra es muy apropiada. Yo no desearía que mi esposa fuese demasiado audaz —fueron las palabras irritantes que siguieron. Al parecer ciego a la expresión que podía ver en la cara de la joven, se llevó la mano de Lilah a los labios y de nuevo apretó su lengua contra la palma.

La provocación era excesiva. Lilah perdió los estribos, alzó el pie de elegante calzado, lo afirmó bien en el centro del pecho del señor Calvert y empujó con toda la fuerza posible al tiempo que retiraba la mano. El resultado no fue el que ella había previsto. Sin duda, el señor Calvert le soltó la mano y cayó hacia atrás —¡pero también ella!— La fuerza del empujón desequilibró la hamaca. Antes de que supiera lo que estaba sucediendo, Lilah caía hacia atrás, fuera de la baranda, demasiado impresionada para emitir más que un ronco grito al desplomarse sobre una de las madreselvas floridas que bordeaban la galería. La fuerza del impacto originó en ella una maldición impropia de una dama. *Hércules*, lanzado fuera de la hamaca con ella, aterrizó en el suelo, cerca de Lilah, y emitió un aullido indignado.

—¡Lilah! ¡Oh, Santo Dios! —La exclamación horrorizada del señor Calvert fue casi tan aguda como el alarido de *Hércules*.

Durante un momento prolongado, Lilah yació extendida sobre el arbusto quebrado, en silencio a causa del aturdimiento. Las ramitas filosas le pinchaban la piel, pero ella ya sabía que su dignidad había sufrido más que su persona. Su carácter, ya desenfrenado, perdió completamente el control. La certidumbre horrible de que debía parecer muy ridícula, caída boca abajo, los brazos y las piernas abiertos sobre el arbusto destrozado, las faldas enroscadas alrededor de las piernas, desnudando gran parte de su persona, no era ciertamente un bálsamo para el sentimiento de ofensa de la joven.

Los gañidos frenéticos de *Hércules* la advirtieron de la aproximación del señor Calvert, que así se convertía en un testigo inexorable de su desnudez. Lilah se retorció desesperada tratando de salir del arbusto, pero las ramas se habían enganchado en el vestido, y la joven estaba completamente atrapada. Si intentaba incorporarse, lo desgarraría, quién sabe con qué consecuencias desastrosas para su recato. Trabajó febrilmente para desenganchar una rama que le sujetaba la pechera.

La risa que él intentaba inútilmente contener le deformaba la voz. La evidente diversión que sentía fue para la cólera de Lilah como gasolina sobre el fuego. Su trasero se elevaba en el aire, y su cabeza colgaba a pocos centímetros del suelo. Estaba atrapada —¡atrapada!— con las piernas que mostraban a ese hombre las ligas y las medias de algodón blanco. La tierra parda sembrada de ramitas rotas y pétalos de flor era todo lo que podía ver —¡aparte de una mancha roja cada vez más ancha!—. Estaba tan enojada que de buena gana hubiese asesinado a ese estúpido que reía. Palpó alrededor, e intentó sin éxito encontrar el ruedo de su falda y descenderla hasta el nivel de la decencia. Sintió horrorizada que la mano del hombre hacía lo que ella no lograba. ¡Sus nudillos en realidad le habían rozado el dorso de los muslos!

—¡Sinvergüenza, quíteme las manos de encima! ¡Cómo se atreve a tocarme! ¡Cómo se atreve a reír! ¡Toda la culpa es suya, afeminado sin carácter, y me siento autorizada a decirle que no me casaría con usted ni siquiera si...! ¡Deje de reír, maldito sea! Deje de reír, ¿me oye?

Las risas descaradas del hombre, cuyo volumen aumentaban como respuesta al discurso de Lilah o a la imagen ridícula que ella ofrecía agitando los brazos y las piernas mientras trataba de liberarse del arbusto, la irritaron hasta el punto de que ya nada le importó, excepto la venganza. Se incorporó bruscamente, con el acompañamiento del estridente sonido de un desgarrón, salió del arbusto como una bala de cañón y descargó un puñetazo, muy impropio de una dama, pero sobradamente merecido, a causa de su cólera. Unos centímetros antes de que el golpe llegara a destino, un apretón de hierro detuvo el puño de la joven. Lilah comprobó que el caballero que había tenido el descaro de bajarle la falda, cuyos ojos todavía la miraban chispeantes, mientras su mano impedía que ella le aplastase la nariz, no era en absoluto el señor Calvert. En cambio, era un extraño total y absoluto, que se reía de ella con los ojos más verdes que había visto jamás.

2

—¡Oh! —dijo Lilah, con una sensación de total desagrado. Como para completar su incomodidad, un sonrojo se elevó hasta la línea de sus cabellos.

El extraño le sonreía. Tenía los dientes blancos y levemente desiguales, y un bigote piratesco cruzaba su cara morena. Los cabellos, asegurados en una coleta sobre la nuca, eran negros y espesos, y mostraban un suave rizado. Era un hombre alto, de anchas espaldas, y seductoramente apuesto a pesar de la sonrisa irritante. Estaba vestido para viajar, con una chaqueta de montar de color tostado que descendía sobre una camisa muy blanca, una corbata que formaba un lazo elegante y atractivos pantalones color ante. A juzgar por la fusta que sostenía con la mano que no usaba para retener la de Lilah, ella llegó a la conclusión de que acababa de llegar, y que se acercaba a la casa viniendo de los establos cuando había presenciado su humillación.

—¡Usted! ¡Suelte a esa dama! ¡Suéltela, digo! —El señor Calvert, que había conseguido incorporarse y había descendido los escalones para ayudar a Lilah, sin duda estaba contrariado porque descubría que ya no era necesario. Rodeó la esquina en una carrera ansiosa, y se detuvo en seco, mirando fijamente, antes de reanudar la marcha, desbordante de celo protector. *Hércules*, aparentemente envalentonado por la aproximación del señor Calvert, dejó escapar otra serie de gañidos y se abalanzó sobre la bota polvorienta del extraño, pero abandonó el ataque a medio metro de su objetivo.

—¡Oh, quieto, vamos! —exclamó Lilah, ostensiblemente para beneficio de *Hércules*, aunque su mirada incluyó al señor Calvert en su admonición.

La sonrisa del extraño se amplió. Las líneas negras de las cejas se enarcaron levemente cuando los ojos tomaron nota de las proporciones y el estilo del muchacho que se acercaba. Pero dedicó al señor Calvert nada más que una mirada antes de que sus ojos volviesen a Lilah.

—Señora, aplaudo su buen criterio. Yo tampoco lo querría.

El acento confidencial de su voz originó una sonrisa temblorosa en los labios de Lilah.

—¡Cómo es posible que usted... usted...! —balbuceó el señor Calvert, apretando los puños a los costados. Se acercó para estar próximo al hombro derecho de Lilah, y entretanto miró hostil al extraño—. ¿Con qué derecho comenta un asunto personal... muy personal? Y a propósito, ¿quién demonios es usted?

El extraño inclinó cortésmente la cabeza.

—Jocelyn San Pietro, completamente a su servicio, señor. Pero mis amigos me llaman Joss.

Sus ojos volvieron a descansar en la cara de Lilah mientras decía las últimas palabras, y ella comprendió que ese hombre estaba galanteándola descaradamente. A pesar del embarazo que aún sentía, el descaro mismo de la conducta del visitante la atraía. Todos los hombres que había conocido hasta el momento la habían tratado con la mayor deferencia, como fuese una joya muy preciosa que era necesario conquistar. Este hombre, con su rostro apuesto y la sonrisa audaz, no se sentía en absoluto intimidado por ella, y Lilah llegó a la conclusión de que precisamente por eso le agradaba. Pero aún le sostenía la mano, y eso sobrepasaba los límites de lo que era permisible. Lilah presionó discretamente. El miró la mano de la joven con una fugaz expresión de pesar, pero la soltó.

—Me alegro de conocerlo, señor San Pietro. Yo soy Lilah Remy. Y éste es Michael Calvert.

Lilah dirigió una mirada imperiosa al señor Calvert, que hoscamente inclinó la cabeza.

—Señorita Remy, me alegro mucho de conocerla.

La frase formal cobró un aspecto completamente nuevo cuando llegó acompañada de una mirada significativa de esos atrevidos ojos verdes. El recién llegado ignoró por completo al señor Calvert, que se erizó. Lilah advirtió que el saludo la sorprendía gratamente. En general, ejercía un dominio total de sí misma cuando hablaba con caballeros. Después de todo, había sido muy cortejada y admirada durante tanto tiempo como podía recordarlo. Pero este hombre sobrepasaba los límites de su experiencia. Al advertirlo, experimentó un excitante hormigueo que le recorría el cuerpo.

—¿A qué ha venido a Boxhill? No es posible que lo hayan invitado a la fiesta —dijo ásperamente el señor Calvert, entrecerrando los ojos mientras miraba primero al hombre y después a Lilah—. Está reservada exclusivamente a los amigos íntimos y los vecinos. Y yo jamás lo he visto antes de ahora.

—¿Usted es el nuevo propietario de Boxhill? —preguntó el señor San Pietro con fingida expresión de sorpresa. El señor Calvert, con expresión hostil, meneó la cabeza—. Ah, entonces no he venido en vano. Mi asunto es con el señor George Barton, y con nadie más.

—¿Puedo llevarlo a donde él está? Es mi tío... bien, en realidad su esposa es mi tía abuela —dijo Lilah.

—¿Realmente? —La sonrisa del señor San Pietro era encantadora—. Quizá pueda llevarme donde él está... más tarde. Por el momento, no tengo inconveniente en permitir que mi asunto espere.

—¡Lilah, no sabes nada de este hombre! ¡No tienes que hablar con él! ¡Ni siquiera has sido debidamente presentada! ¡Puede ser cualquiera...! ¡Un vagabundo! ¡Incluso es posible que quiera engañar al señor Barton!

El murmullo furioso del señor Calvert hizo que Lilah lo mirase irritada. Pero el señor San Pietro, que sin duda había escuchado, como era inevitable que sucediera, se le anticipó. La sonrisa encantadora desapareció, y una súbita aureola de poder pareció emanar de él mientras miraba con expresión dura al señor Calvert.

—Cuídese, jovencito, o pronto volverá a caer de espaldas.

Había una fría advertencia en los ojos que se posaron en la cara del señor Calvert. Al mirar primero a un hombre y después al otro, Lilah de pronto cobró conciencia del acentuado contraste entre ambos. Jocelyn San Pietro medía bastante más de un metro ochenta. De espaldas anchas y musculoso, era mucho más corpulento que el señor Calvert, alto pero delgado, y tenía la expresión de un hombre que muy bien podía afrontar dificultades. El señor Calvert parecía ser exactamente lo que era, el retoño mimado de una familia prominente, un joven que nunca había afrontado una jornada de trabajo en el curso de su vida. El señor San Pietro debía de tener cerca de treinta años. El señor Calvert no había cumplido siquiera los veinte. En cualquier tipo de enfrentamiento físico entre ellos, Lilah no tenía la más mínima duda de quién se llevaría la peor parte. El señor Calvert, que aparentemente llegó a la misma conclusión, guardó silencio, aunque miró con fiereza y resentimiento a su rival.

Hércules emitió un gañido, esta vez dirigido a una pareja que salía del rosedal. Los dos recién llegados, tomados de la mano, miraron en dirección al grupo e inmediatamente se separaron, poniendo una circunspecta distancia entre ellos, mientras desaparecían por el costado de la casa en dirección a la entrada principal. Lilah recordó dónde estaba, y la fiesta que se celebraba en el interior. Aunque se resistía a compartir al señor San Pietro con el resto de la gente, en realidad no tenía más remedio que llevarlo adentro. Sin duda, Amanda llegaría muy pronto a buscarla si se demoraba demasiado. Y Amanda la reprendería...

—¡Calla, *Hércules*! ¿Entramos? Señor San Pietro, cuando esté dispuesto a hablar con mi tío, sólo necesita decírmelo, y yo de buena gana lo traeré. Entretanto, hay una mesa de refrescos, y los músicos son bastante buenos.

—Parece maravilloso. —Él sonreía de nuevo, los ojos clavados en la cara de Lilah. Muy asombrada, Lilah sintió que se le aceleraban los latidos del corazón—.

Reconozco que estoy un poco cansado. Me he saltado la cena para llegar antes.

—¡Entonces podemos remediar eso!

La sonrisa con que ella respondió expresaba alegría. Se sentía mareada, como una chiquilla tonta, y decidió que le agradaba la sensación.

—¿Entramos?

Él le ofreció el brazo, con esa sonrisa deslumbrante, y sus ojos decían a Lilah que la consideraban tan interesante como ella a él. Lo cual, por supuesto, era previsible. Lilah tenía perfecta conciencia del efecto de su propia belleza, y siempre estaba dispuesta a aprovecharla desvergonzadamente en su beneficio. La mayoría de los varones de diez a noventa años que contemplaban sus rasgos perfectos de porcelana y su cuerpo grácil, de huesos delicados, quedaban inmediatamente admirados. Pero era la primera vez que ella sentía algo más que una superficial atracción hacia el hombre, y estaba descubriendo que ahora las cosas eran muy distintas.

—Ciertamente.

Apoyó la mano en el brazo que se le ofrecía, ignorando por completo la respiración agitada del señor Calvert. Cuando los dedos de Lilah se curvaron sobre la tela áspera, la joven cobró inquietante conciencia de la dureza de los músculos que estaban debajo. Una ola de calor comenzó en los dedos de los pies, e irradió a través de todas las terminaciones hasta que le llegó al cuero cabelludo. Lo miró, con expresión sorprendida, y advirtió que él la miraba atentamente.

—Lilah, ¡no puedes entrar así! Tienes los cabellos en desorden, sembrados de ramitas, y un gran desgarrón en el vestido.

La áspera protesta del señor Calvert la devolvió bruscamente a la realidad.

Lilah, que casi había olvidado su tropiezo, se detuvo y se miró horrorizada. Por lo que pudo ver, el señor Calvert estaba ofreciendo una versión suavizada de la realidad. La seda reluciente de su hermoso vestido nuevo estaba desgarrada en varios lugares, y un largo corte revelaba parte de la enagua blanca que llevaba debajo. Un rasgón irregular en la pechera, inmediatamente debajo del escote, permitía ver pedazos de la piel blanca y la camisola. Horrorizada, se llevó las manos a los cabellos. Como había dicho el señor Calvert, se le habían desprendido de los alfileres. A juzgar por lo que podía sentir al palpar la densa masa, el gran rodete de cabellos rubios claros sobre la coronilla mantenía un equilibrio precario. No tenía duda de que los bellos rizos que su doncella Betsy había armado laboriosamente alrededor de la cara y el cuello habían quedado reducidos a mechones desordenados.

Con profundo desaliento, comprendió que debía tener un aspecto terrible, algo a lo cual ciertamente no estaba acostumbrada. Lilah Remy siempre mostraba una apariencia perfecta, sin que importase la ocasión, el tiempo o el esfuerzo. Era parte intrínseca de su reputación de impecable belleza. Sus ojos se volvieron hacia Jocelyn San Pietro. Él la miraba con gesto divertido. Los labios estaban firmemente apretados bajo el bigote atrevido, pero daban la impresión de que contenían una sonrisa.

—¡Oh, Dios mío! —dijo ella, dejando caer las manos.

Él se inclinó y recogió de los cabellos de Lilah una

ramita de madreselva. Apenas durante un instante la sostuvo con sus dedos largos y fuertes, y después se la guardó cuidadosamente en el bolsillo de la levita oscura, de modo que sobresalió una sola flor. Lilah se sintió seducida por el gesto. Le pareció que al lado oía el rechinar de dientes del señor Calvert.

—El desorden a lo sumo destaca la perfección de la belleza que la naturaleza le dispensó, señorita Remy —dijo el señor San Pietro con una leve reverencia y una expresión intensa.

Lilah no pudo contener el deseo de sonreírle, y él respondió a la sonrisa. De pronto, el vestido desgarrado y los cabellos en desorden ya no importaron tanto. Quizá podía acusársela de vanidad, pero había detestado la idea de que ese hombre estuviera viéndola cuando no era posible ofrecerle su mejor imagen. El cumplido tan galante volvió a tranquilizarla, lo cual era sin duda el propósito que perseguía.

—Señor San Pietro, me temo que es usted un adulador.

Lilah lo dijo con expresión severa, pero sus ojos sonrieron al hombre. Él meneó la cabeza, buscó de nuevo la mano de Lilah y la devolvió al hueco de su brazo.

—¿Tal vez hay una entrada trasera? —propuso.

Lilah asintió, y con su mano sobre el brazo del señor San Pietro indicó el camino hacia la parte trasera de la casa. Con la mano libre, Lilah mantuvo la falda apartada de la hierba recién cortada, aunque imaginó que el gesto era inútil, pues el vestido sin duda estaba arruinado.

El señor Calvert y *Hércules* cerraban la marcha, y los gruñidos no provenían precisamente del perro.

—Debo deslizarme hasta mi habitación y hacer lo que pueda para reparar el daño.

Lilah habló con aire desenvuelto, aunque en el fondo de su alma detestaba tener que separarse del hombre apenas lo había descubierto. Se había creado entre ellos algo especial, algo frágil y delicado, y tan tangible que casi relucía en el cálido aire nocturno. Lilah temía que, si permitía que se apartase de su vista la magia —o el hombre mismo— desaparecería. Lo que estaba sucediéndole era casi un sueño, y parecía demasiado bueno para ser cierto...

—¿Supongo que volverá a bajar? Sería una vergüenza ir a acostarse a causa de un tocado en desorden y un vestido roto.

Ella lo miró y descubrió que, si bien los ojos del hombre reían, había tras las palabras una seriedad que le indicaba que, en efecto, deseaba intensamente que Lilah volviese a bajar. Le dirigió una sonrisa, una sonrisa seductora que prometía mucho. La expresión del hombre no varió, pero sus pupilas se dilataron.

—Regresaré. Los músicos se comprometieron a ejecutar la *boulanger* a medianoche, y es mi danza favorita. Ciertamente, no me la perdería ni siquiera por un tocado en desorden.

—Así se habla. —Sonrió a la joven, y ella sintió que el corazón comenzaba de nuevo ese absurdo repiqueteo. ¿Qué tenía este hombre...?—. Señorita Remy, puedo decirle que usted me agrada mucho. Yo también tengo una acentuada preferencia por la *boulanger*. ¿Quizá me permita acompañarla? ¿Como recompensa por... bien... haber contribuido a ayudarla a salir de ese matorral?

—Le diré, señor, que ningún caballero debería recordarme ese episodio tan desafortunado.

Para ella la coquetería era tan natural como respirar, y Lilah ahora desplegó todas sus artes con ese hombre que la atraía como nadie lo había hecho jamás. Le sonrió con el mentón ligeramente levantado, sabiendo, gracias a los años de práctica frente al espejo de su tocador, que en ese ángulo sus ojos azules tenían un aire deliciosamente exótico y su cuello era tan largo y delicado como el de un cisne. Él se sentiría transido —a menos que los cabellos despeinados y los zarcillos adheridos al vestido echaran a perder el efecto. La idea casi la llevó a fruncir el ceño, pero después percibió claramente el aprecio en los ojos verdes del hombre, y se tranquilizó. Si alguna vez un hombre había demostrado aprecio por una mujer, era el caso del visitante.

—Todas las danzas de la señorita Remy están prometidas —dijo celosamente el señor Calvert, que se había acercado por el lado opuesto a Lilah.

Ella le dirigió una mirada de irritación. ¿Por qué no se marchaba? Era tan irritante como los mosquitos, que siempre se acercaban a la casa desde el arroyo próximo. Ella ansiaba aplicarle una palmada.

—Sí, la *boulanger* estaba prometida, pero creo que al señor Forest, y él ha tenido que acompañar de regreso a su madre, que no se sentía bien.

La mentira elegante fue dicha con otra sonrisa reluciente al señor San Pietro.

—Estoy seguro de que la he vis...

—Con mucho gusto, señor San Pietro, bailaré la *boulanger* con usted —dijo firmemente Lilah, y dirigió al señor Calvert una mirada que lo desafiaba a seguir discutiendo. No estaba dispuesta a renunciar a un baile con el señor San Pietro en favor del señor Forest, que era regordete y tenía las manos siempre húmedas.

—Esperaré ansioso el momento —dijo gravemente el señor San Pietro, pero en la oscuridad ella advirtió que los ojos le relucían, y sospechó que porque se sentía muy divertido.

Oh, caramba, no solía ser ella tan evidente, pero por otra parte, no era frecuente que tuviese que esquivar a un estúpido como el señor Calvert.

—Señor Calvert, seguramente usted ansía volver a la fiesta —dijo Lilah, con la mayor dulzura posible. Alzó un poco más su falda para defenderla de las hierbas altas, mientras rodeaba la esquina del fondo de la casa. Seguramente él comprendería la indirecta y sabría que estaba decididamente de más.

—No pienso dejarla sola con él —murmuró el señor Calvert.

Si el señor San Pietro oyó la respuesta, no hizo ningún gesto al respecto. Pero a juzgar por la expresión cada vez más divertida de su cara, Lilah llegó a la conclusión de que lo había oído.

Beulah, la regordeta cocinera negra que había pertenecido desde el nacimiento a la familia Barton, estaba sentada en una mecedora, frente a la cocina de verano. Se abanicaba agradablemente con su delantal, mientras miraba a sus tres subordinados, que iban y venían, y transportaban fuentes cargadas de alimentos a lo largo del corredor sin paredes que comunicaba la cocina con la casa, y regresaban por el mismo camino trayendo bandejas vacías. Un peldaño por debajo estaba sentado Boot, el criado de George Barton. Los dos se habían enredado en una animada discusión. Lilah tendía a sospechar que Boot había puesto sus ojos en Beulah, aunque ambos tenían edad suficiente para haber sido abuelos varias veces. Beulah interrumpió lo que decía cuando Lilah, la mano todavía sobre el brazo del señor San Pietro, entró por el corredor, iluminado por antorchas encendidas.

—¡Querida, parece que hayas estado en una riña!

Lilah retiró la mano del brazo del señor San Pietro mientras Beulah se ponía de pie y se acercaba para tomarla del mentón. Movió la cara de Lilah en dirección a la luz para observar suspicazmente lo que Lilah temía debía ser un largo arañazo en la mejilla.

—¿Qué ha sucedido? —Beulah miró con desagrado a los dos acompañantes de Lilah—. ¡Tienes agujeros en todo el vestido!

—Me he caído —dijo brevemente Lilah, apartando el mentón y dirigiendo una mirada fulminante al señor Calvert.

Beulah no tuvo inconveniente en atribuir la culpa sobre la base de esa mirada encendida, y fijó también sus propios ojos vivaces en el delincuente. Lilah se sintió complacida de ver que el señor Calvert se encogía evidentemente bajo los ojos severos de Beulah. Ruborizándose, comenzó a formular una explicación a la cual nadie prestó atención. En ese mismo instante, *Hércules*, que los había seguido mientras rodeaban la casa, olió el pollo frito de las fuentes que las criadas estaban llevando, y atacó, ladrando y saltando furiosamente. La doncella emitió un breve alarido y casi soltó la fuente.

—¡Ese perro! —murmuró Beulah, tratando de espantarlo con el delantal como arma—. ¡Fuera, *Hércules*! ¡Fuera, ahora mismo! ¿Me oyes?

Hércules respondió con otro ataque.

Lilah tuvo una idea.

—¡Aquí, *Hércules*! —llamó, restallando los dedos y golpeando su propia jaula. Hércules, esperando recibir una pata de pollo, acudió corriendo. Lilah lo alzó en brazos, sin hacer caso de un lametón extático en su mejilla, y lo depositó en manos del señor Calvert, que aceptó con un gesto de horror el paquete que se retorcía.

—Le agradeceré muchísimo que lo lleve a los establos y lo encierre allí. El pobrecito perro terminará lastimado si alguien lo pisa.

Sonrió dulcemente mientras decía estas palabras, y le agradó la expresión abrumada del señor Calvert. Él la miró atónito un momento, pero con el perro en los brazos y media docena de pares de ojos fijos en él no le quedaba más alternativa que obedecer.

Mientras él se retiraba derrotado, Lilah se volvió triunfante hacia el señor San Pietro.

—Si le parece bien, Boot lo llevará con la gente. Yo debo subir a cambiarme.

—Si me lo permite, prefiero esperarla. Como su joven amigo ha señalado, la fiesta es para los amigos íntimos y los vecinos, y me temo que no soy ninguna de las dos cosas. Confieso que experimento cierta timidez. Quizá su tía tenga una habitación que no utilicen esta noche, y donde pueda esperar sin molestar a nadie.

Lilah sospechó que ese hombre era tan tímido como una barracuda, y le indicó el camino a lo largo del corredor, en dirección a la casa; de todos modos, la complacía que deseara esperarla, por absurda que fuese la excusa. Beulah y Boot los siguieron. Lilah se detuvo al pie de la escalera que conducía a la casa.

—El despacho de mi tío seguramente está vacío. Pero de veras, debería ir a comer algo. Ha dicho que no había cenado.

—El despacho de su tío me acomodará perfectamente. Y prefiero perder la cena antes que a usted.

Era un cumplido elegante, y dicho con elegancia. Ella le sonrió.

—Entonces, muy bien. Boot, lleve al señor San Pietro al despacho del tío George, y vea que le traigan algo de comer.

—Sí, señorita Lilah.

Lilah ascendió los peldaños mientras hablaba, y se detuvo en el estrecho corredor del fondo. Jocelyn San Pietro ascendió tras ella los peldaños, y se detuvo al lado. Ella advirtió que la luz que provenía de la puerta abierta se derramaba sobre su cara, y abrigó la esperanza de que en todo caso los daños sufridos no la afeasen excesivamente. Pareció que no era el caso, porque los ojos del hombre centelleaban de aprobación cuando encontraron los de la joven.

—Querida, déjame poner algo sobre ese arañazo, para que no quede marca —dijo Beulah, mientras intentaba empujar a Lilah hacia la casa.

—No se preocupe, ahora apenas se lo ve. No habrá marca —dijo Jocelyn San Pietro, pasando apenas el dedo sobre la piel suave de la mejilla lastimada.

Lilah sintió el contacto con todas las fibras de su ser. Con los ojos muy abiertos, miró fijamente la cara delgada y morena que estaba turbadoramente cerca. La luz que revelaba las fallas del atuendo de Lilah también iluminaba al visitante. Salvo que a los ojos de Lilah él no tenía defectos. Mostraba la frente despejada, los pómulos salientes, el mentón cuadrado. Tenía la nariz recta y no demasiado larga. El bigote enmarcaba una boca grande y bien dibujada. Tenía los rasgos duros y masculinos, inteligentes e imperiosos. Cuando todo eso se combinaba con los extraordinarios ojos esmeralda y la sonrisa atrevida, exhibía apostura suficiente como para lograr que a ella se le aflojaran las rodillas. Sin duda, advertía el efecto que producía en Lilah...

—Niña...

—Está bien, Beulah. Ordenaré a Betsy que se ocupe del asunto en unos minutos. Boot, atiende bien al señor San Pietro, ¿me oyes? —Después, miró de nuevo al visitante—. No tardaré mucho —prometió en voz baja. Sin esperar la respuesta, alzó sus faldas y entró en la casa.

3

—¡Betsy! ¡Betsy! —Lilah llamó a su doncella mientras entraba deprisa a su dormitorio.

Por supuesto, Betsy no estaba en el cuarto. ¿Por qué debía estar? No esperaba que su ama viniese a acostarse hasta varias horas después. Lilah tiró impaciente del cordón de la campanilla. Deseaba regresar a la planta baja a la mayor brevedad posible. Jocelyn San Pietro era el hombre más atractivo que había conocido nunca, y no quería que estuviese esperando más tiempo de indispensable. La frase «Demasiado bueno para ser cierto, demasiado bueno para ser cierto...» se repetía incesante en su mente.

—¿Qué hace aquí arriba tan temprano, señorita... señorita Lilah? ¿Qué ha sucedido?

Betsy entró en la habitación casi a la carrera, y se detuvo, mirando fijamente a su ama. Betsy era una joven esbelta, con la piel del color del café mezclado con mucha crema. Su aureola de cabellos negros —que ella llevaba sueltos en Heart's Ease, pero que Amanda Barton había decretado debían ocultarse bajo un pañuelo, como en el caso de las restantes doncellas, mientras estaba en Boxhill— tenía un matiz rojizo. Era muy bonita, y era la amiga de Lilah, además de su doncella personal. Betsy tenía dos años más, y había sido la compañera de juegos de Lilah desde el principio. El padre de Lilah había regalado especialmente la joven a Lilah cuando ésta cumplió ocho años, y Betsy había sido su doncella y confidente desde entonces.

—Me he caído —contestó impaciente Lilah, exactamente como había hecho con Beulah. El episodio era demasiado largo y complicado para entrar en detalles—. Volveré a bajar, de modo que necesito otro vestido. Ante todo ayúdame, tengo que quitarme esto.

—Sí, señorita Lilah.

Betsy cerró la puerta tras ella, y después cruzó la habitación para desabotonar la espalda del vestido de Lilah. Lilah ya había desatado el cinturón, y unos momentos después Betsy le pasaba el vestido sobre la cabeza.

—No creo que sea posible arreglarlo —dijo dubitativa Betsy, examinando la seda arruinada.

—Oh, no importa. —Lilah, en enaguas, camisa y corsé, los pies calzados con pantuflas prácticamente silenciosas sobre el piso de madera lustrada, cruzó hasta el guardarropa de caoba, que estaba entre las dos ventanas, y abrió las puertas—. Ven aquí, Betsy, y ayúdame a elegir. ¡Algo arrebatador!

Betsy miró a su ama con expresión de extrañeza.

—¿Le interesa mucho algo? No sabía que la inquietase mostrarse arrebatadora.

Lilah sonrió misteriosamente, pero no respondió palabra.

—Es un hombre, ¿verdad? ¿El hombre? ¡Oh, Dios nos asista, al fin ha llegado! Puede contármelo, señorita Lilah, y sabe que yo no diré una palabra a nadie! ¡Caramba, yo le hablo de todos mis hombres! ¡Y usted nunca me dice una palabra de los suyos!

—Porque no hay nada que decir, y tú lo sabes. ¿Qué te parece este azul? —Retiró el vestido y lo inspeccionó con ojos críticos—. No, el azul no sienta bien de noche. —Lo dejó caer al suelo sin pensarlo dos veces, y se volvió para inspeccionar de nuevo el vestidor.

—¿Qué me dices de esta falda plateada? —propuso Betsy, deslizándose detrás de Lilah para buscar y retirar el vestido en cuestión.

Las dos jóvenes lo miraron con ojos de entendidas.

—Servirá —dijo Lilah con un gesto de aprobación, y se apartó del guardarropa para acercarse al tocador, donde se inclinó para examinar su propia cara—. También necesitaré ropa interior. ¡Oh, Dios mío, qué desastre!

Como había temido, su elegante rodete estaba apenas apoyado sobre una oreja, y los hábiles ricitos se habían convertido en mechones plateados alrededor de la cara. Tenía una mancha de tierra en la frente, y un largo arañazo echaba a perder la piel color crema de la mejilla.

—¡Tengo un aspecto espantoso! —dijo, abrumada.

—No, no es así. No podría parecer espantosa aunque lo intentase —replicó tranquilamente Betsy, depositando sobre la cama la ropa interior limpia con el vestido—. Lávese la cara, y la dejaré como nueva en media hora.

—¡Media hora! —Lilah casi gimió, inclinada sobre

la palangana para salpicarse agua sobre la cara. El agua fría acentuó el dolor del arañazo. Pero eso no le importaba. Sólo deseaba volver de prisa a la planta baja.

—Sí, seguramente es *él* —concluyó Betsy con una risita—. Señorita Lilah, yo sabía que Cupido la alcanzaría con su flecha un día. Y por lo que veo, la herida es grave.

—No seas tonta, Betsy. Te he dicho que me he caído de la baranda, y así ha sido. De todos modos, acabo de conocer a un caballero. Sencillamente... me agrada.

—Querida, a usted le gusta la manteca en sus bizcochos. Lo que una joven siente por cierto caballero no se llama agrado. Se llama amor.

Betsy comenzó a desatar los cordeles del corsé de Lilah mientras hablaba. Cuando se soltaron, Lilah respiró hondo, en un gesto tan automático como lavarse la cara. Usaba corsé desde hacía varios años, y se había acostumbrado a su riguroso confinamiento. De todos modos, era agradable respirar libremente cuando podía. Después, Betsy soltó las cuerdas de la enagua y pasó la camisola sobre la cabeza de su ama. En pocos minutos, Lilah quedó desnuda como una recién nacida, y Betsy había comenzado a vestirla nuevamente. El vestido de falda plateada quedaría para el final, después de que Betsy la hubiese peinado, para evitar las arrugas.

—Seguro que es apuesto —observó Betsy mientras retiraba los alfileres de los cabellos de Lilah.

Ésta, sentada frente a su tocador, se inclinó hacia el espejo para examinar el arañazo en la mejilla, mientras los mechones rubios plateados caían en una masa reluciente alrededor de su cara. Sus cabellos descendieron por debajo de la cintura, y aunque había que darles forma con pedazos de papel, formaban una masa maravillosamente densa y reluciente.

—¡Betsy, no quiero hablar de él! ¿Crees que me quedará una marca?

Betsy meneó la cabeza mientras cepillaba los mechones relucientes.

—¿De ese minúsculo arañazo? Puedo cubrirlo ahora mismo con un poco de polvo de arroz. Nadie sabrá que te has lastimado.

Lilah se miró en el espejo mientras Betsy le unía los cabellos en un elegante rodete sobre la coronilla. Los pequeños rizos que al principio de la velada habían formado un marco tan seductor a su cara ahora estaban irremediablemente perdidos. Tenía los cabellos naturalmente lacios, pero el efecto de este tocado más severo era igualmente grato, o por lo menos eso le pareció, mientras miraba su imagen en el espejo, primero desde un ángulo y después desde el otro. Sus cabellos plateados realzaban la belleza de su cara, con los pómulos acentuados, y destacaban las orejas bien formadas y las líneas delicadas de su rostro. Excepto los ángulos formados por los pómulos y el mentón, un poco puntiagudo, la cara era un óvalo perfecto. Tenía los ojos grandes apenas desviados en las comisuras con su suave gris azulado acentuado por el espeso trazo oscuro de las pestañas (a decir verdad, Betsy generalmente las sombreaba con el extremo de una varilla quemada). Tenía la nariz recta y delicadamente formada, y los labios llenos y suaves, pero bien dibujados. En general, se sentía bastante complacida por la cara que se reflejaba en el espejo... —excepto por el rasguño. Abrigaba la esperanza de que Betsy hubiese dicho la verdad al referirse al polvo de arroz.

El vestido de falda plateada tenía un estilo análogo al que acababa de desechar. Lilah estaba de pie frente al espejo mientras Betsy le pasaba el vestido sobre la cabeza y después le abotonaba la espalda. El largo cinturón de satén, aplicado precisamente sobre el busto y atado con un lazo a la espalda, tenía un tono plateado levemente más claro que el vestido. Éste se ajustaba a la moda del Imperio francés, que entonces era tan popular, con las mangas cortas y abullonadas, el cuello abierto y la cintura alta. La falda era angosta, y carecía de adornos. Era una prenda sencilla pero elegante, cuyo efecto dependía de la belleza de la mujer que la usara. En Lilah, con la cintura y las caderas angostas, y el busto alto y pleno, era desconcertante. Betsy sonrió al ver la imagen de su ama en el espejo.

—Creerá que ha muerto y que ha despertado en el cielo —dijo satisfecha, mientras extendía la mano hacia la caja de polvo de arroz.

—Te dije... —comenzó a decir severamente Lilah, pero fue interrumpida por la pata de conejo que se paseaba sobre su cara, y regresaba para pasar con más cuidado sobre la mejilla.

—Sé lo que me dijo. También sé lo que sé.

Lilah sabía que era inútil discutir con Betsy. La doncella era exactamente tan dócil como deseaba serlo, y no más. Lilah dirigió una última mirada a su imagen en el espejo, mientras Betsy cerraba una sola hilera de perlas sobre su cuello; ahora, estaba lista.

—Oh, Betsy —dijo, mientras comenzaba a sentir un cosquilleo en la boca del estómago—. Yo... creo que me siento nerviosa.

—Señorita Lilah, a todas nos sucede a veces. Pero a usted le sucede más tarde que a la mayoría.

—Es así, ¿verdad? Bien, debo irme.

Respiró hondo, sorprendida ante la estremecida expectativa que la llevaba a sentir como si en verdad ansiara algo —normalmente era la persona más serena del mundo—, y comenzó a descender las escaleras.

4

Lilah continuaba sintiéndose absurdamente nerviosa mientras recorría el estrecho corredor que conducía a la habitación apartada que su tío George utilizaba como despacho. La puerta estaba cerrada. Vaciló un momento, después golpeó discretamente y esperó la respuesta. Como no oyó nada, abrió la puerta y entró. Durante un momento, temió que él no estuviese allí. La desilusión la afectó como un golpe. Su mirada recorrió la habitación iluminada por velas, con sus atestadas estanterías de libros y el escritorio cuya superficie estaba revestida de cuero. Sobre el escritorio vio los restos de una comida, pero Jocelyn San Pietro no estaba allí. De pronto, vio que se ponía de pie, abandonando un mullido sillón, y experimentó una oleada de alivio.

—No creí que fuese posible que una mujer pudiera ser más hermosa que como la vi antes. Veo que me equivoqué.

Le dirigió una serena sonrisa. Lilah le devolvió la sonrisa, y sintió de nuevo en el aire la chispa mágica que se formaba entre ellos. No lo había imaginado, no era demasiado bueno para ser cierto. La atracción entre ellos era tan intensa que la llevaba a él con una fuerza magnética.

—Señor San Pietro, es usted muy eficaz con los cumplidos. Casi me induce a creer que tiene mucha práctica ofreciéndolos.

Mantuvo la mano sobre el picaporte de la puerta abierta, para resistir el impulso de acercarse a él. La sonrisa del hombre se ensanchó. Se había quitado el guardapolvo de montar. El chaqué negro que llevaba se adhería a sus anchos hombros, y seguía la línea del cuerpo hasta la cintura. Los pantalones ajustados revelaban caderas estrechas, un vientre liso y muslos largos y musculosos. Lilah advirtió que estaba mirándolo de un modo que era impropio. Las mejillas se le sonrojaron, y de nuevo volvió los ojos hacia la cara del visitante, con la esperanza de que su expresión no revelase tanto embarazo como el que sentía.

—¿Es posible que me acuse de ser un galanteador, señorita Remy? —El juego fácil correspondía a la superficie. La verdadera conversación se desarrollaba en silencio, y estaba a cargo de las miradas de los dos.

—Temo que quizás así sea. —Lilah dejó escapar cierto jadeo, a pesar de sus mejores intenciones.

El meneó la cabeza y se acercó a la joven, y su andar era tan ágil como el de un indio.

—Nunca galanteo. Soy demasiado directo para eso. Si veo algo que deseo, hago todo lo posible para conseguirlo.

Se detuvo cuando estaba muy cerca de ella, y permaneció de pie, mirándola en los ojos. Lilah sintió que se le aceleraba el pulso ante la sugerencia implícita: la había visto, la deseaba y haría todo lo posible para conseguirla. Lo miró, contempló ese rostro moreno y apuesto inclinado hacia ella, y tuvo que esforzarse para contener el impulso de inclinarse hacia él. Era alto, fuerte y apuesto, y ella misma se sintió impresionada por la súbita ansia que sentía que él la recibiese en sus brazos.

—Nosotros... deberíamos reunirnos con los demás. Mi tía abuela estará preguntándose dónde me encuentro.

El ansia de que él la abrazara la desequilibraba. Nunca había supuesto que podía sentir nada semejante con un hombre. Ciertamente, nunca lo había sentido antes. Se entendía que las damas eran inmunes a eso. Estar a solas con él era embriagador, y embriagarse con él podía ser peligroso.

—Quizá debiéramos renunciar al intento de reunirnos con el resto.

—Oh, no puedo.

—¿Por qué no?

—No... no sería propio. Además...

—Debo embarcar en una nave que sale del puerto de Washington la madrugada de pasado mañana. Me agradaría llegar a conocerla mejor, y si estamos rodeados por docenas de personas, eso no será posible. Sé que sus parientes no verán con buenos ojos que usted esté sola con un hombre al que apenas conoce, pero puedo asegurarle que no hay motivo para temerme. Al margen de otras cosas que puedo ser, soy un caballero... o por lo menos prometo serlo con usted.

—Sé eso —contestó Lilah, sorprendida, porque lo sabía. No había concebido la idea de temerle. Era extrañamente atractivo, con esos ojos y esa sonrisa deslumbrante, pero había percibido desde el principio que ese hombre jamás la lastimaría. Como él había dicho, era un caballero... por lo menos con ella.

—¿Entonces?

Lilah vaciló. La idea de pasar el resto de la velada a solas con él era seductora. Su tía la reprendería durante días enteros; los invitados reunidos en la casa murmurarían durante semanas. Pero de pronto descubrió que no le importaba. Le dirigió una sonrisa deslumbrante.

—Imagino que puedo mostrarle la rosaleda.

—Siempre sentí un interés inmenso por la horticultura.

—Entonces, de acuerdo. —De nuevo le sonrió, y de pronto se sintió completamente libre. Le mostraría la rosaleda y que los demás se fueran al demonio si eso no les agradaba. Por una vez en su vida haría lo que deseaba hacer, al margen de que fuese propio o no.

—¿Por qué está viviendo aquí en Boxhill con su tía y su tío? ¿Sus padres viven aquí también?

—¡Shhhh! —Medio riendo, ella se llevó un dedo a los labios, en una señal de advertencia. Estaban caminando por el corredor del fondo, y Lilah iba delante. Los sonidos de la danza y las risas de las habitaciones del frente de la casa llegaban más o menos ahogados, pero con claridad suficiente, de modo que era imposible negar el hecho de que continuaba la fiesta de Amanda en honor de la joven. Lilah se sintió absurdamente culpable, como un niño que sale subrepticiamente de un aula. Esta sensación de libertad ilícita era deliciosa. Se sintió más vivaz que nunca en el curso de su vida, más feliz, incluso temeraria. Una aventurera...

Salió con él por una puerta lateral, para evitar un encuentro con Beulah y la sirvienta de la cocina. Cuando al fin estuvieron a salvo, fuera, con la oscuridad que los envolvía y los protegía de los ojos inquisitivos, Lilah emitió un suspiro de alivio. Él le dirigió una sonrisa, y en respuesta ella se echó a reír. Eran cómplices en el delito.

—Bien, muéstreme la rosaleda —dijo él, tomando la mano de Lilah y apoyándola en el hueco de su brazo.

Sosteniendo su falda, Lilah caminó más cerca de él que lo que el decoro quizá permitía, pero no le importó. Ya se sentía más cómoda con él que con otros caballeros a quienes había conocido la mayor parte de su vida. La sólida calidez de ese hombre a su lado le hacía bien. Ella lo miró, examinó la anchura de la espalda, que estaba casi al nivel de sus ojos, y la parte inferior del mentón firme, que mostraba una débil sombra, como si hubieran pasado varias horas desde el momento en que se había afeitado. Generalmente no le agradaban los caballeros con bigote. Los prefería completamente afeitados, pero en este caso... De pronto advirtió que la intrigaba cómo la afectaría ese bigote si él la besara, y se sonrojó.

—Hábleme de usted —se apresuró a decir.

Él meneó la cabeza.

—Usted primero. No ha contestado a mi pregunta.

—Ah, ¿acerca de mis padres? No vivo aquí, en Boxhill, sólo estaba visitando a mi tía abuela, y volveré a mi hogar en poco más de dos semanas.

De pronto, una idea la asaltó con fuerza abrumadora: la posibilidad de que después de esa noche jamás volviese a verlo. Se le hizo un nudo en la garganta, y abrió mucho los ojos. No podía soportar la idea de no verlo nunca más...

—¿Y dónde está su casa?

—En Barbados. Tenemos allí una plantación de azúcar. Se llama Heart's Ease.

—Heart's Ease —dijo él, como si estuviera memorizando el nombre—. Mis barcos van a Barbados varias veces por año. Trataré de ir allí con el próximo.

—¿Sus barcos? —Ella observó fascinada las diferentes expresiones que se sucedían en la cara morena.

Él la miraba con la misma fijeza, y su mano libre se volvió para cubrir los dedos delgados y fríos que descansaban en el hueco de su brazo. Lilah sintió sobre su mano la mano desnuda del hombre, y experimentó un sobresalto. Tenía la piel tan tibia...

—Dirijo una compañía naviera con sede en Bristol, Inglaterra. A veces, cuando tengo negocios en otros lugares, soy el capitán de uno de mis propios barcos. Como hice para llegar aquí esta noche. Debo advertirle que quizá se me declare persona no grata cuando su tío conozca el carácter de mi actividad. Y es perfectamente posible que me ordene salir de su propiedad.

—El tío George jamás haría tal cosa. En realidad, es un hombre muy amable. ¿Su compañía es la que transporta el tabaco de mi tío a Inglaterra? Si es así...

Él meneó la cabeza.

—Mi asunto con él es personal.

Habló en un tono levemente reservado. Lilah no tenía interés suficiente para explorar más. Los negocios de ese hombre con el tío George nada tenían que ver con ella. Le interesaba el hombre, no lo que él hacía.

Otra pareja caminó hacia ellos. Lilah reconoció a la pelirroja Sarah con un caballero que, según le pareció, era Thom McQuarter, y con mucha prisa obligó al señor San Pietro a entrar por un sendero lateral. No deseaba iniciar la serie de presentaciones, y después ver que su *tête-à-tête* se convertía en un cuarteto. Como sabía que Sarah Bennet se mostraba muy tierna con el señor McQuarter, supuso que su amiga agradecería la rápida actitud de la propia Lilah.

—Este jardín parece un tanto concurrido —observó el señor San Pietro con renuente regocijo cuando minutos más tarde esquivaron a otra pareja.

—Sí, es una hermosa noche.

Las palabras de Lilah expresaron el mismo pesar que él había manifestado. Después, concibió un pensamiento tan atrevido que ella misma se sintió chocada de haber tenido la idea. En el caso de otro caballero cualquiera, jamás habría formulado la sugerencia. Y si el caballero hubiese tenido el mal gusto de decirlo, ella se habría separado de él con una excusa cualquiera, para regresar a la casa. El señor San Pietro podía creerla audaz... pero después recordó que tenía sólo esa noche.

—Si le agrada, podemos caminar por la orilla del arroyo hasta la glorieta.

Él la miró y esbozó una rápida sonrisa. El blanco deslumbrante de sus dientes en la oscuridad era desconcertante.

—Eso me agradaría mucho.

El aroma de las rosas desapareció tras ellos, reemplazado por las fragancias más terrenales del césped, el agua y los árboles. Un mosquito zumbó alrededor de su cabeza, y Lilah trató de alcanzarlo. Por la mañana probablemente pagaría su audacia con un sarpullido provocado por las picaduras de los insectos.

El arroyo atravesaba en ángulo la propiedad. El tío George había construido una glorieta de paredes abiertas con madera de haya. Esta glorieta, como la llamaban todos los habitantes de Boxhill, se había convertido en el refugio favorito de Lilah, si bien jamás había estado antes en ese lugar durante la noche. Ahora, vio que se alzaba en el centro del bosquecillo de rumorosos sauces donde se había construido, como una grácil dama espectral. Más plantas de madreselva crecían alrededor de las barandas de madera labrada, y su dulce aroma convertía la noche en un ambiente de denso encanto. En el arroyo nadaba una pareja de patos, que se desplazaban en silencio, dejando sólo como prueba de su paso las ondas del agua que resplandecían bajo la luz de la luna.

Lilah vaciló. No había advertido que la glorieta era un lugar muy solitario durante la noche.

—Señor San Pietro... —comenzó a decir.

—Llámeme Joss. Como he dicho antes, así lo hacen todos mis amigos.

—Ése es el problema —dijo ella con una risa nerviosa. Realizó un movimiento instintivo que los separó un poco. Hasta ese momento había estado caminando casi junto al cuerpo de su acompañante. No podía culparse al señor San Pietro si ella le había provocado una impresión errónea. Pero aunque se había sentido transportada por el hombre y la luz de la luna, aún se atenía a ciertas normas del decoro. No importaba lo que ella le hubiese inducido a creer; más allá de cierto punto no estaba dispuesta a avanzar—. No estoy muy segura del grado de amistad que usted espera de mí. Confieso que no creí que la glorieta fuera un lugar tan... tan aislado.

Él permitió que la mano de Lilah se deslizase del hueco de su brazo, y que la distancia entre ellos se convirtiese en unos pocos pasos; y entonces, ella estaba allí, de pie, frente a él.

—No se preocupe. Conozco a una dama cuando la veo. No tiene que temer que le dé motivos para lamentar la confianza que deposita en mí. No la aprovecharé. Lo prometo. Pero desearía que fuésemos amigos.

Ella lo miró un momento, vacilante. Lo que vio en la cara del hombre la tranquilizó. No era un sinvergüenza que se aprovecharía de la falta de discreción de Lilah al llevarlo a ese lugar solitario. A pesar de su galanteo y su sonrisa perversa, era, como le había asegurado antes, un caballero.

—Entonces, de acuerdo. Amigos.

—Joss —apremió él.

—Joss —repitió Lilah, y después lo precedió y comenzó a ascender los peldaños que llevaban a la glorieta.

—Supongo que no se opondrá a que la llame Lilah. Me agrada... Es original, y le queda bien.

La siguió hasta el lado contrario de la estructura de forma octogonal, que daba al arroyo. Lilah se detuvo allí, sus rodillas apoyadas en el banco de madera, las manos cerradas sobre la baranda de madera lustrada, mientras miraba sin ver las aguas. Todas sus terminaciones nerviosas se concentraron en el hombre que estaba de pie al lado.

—En realidad, me llamo Dalilah —dijo la joven.

—Eso es todavía más original, y le sienta aún mejor. Dalilah. Es grato saber que un nombre tan encantador no se malgastó en una damisela sin inteligencia. Sus padres seguramente son personas de peculiar discernimiento... o bien usted fue una niña especialmente atractiva.

Lilah le dirigió una fugaz sonrisa.

—No lo creo. Mi madre murió cuando yo era pequeña, pero mi vieja gobernanta Katy dijo que yo era la niña más fea que conoció jamás. Decía que era tan fea que mi padre casi lloraba cuando me veía.

Joss esbozó una sonrisa.

—En todo caso, el tiempo ciertamente ha originado un milagro. Porque es usted la joven más hermosa que he visto nunca.

—Ahí está, halagándome de nuevo.

Él meneó la cabeza.

—De ningún modo. Que Dios me haga caer muerto aquí mismo si miento.

—¿No he oído un trueno?

Él se echó a reír, le apretó la mano apoyada en la baranda y se la llevó a los labios. No le besó los dedos, sino que la miró provocativamente por encima de la curva de la mano, sostenida cerca de su boca. Lilah se volvió un poco hacia él, y las miradas de ambos se encontraron. De pronto se sintió nerviosa, pero era agradable. Él había prometido que no se aprovecharía de su confianza, y Lilah le creía, de modo que no temía que él pudiese sobrepasar el límite. Esta expectativa turbadora era una sensación nueva, y sintió un chisporroteo en toda su piel.

—Ha estado mirándome toda la noche como si intentara imaginar lo que podría sentir si yo la besara.

Había un atisbo de risa bajo las palabras reflexivas.

A ella se le agrandaron los ojos, y sintió que se le enrojecían las mejillas. ¿De veras era tan transparente?

—Yo... yo... —balbuceó muy confundida, y trató de retirar la mano.

Él sonrió perversamente, y se llevó los dedos de Lilah a la boca. Los labios del visitante apenas rozaron los nudillos, con una presión tan suave que la intensidad de la reacción que ella experimentó en comparación era chocante. Entreabrió los labios, y le temblaron las rodillas.

—¿Le hace cosquillas? —murmuró él, bajando la mano de Lilah, pero sin soltarla.

Con sus sentidos tan turbados a causa del beso fugaz, Lilah necesitó un momento para comprender lo que él había dicho. Cuando al fin comprendió, se acentuó su sonrojo.

—¿Cómo ha sabido...? —exclamó, y después se interrumpió, al comprender lo que estaba reconociendo.

La sonrisa del visitante se amplió.

—Usted ha insistido en dirigir miraditas tímidas a mi mentón. Al principio he pensado que estaba fascinada con mi boca, pero después he llegado a la conclusión de que debía ser mi bigote. He acertado, ¿verdad? y bien, ¿le hace cosquillas?

—No lo he notado.

Lilah intentó rescatar lo que quedaba de su compostura, bajando recatadamente los ojos y tratando otra vez de recuperar la mano. En lugar de soltarla, él le tomó la otra, y después deslizó las dos manos por los brazos de Lilah, hasta poco más arriba de los codos. La sensación provocada por las manos cálidas y fuertes sobre la piel desnuda le provocó una impresión que la conmovió completamente. Entreabrió los labios, y con su mirada buscó los ojos del visitante.

—¿De modo que no lo ha notado?

Se inclinaba hacia ella, la malignidad evidente en la

perversa semisonrisa que jugueteaba en sus labios. Los dos cuerpos estaban casi unidos. Lilah tenía tanta conciencia de la proximidad del hombre que apenas podía pensar. Sus ojos se clavaron impotentes en los ojos del señor San Pietro. Por primera vez en su vida se encontraba totalmente en poder de otra persona. No podría haberse movido o hablado aunque su vida hubiera dependido de ello.

—Esta vez, preste atención —murmuró él, e inclinó la cabeza sobre Lilah.

Ella se inquietó cuando los labios del hombre la tocaron, suaves y cálidos, rozando apenas la temblorosa dulzura de la boca femenina. Su bigote rozó la piel suave sobre el labio superior de Lilah. Después, levantó la cabeza para mirarla con una expresión atenta que se acentuó cuando vio cómo la había afectado el beso. El breve contacto de su boca la había trastornado.

—Lilah...

No importaba lo que él hubiese pensado decir con esa voz oscura y suave, quedó cubierto por los ladridos excitados. Lilah, arrancada del mundo de ensoñación en que se había hundido, miró alrededor aturdida y vio a *Hércules*, que avanzaba hacia ellos. Detrás, todavía a cierta distancia de los peldaños de la glorieta, llegaba el tío George, y su expresión no auguraba nada bueno.

5

—Muchacha, ¿qué demonios estás haciendo, co-
queteando como una maldita Jezabel aquí en la oscuridad? ¡Deberías avergonzarte de ti misma! ¡Tu tía te
busca desde hace largo rato! —La voz tonante del tío
abuelo completó el proceso de devolver a la realidad
a Lilah.

Se apartó rápidamente un paso de Joss, que co-
laboró retirando los brazos, y se volvió para mirar a su
irritado tío, que ascendía los angostos peldaños. A diferencia de su esposa, en el caso del tío George, el ladri-
do era mucho peor que la mordida. No era tan fiero
como parecía. A decir verdad, la joven simpatizaba
mucho con él, y ahora le dirigió una sonrisa destinada
a aplacarlo, mientras él se acercaba con paso enérgico.

El tío George había sido otrora un hombre alto, pero ahora estaba encorvado a causa de la edad, y necesitaba un bastón para caminar. De todos modos, era una
figura impresionante, con la espesa cabellera blanca, y
las elegantes ropas de noche que cubrían un cuerpo un
tanto redondeado en la cintura.

—Tío, lamento haberte preocupado. Pero la rosaleda estaba muy concurrida, y...

—Buscabas un lugar donde este joven pudiese robarte un beso —concluyó el tío George con devastadora exactitud—. Muchacha, no intentes engañarme, he visto en qué estabas. Pero no se lo digas a tu tía. Armará un terrible escándalo. Bien, ahora, ¿esperaré a que usted nos visite por la mañana, joven, pidiendo la mano de mi sobrina nieta? ¿O le parto este bastón en la cabeza aquí y ahora?

—¡Tío! —protestó Lilah, mortificada, mientras dirigía una rápida mirada por encima del hombro a Joss. Éste permanecía alto y silencioso detrás, los ojos fijos en la cara del tío George. Lilah recordó que el visitante había llegado a Boxhill para tratar cierto asunto relacionado con su tío, y sintió una oleada de simpatía por él. Que a uno lo sorprendieran besando a la sobrina del dueño de casa no era el modo ideal de comenzar una relación.

—Usted no es el joven Burrel, ¿verdad? No, no puede ser. Tiene los cabellos más amarillos que los de Lilah. A menos que mi mente esté tan débil como mis rodillas, jamás en mi vida lo he visto.

El tío George miró a Joss con expresión de profunda sospecha.

—Mi nombre es Jocelyn San Pietro.

Joss habló bruscamente, como si esperase que el nombre tuviese un significado para el anciano. El tío George miró hostil a Lilah antes de desviar los ojos hacia Joss. A pesar de la edad y el debilitamiento físico de su tío, de pronto pareció que había algo formidable en su figura.

—Aquí, en Virginia, señor, retamos a duelo a un hombre por mucho menos que lo que usted ha hecho esta noche. Los forasteros no llevan a las jóvenes a la oscuridad y las besan sin que se les pida que rindan cuentas.

—¡Tío...!

—¡Cierra la boca, niña! ¡Demonios, las mujeres no tienen cabeza, y esto lo demuestra! Alejarse sola con un hombre de quien nada sabemos... tiene suerte de que yo haya llegado a tiempo! ¡El...!

—Le ruego me disculpe, señor, pero usted me conoce. O debería conocerme. Creo que soy su nieto.

Un asombrado silencio siguió a esta revelación. Lilah miró fijamente a Joss, la boca abierta y los ojos muy grandes. El tío George y la tía Amanda nunca habían tenido hijos...

—¿Mi nieto? ¡Qué enorme mentira es ésa! No tengo... —El tío George nunca hablaba, sino que rugía, y estaba rugiendo ahora, mientras extendía la mano para aferrar el brazo de Lilah y la apartaba del hombre alto y moreno que lo miraba con expresión inescrutable.

La luz de la luna iluminó los ojos de Joss, que relucían con un vívido color esmeralda en la oscuridad. La exuberancia del tío George se apagó. Su mano sobre el brazo de Lilah se cerró con fuerza mientras miraba fijamente a Joss. Y Lilah observó que la cara de su tío abuelo palidecía visiblemente.

—¡Santo Dios! ¡Victoria!

—Victoria Barton era mi abuela. —La voz de Joss carecía de expresión—. Su hija Emmelina era mi madre. También era, o por lo menos eso me dijo su hija. Lamento informarle (aunque no creo que usted jamás haya reconocido su existencia) que falleció hace tres meses. Dejó para usted algunas cartas que según entiendo fueron escritas por su madre, y en su lecho de muerte me rogó que las entregase. Una vez que haya ejecutado ese encargo, me alejaré.

—Santo Dios del cielo. —Parecía que el tío George estaba ahogándose—. ¡Victoria! ¡Hace tantos años! ¡No puede ser...! Usted no puede ser...

Súbitamente avergonzada, Lilah comprendió que no debía presenciar ese encuentro cargado de emoción. Su tío abuelo siempre había ansiado tener un hijo, y la joven supuso que ese nieto recién descubierto podía ser el mejor sustituto. Pero, por supuesto, habría dificultades. Era indudable que en cierto momento el tío George había tenido una hija con una mujer que no había sido su esposa, y el hombre que ahora estaba aquí era el resultado de esa indiscreción juvenil. Miró primero la cara de rasgos duros y enérgicos de Joss y después la del tío George, que de pronto se había aflojado. Se hubiera dicho que el anciano estaba mirando un fantasma.

—Quizás deberían ustedes continuar hablando en la casa —propuso Lilah, apoyando la mano en el brazo de su tío abuelo.

Él la rechazó.

—No tenemos nada que discutir. —El anciano estaba más agitado que lo que Lilah jamás lo había visto.

Al pensar en su tía abuela Amanda, Lilah comprendió la inquietud del tío George. Si la esposa del tío George descubría la existencia de este nieto, lo que restaba de la vida del anciano probablemente sería muy miserable. Lilah lo miró con súbita simpatía, y comprobó que los ojos del tío George estaban fijos en su nieto.

—Quiero que salga de aquí, ahora mismo. ¿No oye, muchacho?

—Lo oigo, señor.

Joss deslizó la mano bajo la chaqueta, y retiró un delgado paquete que entregó a su abuelo. El tío George pareció incapaz de recibirlo. Joss no se movió, no cedió. Un momento después, Lilah extendió la mano y recibió el paquete en representación de su tío. Ninguno de los dos hombres le dirigió siquiera una mirada. Tenía cada uno los ojos clavados en el otro, en una suerte de guerra cruel y silenciosa.

—No vuelva aquí —masculló el tío George—. Nunca. Ni a Boxhill, ni a Virginia. No sé qué creía obtener, pero aquí no hay nada para usted. Vuelva al lugar donde su madre lo crio, y quédese allí. ¿Me oye?

Joss se movió súbitamente, y comenzó a caminar hacia la escalera. Lilah sintió un nudo en la garganta cuando lo vio alejarse. Se detuvo antes de comenzar a descender, y se volvió para mirarla.

—La veré en la primavera. Espéreme.

Ella asintió. El tío George emitió un sonido ronco que brotó de su garganta.

—¡Apártese de ella! ¡Dalilah Remy, él no te servirá! ¡De nada te servirá! ¡Maldito sea, muchacho, quédese en su parte del mundo y manténgase alejado de mí y los míos!

—Tío George...

—Iré a donde me plazca, y haré lo que me plazca, señor. Este es un mundo libre.

—No para la gente como usted. ¡Para usted no! ¡Permanezca en su lado del Atlántico, y no vuelva a acercarse aquí! Usted...

De pronto, el tío George calló, pareció sorprendido y se llevó la mano al pecho. Y entonces, sin previo aviso, se desplomó en el suelo. Lilah gritó, y trató de evitar que se desplomase, pero era demasiado pesado para ella; no pudo sostenerlo. Se arrodilló a su lado. Joss, la cara todavía tensa de cólera, se acercó instantáneamente, y deslizó la mano bajo la chaqueta del viejo, para sentir los latidos del corazón.

—Vaya a buscar ayuda. Está grave.

Lilah asintió y se puso de pie, y el paquete de cartas quedó olvidado en el suelo. Corrió como una liebre hacia la casa, llamando a gritos al doctor Patterson, que era uno de los invitados. Cuando regresó con el maletín que el doctor le había ordenado traer, se había reunido un numeroso grupo frente a la glorieta. Algunos esclavos sostenían antorchas encendidas, dando luz al doctor Patterson. Joss estaba de pie, el rostro sombrío, mientras observaba los movimientos. Amanda se había arrodillado junto a la forma inerte de su marido, y sostenía en la mano el paquete de cartas que Lilah había dejado caer. Tenía el rostro muy pálido, pero no lloraba. Del otro lado del cuerpo del anciano estaba arrodillado Boot, la cara húmeda de lágrimas, y el doctor Patterson, que miraba el rostro súbitamente adelgazado de Amanda, y no al marido de ésta. La escena disipó cualquier duda en la mente de Lilah. Y la movió a comprender que su tío abuelo estaba muerto.

6

—Howard, ¿ha muerto?

La voz de la tía abuela mostraba una notable serenidad. Lilah experimentó un súbito y profundo sentimiento de compasión por la anciana, cuyas actitudes inflexibles le habían provocado tanta incomodidad durante su visita. Al margen de lo que ella pudiera hacer o ser, Amanda Barton era una dama hasta el fondo del corazón. Otra mujer hubiera estado gritando y gimiendo a causa de la pérdida de su marido. Amanda afrontaba imperturbable la crisis, y se sometía a los postulados de su cuna y su crianza.

—Lo siento, Amanda. Estaba muerto cuando he llegado aquí. No he podido hacer nada.

El doctor Patterson se incorporó al mismo tiempo que dijo estas palabras, y palmeó torpemente el brazo de Amanda. Después, cuando ella comenzó a incorporarse, la ayudó.

Los movimientos de la tía Amanda eran muy lentos y conscientes, como si la impresión que había sufrido hasta cierto punto hubiera afectado sus músculos. El grupo de invitados y esclavos guardaba silencio, tan desconcertados todos como la propia Lilah. Parecía imposible que el tío George hubiese muerto. Apenas diez minutos antes había estado gritando a Joss. Los ojos de Lilah se dirigieron al caballero. El rostro apuesto tenía una expresión dura y fija. Como si hubiese percibido la mirada que ella le dirigía, él también volvió los ojos hacia Lilah. Aunque en cierto modo había sido la causa de la muerte del tío George, ella experimentaba mucha simpatía también por él. Después de todo, el tío George había sido el abuelo de ese hombre, y eso al margen del modo en que el anciano se había comportado frente a él. George seguramente también estaba impresionado, como les sucedía a todos. Incluso era posible que sufriese.

Se acerco a él, deslizándose discretamente entre la gente, pero la detuvo en seco la voz súbitamente estridente de su tía abuela.

—¿Es usted el hombre que se hace llamar Jocelyn San Pietro?

Los ojos de Amanda estaban fijos en Joss, con una expresión que Lilah sólo podía describir como de absoluta maldad. Lilah miró a Joss y después a la cara demacrada de su tía, y de nuevo al hombre, sintiendo que sus simpatías estaban divididas. Amanda seguramente había descubierto quién era Joss, y el papel que había representado en la muerte del tío George. Era una mujer implacable. Que Joss de ningún modo fuese responsable de su propia cuna y sólo circunstancialmente responsable de la muerte del tío George no frenaría en absoluto su lengua venenosa.

—Sí, soy Jocelyn San Pietro —replicó serenamente

Joss, encontrando la mirada de Amanda y sin hacer caso de las caras de asombro de los espectadores reunidos.

—¿El nieto de la mujer llamada Victoria Barton?

—Victoria Barton era mi abuela.

—¿Usted lo reconoce?

—Creo que hay pruebas de mi identidad y antecedentes en esas cartas que usted tiene en su mano. No veo motivo para negarlo.

—De modo que no ve motivo para negarlo, ¿verdad?

Una sonrisa fantasmal se dibujó en la cara arrugada de Amanda. Al mirarla, Lilah pensó que su tía abuela parecía casi la encarnación del mal. Experimentó un extraño sentimiento de miedo por el hombre asaeteado por los ojos celestes de Amanda. ¡Qué ridículo! Después de todo, ¿qué daño podía infligir una anciana amargada a un hombre tan fuerte y saludable?

—De modo que usted es el único nieto de mi esposo... que yo sepa. No tiene más hermanos ni hermanas, ¿verdad?

—Tengo un hermanastro. No es pariente de su esposo. —La expresión de Joss cambió, suavizada apenas al advertir la extrema fragilidad de la mujer que tenía enfrente—. Por favor, señora Barton, acepte mis condolencias por la pérdida de su esposo, y mis disculpas. Si hubiera tenido la más mínima idea de que mi diligencia podía provocar una tragedia como ésta, yo...

Amanda interrumpió la explicación con un gesto de la mano.

—Usted no lo sabe, ¿verdad? —tartajeó, mirándolo—. No tiene la más mínima idea. ¡Qué tremenda broma!

Comenzó a reír, horrorizando a los espectadores reunidos allí. El doctor Patterson la miró con aire severo, y parecía tan impresionado como el resto; después, de nuevo le palmeó la mano en un gesto de simpatía.

—Amanda, debe regresar a la casa y permitir que le administre algo que la ayudará a dormir. Boot se encargará del cuer... de George, y si usted lo necesita, puede verlo de nuevo por la mañana. Boot, vaya a la casa y traiga una manta, y después regrese aquí y con los otros hombres ayude a llevar al señor Barton de retorno a la casa. ¿La doncella de la señora Barton está aquí? Ah, sí, aquí está...

Boot, todavía con el rostro bañado en lágrimas, se puso de pie y fue a cumplir la orden del doctor Patterson. Jenny, la doncella de Amanda, avanzó hacia el centro del grupo. Era casi tan anciana y delgada como Amanda, con los cabellos grises cubiertos por un pañuelo muy blanco, y el cuerpo huesudo oculto bajo un voluminoso vestido negro, pero había soportado con menos entereza que su ama los efectos de la edad. Estaba encorvada a causa de los años, y en cambio, su ama mantenía rígidamente la columna vertebral. Amanda la miró con impaciencia, y después la apartó con un gesto.

—Todavía no, Jenny, todavía no. Debo arreglar un asunto. Y no, Howard, no he perdido la cabeza, de modo que cese de mirarme así. ¿Dónde está Thomas? Estaba por aquí no hace mucho.

«Thomas» era el juez Thomas Harding. Era un hombre que poseía poder político en el condado de Mathews y, siempre que se presentaba un problema legal de cierta jerarquía que había que resolver en beneficio de su círculo de amistades, generalmente podía contarse con los servicios del juez Harding.

—Aquí estoy, Amanda —dijo, avanzando hacia la dama. Miró de pasada a Jocelyn San Pietro, y su expresión manifestaba inequívoca suspicacia—. Entiendo que quizás se sienta en una posición un tanto embarazosa, ahora que otro heredero se ha presentado en circunstancias tan inoportunas, pero...

—Thomas, usted no entiende nada —lo interrumpió bruscamente Amanda—. Contésteme esto sin rodeos: ¿posee la autoridad necesaria para garantizarme la posesión de una propiedad personal hasta que pueda llamarse al sheriff Nichols?

—¿Qué clase de propiedad?

El juez Harding parecía desconcertado y al mismo tiempo tenía una actitud un tanto cautelosa. Como la propia Lilah y muchos de los espectadores, sin duda comenzaba a preguntarse si la mente de Amanda se había desequilibrado a causa de la impresión provocada por la muerte de su esposo.

—Un esclavo fugado —dijo claramente Amanda, y ahora Lilah comprendió que la mente de su tía sin duda estaba trastornada. ¿Qué tenía que ver un esclavo fugado con la muerte del tío George o con nada de lo que había sucedido esa noche?

—Venga a la casa, Amanda. Vamos, sosténgale el otro brazo. ¿Dónde está esa sobrina?

El doctor Patterson trataba de retirar a Amanda de la glorieta, y su mirada exploraba el lugar en busca de Lilah.

—Aquí estoy, doctor Patterson.

Intentó acercarse a su tía abuela, y la gente se apartó para dejarle paso. Amanda dirigió una mirada impaciente al médico.

—Dios lo confunda, Howard. ¡Hasta que se resuelva este asunto, no permitiré que usted me obligue a tomar una medicina como si fuese un caballo viejo! Thomas, quiero su respuesta: ¿tiene o no tiene la autoridad necesaria para ordenar que detenga a un esclavo fugado?

Sacudió el brazo que Jenny le sujetaba, y trató de desprenderse también del doctor Patterson, pero sin éxito. El médico indicó a Lilah que ocupase el lugar de Jenny. Lilah intentó de deslizarse discretamente para ocupar su lugar al lado de la tía abuela.

—Ejerzo esa autoridad, Amanda.

La voz del juez Harding tenía un acento calmante.

—Entonces, quiero que detengan al señor que se hace llamar Jocelyn San Pietro. Es descendiente de cierta Victoria, una muchacha escandalosa que huyó de Boxhill con su hijita hace unos cuarenta y cinco años. Yo era su propietaria, y también la propietaria de su hija, y por lo tanto soy la dueña de este hombre.

—¿Qué? —rugió Joss, mientras Lilah y el resto de la gente se volvía como una sola persona para mirarlo con expresión horrorizada—. ¡Usted está loca, anciana! ¡Mi abuela no era más esclava que usted!

Amanda sonrió maliciosamente.

—Muchacho, en eso se equivoca. Mi esposo compró a su abuela en Nueva Orleáns un par de años después de nuestro matrimonio. Dijo que la compraba para que fuese mi doncella, pero apenas la vi sabía que traería problemas. Era muy bonita, con la piel del color de la miel y los cabellos rojos, y tenía una altivez en su actitud que yo habría curado si no se hubiera fugado. Podía pasar por blanca, y creo que más tarde fue lo que hizo, ya que usted nada sabía de eso, muchacho, pues de haberlo sabido no se habría acercado aquí para tratar de obtener algo de mi tonto esposo. Pero ella era una mulata de piel clara, su madre había sido la amiguita del dueño de una plantación, y cuando éste murió, la madre y la hija fueron vendidas. Sin duda, llevaban la inmoralidad en la sangre, porque esa muchacha atrevida apenas había estado un año aquí cuando ya quedó embarazada de mi marido. Él las envió lejos... pero nunca les dio la libertad. Fueron esclavas hasta su muerte, las dos... y eso significa que también usted es esclavo. Usted es tan moreno como Jenny, a pesar de toda su piel clara. Usted es esclavo, y yo soy su dueña. Thomas, quiero que lo detenga.

7

Tres semanas más tarde, en Boxhill habían cambiado muchas cosas. George Barton fue sepultado dos días después de su muerte, y Amanda ya llevaba con mano de hierro las riendas de la plantación de tabaco. La atmósfera en la casa era tensa, y la mayoría de los esclavos lloraba a su amo al mismo tiempo que sufría bajo la exigencia de trabajo interminable de la propiedad. Lilah no lamentaba que hacia el fin de la semana tuviera que partir para Barbados en el *Swift Wind*. Al margen de lo que opinase de Heart's Ease, cuando recordaba su hogar se le colmaba de añoranza el pecho y se le llenaban de lágrimas los ojos. Habían sucedido tantas cosas en la Colonia, que le parecía que había estado lejos de su hogar durante años.

Ahora recorría los caminos sombreados por los árboles del condado de Mathews en una hermosa calesa manejada por su primo Kevin Talbott, enviado por el padre de la joven para llevarla de regreso. Kevin había llegado sin previo aviso tres días antes. Una de las esclavas lo había introducido en el salón del fondo, donde Lilah estaba sentada. Cuando apartó los ojos del libro para contemplar el cuerpo robusto y conocido y la cara curtida por las inclemencias del tiempo, pronunció en voz alta el nombre de su primo y se arrojó a sus brazos. ¡Era tan grato ver a alguien que venía del hogar! Su padre había hecho un sacrificio considerable al prescindir de su mayordomo por todo el tiempo que duraba el viaje a las Colonias y el regreso; Lilah lo sabía, pero por su única hija ese hombre estaba dispuesto a hacerlo todo. Y el gesto había tenido una generosa retribución, como sin duda Leonard Remy había previsto que sería el caso: menos de una hora después de la llegada de Kevin, Lilah había aceptado su propuesta de matrimonio. El sueño de su padre se había realizado: su obstinada hija finalmente se había comprometido con el hombre que gozaba de la preferencia de Leonard Remy, el hombre que cuidaría tanto de Lilah como de la plantación cuando el anciano ya no estuviese en este mundo.

Lilah, que con una sonrisa renuente imaginaba el júbilo de su padre, ya le había escrito para informarle del acontecimiento, aunque era probable que la carta precediese a lo sumo en una semana la llegada de la propia joven. Pero ella deseaba comunicarle la buena nueva con la mayor prontitud posible. Sabía que él se sentiría emocionado. Y también sabía que no se molestaría en cuestionar el motivo que la llevaba a adoptar la inesperada decisión de hacer lo que era mejor. Mientras Leonard Remy se saliera con la suya, esos detalles no le inquietaban. Pero, a decir verdad, Lilah había sufrido una profunda conmoción en los asuntos del corazón.

Por primera y única vez en su vida había temblado al borde del amor, y sólo había conseguido que su hermoso sueño se le desplomase sobre la cabeza como un castillo de naipes. La imagen de Jocelyn San Pietro todavía turbaba sus noches, aunque hacía todo lo posible para evitar el recuerdo durante las horas de vigilia. Ese hombre había desaparecido, había sido eliminado de su vida y de un modo tan completo como si hubiese muerto. El hombre por quien ella había sentido una atracción tan violenta era un esclavo, un hombre de otra raza. Unirse con él era algo absolutamente prohibido para ella, tanto como casarse con un sacerdote. Lilah lo sabía, aceptaba el hecho y trataba de no detenerse en él. Sin duda, no podía confiar en sus propios sentimientos cuando se trataba de los hombres. Kevin era el hombre que su padre le había elegido, y sería un buen marido. Y se uniría a él antes de que su inestable corazón pudiera traicionarla otra vez. En su caso no habría otras desastrosas y negativas relaciones a la luz de la luna.

A través de las murmuraciones que los esclavos se transmitían unos a otros en Boxhill, ella supo que se había realizado un rápido proceso judicial al día siguiente de la muerte del tío George. Se decidió que en efecto Joss era descendiente de Victoria, la mulata de piel clara, propiedad de Boxhill, y de George Barton, y que por lo tanto él mismo era propiedad de Boxhill. Ya no era un hombre libre. Jamás lo había sido, aunque nunca había tenido el más mínimo indicio de que había nacido esclavo. La tía abuela de Lilah era su propietaria, como era la propietaria de un caballo o un vestido u otro cualquiera de los esclavos de Boxhill, y en sus manos estaba el destino definitivo de Joss. Sobre la base de la malevolencia de los actos de Amanda esa noche terrible, Lilah conjeturó que la existencia de ese nieto ilegítimo de su marido había reabierto viejas heridas. El tío George había embarazado a la esclava Victoria cuando ya estaba casado con Amanda, y todo bajo las narices mismas de la vieja dama. Amanda era una mujer que alentaba un fiero orgullo, y muy probablemente amaba a su marido. La herida sin duda era profunda, y la venganza sería severa. Lilah se sentía mal siempre que pensaba en el destino probable de Joss, quien había pasado de la condición de hombre libre a la de esclavo en el espacio de una noche.

Sentada en la calesa al lado de Kevin, mientras la brisa le desordenaba los rizos que caían bajo el borde de la cofia y el sol iluminaba cálidamente la tierra, Lilah tuvo una súbita imagen de esa cara delgada y apuesta, una imagen tan vívida que era casi como si Joss estuviese ante ella. Se estremeció, y cerró los ojos para rechazar la visión. No podía soportar el recuerdo de ese hombre. Su destino era trágico, pero debía agradecer que hubiese sucedido precisamente entonces. Si se hubiese revelado la verdad pocos días más tarde, desde el punto de vista de Kevin la tragedia hubiera sido infinitamente más grave. Se habría enamorado de él, le habría permitido tomarse muchas libertades con ella, quizás incluso se hubiese comprometido. Y una cosa así era inconcebible. Si la gente llegaba a saber que le había permitido besarla, se vería desterrada de la sociedad...

—No tienes inconveniente en que te lleve directamente de regreso a Boxhill, ¿verdad? —decía Kevin—. Si quiero llegar a ese remate de esclavos, necesito dirigirme inmediatamente al pueblo. No imaginaba que te ibas a demorar tanto en tu visita a la señorita Marsh, pues en ese caso habría arreglado que otro te trajese.

Una subasta de esclavos concordaba tan ajustadamente con sus pensamientos que Lilah se estremeció en su fuero interno.

—Prefiero que no lo hagas.

—Vamos, Lilah, entiéndeme. Sabes que prometí a tu padre llevar un nuevo contingente de peones a bordo del *Swift Wind*. En circunstancias normales, te llevaría primero a casa, pero el remate es a las tres y...

—Oh, lo sé. Todo sea por el bien de Heart's Ease. Está bien, está bien, iré contigo.

Lilah capituló, y sonrió a su prometido. En verdad, era un hombre agradable; ella lo conocía desde que había cumplido los ocho años, cuando él ya era un hombre de veintidós, y ahora sería su esposo y el padre de sus hijos. Lilah estaba decidida a mostrarse amable con él, aunque en el esfuerzo se le fuera la vida. Después de todo, los matrimonios eran lo que uno hacía con ellos, y Lilah había decidido que el suyo sería exitoso. Los esclavos y las subastas de esclavos eran algo en lo que ella prefería abstenerse de pensar en ese momento, pero iría si Kevin así lo deseaba. Joss San Pietro era un capítulo lamentable en una vida por lo demás serena, y estaba dispuesta a desechar firmemente de su espíritu el recuerdo de ese hombre. Sin duda, había imaginado la intensidad de la atracción que él despertaba por la sencilla razón de que en ese momento estaba madura para enamorarse. Había experimentado ese sentimiento porque así lo deseaba, y eso era todo. La verdad era que apenas había llegado a conocer a ese hombre.

—Si tienes que hacer compras en el pueblo, de buena gana te dejaré en donde lo desees, y después pasaré a buscarte. Tal vez quieras comprar un retazo de seda para tu vestido de boda, o algo por el estilo.

—Usaré el de mi madre —contestó automáticamente Lilah, y su mente en realidad no prestaba atención al diálogo.

Su madre había muerto poco después del nacimiento de Lilah, y ella no la recordaba en absoluto. Jane, su madrastra y tía de Kevin, había ido a vivir en Heart's Ease como gobernanta de la niña cuando Lilah tenía cinco años, y dos años más tarde se había casado con el padre. Jane era bondadosa, amable y de buen carácter, y se adaptaba perfectamente al enérgico padre de Lilah. Pero a veces Lilah todavía experimentaba el ansia subrepticia de ver a su madre, a quien nunca había conocido.

—Bien, ¿y qué te parece un sombrero nuevo? Por supuesto, no quiero decir que eso que tienes en la cabeza no sea encantador.

—Gracias.

Ella volvió a sonreír. A su vez, Kevin respondió con una sonrisa, y su cara ancha y curtida por las inclemencias del tiempo bajo la espesa mata de cabellos castaños con hilos rojos dibujó un gesto de placer. Desde que ella había aceptado su propuesta, Kevin había sido el más feliz de los hombres. (Y una parte díscola del cerebro de Lilah insistía en preguntar: ¿y por qué no? Después de todo, ahora tenía una prometida joven y hermosa, y recibía la promesa de una de las más ricas plantaciones de azúcar de Barbados.) Pero ella... ahora estaba reprimiendo severamente el insistente sentimiento de aprensión. Ese matrimonio era la actitud más razonable. Si Kevin no era exactamente el príncipe apuesto y encantador de sus sueños, ¿qué importaba? La vida real no tenía nada que ver con los sueños, y era hora de que ella aceptase el hecho. Podía convertir su matrimonio en un éxito si así lo deseaba. ¡Y lo lograría!

Mathews Court House era un pueblecito activo con tiendas de ladrillo y madera, y calles empedradas. Las señoras con sus vestidos de cintura alta adornados con muchas cintas y las cofias de ala ancha caminaban de prisa por las calles, cargadas de paquetes, o empujando a los niños recalcitrantes; en algunos casos, las acompañaban los hombres, vestidos más sobriamente. Aquí y allá vio conocidos en las calles o se cruzó con algunos carruajes, y a todos los saludó con una sonrisa. Su saludo siempre fue correspondido, y Lilah experimentó cierto grado de alivio. Lilah no había estado muy segura de la reacción social que se le dispensaría después de aquella noche en la glorieta. La gente había estado mencionando su nombre las últimas tres semanas, y la joven se alegraba de que la murmuración al parecer no hubiese llegado a oídos de Kevin. Se ignoraba qué había sucedido exactamente entre Lilah y Jocelyn San Pietro, pero la gente sabía que ella había pasado un rato bastante largo a solas con él esa noche fatídica. Aunque el recuerdo de su comportamiento atrevido ya comenzaba a diluirse en la conciencia colectiva. Ella había comenzado a abrigar la esperanza de que la saga de Jocelyn San Pietro ingresara en el folclore local, y en general fuese olvidada. Después de todo, muchos de los caballeros de la región habían tenido hijos con sus amantes esclavas. Lo que le confería al asunto un tono tan escandaloso era que Joss había pasado toda su vida como blanco, y que George Barton había muerto al aparecer su nieto. La participación de Lilah agregaba a lo sumo un detalle secundario a la anécdota.

El número de carruajes que se dirigía al centro del pueblo era más elevado que el de los que salían, y Lilah supuso que el motivo se hallaba en la subasta de esclavos. La esclavitud era la savia vital de las grandes plantaciones tanto en el Sur norteamericano como en Barbados. Aunque no siempre era un sistema de trabajo agradable, era el único modo de explotar con ganancia las plantaciones de algodón, azúcar y tabaco. En general, las esclavas tenían pocos hijos, y el único modo de reponer el caudal de peones necesarios para trabajar los campos era comprarlos. Había que hacerlo a menudo, y eso exigía aportes importantes de efectivo. Por supuesto, los esclavos que trabajaban en la casa no eran los mismos que los peones del campo. Había tanta diferencia entre un *gullah*, que era el nombre que los plantadores aplicaban a los esclavos recién traídos de África para trabajar en los campos, y un «antiguo esclavo» que era el mayordomo de un caballero, como entre un «pillo de las calles» y un *lord* en Gran Bretaña. Muchos de estos esclavos domésticos formaban parte de la familia, como sucedía con Betsy, o Boot, que lloraba a George Barton más que la propia esposa del fallecido.

El lugar de la subasta de esclavos sería los jardines del frente y el fondo del tribunal, un imponente edificio de ladrillos en el centro del pueblo. Se necesitaban los dos lugares porque en realidad se trataba de dos remates diferentes. Los esclavos más valiosos, los servidores domésticos, los peones de primera clase y otros por el estilo, eran rematados al frente. El fondo daba a una calle denominada Cheapside, y allí se vendía la mercancía vieja, deteriorada, recalcitrante o menos valiosa por cualquier otra razón.

—¿Dónde quieres que te deje?

A juzgar por la falta de entusiasmo que se manifestaba en la voz de Kevin, Lilah comprendió que no estaba muy ansioso por complacerla, y adivinó que temía que si llegaba tarde desaprovecharía la oportunidad de pujar por los mejores trabajadores. De modo que Lilah meneó la cabeza y fue recompensada por la sonrisa de Kevin.

—¡Eres magnífica, Lilah! ¡Haremos un buen equipo!

Lilah respondió con una sonrisa también a eso, y desde que ella lo había aceptado parecía que eso era todo lo que Kevin necesitaba para sentirse feliz. Kevin maniobró con la calesa en el estrecho espacio entre dos calles (todos los espacios más próximos habían sido ocupados por los que habían llegado más temprano), descendió de un salto y extendió la mano para ayudar a bajar a Lilah. El modo en que le apretó la cintura no era desagradable. Cuando mantuvo un momento las manos sobre el cuerpo de Lilah, después de que los pies de la joven tocaron el suelo, ella le dispensó sin dificultad otra sonrisa. Él le oprimió levemente la cintura y la soltó. Lilah aceptó el brazo que él le ofrecía, y apoyó suavemente los dedos sobre la fina lana que cubría el antebrazo moreno, y se negó a pensar en el último brazo masculino que había sostenido del mismo modo. Hablando despreocupadamente de cosas superficiales, se dirigieron a la subasta.

El tipo de esclavos que interesaba a Kevin para destinarlos a Heart's Ease sería vendido en el sector más privilegiado, de modo que los dos se encaminaron hacia el frente del tribunal. Poco después, Lilah se encontró de pie cerca de la primera fila de la multitud, reunida ante una estrecha plataforma de madera que se elevaba quizás a un metro de altura sobre el suelo. Sobre ella estaba de pie el rematador, vestido llamativamente y exaltando las virtudes de un peón de campo desnudo hasta la cintura; su edad, juró el rematador, no pasaba de los diecinueve años. Damon, según lo denominó el rematador, tenía la piel de color ébano y poseía una fuerte musculatura, y Lilah no se sorprendió cuando Kevin comenzó a pujar. Cuando Damon fue asignado a Kevin por la bonita suma de quinientos dólares, el esclavo sonrió de oreja a oreja, orgulloso del precio que había obtenido. Se le aplicó un marbete, y a una señal de Kevin fue retirado, para ser llevado más tarde el mismo día.

La subasta se desarrolló deprisa. Cerca del final, Lilah perdió el escaso interés que el procedimiento le había despertado, y comenzó a alejarse. Kevin había comprado diez excelentes peones para Heart's Ease, así como una mulata de buen cuerpo que según dijo podía ayudar en la cocina a la cocinera Maisie. Había terminado su compra, salvo que apareciera algo de aspecto excepcionalmente promisorio, y ahora conversaba con el caballero que estaba al lado, y ambos se habían enredado en una discusión acerca de los diferentes métodos de irrigación. Lilah rodeó el edificio y se dirigió al jardín que estaba detrás del tribunal. Se dijo que nadie podía acusar a Kevin de falta de interés en la línea de trabajo que había elegido.

Después de caminar un momento sin rumbo fijo,

Lilah se encontró acercándose al borde de un grupo muy distinto, que asistía al remate de Cheapside. Aquí, el grupo estaba formado por agricultores y comerciantes menos prósperos, e incluso por la chusma blanca que había podido reunir dinero suficiente para comprar un esclavo o dos de calidad inferior. A diferencia de su colega de la primera subasta, este rematador estaba vestido sobriamente y gritaba sin medida, exaltando las virtudes de un viejo encorvado que tenía una expresión de fatiga en los ojos.

—A Amos aún le quedan muchos años. Y es más fuerte de lo que parece. Caramba, todavía puede manejar la azada lo mismo que los restantes peones. ¿No es así, Amos?

Amos movió obediente su cabeza canosa. Pero la puja carecía de entusiasmo, y en definitiva fue vendido por sólo cien dólares a un agricultor corpulento que tenía una expresión maligna en los ojos. Lilah experimentó una indefinida compasión por Amos y se volvió para regresar al jardín del frente, donde se sentía más cómoda. El nivel de ruidos de este lado ya estaba provocándole jaqueca, y de la multitud se desprendía un evidente hedor de cuerpos sucios. Además, Kevin estaría preguntándose adónde había ido...

—Bien, aquí tienen un excelente y joven potrillo, se llama Joss, es fuerte como un buey. Sólo necesita que lo domestiquen un poco. ¿Por dónde empezamos?

—¡Caramba, es un blanco!

—No, es amarillo claro. ¿No recuerdan haber oído decir que...?

—¡Mírenle las cadenas! ¡Seguramente es maligno! ¡No lo aceptaría a ningún precio!

—¡Yo daré cincuenta dólares!

—¡Cincuenta dólares! ¡Vamos, señor Collier! ¡Una vez que lo domen, seguro que vale quinientos!

El subastador rechazó indignado la oferta demasiado baja.

—Sí, ¡si antes no mata a alguien! ¡O si uno no termina teniendo que matarlo!

Mientras se desarrollaba este diálogo entre el rematador y un hombre de la multitud, Lilah volvió la mirada hacia el estrado y se sintió paralizada. Estaba sucio, los cabellos apelmazados y enredados, sin bigote. En cambio, lo que parecía una barba de dos semanas le ensombrecía la mandíbula. Estaba descalzo, vestido con un par de pantalones rotos, y Lilah advirtió conmovida que eran los restos de la prenda que había llevado aquella noche fatídica, con algo que era más un harapo que una camisa colgado de los hombros. Tenía casi todo el pecho desnudo, y mostraba los músculos tensos y un atisbo de las costillas. Tenía la boca hinchada y un rastro de sangre seca en la comisura. En ese momento estaba deformado por un rugido primitivo. Un cardenal púrpura se extendía sobre el pómulo izquierdo, y tenía un corte curado a medias en la sien derecha. Lilah sintió que se le detenía el corazón cuando vio los músculos que se hinchaban en los brazos casi desnudos, a causa del cordón que le sujetaba firmemente las manos a la espalda. Una cadena estaba asegurada a sus tobillos, y otra cadena lo aferraba a un poste que se encontraba al fondo del estrado. A pesar del cambio de aspecto, sin duda era Joss. Mirando impotente, Lilah sintió que la náusea le subía por la garganta, y tuvo que tragar para contenerla. Dios mío, lo habían reducido a eso... La realidad de la venganza de Amanda era más terrible que lo que ella había imaginado jamás.

—¿Quién da cien? ¡Cien dólares por un hermoso potrillo joven! —El subastador, manteniendo una cautelosa distancia de la mercancía que intentaba vender, exploró con la mirada a la multitud—. ¡Por ese precio es buen negocio!

—¡Doy sesenta! —gritó un hombre.

—¡Sesenta dólares! ¡Caramba, casi es un delito! ¡Sam Johnson, si lo atrapan por esto lo arrestarán! ¡Vamos, amigos! ¡Quiero cien dólares!

—¡Neely, queremos verle la espalda!

De mala gana, el rematador cedió ante la presión de la gente.

—¡Vuélvete, muchacho! —dijo a Joss.

—¡Váyase al infierno! —fue el rezongo de respuesta.

Fue claramente audible incluso para Lilah, que estaba al fondo de la multitud. El rematador frunció el entrecejo, e hizo una señal a un par de hombres corpulentos que estaban uno a cada lado de la plataforma. Treparon al estrado y obligaron a volverse a la víctima recalcitrante, y en ese proceso le arrancaron la camisa destrozada. La espalda expuesta apareció en carne viva, marcada con latigazos que se entrecruzaban. Lilah sintió de nuevo la náusea. Se llevó una mano a la boca, temerosa de vomitar.

—¡Retiro mi oferta! —gritó el hombre que había ofertado sesenta dólares.

—¡Mantengo la mía! —dijo el que había propuesto cincuenta dólares, que agregó, en un aparte a la gente en general—: Demonios, ¡la carne para alimentar cerdos no es tan barata! Y si me da mucho trabajo, se convertirá en eso... ¡comida para los cerdos!

Hubo un murmullo de simpatía de la multitud, cuando Joss, liberado por los corpulentos guardias, se volvió para enfrentarla. Tenía la cara lívida de furia, y con los músculos de los brazos y el pecho tensos e hinchados parecía peligroso. De ningún modo se asemejaba al forastero atrevido y alegre que la había galanteado tan audazmente y casi le había robado el corazón. Lo habían convertido en una bestia, y el corazón de Lilah sangró por él.

Los ojos de Lilah habían permanecido fijos en él desde el momento mismo de reconocerlo, y en cambio los de Joss se habían paseado despectivamente sobre la multitud. Cuando recorrieron el lugar, como desafiando a todos a pujar, pasaron sobre el lugar donde ella estaba, hacia el fondo. Después, como en movimiento lento, retornaron. Esos ojos verdes cuyo color ella recordaba más vívidamente que el color de sus propios ojos se clavaron en Lilah.

8

Cuando la vio, Joss rugía a la turba como una bestia salvaje encadenada. Lilah estaba cerca de la periferia de la multitud que miraba asombrada a Joss, y el ancho borde de encaje de su cofia amarilla clara proyectaba una sombra sobre la cara de la joven. Estaba exactamente como él la recordaba, más hermosa de lo que podía ser una joven cualquiera, y parecía serena y fresca como el agua de un arroyo en el calor del verano. Las masas de cabellos plateados que él había visto primero en un seductor desorden estaban recogidas primorosamente bajo la cofia, adornada por una estrecha cinta de suave azul grisáceo, casi exactamente el color de los ojos de Lilah, si la memoria no engañaba a Joss. Se la veía tan etérea como un rayo de sol con su vestido amarillo claro asegurado bajo la suave y alta curva del busto por una cinta del mismo matiz de azul que adornaba la cofia. El extremo de la cinta descendía hasta el frente de la angosta falda. El vestido mismo estaba hecho de un material muy liviano, al parecer destinado a revelar tanto como a ocultar las deliciosas curvas del cuerpo esbelto. Debajo de las mangas cortas y abullonadas tenía los brazos desnudos, seductoramente delgados y pálidos bajo la luz intensa de la tarde. Él no alcanzaba a ver la expresión de la cara, pero incluso a esa distancia adivinaba la repugnancia de Lilah, sentía la compasión que él le inspiraba.

Cuando él la había conocido era un hombre altivamente seguro de su poder sobre el otro sexo; seguro de que, si lo deseaba, podía alcanzar a casi todas las mujeres que se pusieran a su alcance. Las mujeres siempre lo habían considerado atractivo, y él había aprovechado bien esa circunstancia afortunada más veces de lo que alcanzaba a recordar. Y de pronto, Dalilah Remy había caído en unos arbustos, desnudando un par de piernas delgadas que se agitaban cubiertas por las medias blancas, y eso había avivado el interés de Joss. Cuando él no hizo más que lo que correspondía a un caballero, y había tratado de ayudarlo a poner orden en su falda, Lilah había intentado descargar un puñetazo en la nariz de su salvador. Al principio, él sólo se había sentido muy regocijado. Pero después, una vez que pudo mirarla bien y descubrió que la agresora era una deslumbrante belleza, se sintió encantado, y había continuado encantado hasta que recayó sobre él esa pesadilla. Había en ella algo que lo atraía, algo que sobrepasaba la delicada perfección de su cara y sus formas. Había agradado a Joss, le había agradado realmente. Y la había deseado. Del mismo modo que ella lo había deseado, a pesar de que probablemente era demasiado inocente para decir con esas palabras lo que sentía cuando él la tocaba. Incluso ese beso casi infantil que le había dado de hecho la había encendido...

Pero todo eso pertenecía al pasado. La dura realidad estaba allí, sobre esa plataforma, bajo el sol candente, la lengua hinchada a causa de la sed y los brazos doloridos a causa de las ligaduras tan apretadas. El resto de su cuerpo le dolía en tantos lugares que ya ni siquiera alcanzaba a numerarlos. Lo habían golpeado, le habían descargado puntapiés, y flagelado y castigado tantas veces que había perdido la cuenta. Lo habían despojado de su nombre y de su identidad, e incluso de su raza, reduciéndolo a la condición de una bestia a la que se compraba o vendía sencillamente porque su abuela había sido la bisnieta de un *gullah*, y era esclava.

Parecía imposible creerlo; había necesitado algunos días para convencerse de que todo el asunto no era un repulsivo error sino la horrible verdad. Su propio linaje estaba formado por treinta y una partes de blanco con una de negro, una mera cucharadita de sangre, y sin embargo en ese atajo colonial era suficiente para condenarlo a las filas de lo inhumano. Su educación, sus antecedentes, incluso la próspera empresa de navegación que había organizado, de nada servían contra esa sospecha de la sangre. En el curso de su vida nunca había concebido la posibilidad de caer tan bajo, o de sentirse tan impotente que no pudiera hacer nada para remediarlo. Incluso sus afirmaciones en el sentido de que disponía de los fondos necesarios para comprar su libertad, todo lo que dijo durante esa farsa de audiencia judicial, de nada le sirvieron. Ni siquiera le permitieron enviar un mensaje a su barco. Los esclavos carecían de derechos, y él no podía afirmar que era propietario de nada. Eso le habían dicho mientras lo arrastraban encadenado.

En el establo que era su prisión lo había visitado esa vieja loca, Amanda Barton, que le había dicho —como si estuviera comentando el tiempo— que se proponía quebrarlo. Él la había insultado furiosamente, volcando sobre ella palabras que al propio Joss lo impresionaron, porque no sabía que era capaz de usarlas frente a una mujer, aunque fuese ella. Y ella había respondido con su risa tartajosa y complacida, y lo había dejado encadenado y furioso en la oscuridad. Después alguien —estaba demasiado oscuro para descubrir la identidad de su atacante— había entrado, y sin decir una palabra lo había golpeado hasta que se desmayó. Lo habían obligado a pasar hambre y sed, lo habían golpeado y humillado, y permitido que chapotease en su propia suciedad hasta que sintió que era menos que humano. Incluso desde el comienzo mismo de la pesadilla lo habían tratado como a un animal; no, peor que a un animal, con crueldad maliciosa. Y finalmente, se había visto llevado a reaccionar como un animal, y por todo eso había recibido más golpes con los puños y los garrotes, y un castigo con el látigo.

Finalmente, había aprendido a dominar su cólera, atesorándola como un avaro su oro, y se había prometido que si esperaba tendría la oportunidad de escapar. No había adivinado que la vieja bruja se proponía venderlo porque lo consideraba una propiedad que no la complacía, y que lo retirarían del ruinoso establo donde lo habían mantenido encadenado y sucio durante semanas, para llevarlo encadenado y sucio al estrado del remate. Y allí, lo habían sometido al examen público, y habían ofertado por él como si fuese un caballo estropeado. Nunca habría creído que podía hundirse tan profundamente. Y entonces, vio los ojos de Lilah fijos en él, y supo que ella lo veía sucio y maloliente y semidesnudo, y las vergonzosas marcas del látigo se reflejaban claramente en los ojos de la joven... Sintió deseos de matar. El ansia de sangre que lo recorrió era tan intensa que disipó todo pensamiento de prudencia o incluso de supervivencia.

Rugió de cólera, enseñando los dientes y volcando cada gramo de su fuerza en el tirón destinado a romper la cadena que lo aseguraba al poste. El poste gimió y se estremeció, y durante un momento, sólo un momento, Joss creyó que podría liberarse. Aunque si lo hacía, probablemente recibiría un balazo como premio por su esfuerzo...

Los más temerosos de la turba gritaron mientras el subastador se volvía con un movimiento tan rápido que vaciló y casi cayó del estrado. Inmediatamente dos guardias corpulentos se abalanzaron sobre Joss, y sus garrotes se descargaron pesados y rápidos sobre la cabeza y los hombros del prisionero. Con los brazos atados atrás y los tobillos encadenados, él no tenía modo de protegerse; pero lo intentó, esquivando y encogiéndose, lo mejor que pudo, para escapar a los peores golpes. Inevitablemente, fue obligado a arrodillarse. Y entonces, una pesada bota cayó sobre su tórax. El dolor fue tan agudo que penetró la bruma de cólera que lo envolvía. Contuvo una exclamación, doblándose sobre sí mismo de modo que su frente tocó la madera polvorienta del piso. Otra bota lo alcanzó en la cintura. Jadeó por segunda vez, y un sudor frío brotó de su frente.

—¡Ofrezco cien dólares por él!

Joss había creído que su sufrimiento no podía agravarse, pero se había equivocado. Esa voz dulce, de suave acento, que venía de la gente, le provocó una oleada de vergüenza tan intensa que le dolió más que las costillas casi seguramente rotas. Rechinando los dientes, consiguió levantar la cabeza para mirarla. Se había acercado, tanto que ahora podía ver la delicada perfección de sus rasgos bajo la cofia que le protegía el rostro. No miraba a Joss, sino al subastador. Esos enormes ojos azules estaban ensombrecidos con una combinación de lo que, según pensó Joss, era compasión por él y temor por su propia audacia. Era inaudito que una mujer joven comprase un esclavo de sexo masculino; las mujeres, a menos que fuesen solteronas sin remedio o viudas y careciesen de la protección de un hombre, nunca ofertaban en las subastas de esclavos. En la mayoría de los casos se les prohibía que tuviesen ningún tipo de propiedad; todo estaba a nombre de sus maridos o sus padres. Y que una joven como Lilah comprase un esclavo joven, viril... era un acto valeroso. Joss lo advirtió, y comprendió que ella sería la comidilla del remate, de ese pueblo tan pequeño y de los lugares vecinos. Aun así no experimentó el más mínimo atisbo de gratitud por lo que ella hacía en su favor. Su odio y su furia contra el mundo se extendieron en ese momento y también la incluyeron a ella, porque era un testigo y participante de su total humillación. Estaba de rodillas ante ella, impotente, ensangrentado y doblegado, su virilidad misma ultrajada. ¿Cómo era posible no odiarla porque lo compadecía?

—¿Qué les parece? ¡Mírenla ahora!

Un murmullo escandalizado se elevó de la gente, y muchos se esforzaron para ver, y se identificó a la oferente, una joven de elegante atuendo. El subastador miró fijamente a Lilah, como si le hubiese costado creer lo que oía. Los guardias también se volvieron para mirar. Lilah, que de pronto tuvo conciencia de toda la atención que concitaba, se sonrojó intensamente, pero sus ojos no se apartaron del rematador. Joss se estremeció por ella, y también por él mismo. Sabía que Lilah tenía las mejores intenciones, pero sólo estaba consiguiendo empeorar la situación. Ahora todo era mil veces peor, y Joss no había creído que tal cosa fuese posible.

—Señorita, ¿realmente desea pujar? —preguntó al fin el rematador, en voz baja y en una actitud marginalmente respetuosa.

Incluso los hombres como él identificaban la caridad cuando la veían. Joss contuvo la respiración, y ni siquiera advirtió que estaba haciéndolo. Ella aún podía retirar su oferta y evitarse dificultades. Joss esperaba que lo hiciera. Que lo vendiesen al bastardo más mezquino y cruel del mundo no le provocaría tanto sufrimiento como verse sometido a ella.

—Sí, ésa es mi intención. He dicho que pagaría cien dólares por él, y eso es exactamente lo que quise decir.

Ahora su voz era más enérgica, y podían percibirse con toda claridad el tono y las palabras. Tenía el mentón alto, los hermosos ojos luminosos por el desafío. Joss experimentó una intensa vergüenza. Emitió una protesta sin palabras. La bota del guardia que estaba más cerca se alzó amenazadora, y Joss cerró la boca. De todos modos, ella no lo miró, pero él no podía apartar los ojos de la joven.

—No puedo vender un esclavo como este tipo a una

joven dama —dijo el rematador, y cada una de sus palabras reflejaba desaprobación—. De todos modos, ¿para qué lo quiere?

—Como usted ha dicho, bien entrenado valdrá casi cinco veces lo que pago por él. No lo compro para mí. Actúo representando a mi padre. Nuestro mayordomo ya compró casi una docena de esclavos en la otra subasta. También se hará cargo de éste.

—Oh. —El rematador se frotó el mentón—. Imagino que eso cambia las cosas. Si dice a su mayordomo que venga aquí...

—Ahora está atareado con los restantes esclavos que hemos comprado. —Lilah elevó un poco más el mentón, y habló con voz aún más firme—. Entiendo que mi dinero es tan bueno como el de otro cualquiera. Y no veo que nadie le ofrezca cien dólares por él.

El subastador la miró severo un momento, y después paseó los ojos sobre la gente.

—La dama tiene su razón —dijo—. Afirma que nadie más ofrece cien dólares. ¿Alguien supera la oferta? ¿Alguien ha dicho ciento veinte? ¿Ciento diez? ¿No? Entonces a la una, a las dos, ¡vendido a la joven por cien dólares!

—En un momento enviaré a alguien con el dinero.

Joss oyó estas palabras mientras los guardias soltaban la larga cadena que lo aseguraba al poste y lo obligaban a incorporarse. Una bruma de dolor enturbió su mente mientras salía del tablado, medio caminando y medio arrastrado. Los esclavos comprados poco antes esperaban a sus amos en un corral bien vigilado que estaba al borde del jardín. Joss suponía que lo llevarían allí. Sus heridas tendrían que curarse solas, a menos que su nuevo amo —o ama— fuese un ser compasivo. Una amarga risa lo sacudió, y le provocó otra llamarada de dolor. El hecho mismo de que ella lo hubiera comprado —¡comprado!— demostraba su compasión. Podía contar con que en su nueva vida como esclavo de Lilah sería bien tratado.

Ella esperaba detrás de la plataforma cuando empujaron abajo a Joss. Los guardias se detuvieron, y la miraron con intriga y algo menos que respeto en los ojos cuando se les acercó, indiferente a la multitud que se agitaba y murmuraba. No se acercó demasiado pero sí lo suficiente como para lograr que él tuviese colérica conciencia de lo mal que olía, de su propia suciedad y degradación. Se mantenía inseguro sobre los pies, y el dolor le provocaba transpiración y lo llevaba a rechinar los dientes, pero aun así trató de desprenderse de los brazos de los guardias. Fue un error. Uno de ellos le hundió bruscamente el codo en las costillas lastimadas, determinando que una llamarada de sufrimiento le atravesara las entrañas. Joss gimió, y cerró los ojos mientras la frente y el labio superior se le cubrían de sudor frío.

—Usted, ¡no vuelva a hacer eso! No quiero que lo lastimen más, ¿me oye?

Lilah acudió en defensa de Joss con un remolino de faldas. Sorprendidos, los guardias soltaron al prisionero y retrocedieron un paso. Joss comprobó horrorizado que las piernas ya no podían sostenerlo. Se desplomó, cayendo de rodillas, pero como no podía usar las manos para apoyarse cayó de costado sobre la blanda alfombra de césped polvoriento. Alrededor, el mundo vaciló y giró enfermizamente. Por primera vez en su vida temía desmayarse.

—¡Lo han herido! —exclamó Lilah, arrodillándose al lado de Joss y tocando con sus dedos fríos la sien transpirada y sucia.

El contacto con los dedos de Lilah contrajo el estómago de Joss. Por lo menos, ella no lo consideraba una bestia, pero no podía permitir que ofreciera un espectáculo semejante, pues conocía la perversidad que acechaba en la mente de los hombres. La imaginación obscena del público se complacería en eso... Rechinó los dientes, y se impuso abrir los ojos. El mundo continuaba balanceándose, pero al concentrar la mirada en la cara de Lilah pudo realizar el esfuerzo necesario para mantener la conciencia.

—Apártese de mí —gruñó, de modo que nadie más pudiese oír, y se sintió simultáneamente satisfecho y pesaroso cuando a ella se le agrandaron los ojos y pareció que se balanceaba sobre los talones.

Mirándola fijamente, Joss realizó un frustrado intento de sentarse, como preparándose para incorporarse otra vez, pero dada su debilidad descubrió que incluso sentarse sobrepasaba sus fuerzas. El dolor lo abrumaba siempre que se movía. Tenía que permanecer consciente sin moverse, afrontar la indignidad del desmayo. Eligió lo primero, y cerró de nuevo los ojos cuando sintió otra oleada de sufrimiento. Cuando al fin los abrió, descubrió que ella todavía estaba inclinada al lado, el ruedo de su falda casi tocándole el brazo, y la cara ocupando el campo visual de Joss. Lo miraba con el ceño fruncido, dulcemente preocupada, y tan fresca y hermosa que las entrañas de Joss dolieron, y no sólo por las costillas dañadas. La proximidad de Lilah originó una expresión sombría en la cara de Joss.

—Maldita sea, creí haberle dicho que se apartase de mí.

La furia que sentía convirtió sus palabras murmuradas en un latigazo. En lugar de incorporarse bruscamente y huir, como él había esperado que hiciera, Lilah extendió la mano para tocarle las costillas, como si deseara verificar el daño sufrido. La sensación de la mano femenina deslizándose tan íntimamente sobre su costado enloqueció a Joss. Realizó un brusco movimiento lateral para escapar del contacto, y pagó el gesto con otra cuchillada de dolor.

—Ya lo verá, ahora podrá arreglarse —dijo suavemente Lilah, sin hacer caso de todos los esfuerzos que él había realizado para rechazarla.

Entonces, un hombre robusto de cara arrugada apareció tras ella. La sostuvo por los dos codos y la obligó a incorporarse.

—Lilah, ¿qué demonios crees que estás haciendo? —rugió—. Howard LeMasters me ha dicho que estabas aquí, convirtiéndote en el objeto del escándalo, ¡pero no le había creído! ¡Ahora veo que no ha exagerado, ni mucho menos! Amiga, ¿quieres explicarme esto?

El hombre continuaba sosteniéndole los brazos con las manos, y parecía dispuesto a sacudirla. La había obligado a volverse para mirarlo, y así Joss no podía ver la expresión en la cara de Lilah. Pero el hombre parecía enfurecido.

Joss endureció el cuerpo, y con sombría decisión trató de incorporarse. Era inútil. Consiguió ponerse de rodillas, pero no hubiera podido enderezar el cuerpo aunque su vida —o la de Lilah— hubiese dependido de ello. Si ese hombre se mostraba insultante en palabras o en actos, él no estaba en condiciones de defender el honor o la persona de Lilah.

—¡Oh, Kevin, iba a ver si encontraba algo para ti! Por favor, ¿quieres pagar cien dólares en mi nombre al rematador?

Era evidente que no la inquietaba la reacción violenta del hombre ante la conducta indiscreta que ella había manifestado, o la fuerza del apretón sobre los brazos desnudos. Al ver esas manos carnosas sobre la piel pálida de Lilah, una intensa antipatía por el otro se manifestó plenamente en Joss. Entonces, Kevin lo miró por encima de la cofia amarilla, y Joss comprendió que sus sentimientos eran perfectamente recíprocos.

—¿Has perdido la cabeza? No puedo creer que hayas pujado por un esclavo... ¡y especialmente por éste! Es el hijo bastardo del viejo George, ¿verdad? ¿El mismo a quien según dijo a todo el mundo el joven Calvert tú le estabas haciendo ojitos antes de descubrir que era una oveja negra?

—¡Kevin! ¡Baja la voz! ¡Como sabes, él no es sordo, y tampoco lo son los demás!

—¿Y bien? Es eso, ¿verdad? ¡Y ahora cometes la tontería de comprarlo en una subasta pública! ¡Después de esto toda la región hablará de ti! ¡No puedo creer que hagas algo tan increíblemente estúpido!

Mientras miraba a ese hombre con expresión de odio, Joss descubrió que tenía los ojos de un color borroso, a medio camino entre el pardo y el almendrado. Miraba a Joss con toda la arrogancia de un hombre cuya posición superior en el mundo es indudable. Joss estaba desnudo hasta la cintura, sucio, y cubierto de heridas y cortes. Tenía la barba crecida, y se le veía desaliñado y avergonzado. Pero no permitió que la observación cruel de Kevin lo intimidase. Miró con fiero desafío mientras el otro hombre arrugaba con disgusto la nariz ancha. Ante ese gesto desdeñoso, Joss sintió que la cólera fluía por sus venas. Aún no se había acostumbrado al desprecio. Pero antes de que pudiera decir o hacer nada insensato, Kevin devolvió su atención a la joven.

—Oh, Kevin, por favor, no te enojes —le pidió ella, sonriéndole de un modo que indujo a Joss a rechinar los dientes. Había creído que esa sonrisa que ella le había dirigido tres semanas antes le estaba dedicada especialmente. Ahora comprendió que ella era una coqueta condenada, que dirigía caídas de ojos a todo lo que llevase pantalones.

—¿Que no me enoje? Arrastras tu buen nombre por el lodo, ¿y me dices que no me enoje? No tenías por qué pujar en una subasta de esclavos, y lo sabes bien... ¡Y mucho menos tratándose de él! ¿Crees que yo no he oído lo que se murmura? ¡Bah! Pero dadas las circunstancias, estaba dispuesto a no hacer caso. No podía saber qué era ese hombre, y te conozco bien y por eso no creo que te haya puesto la mano encima. Pero de todos modos no había razón para...

—Le estaban hiriendo —lo interrumpió ella con voz serena—. No pude soportarlo.

Kevin la miró altivo, meneando la cabeza.

—Tú y tu condenado corazón —dijo después de un momento de silencio, y murmuró algo más por lo bajo.

Joss no escuchó el resto de las palabras, porque el cuchillo continuaba revolviéndole las entrañas. Una oleada de sangre cálida, expresión de su vergüenza, afluyó a su cara. Dios, no se había sonrojado en quince años, ¡por lo menos desde que era un jovencito de catorce y había visto el primer par de pechos femeninos desnudos! Pero la compasión que se manifestaba en la voz de Lilah era más de lo que podía soportar.

—Lilah, ¿no piensa presentarnos?

La insolencia de su tono era intencional. Ella lo miró por encima del hombro, los ojos muy abierto. La cara de Kevin se puso tensa, y se enrojeció. Tomó de la cintura a Lilah y la apartó de su camino, y después se acercó a Joss. Joss lo vio venir, vio la mano del hombre que se acercaba a su cinturón, extraía la pistola y la levantaba. No había nada que pudiera hacer para evitar lo que lo amenazaba, salvo encogerse, y el orgullo se lo prohibía, de modo que recibió el golpe de lleno en la cara, y echó hacia atrás la cabeza mientras sentía que se le partía la mejilla izquierda.

—¡Kevin, no!

Joss pensó que ella habría corrido hacia él si Kevin no la hubiese tomado del brazo. Pero quizás el entumecimiento cada vez más extendido en su mejilla unido al terrible dolor del costado lo llevaba a imaginar de nuevo ciertas cosas.

—Lilah, vuelve al carruaje, antes de que provoques un escándalo todavía mayor —dijo Kevin entre dientes—. Los esclavos son asunto mío, no tuyo, y lo sabes. Vete. Me reuniré contigo después de haber hecho lo que pueda para arreglar este embrollo que has provocado.

—Kevin, no volverás a golpearlo de nuevo, ¿me oyes? ¡Míralo! Ya lo han herido bastante. —La cólera se manifestó en su voz y sus ojos—. ¡Quiero tu palabra de que así será!

Alguien rio entre la gente que se había reunido lentamente para contemplar la nueva diversión. Las mejillas de Lilah enrojecieron, de pronto se formó en su cara una expresión alerta, pues advirtió que era el blanco de varias docenas de ojos.

Kevin, que también se había ruborizado al mirar rápidamente alrededor, dirigió una mirada de furia a Lilah.

—Está bien. No lo golpearé —dijo con voz dura—. Ahora, sal de aquí, ¿quieres? ¡Un corazón blando es una cosa, pero tú has llevado el asunto demasiado lejos! ¡Harán bromas acerca de ti y este... muchacho... durante semanas y semanas! ¡No sé lo que sientes al respecto, pero a mí el asunto no me agrada en absoluto!

—No me importa. No hice nada malo. Yo...

—Seguro que ella está caliente por esa sangre negra, ¿verdad? —La pregunta humorística del hombre fue claramente audible por encima de los murmullos de la gente. Kevin se volvió, furioso. Lilah lo contuvo apoyando una mano sobre su brazo. El hombre continuó, sin advertir el peligro—: ¡Me agradaría darle a saborear lo blanco!

—Vamos, no eres blanco, hijo de perra. ¡Eres más oscuro que él!

Otro hombre aplicó un codazo al primero en las costillas.

—¡Eso no importa! Me agradaría hasta quedar blanco para gustarle... o tal vez no. ¡Tal vez le agrade más si soy oscuro!

—No le gustarás de ningún modo, ¡asno viejo! ¡Sal de aquí, antes de que te arranque la cabeza calva!

Antes de que Kevin pudiese explotar, una mujer

robusta que vestía las prendas descoloridas de una campesina atrapó de una oreja al que había hablado y entre gritos lo sacó de la multitud. El segundo hombre lo siguió, formulando comentarios irónicos para burlarse de la mujer, con el acompañamiento de las risas y las bromas de la gente.

—¡Etta, perdónelo porque no le queda un solo cabello en la cabeza!

Este altercado entre tres se atenuó apenas cuando los participantes cruzaron la calle, pero Joss no oyó más. Tenía demasiada conciencia de la vergüenza que se manifestaba en la cara de Lilah, y de la furia de Kevin. También él estaba furioso, con una furia desesperada e impotente contra el mundo entero, incluso él mismo y esa situación increíble y dantesca en que estaba atrapado. La conciencia de que su furia no le servía absolutamente de nada lo irritaba todavía más.

—¡Vete! —dijo Kevin a Lilah, y sus labios formaron una línea ominosa.

Lilah lo miró hostil. El rojo subido todavía le teñía las mejillas, pero alzó el mentón en actitud de absoluto desafío.

—¡Kevin, no te atrevas a hablarme de ese modo! He soportado bastante de ti esta tarde. ¡Y no quiero soportar más! ¡Regresaré al carruaje cuando quiera hacerlo, pero no antes! ¡No permitiré que me tiranices, y más vale que lo recuerdes!

Kevin la miró hostil, pero Lilah no cedió ni un centímetro. Su cuerpo agraciado y esbelto se mantenía firme, y tenía la cara sonrojada y los brazos cruzados en el pecho; toda su actitud desafiaba a Kevin a profundizar la discusión. Al parecer, Kevin sabía cuándo debía considerarse derrotado. Elevó las manos en un gesto de impotencia, y de la gente brotaron más risas.

—¡Dalilah, tienes el carácter de una mula, y siempre fue así! ¡Muy bien, puedes hacer tu voluntad!

Kevin volvió la espalda a Lilah y a la gente, y miró a Joss. Los dos guardias, previendo una escena de violencia, avanzaron un paso, los garrotes preparados, en una actitud de cruel satisfacción para el imprevisto entretenimiento, una sensación que se manifestaba con claridad en la cara de cada uno. Ante un gesto de Kevin, volvieron a retroceder.

—Escucha esto, muchacho —dijo Kevin, con voz baja pero terriblemente ominosa—, mi prometida, la señorita Remy, ha decidido comprarte, y aunque yo tenga opiniones encontra, me atendré a sus deseos. Pero al margen de lo que fuiste o creíste ser antes, ahora no eres más que un esclavo que pertenece al padre de la señorita Remy. Yo soy el mayordomo del señor Remy, y soy el jefe de Heart's Ease y administro todo lo que hay allí. Si alguna vez oigo decir que has hablado una sola palabra a la señorita Remy, y peor aún si le hablas con la misma familiaridad con que acababa de hacerlo, me ocuparé de que te castiguen hasta dejarte medio muerto. Y ya descubrirás que no soy hombre que se caracterice por hablar en vano.

Joss cerró impotente los puños asegurados a la espalda. La cara herida le provocaba intenso sufrimiento, y el corte en la mejilla ardía como fuego. Sus ojos brillaban con intensidad aún mayor mientras miraba hostil al hombre de pie frente a él. Pero no dijo nada, no hizo nada que diese al otro la excusa que necesitaba para continuar castigándolo. Lenta y dolorosamente, comenzaba a aprender. Estaba herido y dolorido, y ni siquiera podía sostenerse de pie. En su condición de esclavo, estaba completamente a merced de sus propietarios, que podían castigarlo o matarlo aunque fuese por un mero capricho. Por ahora, tenía que jugar las cartas según se daban, sin permitir que su propio maldito orgullo y esos grandes ojos azules fijos en él con expresión tan compasiva lo indujeran a hacer algo estúpido. Por ahora. Pero a cada uno le llega su momento...

—¡Kevin!

Detrás, Lilah tiró del brazo de Kevin para obligarlo a retroceder. Kevin trató de desprenderse de la joven, pero tuvo escaso éxito.

—Mantente fuera de esto, Lilah. Hablo en serio.

Joss pudo ver que los ojos de Lilah chispeaban, pero la joven no dijo nada más. Kevin miró de arriba abajo a Joss, y en su cara se manifestaban claramente el desprecio y el desagrado.

—¿Me comprendes, muchacho? En Heart's Ease serás esclavo, igual que los otros esclavos. Trabajarás donde te lo ordenen, harás lo que te digan, por todo el tiempo que te lo ordenen. Respetarás a tus superiores y mantendrás quieta esa insolente lengua si quieres conservar el pellejo. Procede así, y descubrirás que tu vida con nosotros no es tan mala. Tráeme problemas, y desearás no haber nacido nunca.

Sin esperar la posible respuesta de Joss, Kevin impartió una breve orden a los guardias.

—Reúnanlo con los demás esclavos destinados a Heart's Ease. Alguien vendrá en un día o dos para llevarlos al puerto y cargarlos en el *Swift Wind*. Entretanto, se les dará agua y alimento. No habrá descuidos. No quiero perder a ninguno de ellos en el viaje porque no se los haya cuidado debidamente los días anteriores.

—Sí, señor.

—Kevin. Está herido. Lo molieron a golpes...

—Ordenaré que un médico venga a verlo. ¿De acuerdo? ¿Eso te satisfará?

—Me sentiré más tranquila.

Lilah le dirigió otra de sus deslumbrantes sonrisas. Joss la miró hostil, y su amarga cólera se acentuó en proporción directa a la intensidad del inocente sentimiento que se expresaba en esa sonrisa. Kevin cesó en su fascinado estudio de la hermosa carita que estaba ante él y descubrió que Joss miraba de manera hostil a los dos. Hizo un gesto a los guardias. En respuesta al mismo, los dos hombres aferraron de los brazos a Joss y lo arrastraron hacia el corral. Mientras lo llevaban, Joss vio que el arrogante bastardo se volvía hacia Lilah y con una sonrisa conciliadora rodeaba con el brazo la cintura de la joven. Sintió que le ardían las entrañas. Se dijo que era a causa de sus heridas, que en realidad ella no lo atraía.

9

Una semana más tarde, Lilah estaba de pie sobre la cubierta del *Swift Wind*, cuyas velas blancas se desplegaban cortándose sobre el cielo azul mientras el sonido del cordaje restallaba en los oídos de la joven.

Tenía los brazos cruzados sobre el pecho, en un inútil intento de protegerse de la tersa brisa marina. Miraba desde la baranda en dirección al horizonte lejano, y trataba desesperadamente de evitar el espectáculo de los esclavos que iban y venían unos veinte pasos a lo largo de la cubierta. Kevin caminaba con ellos, gritando: «¡Saltad, malditos, saltad!— acicateando a los remolones con golpes en las piernas, aplicados con el bastón que sostenía en una mano. Las cadenas aseguradas a la cintura y las muñecas de los esclavos, unidas unas con otras, sonaban ruidosamente cuando obedecían las órdenes. Los pies desnudos golpeaban desordenadamente las tablas de la cubierta.

La nave avanzaba cortando las olas coronadas de espuma blanca, el sol se deslizaba hacia el horizonte en un bello despliegue de carmesí, rosado y naranja, y la juguetona espuma de agua salada salpicaba de tanto en tanto la fina muselina azul de la falda de Lilah. La joven no prestaba atención a nada de todo esto. Su conciencia se concentraba en el cuerpo de elevada estatura de Joss, que se apoyaba en la baranda, quizás a unos cinco metros de distancia. Sus costillas lastimadas lo habían eximido de ejercicio que Kevin exigía a los demás esclavos, y la cadena que generalmente lo unía a los otros estaba suelta. Lilah ni siquiera lo miraba, y sin embargo tenía conciencia de cada movimiento de los pies de Joss. Lilah se odiaba a sí misma porque prestaba tanta atención a ese hombre, incluso por pensar, en relación con él, que había cumplido con su deber de cristiana al salvarlo de un horrible destino, lo que casi seguramente habría sido el desenlace de la subasta. Después de todo, ahora ella sabía exactamente quién y qué era Joss, de modo que no podía formular ninguna excusa para justificar su propia debilidad al abstenerse de apartar de sus pensamientos la persona de Joss y lo que había sucedido entre ellos. Pero por mucho que luchase consigo misma, estaba tan sensibilizada a la presencia de ese hombre como un alcohólico al olor de la bebida. No podía evitar el ansia de prestarle atención siempre que Joss estaba cerca de ella. Pero rehusaba entregarse, se negaba incluso a mirarlo, pese a que sus instintos la urgían en ese sentido, ahora, mientras Kevin le daba la espalda, y concentraba toda su atención en el resto de los esclavos. Excepto ella misma, nadie lo sabría jamás. Y quizá lo supiera Joss. Lilah tenía la sensación de que él advertía la presencia de ella tanto como ella la de Joss.

Kevin, siempre un mayordomo concienzudo, se ocupaba de ordenar que los esclavos de Heart's Ease subiesen casi diariamente a cubierta para tomar aire fresco y hacer ejercicio; todo dependía del tiempo. Se trataba simplemente de una medida práctica, había respondido cuando Lilah le preguntó, sorprendida y desconcertada al ver que Joss aparecía con los demás esclavos al segundo día de navegación. Los esclavos representaban una importante inversión; él deseaba llevarlos a Heart's Ease en un estado razonable de salud, de modo que fuesen capaces de ejecutar la tarea que había originado la compra. Los restantes propietarios de esclavos no se preocupaban del bienestar de su propiedad. No les facilitaban el aire fresco o la luz del sol durante la duración del viaje; pero ésa no era la actitud de Kevin.

Lilah sabía que Kevin tenía razón, pero la presencia de Joss vestido con el áspero uniforme de esclavo, que Kevin había distribuido a todos los que estaban destinados a Heart's Ease, inquietaba a la joven. Ahora se lo veía limpio, los cabellos habían recuperado las ondas relucientes y negras, y estaban asegurados por un cordel sobre la nuca; además, una vez eliminada la barba excesivamente crecida, se parecía mucho a la imagen que ella recordaba de aquella noche mágica. La única diferencia en su aspecto respondía a sus prendas de esclavo —una camisa blanca toscamente tejida y pantalones negros de mala calidad— y a la ausencia de ese atrevido bigote. Los esclavos no llevaban bigote. Los golpes recibidos en la cara estaban casi curados, y ella supuso que el resto de las heridas comenzaba a sanar con idéntica velocidad. De no haber sido por la cadena que tenía alrededor de la cintura —se usaba para asegurarlo a los otros esclavos cuando éstos se encontraban sobre cubierta, ya la que unía sus muñecas—, Lilah se habría visto en dificultades para recordar que era un esclavo como los restantes.

Pero tenía que recordarlo. Que se permitiera olvidarlo siquiera un momento representaba un peligro para la frágil paz mental que había alcanzado después de aceptar la propuesta de Kevin. Y si Kevin llegaba a sospechar que ella alimentaba el más mínimo interés por Joss, por encima y más allá de las obligaciones de la caridad cristiana, ese olvido sería peligroso también para Joss. Kevin podía ser implacable cuando se trataba de proteger sus posesiones, y como ahora ella era su prometida, la consideraba exactamente de esa forma. Sin hablar del hecho de que Kevin y el padre de Lilah y el resto de sus conocidos se sentirían horrorizados y escandalizados si sospechaban que ella no podía apartar de su mente los luminosos ojos verdes de un esclavo.

Para precaverse de la posibilidad de que un descuido revelase su secreto, Lilah generalmente trataba de ausentarse de la cubierta cuando traían a los esclavos. Pero esa tarde había abandonado el sofocante espacio de la cabina que compartía con Betsy, pues abrigaba la esperanza de recuperar su buen humor de costumbre dando algunos paseos sobre cubierta y respirando el limpio aire marino; y así, había perdido la noción del tiempo. Después, cuando Kevin arrió a los esclavos a menos de seis o siete metros del lugar en que ella estaba, Lilah no había querido alejarse por temor a atraer la atención de Kevin hacia la incomodidad que ella sentía con la presencia de esos hombres, y de Joss. Lilah había vivido con esclavos la vida entera. Interpretaba que la presencia cotidiana de esclavos alrededor de su persona era una cosa tan natural como el aire que respiraba. Antes, nunca había sentido la más mínima incomodidad con ninguno, y ni siquiera con los *gullahs* más primitivos. Pero era difícil considerar a Joss un esclavo como los restantes.

¡Oh, cómo ansiaba volver al hogar! Parecía que había pasado una eternidad desde la última vez que había pisado el soleado suelo de Barbados. Era extraño, pero ahora que estaba más cerca de su casa que en los últimos cinco meses, sentía añoranza. En tres semanas o cosa así, si el tiempo se mantenía, el *Swift Wind* echaría el ancla en Bridgetown Bay. Y ella podría apartar definitivamente de su espíritu esas últimas y terribles semanas...

—Señorita Lilah, le he traído un chal. Parece que tiene frío, y por eso se protege así con los brazos.

Betsy se detuvo frente a la joven, y le ofreció el hermoso chal de seda de Norwich que había sido el regalo de despedida de la tía abuela de Lilah. Agradecida ante esta nueva distracción, Lilah se volvió para sonreír a su doncella. Después, miró el chal que Betsy le ofrecía, y meneó la cabeza.

—Gracias, Betsy, pero no lo quiero. En realidad, si lo deseas te lo regalo.

—¿Una cosa tan bonita? Caramba, no querrá regalarlo. ¡Es nuevo!

—Betsy, supongo que puedo regalarte algo si así lo deseo. Póntelo, ¿me oyes?

Betsy la miró un momento, y sus ojos veían más de lo que a Lilah le hubiese agradado revelar. Después, examinó el chal y palpó la pesada seda blanca.

—Si usted lo dice, señorita Lilah... —Betsy se echó el elegante chal sobre el práctico vestido de algodón que llevaba, y contempló el reborde de quince centímetros de largo, agitado por el viento—. Como diría mi mamá, es como arrojar perlas a los cerdos.

Era un dicho usual en Barbados, y significaba que las cosas elegantes parecían fuera de lugar si las usaban quienes no estaban acostumbrados a ellas. Lilah meneó la cabeza.

—Maida no diría eso, y tú lo sabes. El chal te sienta muy bien. Será mejor que Ben se cuide cuando regreses. Esta vez seguro que lo atrapas —agregó Lilah con una semisonrisa burlona.

—¿Por qué cree que yo lo deseo? —replicó Betsy, inclinando la cabeza y sonriendo.

Lilah devolvió la sonrisa de su doncella.

—Estás prendada de Ben desde que tenías quince años. No puedes engañarme.

De pronto, Betsy adoptó una expresión grave.

—Bien, señorita Lilah, seguro que usted no está prendada del señor Kevin. Tampoco a mí puede engañarme.

Lilah volvió a la contemplación del mar.

—No quiero oír más comentarios de ese carácter —dijo severamente.

—¡Poooh! —Los bonitos labios de Betsy se curvaron en el gesto más parecido a una burla—. Usted no quiere escuchar la verdad, y eso es todo. Siempre ha sido así, incluso cuando era muy pequeña. Pero quienes la amamos, se lo decimos: el señor Kevin no es para usted.

—Me casaré con él —dijo Lilah con gesto decidido,

y el movimiento de su mentón indicó que la conversación había concluido.

Betsy no hizo caso de la sugerencia, como Lilah hubiera podido prever. Después de una relación de toda la vida, las palabras «ama» y «criada» eran meros títulos. Betsy pertenecía a la familia. Y la familia podía ser tan irritante como una espina en el asiento.

—Usted hará lo que quiera, como hace siempre, pero yo en su lugar esperaría. El hombre apropiado llegará un día. Siempre es así.

—Kevin es el hombre apropiado para mí.

—El señor Kevin es el hombre apropiado para su padre y para Heart's Ease. No es el hombre apropiado para usted, y lo sabe. En el fondo de su corazón usted lo sabe. Sólo que es demasiado terca para reconocerlo.

—Betsy, basta ya. ¡No quiero continuar hablando de eso!

Lilah miró hostil a su criada. Betsy continuó implacable.

—¡Ni siquiera le agrada que la bese! ¿Y qué hará cuando se acuesten después de casados?

Lilah se sonrojó.

—¡Estuviste espiando! —acusó acaloradamente, sabiendo que Betsy se refería a la escena que había sobrevenido entre ella misma y Kevin la noche de la víspera.

Él se había acercado al camarote de Lilah después de un último paseo por cubierta. Cuando ella abrió la puerta para entrar, Kevin la había sorprendido introduciéndose con ella y casi cerrando del todo la puerta tras ellos. Betsy había estado durmiendo —¡eso creía Lilah!— en la litera de arriba, pero de todos modos la cabina estaba en sombras y era tarde, y el lugar era demasiado íntimo para ser por completo respetable. Lilah había mirado inquisitiva a Kevin; no era propio de él mostrarse poco convencional. Sin decir palabra, él la había apretado fuertemente contra su propio cuerpo y había cubierto la boca de Lilah con la suya. La impresión que ella había recogido de ese beso era que él intentaba comerle los labios con su boca. La voraz humedad de la lengua de Kevin paseándose sobre los labios apretados de Lilah le habían provocado cierta náusea en el estómago. Ese beso no era nada parecido al suave fuego de... no, no debía recordar eso. Irritada, había apartado a Kevin. Él se disculpó inmediatamente y le besó la mano en actitud de amable remordimiento, antes de alejarse; pero todo el incidente le había dejado una sensación de incomodidad. ¿Era ése el tipo de cosa que ella podía esperar de Kevin cuando estuviesen casados? En ese caso, no sería tan fácil apartarlo de un empujón...

—Estaba despierta —la corrigió Betsy, en una actitud muy digna—. Vi que trataba de besarla, y también que usted reaccionó como si quisiera vomitar. Señorita Lilah, eso no es lo que una mujer siente por el hombre con quien piensa casarse.

—¿Qué sabes de eso? —replicó agriamente Lilah, irritada porque las palabras de Betsy le recordaban su propia aprensión.

Betsy adoptó una expresión de superioridad.

—Sé mucho. Fui amiga de John Henry un año, y después de Norman y... bien, no importa. Lo que quiero decirle es que jamás sentí nada parecido cuando uno de ellos me besaba. Y si Ben llegase a besarme... señorita Lilah, ¡tendrían que arrancarme de él con un bichero! Así debería sentirse usted frente al hombre con quien piensa casarse.

—Las damas no sienten así en esas cosas —dijo Lilah, aunque experimentó otro acceso de incomodidad, pues de nuevo recordó la excitación provocada por otros labios sobre los suyos... Con un gesto decidido rechazó el recuerdo prohibido. No permitiría que esa sola noche de locura tiñese su vida entera. Había sido una noche fuera de la realidad, no más concreta que un sueño. ¡Y más valía que lo recordase claramente!

Betsy emitió una risita poco elegante.

—Si usted lo dice, señorita Lilah. Pero usted sabe y yo sé que sólo se engaña. Las damas y las criadas somos lo mismo bajo la piel... mujeres.

Los esclavos, que al fin habían terminado con su ejercicio del día, pasaron lentamente, golpeando las cadenas mientras enfilaban hacia la escotilla. Lilah desvió la mirada porque no deseaba encontrarse con los ojos de Joss, ahora firmemente encadenado al extremo de la fila. Betsy la miró con más atención.

—¿Quiere decir que no sintió algo parecido con él? —preguntó Betsy en voz baja, mirando la cara de Lilah con expresión de seguridad—. Señorita Lilah, olvida que la conozco desde que era una niñita. Y vi cuán feliz y excitada estaba cuando se ponía un vestido «arrebatador» para él. ¡Ni antes ni después la vi así! Está bien, tampoco él era el hombre que le convenía, pero si pudo sentirse así por él, podría del mismo modo cierto día sentir igual por otro hombre. No se resigne al señor Kevin porque cree que él es seguro. ¡Resignarse es para las ancianas y las gallinas viejas, no para una joven y bonita dama como usted!

—¡No me resigno! ¡Y no quiero seguir hablando de esto!

—Está bien, ¡esconda la cabeza en la arena, si así lo desea! ¡Yo tengo cosas que hacer!

Con un rezongo, Betsy se alejó, dejando a Lilah sumida en sus cavilaciones. En el fondo de su alma, Lilah sabía que había más de un gramo de verdad en lo que Betsy había dicho. El beso más tierno de Kevin no había conseguido más que excitar en ella el deseo de limpiarse la boca. El que él había intentado darle la víspera le había provocado una oleada de repulsión tan intensa que se había sentido físicamente enferma. No era una niña; tenía una idea bastante clara del aspecto físico del matrimonio. Sucedía sencillamente que antes nunca había dedicado tiempo a aplicar ese conocimiento a su propia persona y a Kevin. ¿Podría permitir que él la besara así el resto de su vida, o autorizarle el tipo de intimidades que las personas casadas compartían, y cuyos detalles exactos se dibujaban con cierta imprecisión en su propia mente, pero que, según ella sabía, incluían compartir un lecho y engendrar hijos? ¿Podría soportar las manos de Kevin sobre su carne desnuda, no una o dos veces, sino noche tras noche, Dios sabe durante cuántos años? A decir verdad, Lilah se estremeció ante la idea. Pero después, su mente repasó a todos los demás que le habían pedido la mano en el curso de los años, y comprendió que tampoco podría soportar la idea de que ellos la tocasen. El único hombre que había provocado en Lilah la más mínima reacción era...

Cerró los ojos ante la vergonzosa imagen. El único hombre que según ella pensaba podía tocarla en ese momento estaba encadenado en la bodega, con el resto de los esclavos que Kevin había comprado para Heart's Ease.

Su corazón se animó apenas cuando concibió una idea. Una vez que hubiesen regresado a Heart's Ease, ella podría convencer a su padre de que liberase a Joss. Si Kevin estaba en lo cierto, Joss probablemente no sería más que una fuente de problemas, algo peor que los africanos traídos de su madre patria para trabajar en los campos. Leonard Remy se negaba a aceptar *gullahs* en su propiedad. Decía que, como no tenían generaciones de esclavitud tras ellos y no eran dóciles, podía considerárselos imprevisibles. A menudo intentaban huir, y eran muy capaces de provocar la inquietud de los otros esclavos con su ansia de libertad.

Creía que no sería difícil convencer a su padre, mientras no concibiera la idea de que ella deseaba libertar al hombre porque la atraía. Lo cual, por supuesto, era una idea completamente ridícula. Quería libertarlo porque era un ser humano como ella misma. Pero ese hombre no podía ser esclavo, y debía quedar en libertad. Una vez que recuperase su dignidad, se alejaría de Heart's Ease y Barbados, y ella jamás volvería a verlo.

El sol casi había desaparecido tras el horizonte, y frente a la baranda hacía cada vez más frío. Lilah se estremeció. Tenía un vestido de mangas largas, pero la fina muselina no la protegía del áspero viento marino. Quizá no hubiera debido apresurarse a desechar el chal de Amanda, pero no soportaba la idea de usarlo. Sobre todo después de lo que su tía abuela le había hecho a Joss... Otra vez se deslizaba en los pensamientos de la joven. ¿Era posible que todo le recordase su existencia?

10

—Aquí estás. Comenzaba a preocuparme por ti. Pensé que ya estabas en tu camarote, pero Betsy ha dicho que no te había visto desde que te ha dejado aquí, en cubierta. En todo caso, no esperaba encontrarte todavía en este lugar y en la oscuridad.

Kevin apareció en la cubierta en el momento mismo en que Lilah se disponía a descender. El viento se abatió inmediatamente sobre sus cabellos y los empujó contra su cara, de modo que ahora parecía un corpulento hombre de mar, con la cara ancha y curtida. A pesar del cuerpo sólido y la falta de elegancia de sus prendas, era un hombre atractivo. Lilah le sonrió cálidamente en ese suave resplandor de la luz de la linterna que los iluminaba a ambos y provenía del corredor que estaba detrás de Kevin. Lilah simpatizaba con Kevin, y no veía ningún motivo que impidiese que después del matrimonio llegara a amarlo. Lo conocía bien; no tenía sorpresas para ella, y eso era bueno. Los sueños románticos no se cruzarían en el camino de lo que, según ella bien sabía, era la decisión apropiada. Si los besos de

Kevin no la atraían, bien, era muy probable que se acostumbrase. Después de todo, la intimidad física con el hombre era algo muy nuevo para Lilah. Podía contar con los dedos de una mano el número de veces que un hombre la había besado en la boca, y la mayor parte de esos besos provenían de Kevin.

—Estaba mirando la puesta del sol —dijo Lilah, mientras aceptaba el brazo que él le ofrecía y permitía que Kevin la ayudase a descender los peldaños.

Los camarotes de los pasajeros estaban exactamente debajo de la cubierta principal. Eran aproximadamente una docena, y allí podían alojarse veintisiete o veintiocho viajeros que se dirigían a Barbados. Lilah conocía a algunos. Irene Guiltinan tenía una tienda de ropa en Bridgetown, y John Haverly era el dueño de una pequeña propiedad al lado de Ragged Point, bastante cerca de Heart's Ease y, como la propia Lilah, regresaban de visitar las Colonias. Otros, a quienes ella no conocía, se dirigían a Barbados respondiendo a diferentes razones que a Lilah no le interesaban. Después del viaje, probablemente jamás volvería a verlos. Los grandes plantadores como su padre vivían en una suerte de espléndido aislamiento, al que podían acceder únicamente otros como ellos mismos y quienes los servían.

—Me alegro de que no continúes enojada conmigo.

Casi había llegado a la puerta del camarote de Lilah. La joven se detuvo y se volvió para mirar a Kevin mientras él hablaba. La luz de una linterna firmemente asegurada a la pared iluminaba cada extremo del corredor con paneles de avellano, pero el centro, donde se había detenido, estaba sumido en profundas sombras. El estrecho corredor estaba desierto, y excepto los crujidos del barco, permanecía sumido en silencio. Ésa era toda la intimidad que probablemente tendrían a bordo del barco.

—Quiero disculparme de nuevo por mi comportamiento de anoche. Me temo que tu belleza se me subió a la cabeza. Sé que te asusté, y prometo que no volverá a suceder. Bien, por lo menos hasta el momento en que estés dispuesta.

Agregó estas últimas palabras con una sonrisa rápida, casi inocente.

—No tienes que disculparte, Kevin. —Lilah se acercó un poco más al hombre y apoyó una mano sobre el brazo de Kevin. Sintió su firmeza y su musculatura a través de la fina lana de la chaqueta, y luchó de nuevo contra la comparación inevitable. Ése era el hombre que sería su marido, y también el que debía ocupar sus pensamientos. Estaba decidida a lograrlo—. Fui tan culpable como tú. No debía reaccionar de ese modo. Como sabes, el beso es algo bastante nuevo para mí.

—Kevin sonrió, y sus ojos color avellana la miraron.

—Bien, por lo menos eso espero —dijo, y llevó a sus propios labios la mano de Lilah—. No es necesario apresurarse —prometió, y besó los dedos de Lilah con un amable despliegue de caballerosidad que contradecía su apariencia desmañada. Aunque hizo todo lo posible, Lilah no sintió la más mínima emoción. Ciertamente, el contacto era más agradable que aquel momento en que el señor Calvert se había arrojado sobre su mano, pero por otra parte no podía siquiera compararse con...

—Lilah, ¿puedo besarte como corresponde? No lo haré si así lo prefieres.

Parecía tan sincero, tan decidido a reconquistar la buena voluntad de Lilah, que ella no tuvo voluntad para negarse.

—De acuerdo. Adelante —dijo ella, cerrando los ojos y ofreciendo su cara. Mantuvo puntillosamente cerrados los labios, como recordatorio silencioso de que él no debía abusar del privilegio. Y esperó.

Kevin inclinó la cabeza para unir sus labios a los de Lilah. El beso fue suave y no le desagradó. Lilah no se retiró. ni lo rechazó de ningún modo. Con los ojos fuertemente cerrados, concentró la atención, ansiando que llegase la sensación, pero no fue así. El beso de Kevin no significó más de lo que ella podría haber recibido de un pariente cualquiera al que profesara moderada simpatía. Era exactamente como había dicho a Betsy, las damas no tenían esa clase de sensaciones. Y si una vez las había tenido, no debía recordarlas.

—No ha estado tan mal, ¿verdad? —preguntó Kevin cuando levantó la cabeza. Una leve sonrisa curvaba sus labios.

Lilah advirtió que él se sentía muy complacido consigo mismo. Había gozado con ese beso, y la conciencia del hecho reanimó un poco a Lilah. Por lo menos, parecía que no había percibido ningún defecto en la joven. Que él pudiese contentarse con tan poco era buen augurio con respecto al éxito del matrimonio.

—Ha sido muy agradable —dijo ella, palmeando el brazo de Kevin como uno haría para complacer a un niño bueno. Al mirarla, la sonrisa de Kevin se ensanchó, y sus manos, que habían estado apoyadas sobre la cintura de Lilah, se volvieron para apoyarse en la espalda. Lilah advirtió desalentada que él inclinaba la cabeza para repetir el intento, y que esta vez se demoraba más. Cerró los ojos, apretó los dientes y trató de soportar la escena. Por lo menos, él no la devoraba con su boca como había intentado hacer la noche anterior...

—¡Oh, Dios mío, que alguien me ayude! ¡Millard ha enfermado!

Una mujer salió disparada de su cabina, tres puertas más lejos, el rostro pálido deformado por el miedo y los cabellos grises en desorden. Lilah recordó que era la señora Gorman, y que viajaba con su marido y una hija adulta. Ante la interrupción, Kevin apartó su boca de la cara de Lilah, le soltó la cintura y con un movimiento rápido retrocedió un paso. Lilah, en el fondo aliviada porque se había visto liberada tan oportunamente, se volvió hacia la mujer, que se acercaba de prisa.

—¿Qué sucede, señora Gorman? ¿Su esposo está enfermo?

Lilah aferró el brazo de la mujer cuando ésta se disponía a pasar corriendo al costado de la pareja. Sólo entonces pareció que la señora Gorman advertía la presencia de Kevin y Lilah en el corredor. Antes de centrarse en Lilah, sus ojos parecían extraviados.

—¡Sí, está enfermo, y necesita al doctor Freeman! ¡Déjeme pasar, por favor, tengo que encontrarlo!

—Kevin... el señor Talbott... irá a buscarlo, si quiere. Si entretanto desea volver con su marido, yo la acompañaré.

—Muy amable de su parte. Eso le he dicho a mi yerno más de una vez durante este viaje.

La señora Gorman desanduvo el camino por el corredor, tan agitada que apenas sabía lo que estaba haciendo. Lilah la siguió, aunque no estaba segura de que

la señora Gorman ni siquiera supiera que ella caminaba detrás.

En vista del terror de la mujer, Lilah supuso que el
esposo estaba al borde de la muerte, pero no previó el terrible hedor de la diarrea incontrolada, o los charcos
de vómito que hacía mucho habían desbordado todos
los recipientes disponibles y formaban manchas cerca
del camastro en que yacía el esquelético señor Gorman.
Era evidente que había enfermado varias horas antes de
que la señora Gorman saliese a buscar ayuda. Su hija
—una solterona demasiado delgada, cuyo nombre de
pila, según creía Lilah, era Doris— estaba sentada en
el borde de la litera, y limpiaba la boca de su padre. Lilah sintió que se le revolvía el estómago, pero las dos
mujeres la miraron con tanta esperanza, que la joven no
pudo responder a su primer instinto, que era huir. Tratando de dominar su repugnancia, Lilah avanzó con
cuidado hacia la litera, sosteniendo el vuelo de la falda
a bastante altura del piso.

—Oh, mamá, ¿has encontrado al médico? Papá lo
necesita con urgencia.

La pregunta de la señorita Gorman, formulada con
un gemido, llegó acompañada del intenso jadeo del hombre acostado en la litera. Mientras su hija se inclinaba
sobre él y la señora Gorman corría a su lado, el señor
Gorman se sentó bruscamente en la cama, tratando de
respirar. Después, volvió a caer sobre sus almohadas,
como un globo desinflado.

—¿Ha muerto?

—No, mamá, mira, está respirando. ¡Oh, que venga el médico!

—Ya llega —murmuró Lilah tratando de tranquilizarlas, mientras su mirada de horror se trasladaba al señor Gorman. Si aún no estaba muerto, sin duda le faltaba poco. Yacía inmóvil, la cara intensamente pálida, el cuerpo adelgazado bañado en sudor. Sólo mirando con mucha atención Lilah podía percibir el débil movimiento del pecho que indicaba que aún vivía.

—¿Qué podemos hacer? —preguntó desesperada la señora Gorman.

Lilah estaba preguntándose cómo responder a esa dolorosa pregunta, cuando Kevin llegó con el doctor Freeman.

—Buenas noches, ¿qué pasa aquí? —preguntó el doctor Preeman al entrar, el maletín de cuero negro en una mano, pero al contemplar la escena se detuvo en seco. De corta estatura, corpulento y vestido con sencillez, tenía una barba gris rala y una acentuada calvicie. Sostenía los anteojos sobre el borde de la nariz.

Lilah retrocedió un paso, agradecida de dejar la horrible situación en las manos eficaces del doctor Freeman. Temía realmente que el señor Gorman muriese...

El doctor Freeman logró que ella y Kevin se retirasen de la habitación. Kevin frunció el entrecejo mientras descendían por el corredor en dirección al camarote de Lilah.

—¿Qué crees que le sucede? —preguntó Lilah, que no tenía la más mínima idea. Nunca había visto muchos enfermos; en realidad, no le agradaba estar cerca de las personas enfermas. Jane las atendía en Heart's Ease, y Lilah se alegraba de que así fuese.

—No lo sé —contestó Kevin, la voz cargada de inquietud.

Lilah volvió hacia él la mirada. Antes de que pudiese formular una pregunta, oyó el sonido de una puerta que se abría detrás. Miró hacia atrás, y vio al doctor Freeman, que salía al corredor meneando la cabeza. Detrás, de pie en el umbral, estaba la señora Gorman, pálida y temblorosa. Ella dijo algo, y meneó la cabeza como respuesta a una pregunta. Lilah no alcanzó a escuchar, y se volvió para acercarse a ellos. Fue suficiente una mirada a la cara del médico, y Lilah supo que había una situación realmente muy grave.

—¿De qué se trata, doctor? —preguntó Kevin, la voz tensa, como si él mismo temiese escuchar la respuesta.

El doctor Freeman se acercó a ellos, y estudió a Kevin por encima de sus anteojos. Se le veía muy fatigado, mucho más de lo que se justificaba después de diez minutos en el cuarto de un enfermo.

—Cólera —contestó brevemente el médico, y pasó al lado de los dos.

Lilah no tuvo ninguna dificultad para identificar el sentimiento que predominaba en la voz del médico. Era el miedo liso y llano.

11

Tres días después, el barco era una trampa de muerte flotante. El cólera se había extendido caprichosamente entre los pasajeros y la tripulación. Casi un tercio de las setenta y tantas personas a bordo estaba enfermo. Cuatro personas, entre ellas el señor Gorman, ya habían muerto. Las personas en condiciones de hacer algo se dividían en dos grupos: los que temían la enfermedad pero que por su conciencia o por los sentimientos que los unían a los enfermos de todos modos aceptaban cuidarlos, y los que habían impuesto una cuarentena a los enfermos, y rehusaban acercarse siquiera a la mitad del barco que se les había reservado. Como la enfermedad avanzaba día tras día, y golpeaba a sus víctimas aparentemente al azar, sin que importara lo que hicieran para evitar el contagio, la cuarentena parecía una pérdida de tiempo. Pero se mantuvo rigurosamente todo lo posible.

A pesar de su contacto inicial con el señor Gorman, hasta ese momento Lilah no había enfermado. Con la ayuda de Betsy trabajaba incansablemente, y pronto se inmunizó a las imágenes y los olores horribles, a los dolorosos gemidos de los enfermos y los moribundos, y sus sobrevivientes. El hedor de la horrible diarrea que era el signo distintivo de la enfermedad parecía extenderse de un extremo del barco al otro. Hacia el séptimo día, casi no lo advertía.

Por lo menos, podía subir a cubierta. Los esclavos, afectados por la enfermedad tanto como el resto, estaban confinados a la bodega. Se reclutó a los que se mantenían sanos, para atender a los enfermos, pero las condiciones en la bodega eran horribles. Finalmente, cuando la enfermedad cobró sus víctimas, los esclavos sanos fueron liberados de su confinamiento, con el propósito de que hicieran lo que pudiera en el barco. La mayoría de los esclavos jamás había estado antes embarcado. Sus trabajos debían ser supervisados rigurosamente, y ahora que la mitad de la tripulación estaba afectada por la enfermedad y la otra mitad medio aterrorizada, era difícil conseguir una supervisión competente.

Joss era la excepción a la general ineficacia de los esclavos como sustitutos de los marineros. Como había sido hombre de a bordo toda su vida adulta y después el capitán de sus propias naves, pudo reemplazar por lo menos a tres de los miembros de la tripulación. Lilah lo veía por doquier, allá arriba en el cordaje maniobrando las velas, en la cofa usando un catalejo, en la cabina de mando usando el sextante y ayudando al capitán Boone a determinar la posición y delinear el curso en busca del puerto más próximo, que era la única esperanza de salvación. No estaba encadenado, pues lo habían liberado después de que el capitán Boone formuló un pedido personal a Kevin, y parecía infatigable.

Nunca hablaba a Lilah, aunque se cruzaban ocasionalmente, cada uno en el cumplimiento de sus obligaciones. De hecho, parecía que ni siquiera advertía la presencia de la joven, y Lilah se sentía satisfecha de que las cosas estuvieran así. Si otrora había brotado entre ellos una chispa, ahora las circunstancias la había apagado, y en verdad ella se sentía tan fatigada y atemorizada que mantener apartada su mente de ese hombre no era tan difícil como podría haber sido el caso en mejores condiciones. Aunque estaban a menos de tres semanas de Barbados, el doctor Patterson había exhortado al capitán Boone a cambiar el curso en busca de un puerto más próximo. Haití estaba al sur, y hacia allí navegó el *Swift Wind*. Pero después el viento amainó completamente, y el barco descendió a una velocidad de apenas dos nudos... Comenzó a parecer que pocos de ellos llegarían a puerto. Los hombres, las mujeres y los niños caían como moscas, y morían en el lapso de días.

Kevin cayó enfermo al noveno día. Lilah lo cuidó con una infatigable devoción que debía mucho más al prolongado período de conocimiento mutuo que al amor que podía profesar a su prometido. Al duodécimo día ella era una sombra, delgada y tan exhausta que podía dormir apoyada en una pared. Más de dos tercios de los enfermos morían en el lapso de tres días. Kevin sobrepasó ese límite, y los vómitos y las diarreas se atenuaron. Cuando llegó el decimocuarto día, y Kevin continuaba vivo, débil pero mejorando, Lilah y Betsy se miraron con un gesto de desvalido triunfo, y contemplaron el cuerpo inconsciente del hombre; estaban tan cansadas que ni siquiera podían sonreír. Después, fueron a cuidar a otra víctima.

Los cadáveres de los muertos eran sepultados en el mar. Todos los días, a la puesta del sol, el desordenado contingente de sobrevivientes que no eran necesarios para cuidar a los enfermos, se reunía frente a la baranda, a sotavento del palo principal. Se rezaba una plegaria y se pronunciaban los nombres de los muertos mientras se los arrojaba al mar. Era un funeral muy sumario, y Lilah no era la única que pensaba así; pero los que aún vivían sencillamente estaban demasiado exhaustos para hacer mucho más.

El buen tiempo perduró hasta la tarde del decimoquinto día. Después, hacia el anochecer, aparecieron ominosas nubes oscuras que ensombrecieron el horizonte. Lilah estaba tan fatigada que no lo advirtió, pero Betsy, aunque tan agotada como su ama, atrajo su atención sobre el cielo cada vez más encapotado, mientras ambas se esforzaban por subir a cubierta, cada una cargando un par de cubos repletos de inmundicia que debían ser arrojados al mar.

—Se aproxima una tempestad —gruñó Betsy mientras depositaba los cubos en el suelo, y arqueaba la columna vertebral, y miraba las nubes amenazadoras.

La cubierta ascendía y descendía mientras la nave atravesaba las olas, y una pequeña porción del horrible líquido contenido en el cubo se derramó sobre las tablas otrora limpias. Antes cepillada religiosamente dos veces por día, ahora la cubierta estaba sucia de sal y del movimiento de muchos pies, y marcada aquí y allá con charcos secos de vómitos. Nadie disponía de energía suficiente para pensar en detalles tan secundarios relacionados con el estado de la cubierta.

—Ojalá te equivoques —suspiró Lilah, sin detenerse siquiera a mirar. Los cubos eran pesados, pero había que vaciarlos si no querían que la nave quedase sepultada por los malolientes productos de la enfermedad. Ella, que nunca se había tomado siquiera el trabajo de ponerse sus propias medias, ahora sencillamente hacía lo que era necesario hacer.

—La atmósfera está... pesada. Siento que se aproxima.

El padre de Betsy era un hombre muy religioso, y la voz de la muchacha estaba cargada de profecía. Lilah se sentía tan fatigada que no tenía fuerzas para inquietarse por el tiempo. Después de los horrores que habían soportado, ¿qué era un poco de lluvia?

Poco después, Lilah estaba de pie junto a Betsy, sobre cubierta, la cabeza inclinada mientras el capitán murmuraba una rápida oración sobre los cuatro cadáveres que ese día serían arrojados al mar. Además de la propia Lilah, Betsy y el capitán, estaban la señora Gorman, que misteriosamente había evitado la peste, lo mismo que su hija, la señora Holloway, una viuda que había perdido a los dos hijos, víctimas del cólera, la señora Freeman, esposa del médico, y la señora Singletary, una dama anciana que parecía tan débil que un viento fuerte podía llevársela, pero que hasta ahora se había mantenido indemne. El doctor Freeman estaba bajo cubierta con Joanna Patterson, que había perdido a su esposo, víctima del cólera, y ahora luchaba valerosamente para salvar a su pequeño hijo. Irene Guiltinan y John Haverly ya habían muerto. Dos esclavos, cuya tarea era arrojar al mar los cadáveres, se mantenían un poco apartados, detrás de los cuerpos, que estaban envueltos en sábanas, y ahora yacían sobre tablas, formando una pulcra hilera. Joss también estaba allí, de pie, las manos unidas al frente, y la cabeza inclinada mientras escuchaba los rezos. Lilah apenas le prestaba atención.

—Ceniza a la ceniza, polvo al polvo, amén —canturreó con voz fatigada el capitán, y así terminó la plegaria.

Los esclavos, ahora acostumbrados al rito, levantaron una tabla, sosteniéndola uno por cada extremo, la dejaron descansar sobre la baranda, e inclinándola arrojaron el cadáver al mar. Repitieron cuatro veces la maniobra, y en cada caso el capitán Boone mencionó el nombre de la víctima. Al oír el chasquido que anunciaba que el mar había aceptado el último cadáver, una mujer sollozó ruidosamente. Era la señora Holloway, y Lilah comprendió que el cuerpo debía ser el de su hijo menor. Una indefinida compasión por el sufrimiento de la mujer inundó el corazón de Lilah, pero la joven no lloró. Había visto demasiada muerte en las últimas dos semanas, y ahora ella misma estaba más allá del dolor.

Una vez arrojados al mar los cadáveres, el fúnebre grupo regresó a sus tareas. Lilah, que se dirigía con paso rápido a relevar a la señora Patterson, dedicada al cuidado incansable de su hijo, pasó junto a Joss, que parecía estar esperando al lado de la baranda. Advirtió sorprendida que él la detenía adelantando una mano.

Lo miró con expresión inquisitiva, tan cansada que apenas podía enfocar bien la vista.

—Esta noche quédese bajo cubierta. Se aproxima un temporal.

—¿Un temporal? —Para ella era muy difícil sostener la conversación, pero en un lugar de su corazón comenzó a formarse una risita histérica—. Después de todo esto, ¿qué es un temporal?

Él la miró fijamente.

—Está agotada, ¿verdad? Bien, por lo menos vive. Y tal vez pueda continuar así, si escucha lo que le digo y permanece bajo cubierta todo lo que sea necesario hasta que la tormenta acabe; aunque sean dos o tres días. Aquí arriba no es lugar seguro durante una tempestad como la que se nos viene encima.

Lilah pensó que él se había esforzado para advertirla, pero la joven no tenía energía para reflexionar sobre el asunto, o preguntarse cuáles eran las razones de Joss. Lo miró, y vio que, como ella misma, estaba más delgado, y que en su cara había líneas de fatiga que antes no existían. El lugar de la mejilla donde Kevin lo había golpeado con la pistola ya había curado, dejando una débil cicatriz roja. Mantenía el cuerpo rígido, y Lilah pensó que las costillas seguramente le dolían. Se dijo que sin duda había sufrido durante todo el período en que ejecutaba el trabajo de tres hombres. En todo caso, era un hombre valeroso, y merecía la gratitud de todos los que estaban a bordo. Le dirigió una sonrisa, un esfuerzo débil porque se sentía tan fatigada.

—Gracias por la advertencia —dijo. Joss asintió bruscamente y se volvió. Lilah lo miró mientras se alejaba, y entonces el doctor Freeman, que venía por el corredor, la obligó a reaccionar sacudiéndole el brazo.

—Señorita Remy, la señora Patterson necesita ayuda urgente —le recordó. Lilah casi se alegró de volver al presente. Descendió de prisa para comprobar qué podía hacer por la madre desesperada y su hijo enfermo, y de buena gana desterró nuevamente de su espíritu a Joss.

12

A pesar de lo que Joss y Betsy habían dicho, la tormenta no estalló esa noche. El *Swift Wind* continuó con rumbo sur, manejado por una tripulación reducida. Alrededor de medianoche, el doctor Freeman arrancó a Lilah de su camastro, donde había dormido unas pocas horas.

Tenía más noticias negativas. Tres personas más habían enfermado de cólera, y entre ellas estaba su propia esposa. Necesitaba la ayuda de Lilah. La joven se puso de pie, sacudiendo la cabeza para aclararla, y sintiendo que los cabellos se desprendían del rodete y le cubrían la cara. Los recogió con un gesto fatigado, y primero se inclinó sobre Kevin para verificar su respiración —continuaba profundamente dormido— y después caminó a trompicones detrás del médico. Por lo menos, no necesitaba vestirse. Los últimos días se había dormido sin quitarse la ropa.

La señora Freeman había enfermado gravemente. Después de más de dos semanas atendiendo a enfermos de cólera, Lilah había desarrollado un sexto sentido acerca de los que podían sobrevivir y los que morirían. Y mucho temía que la señora Freeman no sobreviviría. El médico también lo sabía. Lilah lo leía en la cara del doctor Freeman cuando se retiraba de la litera ocupada por su esposa, que yacía agobiada por la fiebre. El doctor Freeman mostraba en el rostro una expresión espectral, pero no dedicaba a su esposa más tiempo que a los demás enfermos.

—Trate de mantenerla cómoda, y de que beba la mayor cantidad posible de líquido —dijo a Lilah.

Cuando se volvió para salir, Lilah vio el brillo de las lágrimas en sus ojos. Por primera vez en muchos días, se sintió conmovida. Había creído que estaba tan entumecida que no podría sentir nada.

—Doctor, haré todo lo posible por ella. Y si hay un cambio, lo llamaré.

Él la miró, y le palmeó la mano, que descansaba sobre su propio brazo.

—Gracias, señorita Remy, sé que lo hará. Por eso deseaba que la acompañase usted, y no otra de las señoras. Esta misma mañana ella me decía cuánto simpatizaba con usted, y que era muy buena persona. —Los ojos se le humedecieron de nuevo—. Llevamos treinta y siete años de casados —agregó con voz sombría. Y después, antes de que Lilah pudiera hacer más que mirarlo compasivamente, el médico meneó la cabeza, se aclaró la voz y se alejó.

Fiel a su palabra, Lilah permaneció al lado de la señora Freeman la noche entera. La mujer jamás supo que la joven estaba allí. Ardía de fiebre, y vomitaba casi constantemente, aunque en sus entrañas no había más que bilis amarilla. La diarrea también la afligía, y así la esposa del médico, una persona normalmente regordeta, de aspecto maternal, quedó reducida a una envoltura color de cera, que apenas respiraba. Cerca de la mañana, Lilah comprendió que la mujer ya no tenía mucho tiempo. Asomó la cabeza al corredor y pidió ayuda. Le contestó la señora Holloway, y Lilah le dijo que buscase al doctor Freeman.

Cuando llegó el médico, vio de una ojeada que su esposa estaba cerca del fin. Se arrodilló junto a la cama, apretó con la suya la mano casi inerte, y se la acercó a los labios. Las lágrimas descendieron por sus mejillas arrugadas. Conteniendo un sollozo, Lilah dejó solos a los dos cónyuges, y sin hacer el más mínimo ruido pasó al corredor. Casi inconscientemente, los pies la llevaron escalera arriba, en dirección a la cubierta. El viento caliente le golpeó la cara, y casi la devolvió de nuevo al corredor. Una mano le aferró el brazo y la sostuvo.

Aunque las lágrimas casi la habían cegado, ella supo quién era. De pronto le pareció que era un amigo muy querido, y en su dolor se alegró de verlo. Cuando la mano de Joss se apartó del brazo de Lilah, ésta sintió que le faltaba esa fuerza cálida. Pero Lilah no podía entregarse al pánico, la fatiga y el dolor que amenazaban abatirla. La necesitaban. Tenía que mostrarse fuerte un rato más.

—Está llorando —dijo Joss.

—La señora Freeman se muere. Han estado casados treinta y siete años —observó Lilah con un leve temblor en la voz, y mientras decía esto se llevó las manos a la cara para enjugarse las lágrimas. Volvió los ojos hacia él, y advirtió que la miraba con gesto inescrutable.

Los ojos esmeralda relucían alcanzados por la luz

del sol rojo sangre que comenzaba a asomar sobre el horizonte. La cubierta estaba desierta, y los pocos marineros que no estaban descansando abajo se ocupaban del cordaje. Lilah tuvo la súbita sensación de que estaba sola con él, y el cielo y el mar.

—Tuvieron suerte de compartir treinta y siete años. La mayoría de la gente no goza de ese favor.

Era lo que ella necesitaba oír, palabras razonables, serenas y reconfortantes. Lilah asintió, avanzó un paso hacia la cubierta y absorbió una enorme bocanada de aire caliente. El viento estaba secando las lágrimas de sus mejillas, y comenzaba a sentir que, después de todo, lograría continuar. La mano de Joss le aferró de nuevo el brazo cuando el movimiento del barco amenazó con enviarla al suelo.

—No debería estar en cubierta. El mar comienza a agitarse.

Sólo entonces ella vio que la inclinación del barco parecía más acentuada que antes, y que el *Swift Wind* apenas rozaba la superficie del agua, mientras ascendía y descendía sobre las olas.

—Necesito un poco de aire fresco. Hay tanta... tanta muerte ahí abajo; no puedo soportarlo.

Él no contestó, y permaneció allí, aferrándole el brazo y mirándola. A la luz anaranjada del nuevo amanecer, Joss parecía tan terriblemente cansado como ella misma. Lilah experimentaba la apremiante necesidad de apoyarse en él, de descansar su cuerpo agotado sobre la fuerza de ese hombre. El ansia era tan intensa que la llevó a recordar quién y qué era él, y quién y qué era ella. Irguiendo el cuerpo, se apartó de él un paso. Joss tenía el rostro tenso.

—Le ruego me disculpe. No debí haberla tocado, ¿verdad? Los esclavos no tocan a sus amas. Las dejan caer de bruces.

La amargura en su voz era inconfundible.

—No se trata de que... —comenzó a protestar Lilah, pero él no merecía que le mintiese—. Sí, así es. Tiene mucha razón. No debió tocarme. Y no debe hacerlo nunca más.

—¿Si la toco, supongo que puedo esperar que el capataz mande a sus esbirros, armados con látigos?

—Kevin está muy enfermo.

—¿De veras? Discúlpeme si no digo que lo siento. Dígame una cosa, ¿era su novio cuando usted me permitió besarla en la glorieta esa noche?

De pronto, Lilah comprendió lo que siente un ciervo que pasta en un pacífico prado cuando descubre a un cazador que le apunta con su arma. Se había esforzado mucho para borrar de su mente esa noche, y había confiado en que también él había borrado definitivamente el recuerdo. Y ahora, Joss evocaba intencionalmente el asunto. Ella lo miró en los ojos, y descendió hasta la boca que la había besado, curvada ahora en una sonrisa agria y burlona, y se estremeció. Incluso sabiendo lo que sabía acerca de él, Lilah descubrió horrorizada que no era inmune a la inquietante atracción que Joss había ejercido sobre ella desde el principio.

—No —consiguió decir con voz que parecía un graznido.

—Ah, entonces le debo una disculpa por lo que he estado pensando desde que me enteré de su compromiso. Al parecer, usted no es tan ligera de cascos como yo imaginaba.

—No debe hablarme así. —Lilah apenas pudo pronunciar estas palabras. Se alejó un paso más de Joss, tratando de dominarse, los ojos clavados en el rostro apuesto que se había ensombrecido de ira al oír las palabras de la joven—. Por su propio bien, no debe hablar así... y también por mí.

—¿Teme que hable de su preferencia por la carne negra?

La ira mal reprimida que su voz dejaba entrever la golpeó como un latigazo. Trató de evitar que Joss percibiese lo que ella sentía. Sin duda, él había alcanzado a escuchar al patán que estaba entre la gente, la tarde en que ella lo compró, y las palabras de ese hombre todavía resonaban en los oídos de Joss.

—No diga eso.

—¿Por qué no? Es verdad, ¿no le parece? Lo leo en sus ojos incluso ahora. A usted nada la agradaría más que recibir otro beso... o llegar incluso más lejos. Pero su almita convencional se siente horrorizada ante la idea misma. ¿Por qué? No se sentía horrorizada la noche que nos conocimos. Por lo tanto, es lógico suponer que lo que la horroriza ahora no es la idea de mis besos... ambos sabemos que a usted le agradaron, sino de mi sangre.

—¡Usted llega demasiado lejos! —Ofendida y avergonzada, Lilah se alzó la falda, con la intención de volverse y huir por cubierta. Pero él la detuvo sujetándole el brazo con una mano.

—Todo lo contrario, creo que no he llegado suficientemente lejos —dijo entre dientes.

Y entonces, antes de que ella comprendiese su intención, la acercó bruscamente e inclinó su cabeza sobre la de Lilah. Jadeante, ella presionó con ambas manos el pecho de Joss, mientras él buscaba con su boca la de la joven. Pero el contacto de esos labios tibios y suaves la inmovilizó, paralizó su resistencia y su mente. De todos modos, libró la última batalla contra la humillación de la rendición abyecta, y apartó la cabeza de los labios que la buscaban. Pero cuando él le sostuvo el mentón con la mano y le obligó a acercar la boca, Lilah ya no pudo oponer resistencia. Sus ojos se cerraron y su cuerpo se aflojó contra el de Joss, como en efecto ansiaba hacer. Él la acercó más, obligándola a inclinarse hacia atrás, apoyada en el brazo que le ofrecía, su boca acercándose a la de Lilah con un hambre feroz y ansiosa, que provocó una extraña conmoción en el corazón de la muchacha.

Entonces, bruscamente, la soltó. Ella retrocedió trastabillando, impresionada casi hasta el aturdimiento por la violencia de lo que había irrumpido tan brevemente entre ellos, apenas capaz de mantener el equilibrio sin el apoyo de esos brazos sólidos. Los ojos enormes de Lilah se clavaron en el rostro de Joss. Alzó una mano delgada y pálida para cubrirse la boca.

Él la miró un instante, el pecho agitado como si hubiese desarrollado una actividad muy enérgica. Después, cuando advirtió el horror que poco a poco se manifestaba en la cara de Lilah, curvó los labios.

—Creo que le he mostrado lo que deseaba —dijo.

Esas palabras amargas la golpearon casi tanto como el beso ardiente. Antes de pensarlo, respondiendo sólo al instinto, Lilah alzó la mano y abofeteó con fuerza a Joss.

—Ah —dijo él, llevándose la mano a la mejilla, con los ojos fijos en la cara pálida de Lilah.

Durante un momento prolongado se miraron sin hablar. Después, las primeras y gruesas gotas de lluvia salpicaron la cubierta entre ellos. Lilah las miró sin verlas, sintiendo que el corazón le latía mientras esperaba la venganza de Joss. Pero Joss vio las gotas de lluvia y comprendió lo que significaban. La ira desapareció de su cara.

—Boone tiene demasiada vela.

Dijo esto como si jamás hubiese reñido con Lilah. Sus dedos acariciaron distraídos la mejilla que ella había abofeteado, y ése fue el único signo visible de lo que había sucedido entre ellos.

—¿Qué?

Lilah sabía que debía huir mientras aún podía, pero Joss estaba entre ella y la puerta abierta que daba al corredor y Lilah no deseaba atravesar la cubierta bajo la lluvia.

Él la miró impaciente.

—Tiene prisa por llegar a Haití, y está desplegando demasiada vela. Si la tormenta es grave, y creo que lo será, volaremos en pedazos.

Lilah se mordió el labio. La gravedad que él atribuía a la situación de pronto la inquietó.

—¿Por qué no se lo dice?

Pareció que de nuevo lo dominaba la cólera, pero esta vez no por ella.

—Boone no me cree. Por mucha experiencia que tenga como marino, no soy más que un esclavo, ¿lo recuerda? Está decidido a dirigir el *Swift Wind* como le parece conveniente... y no lo critico por eso. Es lo que yo también haría. Pero comete un error.

Lilah rio casi histéricamente.

—¿Quiere decir que el barco puede hundirse?

Él la miró sin contestar. No era necesario. La expresión de su cara lo decía todo. Lilah permaneció inmóvil mientras la lluvia ensombrecía la maraña desordenada de sus cabellos plateados, le bañaba la cara y le empapaba el vestido sembrado de manchas. Después de todo lo que ya había sucedido, ¿era concebible que Dios los sometiera realmente a la prueba suplementaria de una tempestad mortal? No, no podía ser. Sin duda, el *Swift Wind* ya había soportado demasiado.

—Por Dios, salga de la lluvia —dijo Joss con impaciencia. Pero como ella tampoco ahora se movió, y se limitó a mirarlo, él extendió las manos y la aferró por los brazos, obligándola a entrar en la protección del corredor.

La sensación de las manos delgadas y cálidas atravesó como un rayo de fuego las finas mangas del vestido de Lilah. Le recordó vívidamente el calor abrasador de la boca de Joss... Sus ojos, enormes e indefensos, se posaron en la marca todavía roja que su propia mano había dejado sobre la mejilla de éste. Después, buscó esos ojos esmeralda. Tenían una expresión turbulenta, eran ojos brillantes, más vivaces que la mayor parte de lo que había en el *Swift Wind* esos días. Él la miró un momento, apretándola con fuerza. Después, sus labios formaron una fina línea, y la soltó. Más allá de la protección del corredor, la lluvia descendía en cortinas plateadas.

—Quédese abajo —ordenó Joss con gesto sombrío, y después se volvió y desapareció bajo el aguacero.

13

El temporal se abatió sobre ellos con la furia de un monstruo marino. Lilah apenas podía mantener el equilibrio, y mucho menos cuidar de los enfermos mientras el *Swift Wind*, lanzado hacia aquí y hacia allá por el feroz viento, se inclinaba hacia un lado y hacia el otro como un columpio. Cuando el día se convirtió en noche, el viento sopló con tremendas ráfagas mientras la lluvia caía implacable y el cielo estaba tan oscuro como el mar. El maderamen crujía en ominosa advertencia mientras el barco se abría paso a través de la turbulencia de las altas olas. Los rayos surcaban el cielo, seguidos por el estampido ensordecedor del trueno. Aterrorizada, Lilah deseaba únicamente acurrucarse en su litera, con una manta sobre la cabeza, rezando por su propia salvación. Pero los enfermos continuaban necesitando cuidados, y los muy enfermos continuaban muriendo. No podía entregarse al temor, que era como una criatura viva en su interior. Tenía que permanecer de pie, hacer todo lo posible para aliviar el horrible sufrimiento que se prolongaba implacable a pesar de la terrible tempestad.

Betsy, que había sido enviada por el doctor Freeman a cuidar de los esclavos enfermos de la bodega, trajo la noticia de que el agua comenzaba a filtrarse allí abajo. Estaba tan atemorizada como Lilah, pero no había nada que pudieran hacer para mejorar la situación. Como todos los que se encontraban a bordo, ellas estaban a merced de Dios y el mar.

Temblando de miedo y frío, Lilah se abrió paso en la oscuridad, por los corredores, mientras atendía a los enfermos con la ayuda de la media docena de mujeres que aún estaban vivas y sanas. Con excepción del doctor Freeman, los pocos hombres que todavía estaban de pie debían encontrarse en cubierta, para combatir el temporal.

La señora Mingers murió esa noche, y también dos esclavos. La tormenta era tan intensa que a la mañana siguiente los cadáveres debieron ser echados al mar deprisa. Los únicos rezos estuvieron a cargo de los que permanecían abajo, esperando en vano el chasquido que les indicaría que varios pasajeros más habían ido a recibir la última recompensa en el fondo del mar. El chasquido no llegó nunca a ellos. Quedó ahogado por los rugidos del viento y el mar.

Como las cocinas estaba apagadas, no había agua caliente para atender a los enfermos, ni comida caliente para mantener a los sanos. El interior del *Swift Wind* era un lugar frío y oscuro, húmedo y terrorífico. Había que atar a los enfermos a sus camastros, para evitar que el balanceo del barco los arrojase al suelo. Los pocos que estaban recobrándose —entre ellos Kevin— recibieron como alimento una grosera mezcla de avena y agua fría. El apetito voraz, que era el rasgo distintivo de los que habían padecido cólera y sobrevivido, no podía satisfacerse con esa magra dieta, y los convalecientes reclamaban a cada momento más comida. Lilah no tenía nada más que darles. También ella estaba hambrienta, pero eso era nada comparado con su fatiga y su miedo.

Llegó de nuevo la noche, con una sucesión de truenos. Fuera, la furia del viento se acentuó, hasta que pareció que era una colección de millares de animales que gritaban desde las entrañas del infierno. Sobre la nave cayeron en varias ocasiones olas que eran más altas que las montañas que se levantaban alrededor de Heart's Ease. El *Swift Wind* se estremecía ante cada ataque, y continuaba su marcha.

Cada par de horas, dos o tres de los hombres descendían bajo cubierta para comer y descansar. Lilah y las otras mujeres atendían sus necesidades de acuerdo con las posibilidades en cada ocasión. Los envolvían con mantas cuando descendían completamente mojados, trastabillando, por la escalera, y les suministraban ropas secas y el alimento disponible. Joss venía del temporal ajustándose a los mismos turnos que el resto. Lilah estuvo en la habitación común sólo dos veces cuando Joss se encontraba allí, y en ambos casos ya otra mujer se ocupaba de él. En cierta ocasión, Betsy fue la encargada de esa tarea, y estaba desplegando una manta sobre los hombros de Joss mientras él devoraba la insulsa papilla. El espectáculo de su criada, que emitía sonidos solícitos para beneficio del hombre en quien ella, Lilah, no debía ni siquiera pensar, la deprimió. Después de echar una ojeada, continuó con su tarea. Pero el ingrato espectáculo perduró en su mente todavía un tiempo.

El día no fue más que un paso del negro al gris. Las olas golpeaban incesantes bajo la escotilla cerrada que llevaba a la cubierta. El agua descendía por los peldaños, y avanzaba por el corredor para filtrarse bajo las puertas de los camarotes. Por orden del doctor Freeman, todos los enfermos fueron trasladados a la zona común, que era simultáneamente la más espaciosa y la más seca que podía hallarse en el barco. El piso de madera dura pronto fue cubierto por jergones improvisados, dispuestos uno al lado del otro. A pesar del amontonamiento de personas y el hedor, era mucho más fácil tener a todo el mundo en un mismo ambiente. Lilah se sintió más o menos animada por la presencia de tantos otros, a los que vio en esa penumbra fría y húmeda. Para conformarse, los que podían recitaban a coro plegarias. Lilah distribuía palanganas y limpiaba la frente de los enfermos mientras escuchaba el coro de «Padre Nuestro que estás en los Cielos...» y otras oraciones conocidas.

Tres días después de iniciado el temporal, se oyó un tremendo crujido sobre ellos, y siguió un enorme estampido. El techo vibró sobre la cabeza de todos cuando algo enormemente pesado se desplomó sobre la cubierta. El barco tembló como un perro mojado. Lilah se sintió helada de terror, y tuvo la certeza de que había llegado el fin. Los gritos atravesaron la penumbra mientras las demás experimentaban el mismo miedo. Gritando, Lilah se acurrucó en el suelo, y elevó los brazos para protegerse la cabeza del candelabro apagado que se balanceaba inquieto a cierta altura. Seguramente caería... Kevin, que había estado ingiriendo otra porción de la pasta alimenticia, la rodeó con sus brazos y la protegió con el cuerpo, cubriéndola mientras todos esperaban el fin y contenían el aliento. Pero el *Swift Wind* los engañó, y continuó la marcha.

—Seguramente ha caído el mástil —anunció el doctor Freeman con voz temblorosa, cuando al fin todos se atrevieron a respirar de nuevo.

Lilah se sentó en el suelo, se alisó la falda y se enjugó las lágrimas que descendían por su cara. El barco de nuevo había sobrevivido, pero ella no sabía si alegrarse o lamentarlo. Si estaban destinados a morir, sin duda era mejor terminar de una vez y acabar con ese infernal sentimiento de terror.

—Lilah... —comenzó a decir Kevin, mientras ella trataba de limpiar de la manta parte de la papilla que ella misma había derramado a causa del miedo. En toda la habitación, las mujeres continuaban fatigadas las tareas que habían abandonado. Hasta que de nuevo afrontasen la aproximación de la muerte, no había más remedio que vivir y ayudar a los vivos—. Querida, quiero que sepas...

No continuó. En ese momento un marinero de ojos desorbitados irrumpió en la habitación.

—¡El lastre se soltó cuando el mástil cayó y provocó un enorme agujero en la proa! —gritó—. ¡El capitán ha ordenado que todos salgan a cubierta ahora! ¡Estamos abandonando el barco! ¡Deprisa, deprisa si quieren salvar la vida! ¡El barco se hundirá muy pronto!

—¡Hombre, tendrá que ayudarnos! —gritó el doctor Freeman cuando el marinero se volvía para salir—. ¿Ha olvidado que debemos llevar a los enfermos? ¡Necesitamos la ayuda de todos los hombres que el capitán Boone pueda facilitarnos!

—El capitán necesita en cubierta a todos los hombres para mantener a flote este maldito barco hasta que podamos llegar a los botes salvavidas. Sí, está bien. ¡Les traeré toda la ayuda posible!

Desapareció, y regresó unos momentos después con tres hombres.

—¡Vamos, vamos! ¡Está escorando mucho a babor, y puede naufragar en un minuto!

Ahora que lo peor había sucedido, todos mostraban una extraña calma. Se permitió encender una linterna para facilitar la evacuación, y el artefacto se balanceaba de la mano del doctor Freeman, mientras él señalaba a los que más necesitaban ayuda. Los que estaban demasiado enfermos para caminar fueron reunidos en dos camillas formadas con mantas y enganchadas de los hombros de los marineros. El doctor Freeman alzó en brazos al pequeño Billy Patterson, mientras la señora Patterson sostenía el faldón de la chaqueta del médico con la sombría decisión de que no la separasen de su hijo. Los enfermos que podían caminar se apoyaban unos en otros. Betsy pasó el brazo sobre los hombros de una anciana dama cuyo nombre Lilah no atinaba a recordar, y tanto la señora Gorman como su hija sostenían a dos convalecientes cada una, un hombre y una mujer. Lilah se volvió para ayudar a Kevin, mientras resonaban en sus oídos las frenéticas exhortaciones de los marineros, que les reclamaban que se diesen prisa.

—¿Puedes ponerte de pie?

—Sí, no te preocupes.

Pero estaba tan débil que tuvo que sostenerse apoyándose en la pared. Lilah lo ayudó lo mejor que pudo, pero no obstante la reciente pérdida de peso provocada por la enfermedad, Kevin era un hombre pesado. Lilah rogó al cielo que lo lograse. La habitación común estaba vaciándose, y Lilah advirtió horrorizada que el suelo se había ladeado. La nave estaba hundiéndose.

—¡Deprisa, Kevin! —jadeó.

—Ya llego —dijo él, y se apartó de la pared. Se tambaleaba, los músculos débiles, apenas capaces de sostenerlo después de su enfermedad. Tenía puesto únicamente el camisón, pero ahora no había tiempo para preocuparse de nada que no fuese abandonar el barco antes de que se hundiese en las profundidades.

Con el brazo de Lilah alrededor de su cintura, Kevin se apoyó pesadamente en ella, y así consiguieron pasar al corredor. Ya estaba atestado de gente que pugnaba por alcanzar la cubierta. Lilah y Kevin habían recorrido la mitad de la distancia que los separaba de la escalera, cuando el barco se inclinó unos pocos grados más hacia la izquierda. Alguien gritó. La mayoría de las mujeres lloraba, y los pocos hombres que quedaban abajo tenían expresiones sombrías.

Cuando el barco se inclinó, Kevin perdió el equilibrio y cayó de rodillas. La gente que estaba detrás los esquivó y pasó sobre ellos, en un movimiento frenético por llegar a cubierta, mientras Lilah se debatía para ayudar a Kevin a incorporarse.

—¡Ayúdennos! —gritó, pero su voz quedó sepultada por el sollozo de las mujeres y el gemido del temporal.

Los que pasaban cerca, de todos modos, no estaban en condiciones de ayudarles; tenían las manos ocupadas con sus propios enfermos. Finalmente, Kevin consiguió incorporarse, y sostenido nuevamente por el brazo de Lilah, ascendió los peldaños que faltaban. Fueron los últimos en salir del corredor.

La escena sobre cubierta era algo que parecía extraído de la peor pesadilla. Las velas habían sido desgarradas por el viento. Los jirones restantes se enroscaban alrededor de los dos mástiles que aún se mantenían en pie, como una especie de gigantesco látigo de nueve colas. El cielo se agitaba como un caldero hirviente; el mar se elevaba y descendía, rociando la cubierta con agua salada que no podía distinguirse, salvo por el gusto, de la lluvia que caía a torrentes. Se habían tendido cuerdas a lo largo de la cubierta, y a ellas se aferraban los pasajeros para acercarse a la baranda de lo que quedaba de la popa, destrozada por la caída del palo mayor. Desde allí descendían al mar los botes salvavidas.

Sólo treinta y dos almas habían sobrevivido al cólera. Más o menos la mitad estaba enferma. La mayoría de ellos probablemente no sobreviviría... y también era probable que nadie sobreviviese. Los botes eran minúsculos. Estaban lejos de tierra, y el mar era un ser monstruoso y hambriento. ¿Qué posibilidades tenían esos minúsculos botes contra tanta furia?

Caminaron sobre la cubierta, Lilah adelante y Kevin detrás. Lo único que ella pudo hacer fue mantenerse aferrada a la cuerda mientras la cubierta se inclinaba y caía bajo sus pies, y el viento intentaba arrastrarla. El rodete sobre la cabeza se le deshizo, y los cabellos le cubrieron la cara, cegándola. Una ola tras otra barría la cubierta, y amenazaba arrastrar a los desprevenidos hasta las profundidades del océano. El trueno rugía, y el rayo iluminaba la sombría negrura del cielo. Lilah, entumecida por el miedo, perdió pie más de una vez. Tenía en la boca el sabor del terror, y el miedo a la muerte era intenso en su fuero interno. También temía por Kevin, que se aferraba sombríamente a la cuerda, detrás de Lilah. ¿Cómo encontraría él la fuerza necesaria para llegar a los botes, en su estado de debilidad?

Mientras avanzaban penosamente por la cubierta, el primer bote salvavidas descendió con un sonoro chasquido. Las olas lo impulsaron inmediatamente y lo elevaron a gran altura. Lilah alcanzó a ver la breve imagen de las caras aterrorizadas y las manos aferradas a los costados del bote, antes de que la embarcación se hundiese en una ola, y desapareciera de la vista.

La cubierta ahora estaba muy inclinada, y el esfuerzo para llegar a los botes era más frenético. A través de la lluvia torrencial, Lilah vio que Betsy trepaba al segundo bote, y también advirtió que lo tripulaban dos esclavos. Cuando el bote tocó la superficie del agua, los dos hombres se inclinaron sobre sus remos. Su esfuerzo de nada sirvió contra la fuerza tremenda de las olas. Alcanzó a echar una ojeada más al bote antes de que se alejaran.

Había que bajar dos botes más. El doctor Freeman ocupó el siguiente, con la señora Patterson y Billy, las mujeres Gorman, y dos más.

Lilah llegó milagrosamente a la baranda, seguida por Kevin, cuando estaba completándose el último bote. Aferrándose a la cuerda para preservar la vida, mientras la cubierta brincaba como un caballo salvaje bajo sus pies, de pronto comprendió que no había visto a Joss. No estaba en el bote, ni en el pequeño grupo de personas que esperaban, y tampoco había descendido bajo cubierta para colaborar en la evacuación. Lilah miró frenéticamente alrededor, sin reconocer ni siquiera para sí misma por qué lo hacía. Siempre podía suponerse que había sido uno de los ocupantes del primer bote, o que ella no había alcanzado a verlo en el segundo...

Pero no, allí estaba, y ella tuvo conciencia de un profundo sentimiento de alivio cuando lo vio a cierta distancia, junto a la baranda. Tenía los cabellos negros empapados y pegados a la cabeza, y las ropas mojadas se le adherían al cuerpo, mientras accionaba una de las poleas que bajaban los botes; lo ayudaba otro de los esclavos. La vio casi al mismo tiempo que ella lo vio. Lilah tuvo la impresión de que los hombros de Joss se aflojaban un poco, como si se sintiera tan aliviado de descubrir dónde estaba la joven como ella de ver al propio Joss. Después, volvió a concentrar la atención en su tarea. El otro bote se balanceó al costado del barco, y comenzó a descender.

Había seis personas para ocupar el último bote. Lilah era la única mujer que aún quedaba. El capitán Boone había atado el timón, con la esperanza de mantener el barco en la posición más equilibrada posible hasta que ellos se hubiesen alejado. El *Swift Wind* hacía agua con velocidad alarmante. No duraría mucho más.

Lilah se deslizó al interior del bote, Kevin la siguió, y ambos se sentaron cerca de la popa. El viento y la lluvia castigaron la cara de Lilah, y apenas podía ver. Tenía los cabellos empapados, y los largos mechones le golpeaban los hombros, hasta que los recogió y los metió bajo el cuello de su vestido. La humedad fría y resbaladiza contra su columna vertebral le provocó un estremecimiento. El sabor del miedo era más intenso que la sal de sus labios. Se pasó la lengua por ellos, aferrando el asiento del bote para salvar la vida, mientras una ola tras otra se elevaban amenazadoras, y ellos estaban suspendidos a gran altura sobre el mar.

El capitán Boone subió al bote, seguido por un hombrecito de cuerpo sólido que según creía Lilah era el señor Downey. El capitán Boone indicó al hombre que se le uniese en la proa, probablemente para equilibrar la distribución del peso en el bote. Sus vidas evidentemente importaban poco, pues era obvio que los demás se proponían dejarlos atrás.

—¿Y ellos? —gritó Lilah, en el momento mismo en que el bote salvavidas comenzó a balancearse en el aire, y después descendió, cayendo al mar con tremenda velocidad. Nadie contestó, incluso si alguien la oyó. El aullido del viento y el rugido de las olas, reducían a nada todos los sonidos restantes.

El bote tocó el agua con un fuerte golpe, y Lilah casi salió despedida del asiento. Las tremendas salpicaduras provocadas por el descenso del bote empaparon a todos, y la pequeña embarcación se vio atrapada y llevada por el impulso de una ola. Lilah vio que las cuerdas que unían el bote al *Swift Wind* aún no se habían soltado. Al elevar los ojos hacia la nave, que se perfilaba a cierta altura sobre ellos, Lilah se sintió mal al pensar en los hombres que habían quedado detrás. Pero sintió el corazón en la garganta cuando vio que Joss trepaba como un mono a la cuerda que aún unía la proa del bote salvavidas al *Swift Wind*. Sus piernas abrazaban con firmeza la cuerda, mientras descendía sostenido por las manos, con la gracia y la rapidez de un acróbata circense. El otro hombre se deslizó por la cuerda que llevaba a la popa. Las olas los golpearon, el buque madre se agitó y amenazó caer sobre ellos, el viento los golpeó salvajemente. Lilah creyó que no podrían lograrlo... ¡y sin embargo lo consiguieron! Apenas los pies de los dos hombres tocaron el bote se procedió a desprender las cuerdas. El bote salvavidas ahora dependía de sí mismo en un mar sombrío y vengativo.

14

Quizás habían pasado horas o días acurrucados en el bote. Lilah no lo sabía. Sabía únicamente que la furia del temporal parecía aumentar con cada minuto que pasaba, y que ella jamás en su vida había estado más segura de que la muerte pronto vendría a buscarlos. Excepto Kevin, que aún estaba demasiado débil a causa del cólera, los hombres se turnaban para manejar los remos, aunque éstos de poco servían contra la furia del mar. El bote seguía el curso que le imponían el viento y las olas, y trepaban crestas altas como montañas antes de zambullirse en profundas olas. Los dientes de Lilah castañeteaban a causa del frío. Las ropas se le pegaban al cuerpo como una mortaja helada. Las rodillas le temblaban de miedo. Murmuraba a cada instante los rezos aprendidos en su niñez. Alrededor, podía ver el movimiento de los labios de sus compañeros, y suponía que estaban haciendo lo mismo.

Era imposible medir el tiempo. El minúsculo bote salvavidas viraba de un lado al otro según el capricho del mar. Lilah se había resignado a morir ahogada. La cuestión no era si así sucedería, sino cuándo. Estaban todos solos en la terrible vastedad negra del temporal. Ella no había alcanzado a ver ni siquiera una vez a los botes restantes, después de que hubiera sido lanzados al mar. Se habían dispersado como corchos en un remolino. Dudaba de que ninguno de ellos volviese a ver el suelo firme.

Seguramente era de mañana, porque la oscuridad que los envolvía se había aclarado un poco, para dar paso a un temible gris sucio. Lilah alzó la cabeza de su propio regazo, donde descansaba desalentada, y frunció el entrecejo al oír un sonido que no se parecía al rugir del viento y las olas. Una suerte de golpeteo más rítmico...

—¡Dios mío! —El grito provino de Joss, y provocó verdadero terror en Lilah—. ¡Rompientes! ¡Al frente hay rompientes!

El significado exacto de la advertencia pasó inadvertido para Lilah, hasta que vio la espuma blanca de la marea que rompía e interrumpía la oscuridad del cielo y el mar. Al principio se alegró de que tan cerca hubiese tierra firme... pero de pronto vio las rocas... enormes rocas grises que emergían del mar como dientes.

Era demasiado tarde para virar. La línea de la marea estaba justo delante; casi habían llegado a los rompientes cuando Joss los vio. Con el viento que los empujaba hacia delante, como habría hecho un niño con un bote de papel, no había fuerza en el mundo, salvo un milagro, que les permitiera evitar esas rocas.

—¡Remen! ¡Remen, malditos sean! —gritó Joss.

Lo intentaron. Movieron los remos como posesos, los músculos presionaban contra las camisas y los pantalones empapados, de los labios de cada uno brotaba una catarata de maldiciones y rezos más o menos mezclados. Pero el mar intervino con una mano potente para apoderarse del bote y arrojarlo sobre la línea irregular de rocas con la letal exactitud de un lancero. Lilah miró con horror cuando enfilaron en línea recta hacia una enorme forma oscura que emergía del agua.

—¡Sostente! —gritó Joss.

Lilah se inclinó, y aferró el borde del asiento tanto que le dolieron las manos. Cerró los ojos... y en ese momento llegó el choque.

El bote chocó contra las rocas con un grito parecido al de un caballo moribundo, y al primer impacto se le desgarró la quilla. El mar se apoderó de nuevo del bote y ahora lo arrojó contra la roca y de nuevo se oyó el estrépito estremecedor. Un vasto movimiento de la marejada lo cubrió todo.

Lilah vio la enorme ola que se alzaba sobre ellos, y se cubrió la cara con los brazos. La ola se desplomó sobre el bote y arrastró a Lilah, empujándola hacia un costado. No tuvo tiempo ni aliento para gritar.

Se hundió en la profundidad larga y negra del océano, y luchó y se debatió mientras su cuerpo se desplazaba en ese frío paralizador. Nunca había sido buena nadadora, y ahora le molestaba la falda empapada; pero de todos modos descargó puntapiés y trató de llegar a la superficie, y se esforzó por recibir el aire que le permitiría vivir. Que lo lograse no fue su mérito. El mar, que la había llevado a la profundidad, sencillamente la escupió de nuevo. Emergió en la superficie como una botella.

Las olas se desplomaron sobre su cabeza, casi hundiéndola. Se sofocó y se hundió bajo la superficie del agua. Finalmente, consiguió tragar un poco de aire, y entonces gritó. Los otros debían de estar cerca, flotando en el mar exactamente como ella. Le pareció que oía la respuesta débil de una voz, pero no podía estar segura. Después, la atrapó otra ola y la llevó hacia abajo y hacia fuera.

Cuando emergió otra vez, estaba jadeando. Se le habían desprendido los zapatos, y esa pequeña pérdida le permitió flotar mejor. Una corriente se apoderó de su cuerpo, y trató de llevarla mar adentro. Lilah resistió con todas sus fuerzas, tratando de llegar a la costa, que no podía estar demasiado lejos.

Seguramente gritó de nuevo, porque una voz le respondió. Esta vez se sintió segura, pese a que el mar provocaba una cacofonía alrededor de ella, y su tremendo rugido la ensordecía.

—¡Lilah!

Jadeante, se volvió en el agua y vio una cabeza muy oscura que nadaba detrás con fuertes brazadas y una enorme montaña oscura, que se elevaba detrás del nadador. Abrió mucho los ojos, y también la boca para gritar una advertencia. La ola rompió antes de que ella pudiese emitir un sonido. El torrente de agua cayó sobre Lilah con la fuerza de un edificio de ladrillos que se derrumba. De nuevo fue enviada al fondo.

Descargó puntapiés, se debatió y luchó, pero esta vez pareció que el mar estaba decidido a retenerla. Cuando creía que los pulmones le estallarían a causa de la falta de aire, el mar la expulsó otra vez. Se sofocó al llegar a la superficie, y sabía ahora que no podría resistir mucho más tiempo. Había llegado al final de su fuerza.

Era más fácil evitar la lucha, sencillamente hundirse bajo la superficie del mar...

Entonces, como saliendo de la nada, un brazo fuerte le rodeó el cuello, y la arrancó de la presión letal de la corriente.

15

—Está bien, ahora no temas, estás a salvo —le gritó Joss al oído.

Lilah deseaba reír y al mismo tiempo llorar, deseaba gritar y renegar a causa del destino que los había llevado a esto, pero no podía hacer nada de todas estas cosas porque otra ola cayó sobre ellos precisamente entonces, hundiéndolos bajo el agua. Durante un momento temió verse separada de Joss, pero él no la soltó, y nadó con fuerza en busca de la superficie, llevándola a remolque; y en eso, los débiles movimientos de Lilah de poco servían.

Durante un período que pudo haber sido de horas o de días lucharon juntos en el mar, Lilah dispuesta a renunciar más de una vez, pero Joss siempre firme. De no haber sido por la fuerza infatigable de Joss, ella se habría ahogado. En cierta ocasión la profundidad oscura casi la atrapó, llevándosela cuando descansaba fatigada contra el cuerpo duro de Joss; se debatía en el mundo silencioso y oscuro del fondo, bajo las olas, cuando él la encontró de nuevo, y la llevó otra vez a la horrible realidad de la tormenta, sosteniéndola de los cabellos con la mano. Después, él se quitó la camisa y ató una manga alrededor de la muñeca de Lilah, y la otra alrededor de la suya.

En el curso de esas horas, en cierto momento Joss encontró una tabla, y acomodó a Lilah de modo que ella pudiese aferrarse con los dos brazos a la madera. Él se sujetó a la tabla con una mano, y sostuvo a Lilah con la otra. Fueron llevados en un sentido y en otro, según el capricho de las olas, y se elevaron en el aire y descendieron bruscamente hasta que Lilah perdió todo sentido del tiempo o el lugar o incluso la circunstancia. La única realidad era la furia brutal del temporal.

De pronto, oyó de nuevo el golpeteo de la marejada.

—¡Mueve las piernas! ¡Maldita sea, mueve las piernas!

Ella no sabía cuánto tiempo Joss había estado gritando la orden, pero al fin las palabras penetraron. Movió las piernas, y él hacía lo mismo al lado, hasta que al fin vieron la línea espumosa y blanca de las olas rompiéndose en una playa. Ahora era una playa distinta, sin esas rocas letales que la protegían de todos los visitantes. Lilah no alcanzó a ver nada más que una masa oscura más allá de la línea del agua, pero sabía que era tierra firme. ¡Tierra! Saber que allí estaba le infundió un último resto de fuerza, y movió las piernas tan frenéticamente como Joss. Se salvaron no por los esfuerzos realizados, sino porque una ola gigantesca se apoderó de la tabla y arrojó a los dos sobre la playa. Lilah soltó la tabla de madera. Otras olas rompieron sobre ella, trataron de llevarla de nuevo al mar, pero ahí el agua era poco profunda, y ella pudo arrastrarse sobre el vientre apoyándose en el fondo arenoso, hasta que al fin quedó totalmente fuera del agua, y libre de la atracción mortal de las olas. Y entonces, se derrumbó y permaneció inmóvil. Más agua cayó sobre ella, pero era lluvia. Apenas tuvo tiempo de comprobar el hecho de que después de todo no se había ahogado, y eso fue un instante antes de que el agotamiento total la sumiera en la inconsciencia.

16

El calor del sol en la cara la despertó. Durante largo rato Lilah permaneció inmóvil, gozando de la bendita tibieza, sin recordar dónde estaba; sabía únicamente que era muy grato sentir que estaba allí, acostada, bañada en los rayos reparadores del sol. Poco a poco percibió la aspereza de la superficie que tenía bajo la mejilla, y el hecho de que a pesar del calor arriba y abajo, en verdad estaba mojada. Frunciendo el entrecejo, abrió los ojos.

Una extensa playa, blanca y luminosa, pareció saludarla. Lilah parpadeó, y alzó la cabeza para mirar alrededor. Se hubiera dicho que la playa se extendía kilómetros y más kilómetros, hasta que desaparecía de la vista en una curva, lo mismo que la tierra firme. Frente a ella, a pocas docenas de metros, las palmeras y los arbustos señalaban el fin de la playa. Detrás, a menos de setenta centímetros de sus pies desnudos, llegaban las suaves aguas azules de un remanso. Después, el mar, tan sereno como si la pesadilla reciente nunca hubiese existido.

¡Joss! ¿Qué había sido de él?

Lilah se sentó, y su cuerpo protestó ante cada movimiento, y la joven miró alrededor. En ambas direcciones, hasta donde podía ver, se extendía únicamente la arena blanca, prístina, imperturbable. No había indicios de Joss, ni signos de vida, salvo por un par de cangrejos que avanzaban hacia el mar y después retrocedían, y una sola golondrina marina en el aire. Se le oprimió el corazón. ¿Tal vez él la había salvado pero había terminado ahogándose?

Ese pensamiento la movió a ponerse de pie, y entonces descubrió que sentía las piernas muy inseguras. Permaneció inmóvil un momento, y sintió un imprevisto escalofrío a pesar del sol radiante. Temblando, se rodeó el cuerpo con los brazos, y examinó su atuendo. El frente de su vestido antes celeste estaba cubierto de arena, y la falda y la enagua se adherían pegajosamente a sus piernas. Las medias al parecer se habían desprendido durante la lucha contra el mar. Primero, se sacudió la arena, y después agitó la falda y la enagua lo mejor posible. La delgada muselina de su vestido pronto se secaría sola. Pero Lilah sabía que si deseaba secarse bien debía quitarse la ropa interior. No podía desnudarse en una playa pública, o caminar por ahí cubierta sólo por el vestido, sin las prendas íntimas que protegían su recato. De modo que tendría que permanecer mojada y maloliente hasta que el sol secase sus ropas de afuera hacia dentro, a menos que hallase un refugio seguro que le garantizara cierta intimidad.

En el curso de su examen, Lilah se llevó las manos al cabello y descubrió que las masa sedosa colgaba formando una enorme maraña húmeda que le alcanzaba la espalda. Ordenar ese conjunto de cabellos en un rodete sería imposible, incluso si no hubiese perdido sus alfileres. No tenía más remedio que permitir que colgasen enmarañados. Después de sacudirse los granos de arena pegados a la mejilla, de recoger los mechones de cabellos que colgaban sobre sus ojos, cojeando, mojada y desgreñada, comenzó a caminar por la playa.

No era posible que fuese la única sobreviviente. La idea la horrorizó. Tenía que hallar a Joss; no podía imaginar que él estuviese muerto. ¿Y qué había sucedido con los demás ocupantes del bote? ¿Con Kevin? Si ella había sobrevivido, tal vez él había logrado lo mismo. O el capitán, o el señor Downey, o... Pero tenía la sensación de que las rocas que habían destruido el bote estaban muy lejos del lugar donde ella había alcanzado la playa. Era poco probable que los otros hubiesen llegado a esa playa desierta. Hacia el final, Joss había sido el único que estaba con ella. Y Joss le había salvado la vida.

Tropezando ocasionalmente cuando sus pies delicados rozaban las azuladas conchas medio enterradas en la arena, Lilah avanzó en dirección a un pequeño promontorio que estaba en el extremo más alejado de la playa, donde la tierra de nuevo viraba sobre sí misma. Ese saliente era sólo una duna de arena cubierta de pasto duro, según descubrió cuando la trepó, para instalarse en la cima y mirar alrededor. Le aportaba una visión excelente de la playa en las dos direcciones, y contempló un mar tan sereno después de la tormenta que parecía formado de vidrio azul. Un estremecimiento de cólera la sacudió, mientras contemplaba el traicionero espejo azul. ¿Cuántas vidas se habían perdido en esas profundidades somnolientas la noche de la víspera, tragadas y destruidas definitivamente? Rechinando los dientes, conmovida por una terrible oleada de cólera, Lilah amenazó al mar con el puño.

Su propio gesto la desconcertó. Por naturaleza era una persona serena, calma. Hubiera debido agradecer su propia supervivencia, en lugar de maldecir al destino por la pérdida del *Swift Wind*. Pero parecía excesivo pedirle gratitud en esa mañana falsamente luminosa, cuando tanto había sido destruido.

Una forma oscura sobre la arena blanca, a lo lejos, atrajo su mirada. A esa distancia no podía determinar qué era. En todo caso, permanecía inmóvil. Quizás no era más que un pedazo del barco, arrojado por la tormenta. Pero también podía ser un hombre.

Lilah descendió por el lado opuesto del promontorio, alzando sus faldas y avanzando a trompicones por la playa, en lo que era casi una carrera. Las conchas le cortaban los pies, pero no hizo caso del dolor. Una vez cayó de rodillas, y se raspó las palmas de las manos, pero aun así se incorporó y continuó corriendo. Necesitaba ver... y saber...

Aún estaba a unos metros de distancia cuando tuvo la certeza de que la forma pertenecía a un hombre. Yacía inmóvil, sin camisa y descalzo, un brazo sobre la cabeza y el otro cerrado bajo el cuerpo. Hubiera reconocido en cualquier parte esos cabellos negros y el ancho de esa espalda.

Joss.

—¡Joss!

Lilah musitó una plegaria pidiendo que él viviese, en el momento mismo de arrodillarse al lado del cuerpo. No se movía. La espalda, con su fino dibujo de cicatrices, estaba vuelta hacia ella. Los anchos hombros resplandecían con su bronceado claro al sol. Tenía los pantalones húmedos, pero más secos que el vestido de Lilah, y los cabellos ya estaban secándose y formando tersas ondas alrededor de la cabeza y sobre el cuello, pues la redecilla que los sujetaba se había perdido en el mar. Lilah no pudo percibir ningún signo de que respirase.

—¡Joss!

Apoyó la mano sobre la piel satinada del hombre. Estaba tibia al tacto. El alivio le recorrió el cuerpo, hasta que pensó que la tibieza de la piel podía responder en parte al sol implacable. Aferrando con las dos manos el hombro más separado de ella, trató de ponerlo boca arriba. Era pesado, y la tarea no fue fácil, pero al fin lo consiguió. Cuando vio la cara y el pecho, contuvo una exclamación. Sobre la frente tenía una herida de desagradable aspecto. Aunque el cuerpo ahora estaba cubierto de arena, y la sangre que podía haber manado de la herida había sido lavada por el mar, Lilah sospechó que en su momento había sangrado profusamente. La falta de hemorragia ahora, ¿era un signo negativo, o positivo? ¿Significaba que estaba...? No quiso pensar siquiera la palabra.

—¡Joss!

Atemorizada, lo sacudió. Retiró la mano que tenía apoyada sobre el hombro de Joss, vaciló, y después la aplicó al blando colchón de vello de su pecho, para sentir el corazón. Allí, bajo sus dedos, percibió un latido muy débil.

—¡Gracias a Dios!

Por lo tanto, vivía, pero ¿a qué precio si debía juzgarse por las heridas? No estaba durmiendo, sino inconsciente. Esa herida podía haberle dañado el cráneo. La posibilidad de que él hubiese sobrevivido a los horrores de la noche y el mar para ir a morir de una herida en esa playa inundada de sol la desconcertó. Mordiéndose el labio, Lilah pasó suavemente las manos alrededor de la herida, y después sobre todo el cráneo, hasta el cuello y detrás de las orejas. Los hilos enroscados de los cabellos se adhirieron a los dedos de Lilah como manos que exploraban.

Parecía que el cráneo estaba intacto. Ella no era médica, pero había aprendido un poco de anatomía humana de cuidar a los enfermos a bordo del *Swift Wind*. Quizá Joss sufría otra herida que no era visible externamente. Moviéndose un poco para ver lo mejor posible el cuerpo de Joss, ella pasó las manos sobre él, tanteando los anchos hombros, las costillas que parecían haberse curado desde aquel día en Mathews Court House, la longitud de la columna vertebral. Joss tenía la piel tibia y suave y entera, y el cuerpo delgado pero muy musculoso, y hasta donde ella podía ver, los huesos del torso estaban intactos.

Moviéndose de nuevo, deslizó las manos a lo largo de los brazos. También éstos parecían tibios y flexibles, con un leve vello y tan musculosos, que eran duros al tacto bajo el satén de la piel. Y también ellos parecían intactos.

Quedaban las caderas, las piernas y los pies, como posibles lugares de otras heridas. Por supuesto, a menos que padeciese daño en un órgano interno, es decir, algo que ella no descubriría mirando o palpando. Si ése era el caso, Lilah nada podría hacer, de modo que decidió excluir de su mente esa posibilidad.

La idea de deslizar las manos a lo largo de las angostas caderas y las piernas musculosas era inquietante. Lilah examinó la zona del abdomen cubierta por los pantalones, se sonrojó, y desplazó la atención a las piernas de Joss. Las contempló largo rato extendidas sobre la arena blanca, cada músculo y cada tendón delineado por la lana áspera que, humedecida, se adhería al cuerpo de ese hombre como una segunda piel. Las piernas parecían bastante rectas, y los pies pardos estrechos y desnudos, con los dedos apuntando al cielo, al parecer adoptaban la posición apropiada. Esa prolongada inspección fue suficiente para decidir a Lilah. Por el momento, lo dejaría en paz. Si descubría que tenía una pierna rota, o fracturado el hueso de la cadera, en realidad de todos modos no sabría qué hacer.

—¡Joss!

Completada su inspección, trató nuevamente de despertarlo, pronunciando su nombre y sacudiéndolo suavemente por los hombros. Las dos mediaslunas de cortas pestañas negras permanecían firmemente cerradas, apoyadas en las mejillas ensombrecidas por una barba de varios días. Joss no se movió, no reaccionó de ningún modo. Agazapada al lado de Joss, Lilah lo miró desalentada. ¿Qué debía hacer ahora?

Podía sentarse en la playa, al lado de Joss, esperando y pidiendo que despertase por sí mismo. Pero ¿qué sucedería si no despertaba, o si tardaba días en hacerlo? Ambos necesitaban agua, y por lo menos ella tenía que comer. Y también necesitaban un refugio que los protegiese del sol. Ella ya podía sentir que los rayos intensos le quemaban la piel más delicada. No podía dejarlo en la playa, de modo que se cocinara como un pescado y sabía, gracias a su experiencia con el sol cegador de Barbados, que su propia piel cobraría un tono dolorosamente rojo en pocas horas, si no la protegía del sol. No había nadie que la ayudase. Lo que había que hacer tendría que hacerlo sola.

En el curso de la hora siguiente, Lilah consiguió arrastrar a Joss al lugar en que las palmeras, con su maraña de arbustos y plantas entrelazados, proyectaban sombras sobre la arena. Después, formó un tosco refugio sobre Joss, apoyando contra el tronco de una frondosa palmera algunas maderas que recogió de la playa. Encontró un poco de agua dulce en un pequeño estanque entre las rocas del promontorio. El agua dulce, resto de la tormenta de los últimos días, se evaporaría en un día o poco más. El refugio era tan tosco, que sólo impedía el paso de los rayos más intensos del sol. Los arreglos realizados por Lilah eran provisorios, pero por lo menos permitirían que los dos sobrevivieran hasta que Joss despertase, o los rescataran, o ella imaginase qué podía hacer después.

Joss se movió y gimió cuando ella intentó limpiar parte de la arena que se había pegado a la herida. Lilah se sintió alentada por esa manifestación de vida. Pero tampoco ahora él abrió los ojos, o respondió cuando Lilah pronunció su nombre. De modo que, decepcionada, continuó haciendo lo que había comenzado.

La herida no era muy profunda, pero sí larga, y corría desde un lugar encima de la sien derecha, atravesaba toda la frente y terminaba sobre el ojo izquierdo. Los bordes eran irregulares, y la arena se adhería tenazmente a la costra que ya había comenzado a formarse. Lilah limpió cuidadosamente la mayor parte posible de la herida con el extremo humedecido de la enagua; pensó que la infección era un peligro real. El padre de Betsy creía seriamente en el agua salada como factor curativo. La usaba con frecuencia al practicar su arte en otros esclavos, y la propia Lilah había visto que ese sencillo remedio hacía maravillas en Heart's Ease. Utilizando como recipiente una concha marina, llevó un poco de agua de mar al improvisado refugio. Protegiendo con la mano los ojos de Joss, vertió suavemente el agua en la herida.

Joss gimió, y abrió los ojos y entonces vio la cara de Lilah.

—¡Despertó! —Lilah le sonrió complacida, y suspendió la maniobra con el agua.

—¡Agua! —murmuró Joss, cerrando los ojos de nuevo, mientras su lengua acariciaba los labios secos.

—Un momento.

Lilah tenía un poco de agua dulce en otra concha marina, fuera del refugio. Se volvió, se arrastró fuera de la enramada, recogió la concha y, sosteniéndola con cuidado para evitar que se derramase ni una sola gota del precioso líquido, la llevó a donde estaba Joss. Él abrió los ojos cuando Lilah se arrodilló al lado, y la joven le deslizó la mano tras la cabeza, para inclinarla un poco y permitir que bebiese. Consumió la pequeña cantidad de agua de dos tragos, y cerró los ojos. Lilah depositó con cuidado la cabeza sobre la arena. Mordiéndose el labio inferior, lo miró inquieta. Él guardó silencio tanto tiempo que Lilah comenzó a temer que se hubiese desmayado de nuevo. De pronto, él habló sin abrir los ojos.

—¡Dios mío, mi cabeza! —masculló, llevándose

una mano a la herida. Ella le aferró la mano antes de que pudiese tocarse, y la llevó a descansar sobre el pecho de Joss—. ¡Duele como una muela cariada, y arde como el infierno!

—Tiene una fea herida —dijo ella.

—Esa condenada tabla me golpeó... —Su voz se apagó, y era evidente que había comenzado a recordar los episodios de la víspera. Estremeciéndose, realizó un fútil intento de sentarse—. ¿Dónde estamos?

—¡Quieto! —ordenó Lilah con voz brusca, y su mano se apoyó en el centro del pecho de Joss, para empujarlo hacia atrás.

Su gesto era innecesario. Él ya estaba desplomándose con un gemido.

—No sé dónde estamos —reconoció Lilah.

—Tengo la jaqueca más terrible de mi vida. Pero lo que no puedo entender es por qué esa condenada cosa quema así.

—Le he aplicado agua de mar para limpiarla. Probablemente sea la razón por la cual arde.

—¡Agua de mar!

—El padre de Betsy es curandero, y afirma que el agua de mar impide la infección. Dice que la sal facilita la curación.

—¡Cristo! ¡No me extraña que arda así! —Frunció el entrecejo, trató de ver la cara de Lilah—. ¿Usted está bien?

—Muy bien. Créame, mucho mejor que usted. ¿Le duele algo además de la cabeza? Traté de ver si tenía fractura, pero...

—Eso hizo, ¿eh?

En sus labios se dibujó una débil sonrisa.

—No, no me duele nada. Excepto la cabeza. Y lo que me duele compensa el resto de mi cuerpo.

—Lo siento.

—Supongo que sobreviviré. —Miró los pedazos irregulares de madera que formaban un techo inclinado, más o menos a un metro sobre su cabeza y su torso—. ¿Qué es esto?

Ella siguió la dirección de la mirada.

—Maderas arrojadas por la marea. Usted estaba desmayado, y yo temía dejarlo expuesto al sol. De modo que he conseguido algunas maderas y he construido una especie de refugio. Y he descubierto un poco de agua dulce.

—¿Ha construido un refugio para mí?

La cara de Joss era un modelo de sufrimiento y sorpresa mezclados. Ella le dirigió una sonrisa.

—En realidad, he tenido que arrastrarlo primero sobre la playa, porque necesitaba apoyar la madera contra un árbol.

Él la examinó largamente, y era difícil descifrar la expresión de su cara.

—Me ha arrastrado sobre la playa, me ha armando un refugio para defenderme del sol, me ha cuidado la herida y ha descubierto agua dulce. Dalilah Remy, yo diría que usted es una dama muy notable, con tantos recursos como belleza.

El brillo de admiración en los ojos verdes provocó una sonrisa débil pero luminosa en ella.

—Y usted es un galanteador incorregible —contestó antes de pensar lo que decía.

Y entonces, se le agrandaron los ojos y en su cara se dibujó una expresión de desaliento. Ése era exactamente el tipo de respuesta que ella habría formulado si él hubiese continuado siendo el Jocelyn San Pietro que había conocido cuando se encontraron esa noche inolvidable de Boxhill. Pero después, todo había cambiado. Él ya no estaba en condiciones de bromear o galantear con ella, y Lilah ya no era libre para responderle. Él era esclavo, el esclavo de Lilah, y permitir una relación diferente de la que existía entre el ama y el servidor entre ellos era al mismo tiempo inconcebible y peligroso. Al recordar cómo la había besado en el *Swift Wind*, la fiera pasión de Joss y la cálida respuesta que ella le había ofrecido, se sonrojó. Náufragos o no, no podía olvidar ni por un momento quiénes y qué eran los dos. Las consecuencias podían ser desastrosas para ambos.

—Iré a buscar un poco de agua —dijo con voz tensa.

Él la miró con los ojos entrecerrados. Si Joss podía leer los pensamientos de Lilah, a ella no le importaba. Debía saber, exactamente como lo sabía Lilah, que la atracción que había perdurado entre ellos era imposible. *Un sentimiento prohibido.*

17

Cuando Lilah regresó con dos conchas marinas llenas de agua, Joss estaba de pie fuera del tosco refugio, dándole la espalda a Lilah, contemplando el mar. Los cabellos negros caían en rizos desordenados alrededor de su cuello, tenía las espaldas anchas y relucientes bajo la luz intensa del sol, y los brazos eran una masa de músculos. La cintura era firme y angosta, y las regiones más íntimas del cuerpo, discretamente cubiertas por los pantalones negros cubiertos de arena parecían tan flexibles y fuertes como el resto.

Al verlo, Lilah sintió que sus pasos se hacían más vacilantes. Cuando reanudó la marcha lo hizo con ritmo más lento. Después de cuidar a los enfermos a bordo del *Swift Wind*, sabía mucho más de la anatomía del cuerpo masculino que al salir de Virginia. Los pechos, las espaldas, los brazos e incluso las piernas desnudas y otras partes menos mencionables ya no eran cosas extrañas para ella. Pero la visión breve y necesaria del cuerpo masculino que ella había debido afrontar en el barco había tenido un carácter rigurosamente impersonal. Ver a Joss de pie, allí, desnudo hasta la cintura, con los músculos ágiles y potentes bajo la piel suave, la espesa mata de vello del pecho que se extendía desde un pezón chato y pardo al otro antes de angostarse y desaparecer bajo el cinturón de los pantalones... eso sí era personal. Se trataba de un hombre magnífica y bellamente masculino, y con sólo mirarlo a Lilah se le secaba la boca.

Era vergonzoso que la mera visión de ese pecho desnudo la afectase así. Despertaba en el interior de Lilah los sentimientos más desenfrenados, y ella no era una mujer desenfrenada. Tratarlo rigurosamente como a un criado sería la cosa más difícil que ella hubiese hecho jamás en su vida.

Joss oyó que ella se acercaba, se volvió para mirarla, y sus manos cayeron a los costados. Sus ojos se encontraron con los de Lilah, los retuvieron, y después emitieron un resplandor esmeralda que Lilah temía les permitiera ver hasta el fondo de su corazón. Ella retribuyó la mirada, pues había decidido que no permitiría que supiese cuán vulnerable podía ser frente a él. Decidió reunir todo su valor, y caminó directamente hacia Joss, adelantando una de las conchas marinas.

—¿Agua?

Joss aceptó el recipiente sin decir palabra, únicamente dirigiéndole una mirada apreciativa, y después se lo llevó a los labios y bebió. Nada más observar la inclinación del mentón y el movimiento de la garganta mientras el agua descendía la trastornó. Era demasiado apuesto y eso no le convenía, ni convenía a la paz mental de Lilah. Cuando terminó de beber, dejó caer la concha marina sobre la arena, y se pasó el dorso de la mano sobre los labios. Lilah sintió que ese sencillo gesto la conmovía de la cabeza a los pies.

Tenía que apartarse de él —y pronto— o eso que existía entre ellos explotaría. Deseaba sentir sobre su boca la de Joss más de lo que jamás había deseado nada en su vida.

—Gracias.

Los ojos de Joss se clavaron de nuevo en los de Lilah, tan decididos como los de un gamo que vigila la cueva de un ratón. Desconcertada, Lilah llevó a sus propios labios la otra concha y bebió de ella sin percibir siquiera el ligero sabor salobre del líquido. Cuando se apartó el recipiente de la boca, fue para descubrir que los ojos de Joss estaban fijos en ella, y sobre todo en sus labios. Los apretó en una actitud de defensa instintiva, y lo hizo en el momento mismo en que sus ojos se clavaban en los labios de Joss. Los suaves ojos azules chocaron con los duros ojos verdes durante un momento prolongado, y un remolino de tensión inenarrable se posó en el aire entre los dos. Después, Lilah intencionalmente apartó sus ojos, y miró la concha vacía que tenía en la mano. Para tener algo que hacer, se inclinó y guardó la concha marina en la arena, tomándose tanto tiempo y poniendo tanto cuidado como si hubiese sido una pieza de valiosísimo cristal. El acto físico le dio tiempo para controlar su expresión y pronunciar un severo sermón en beneficio de su díscolo corazón.

Cuando se enderezó, vio que él se alejaba por la playa. Durante un momento lo miró fijamente, con un sentimiento de desagrado, y después se levantó las faldas y corrió para alcanzarlo.

—¿Adónde va? —exclamó cuando llegó al lado de Joss.

Él apenas la miró. No se detuvo, o siquiera aminoró el paso.

—Probablemente haya una aldea en las cercanías. Voy a comprobarlo. Está lejos de mi intención abstenerme de hacer los esfuerzos necesarios para devolver a una dama a la civilización con la mayor rapidez posible.

Su voz tenía un filo duro que expresaba cólera. Como de costumbre, había adivinado los pensamientos de Lilah, y sin duda conocía las razones del avergonzado retraimiento de la joven. Por supuesto, estaba irritado. Aún no había aceptado lo que era, pero eso llegaría con el tiempo, y a ella le sucedería lo mismo. Lilah solamente necesitaba ser fuerte; por lo menos, hasta que volvieran a la estructura normal de la sociedad, donde ya no debería afrontar esa inquietante tentación. El peligro estaba en encontrarse sola con él, fuera de los límites de su propio mundo.

—En serio, no debería caminar con este calor y una herida en la cabeza.

Fue todo lo que pudo decir para retenerlo.

—¿Qué? —La miró con fingida sorpresa—. ¿Quiere decir que la dama está realmente preocupada por su esclavo? ¡Caramba, señorita Lilah, me sorprende!

Ella se detuvo y lo miró hostil. Su burlona voz de falsete la enfureció. Joss continuó callado. Encolerizada, lo alcanzó, y decidió que no hablaría antes que él. ¡Ciertamente, jamás volvería a expresar ni siquiera una sílaba de preocupación por el bienestar de ese hombre! ¡Si deseaba suicidarse, eso sólo a él le concernía!

El ritmo que él impuso a su andar disminuyó apenas, a medida que el sol se elevó en el cielo hasta que estuvo casi directamente sobre las cabezas de los dos, y el calor llegó a ser sofocante. De la arena se desprendían pequeños vahos de vapor que flotaban en el aire frente a ellos. Ni siquiera la brisa que llegaba del océano alcanzaba a refrescar la atmósfera. Lilah sintió que le ardía la nariz, y volvió a detenerse. Mirando para asegurarse de que él no la veía, se deslizó las manos bajo la falda para desatar las cintas de su enagua y desprenderse de la prenda. Después, se colocó los pliegues de lienzo blanco en la cabeza, para formar una suerte de tosco sombrero. Con la enagua sobre la cabeza y no alrededor de las piernas, se sintió muy aliviada, y si su recato sufría, lo lamentaba. ¡No era tan estúpida para buscarse ella misma un golpe de calor, incluso si eso era lo que él estaba haciendo!

Cuando Lilah lo alcanzó, Joss le dirigió una ojeada y rio groseramente.

—¡Qué falta de delicadeza, señorita Lilah, exhibir de ese modo sus prendas íntimas en público! ¡Qué mal, qué mal!

Furiosa, ella se detuvo en seco, y lo miró con odio, pero Joss continuó caminando.

—¡Oh, cállese! —le gritó, y la energía de su respuesta logró que se sintiera un poco mejor. Si él la oyó, en todo caso no ofreció ningún indicio en ese sentido. Se limitó a continuar caminando.

Esa actitud la irritó más que todo lo que él podía haber dicho o hecho. Si él estaba decidido a mostrarse difícil, Lilah se dijo sombríamente que cooperaría. Lo alcanzó de nuevo, elevó la nariz en el aire y avanzó con dificultad al lado del hombre, esperando la siguiente agresión con algo bastante parecido a la complacencia. Como él no le hizo caso, Lilah se sintió cada vez más contrariada. ¡En el curso de su vida jamás había estado tan cerca de cometer un acto violento!

Caminaron casi tres cuartos de hora sin intercambiar siquiera una palabra. Hasta ahí, no habían visto signos de vida, excepto los pájaros, los cangrejos y los lagartos. Lilah sabía que de no haber sido por la presencia de Joss ella se habría sentido atemorizada. Pero en ese momento estaba demasiado furiosa y en su espíritu no quedaba espacio para temer por la situación en que se hallaba.

Al trepar una de las pequeñas dunas cubiertas de pasto que dividían en secciones la playa, Lilah tropezó con una roca. Lanzó un grito, y dio varios saltos sobre un solo pie, aferrando el miembro lastimado. Joss le dirigió una sola mirada que evaluó acertadamente la gravedad de la lesión y continuó la marcha. El carácter de Lilah estalló. Se habría tumbado sobre la arena allí mismo, rehusando dar un paso más, de no haber tenido la certeza de que él se habría limitado a continuar caminando sin ella.

Lilah lo siguió cojeando, clavando una mirada asesina en esa ancha espalda. Finalmente, tuvo que saltar para alcanzarlo. Cuando llegó a donde estaba Joss, lo miró con odio.

—¡Por lo menos podría ser cortés! —exclamó Lilah.

Él la miró, con expresión de desagrado.

—No me siento cortés.

—¡Eso es muy evidente!

—Un esclavo no tiene derecho a hablar, ¿verdad?

No estoy obligado a divertirla, o a devolverle a su prometido, ¿verdad? ¿O sí? Por favor, enséñeme. Como sabe, no hace mucho que soy esclavo, y todavía no estoy bien enterado de la etiqueta obligatoria.

El sarcasmo de Joss provocó en ella un lento sonrojo que nada tenía que ver con el sol que le castigaba la cabeza.

—Usted es el individuo más irritante, arrogante, perverso y prepotente...

—Qué extraño, eso es exactamente lo que yo habría dicho de usted —dijo finalmente Joss, deteniéndose—. Es decir, si no fuera esclavo.

Los ojos esmeralda ardían de cólera contenida. Lilah resopló, incapaz de pensar una respuesta bastante cortante.

Joss no estaba de humor para esperar. Se volvió y comenzó a alejarse otra vez, de modo que Lilah no tuvo más remedio que mirarlo hostil hasta que él desapareció de la vista en otro recodo de la playa. Después, alzándose las faldas, caminó en pos de hombre. ¡Su pensamiento principal era que le agradaría mucho encontrar una piedra para descargarla sobre esa negra y sedosa cabeza!

18

Cuando ella dobló el recodo, lo encontró tendido boca abajo en la arena.

—¡Joss!

Horrorizada, corrió hacia él, y se arrodilló a su lado. Apenas le tocó la espalda supo que no estaba muerto. La piel sedosa estaba húmeda de transpiración. Se había desmayado, ¡y bien merecido lo tenía! Una persona que tuviese un mínimo de sensatez habría sabido que no podía pasearse al sol con ese calor, y menos con una herida en la cabeza.

Ella lo miraba severamente cuando Joss abrió los ojos.

—Qué visión tan encantadora —murmuró Joss, con acento burlón, y volvió a cerrar los ojos.

Lilah tuvo que rechinar los dientes porque no quería agravar las heridas de Joss tirándole violentamente de la oreja.

—Le dije que no era buena idea caminar por aquí con este calor —señaló Lilah con expresión virtuosa y la esperanza de anonadarlo.

Joss parpadeó, y durante un momento dos ranuras verdes la miraron malévolas.

—La próxima vez dejaré que se ahogue —dijo Joss por lo bajo. Antes de que Lilah pudiese responder, él rodó de costado, y levantó la mano para protegerse los ojos—. ¡Cristo, cómo me duele la cabeza!

—¡No me sorprende! Le dije...

—Si lo dice otra vez, no seré responsable de mis actos.

Momentáneamente silenciada, Lilah se balanceó sobre los talones. Joss permaneció inmóvil, y la incipiente barba negra en las mejillas y el mentón y la espesa mata de vello negro del pecho lo convertían en una especie de extraño salvaje. La mirada de Lilah recorrió el ancho de los hombros y descendió por los brazos de Joss... y de pronto, frunció el ceño. La piel desnuda de los hombros, los antebrazos y el pecho de Joss exhibía un vivo matiz de intenso rojo ladrillo. También la piel de Lilah hormigueaba suavemente, pero ella no creía que su propia quemadura fuese muy grave, porque el vestido de manga larga y cuello alto le cubría el cuerpo, y el grueso tocado que había armado con la enagua le protegía la cara.

—Joss.

Seguramente él percibió la falta de hostilidad en el tono de Lilah, porque retiró un poco la mano para mirarla.

—¿Sí?

—Hay algo de sombra bajo las palmeras. ¿Cree que puede caminar hasta allí? Son pocos metros. Puedo sostenerlo, si quiere. Pero realmente necesita salir del sol.

—¿Qué, eso significa que la dama realmente está

dispuesta a soportar el contacto con el humilde esclavo? ¡Caramba, estoy abrumado!

Era evidente que la afabilidad de Lilah no se había contagiado de Joss.

—¡Usted es el peor...! ¡No importa! ¡He decidido que no discutiré más con usted! Sea tan grosero como le plazca, ¡no me importa! ¡Pero tiene que salir del sol! ¡Tiene los hombros y los brazos rojos como una langosta de mar!

—En ese caso, tienen más o menos el mismo color que su nariz —replicó Joss, pero su tono era más suave que antes—. En realidad, se la ve bastante atractiva, con la nariz como una cereza y esa enagua envuelta alrededor de la cabeza. Cualquiera podría ser perdonado si cree que es usted humana.

Lilah perdió la paciencia y se incorporó, y casi golpeó la arena con el pie, en su exasperada irritación.

—¡Usted es realmente el ser más despreciable...!

Su voz se apagó cuando sus ojos se posaron en algo que había en la playa, a cierta distancia. El saliente de arena y pasto duro que interrumpía su visión del horizonte se parecía de un modo sorprendente al promontorio al que ella había trepado la primera vez, al despertar, cuando creía estar sola en la playa.

—¿Qué sucede?

Joss siguió la dirección de la mirada de Lilah, pero el promontorio no significaba nada para él. Joss estaba al oeste de ese lugar en el momento en que ella lo descubrió.

—Creo que hemos vuelto al punto de partida.

Experimentaba una sensación de vacío en la boca del estómago.

—¡Eso es imposible! ¡No podríamos haber completado todo el círculo con tanta rapidez! Salvo... —Frunció el ceño—. ¿Por qué piensa eso?

—Esa elevación allí... estoy casi segura que es la misma en que he descubierto el agua.

—No puede ser.

—En primer lugar, usted debe salir del sol, y después iré a ver.

Al principio él se resistió, pues deseaba acompañarla, pero finalmente Lilah consiguió convencerlo de que era absurdo correr el riesgo de agravar la herida con una insolación. Apenas él se incorporó, comenzó a marearse de nuevo. Lilah se apresuró a pasarle el brazo alrededor de la cintura, y él se balanceó y con gesto vacilante retrocedió un paso. Joss se apoyó pesadamente en ella un momento, incapaz de sostenerse a causa del mareo que lo aturdía. Lilah tenía inquietante conciencia de la intimidad implícita en el modo de sostenerlo, su brazo alrededor de la cintura desnuda de Joss, la mano apretando los músculos duros y lisos del abdomen. Si alguien los veía... pero no había quién los viese, nadie que supiera, y si algo le sucedía a Joss ella estaba totalmente sola. Sí, era su obligación cristiana hacer lo que pudiese para ayudarle, en vista de las circunstancias.

Joss trató de sostenerse por sí mismo sin la ayuda de Lilah, pero sufrió otro mareo, esta vez menos intenso. Era evidente que no tenía muchas alternativas: aceptar la ayuda de Lilah o caer de cara en la arena. Con el brazo de Joss sobre los hombros de Lilah, y el de la joven alrededor de la cintura del herido, avanzaron con dificultad hacia el lugar en que el ángulo de la luz solar proyectaba una sombra sobre la playa. Joss tenía el cuerpo pesado y la piel estaba húmeda, cálida y áspera a causa de la arena adherida. El olor débilmente acre del cuerpo de Joss indujo a Lilah a arrugar la nariz.

—Huelo, ¿verdad? —preguntó Joss, al ver la impresión de Lilah.

—Un poco. Imagino que yo también.

Él meneó la cabeza.

—No, usted no huele —dijo—. Si ése es su promontorio, traiga un poco de agua, ¿quiere?

El acento levemente tartamudo de la voz de Joss indicó a Lilah, mucho más que las palabras, hasta dónde llegaba el agotamiento del herido.

El promontorio era el mismo. Lilah trepó, encontró el estanque rodeado de rocas, bebió ansiosamente hasta que sació su propia sed, y después llenó de agua dos conchas marinas. Más no podía transportar, pero los recipientes eran anchos y contendrían agua suficiente para Joss al menos por el momento.

Cuando regresó a donde estaba Joss, él se había acostado de espaldas. La sombra se había extendido un poco más, y así sobrepasaba casi en un metro el lugar en que él yacía. Lilah advirtió sorprendida que debía de ser bien entrada la tarde.

Inclinándose para depositar cuidadosamente sobre la arena los recipientes, Lilah se arrodilló al lado de Joss. Pronunció su nombre y le tocó suavemente el hombro. Él abrió los ojos, parpadeó una vez, y después con evidente esfuerzo los fijó en la cara de Lilah.

—Le he traído un poco de agua.

Con la ayuda de Lilah, consiguió apoyarse en un codo y beber el agua. Después, se recostó de nuevo sobre la arena, en un gesto que mostraba un agotamiento indescriptible.

—¿Era la misma elevación?

—Sí.

Lilah desprendió la enagua que le rodeaba la cabeza, formó con ella un acolchado, y lo empujó bajo la cabeza de Joss.

—Hum.

Lilah entendió que era un murmullo de agradecimiento. Después, él guardó silencio un momento, acostado y con los ojos cerrados. Finalmente, abrió apenas los ojos.

—Comprende lo que eso significa, ¿eh?

—¿Qué? —Lilah frunció en entrecejo. A decir verdad, no había pensado mucho en el asunto, salvo para sentirse complacida porque de nuevo había encontrado tan fácilmente el estanque de agua.

—Estamos en una isla... no, ni siquiera es una isla, no es tan grande como para que podamos llamarla así. Es un atolón en el océano Atlántico. Hemos recorrido todo su perímetro y no hemos visto un solo signo de vida, excepto nosotros mismos. A menos que haya alguien en el interior (y no lo creo, pues habríamos encontrado signos de la presencia humana), estamos completamente solos.

Los ojos de Lilah se agrandaron.

—¿Completamente solos? —Tragó saliva, y las diferentes implicaciones del asunto desfilaron por su cabeza—. ¿Quiere decir que estamos... abandonados en una isla?

La última palabra fue casi un quejido.

—Exactamente —dijo Joss, y cerró de nuevo los ojos.

19

Casi había oscurecido, y ambos habían cambiado de lugar, y ahora se habían refugiado en una pequeña depresión que estaba en la base misma del promontorio. Joss aún sentía mareos cada vez que se incorporaba, y había costado trasladarlo hasta allí. Pero él creía que era mejor estar más cerca de la única fuente de agua que tenían, y ella aceptó su criterio. Lilah no tuvo valor para decirle que el caudal del estanque estaba disminuyendo rápidamente. Aún había suficiente quizá para un día o dos más, si bebían con cuidado. Y al día siguiente quizás él se sentiría mejor, y los dos podrían salir a buscar más agua.

Ella tenía hambre, y sabía que a él debía de sucederle lo mismo. Pero preparar una comida con un cangrejo, un lagarto o un pájaro estaba fuera de las posibilidades de Lilah. Primero tendría que atraparlo, después matarlo y encontrar el modo de cocerlo, o comerlo crudo. La idea misma le provocaba un estremecimiento, pese a todo su apetito. Y Joss no estaba en condiciones de ejecutar la tarea por los dos. Seguramente podían pasar una noche sin alimento. Y ahora ella pensó que en realidad hacía bastante que ninguno de los dos recibía una comida sustanciosa.

Otros problemas físicos se resolvían del lado opuesto del promontorio, al borde de la arboleda. Cuando ella terminó lo suyo, su recompensa fue tropezar con un coco. Cerca había otro, y los recogió con el sentimiento de triunfo de un eficaz cazador de tesoros. Al elevar los ojos, comprobó que las copas frondosas que se balanceaban a unos diez metros de altura pertenecían a palmeras cocoteras. El espectáculo le pareció tan maravilloso que quiso brincar de alegría. Por lo menos ahora no necesitarían temer la muerte por hambre.

Se detuvo apenas un momento para romper uno de los cocos con una piedra grande —¡no por nada se había criado en Barbados!— y volvió de prisa a donde estaba Joss. Cuando ella llegó, estaba sentado, la espalda apoyada contra la dura cubierta de pasto. Era sorprendente cómo sólo verlo le inspiraba a Lilah un sentimiento de seguridad.

—¿Dónde ha estado? —preguntó Joss con un gesto desagradable; pero ella se sentía tan complacida por su descubrimiento que no le contestó del mismo modo.

—Mire —dijo, casi brincando al acercarse. Llevaba en cada mano una mitad del coco partido. Había dejado el otro coco al lado de la piedra, para recuperarlo después.

—¿Qué es eso?

Joss miró las mediaslunas pardas y velludas con un entusiasmo un tanto menor de lo que merecían.

—Es un coco. —Lilah se arrodilló al lado de Joss, y le ofreció una de las mitades—. Vamos, acéptelo. La leche es buena para beber, y la pulpa para comer, y podemos usar la cáscara como recipiente cuando la hayamos vaciado.

Joss tomó en sus manos la mitad del coco, y miró fijamente el fluido lechoso acumulado en el hueco de pulpa blanca con la misma expresión que hubiera podido tener si ella le hubiera sugerido que se comiese un gusano.

—¡Es delicioso! —dijo Lilah con impaciencia, y se lo demostró bebiendo un sorbo.

Al ver lo que ella hacía, Joss olfateó cautelosamente su propia mitad. Después, bebió un pequeño sorbo e hizo una mueca.

—¿No le agrada? —Lilah estaba sorprendida. En Barbados todos gustaban de los cocos. Y todos los consumían apenas caían al suelo. Eran como la fruta en un huerto inglés.

—No mucho.

—De todos modos, bébalo.

Joss obedeció, y después ella le mostró cómo podía partir la pulpa en pequeños fragmentos, para comerla fácilmente. En lugar de terminar su porción, Lilah reservó un pedacito de pulpa y con él se frotó la nariz quemada.

—¿Qué hace?

Él la miraba como si Lilah de pronto hubiese perdido la cabeza. La joven no tuvo más remedio que sonreír.

—La pulpa contiene un aceite que es bueno para la piel cuando uno ha tomado demasiado sol. Debería frotarse con él sobre los hombros y los brazos. Le calmará un poco el ardor de las quemaduras.

Él emitió un gruñido, pareció poco convencido y continuó masticando sin entusiasmo un pedazo de pulpa. Lilah lo miró y meneó la cabeza, y se acercó más para ejecutar la tarea que le había recomendado. Él toleró que ella le sacudiese la arena, y después le frotara los hombros y la espalda con la pulpa aceitosa, e hiciera otro tanto sobre la piel de los brazos; pero su expresión revelaba escepticismo. Por su parte, Lilah trató de ignorar el placer que obtenía tocándolo. Pese al intenso calor provocado por los rayos del sol, la piel de Joss era suave como cuero fino. Finalmente, le frotó la punta de la nariz con un pedazo. Él se agachó, se encogió y manoteó para apartarla. Ella se apartó de Joss y tomó un poco de distancia.

—¿Nunca había visto un coco?

Él meneó la cabeza.

—Crecí en Inglaterra, y ese país, a diferencia de los lugares donde al parecer usted ha vivido, es muy civilizado. En nuestros árboles no crecen cocos gigantes y peludos, y tampoco tenemos esclavos.

Lilah miró esos ojos luminosos y verdes, y su buen humor se apagó. Una súbita y fiera oleada de resentimiento la indujo a ponerse de pie.

—Verá, ¡estoy harta de oírlo gemir acerca de su condición de esclavo! ¡No tengo la culpa de lo que usted es, del mismo modo que no la tiene usted! Es el destino, y no soy responsable del destino, de modo que bien puede cesar de mostrarme constantemente su enojo. ¡En todo caso, debería sentirse agradecido conmigo! Le salvé el pellejo en ese remate de Virginia, señor Joss San Pietro. Pero si tuviera que hacerlo de nuevo... ¡dejaría que lo clavasen contra la pared!

Sentado allí, la espalda apoyada en la duna cubierta de pasto, tenía que ladear la cabeza para mirar a Lilah, que estaba de pie, los brazos en jarras, gritándole. En lugar de enojarse también él, como Lilah había supuesto que sucedería, su expresión tenía un aire reflexivo.

—¿Sabe?, creo que eso es lo primero que me agradó en usted: ese carácter arrebatado. Maldijo cuando cayó sobre ese arbusto, y después, cuando yo adopté una actitud caballeresca y traté de arreglarle la falda, intentó darme un puñetazo. Fue encantador, sobre todo viniendo de una cosa tan bonita. Siempre me agradaron las mujeres dispuestas a enfurruñarse.

Depositó el coco sobre la arena y se incorporó lentamente. Su movimiento lo acercó inesperadamente, y de pronto ella fue la que tuvo que echar hacia atrás la cabeza para mirarlo. Comenzaba a anochecer en la isla, el sol se había puesto, aún no había salido la luna, y los únicos puntos luminosos eran los ojos de Joss. La miraron relucientes a través de las sombras cada vez más densas. Lilah retrocedió un paso, súbitamente alarmada.

—Me teme, ¿verdad?

Joss rio, y la risa tenía un sonido áspero. Ella comprendió impresionada que él estaba furioso. Adelantó una mano para aferrarla del brazo y acercarla, en el momento mismo en que ella intentaba alejarse todavía más. Cuando sintió ese apretón acerado, y descubrió que era impotente para liberarse mientras él la acercaba tanto que prácticamente no había espacio entre los dos cuerpos, Lilah de pronto cobró una súbita y terrorífica conciencia de la fuerza de Joss, y de que ella nada podía hacer frente a esa fuerza. Si lo deseaba, él estaba en condiciones de dominarla fácilmente.

—¿Sabía que tiene suerte de que mi madre me educase como un caballero? Porque estamos completamente solos aquí, no hay una sola persona más en esta condenada isla, y yo estoy harto de representar el papel de esclavo para la dama del castillo. Estoy harto de que me mire como si pudiera devorarme, y con un pretexto o con otro acaricie todo mi cuerpo con sus manos pequeñas y suaves, y después, si yo la miro o me atrevo a acercarle siquiera un dedo, pegue un salto como si fuese leproso. Mi querida Lilah, está jugando un juego peligroso, y si yo no fuese un caballero ciertamente ya le habría obligado a responder por ello. Y quizá lo haga si insiste en eso, de modo que le sugiero que mantenga quieta la lengua viperina e incline la naricita altiva y deje los ojos y las manos donde tienen que estar. Si vuelvo a sorprenderlos sobre mi persona, ¡me propongo darles lo que están pidiendo!

Habló con una voz peligrosamente suave, tan delicada como la seda. Lilah nunca le había oído antes ese tono, y al principio permaneció paralizada, mientras él le escupía sus palabras. Pero cuando Joss concluyó su discurso el impulso inicial de nerviosismo de Lilah se vio desplazado por una combinación de humillación y rabia lisa y llana.

—¡Caramba, bestia vanidosa...! —exclamó—. ¿Cómo se atreve a sugerir que yo... que yo...? ¡Cuando regresemos a Heart's Ease ordenaré que lo castiguen con el látigo por haberme dicho estas cosas!

—Oh, ¿de modo que eso hará? —gruñó Joss, y después la atrajo bruscamente hacia sí y sus labios se desplomaron sobre los de Lilah.

La fuerza del beso determinó que la cabeza de Lilah

se apoyase en el hombro de Joss; la furia de la caricia abrió los labios de la joven y él se introdujo duramente en la boca femenina. Chocada y furiosa, ella se debatió salvajemente entre los brazos de Joss, pero él era demasiado fuerte y pudo controlar los esfuerzos de Lilah con ridícula facilidad. Ella jadeaba, y su aliento llenaba la boca de Joss, y al mismo tiempo él parecía tan escasamente turbado por los frenéticos movimientos de los pies y los puños como si hubiese sido una niña pequeña en el curso de una rabieta. Cerró los brazos sobre el cuerpo de Lilah, rodeándola con su carne masculina desnuda y húmeda de sudor, con su vello áspero, y el olor masculino. Una mano de dedos largos se elevó para deslizarse sobre los cabellos enmarañados de la joven, y le sostuvo la nuca obligándola a echar hacia atrás la cabeza para permitirle un acceso más fácil a la boca femenina. Y entonces, como en un torbellino, la lengua de Joss se abrió paso entre los dientes de Lilah y le llenó la boca...

¡Jamás en su vida la habían besado de ese modo! Eso no estaba bien, eso no era propio, no podía ser el modo en que los hombres decentes besaban a las damas a las que amaban o respetaban... Un espasmo de placer recorrió las entrañas de Lilah cuando la lengua de Joss la tocó, y entonces ella se sintió totalmente dominada por el pánico.

Lo mordió. Mordió la lengua invasora. Mordió tan fuerte que él lanzó un grito y retrocedió, y se llevó la mano a la boca.

—¡Perra... miserable! —escupió Joss, retirando la mano de su boca y mirándose los dedos en busca de manchas de sangre. Sus ojos buscaron los de Lilah. La expresión en su cara manifestaba furia suficiente para llamar a la cautela a muchos hombres valientes, pero Lilah estaba demasiado irritada para temer.

—¡No se atreva nunca más a tocarme así! —zumbó Lilah, y mientras él continuaba mirándola con esa expresión perversa en los ojos, ella dio media vuelta, levantó su enagua del lugar donde había servido como respaldo, y se perdió en la noche.

20

Lilah pasó esa noche y la siguiente acurrucada bajo una palmera, lejos del promontorio. No supo ni le importó de qué modo Joss pasaba sus noches. Dominada por la cólera, alimentó las esperanzas de que un cangrejo gigante se acercase a él mientras dormía y se lo llevara. Con criterio más realista, sabía que era demasiado esperar una cosa así. Joss era demasiado fuerte y no permitiría que sucediese una cosa tan agradable para ella.

Pero Dios mío, ¡con cuánta expectativa aguardaba que los rescataran! ¡Él hablaría de otro modo cuando fuese de nuevo el esclavo de Lilah! Aunque en realidad ella no ordenaría que lo flagelasen... hasta donde ella podía recordar, nunca se había usado el látigo con los esclavos en Heart's Ease. ¡Pero ciertamente le demostraría de modo inequívoco su poder! ¡Cómo se arrastraría a los pies de Lilah cuando ella hubiese recuperado el lugar que le correspondía!

La tercera mañana en la isla amaneció luminosa, cálida y diáfana. Lilah comió otro coco, bebió del estanque, que ahora en realidad era más bien un charco, y se lavó la cara con el extremo mojado de su enagua, siempre manteniéndose atenta a la posible reaparición de Joss. Por lo que veía, no estaba en ningún lugar próximo a la playa, y Lilah se preguntó si en efecto su deseo se había realizado, y un cangrejo gigante se lo había llevado. Y de pronto lo vio de pie sumergido en el agua hasta las rodillas, con un palo afilado en la mano. Mientras lo observaba desconcertada, él clavó el palo en el agua con un movimiento que tuvo la velocidad del rayo.

Cuando lo retiró, Lilah vio que había clavado un pez que se debatía. Sonriendo con un gesto triunfal, Joss regresó a la orilla con su presa.

Lilah descendió por su lado del promontorio antes de que él pudiera verla. ¡No permitiría que él la acusara otra vez de comérselo con los ojos! Sólo recordar sus groseros insultos y el modo repugnante de besarla era suficiente para que se encendiera su cólera, y esa irritación le permitía resistir el olor delicioso del pescado asado que pronto llegó al lugar en que ella estaba. Se dijo que la curiosidad, y no el hambre, era la que la impulsaba a trepar hasta la cumbre del promontorio, donde se acostó boca abajo y espió los movimientos de Joss con tanta cautela como si hubiese sido una avanzada enemiga. Él se las había arreglado para encender un pequeño fuego, y estaba asando el pescado limpio sobre dos rocas planas puestas en medio de las llamas. La idea de una comida caliente logró que a Lilah se le hiciera la boca agua, pero juró que moriría de hambre antes de pedir a Joss ni siquiera un bocado. Había muchos cocos en la isla. ¡Ella podría arreglárselas!

Pasaron el resto del día igual que la víspera, cada uno en su sector de la playa, con el promontorio entre ambos como una suerte de territorio neutral. Hacia el final de la tarde el estanque de agua fresca estaba casi seco, y Lilah comprendió que por la mañana no podría postergar el momento de internarse en la isla para buscar más agua. No le agradaba mucho la idea —la posibilidad de internarse y atravesar los espesos matorrales, y sobre todo descalza, no la atraía—, pero habría que hacerlo. El único consuelo era que también Joss estaba casi sin agua. Quizás él, y no la propia Lilah, sería quien pisara la víbora venenosa.

Advirtió que Joss había conseguido construirse con ramas de palmera y enredaderas una choza de aspecto sólido. Cuando comparó su propio y tosco refugio —más pedazos de madera arrojados a la playa y apoyados contra el tronco de una palmera cocotera— con la firme estructura de Joss, armada bajo un frondoso jacarandá, Lilah sintió que su irritación se acentuaba todavía más. Había pasado las dos últimas noches temblando de frío, y eso a pesar de que con la enagua se envolvía los hombros, al mismo tiempo que acercaba las rodillas al pecho. El intenso viento que por las noches soplaba desde el océano atravesaba sin obstáculos el endeble refugio de la joven. Y tenía la sensación de que Joss estaba mucho más cómodo...

No se torturaría con esos pensamientos. En cambio, se daría el único lujo del día: un baño. Descendió del promontorio, depositó en el interior del refugio la concha llena de agua, y recogió el resto de su improvisada vajilla. Después, se dirigió al mar.

—¡Lilah!

El sonido de la voz de Joss que pronunciaba su nombre, cuando llevaban dos días sin hablarse, logró que irguiese incrédula la cabeza. Había una nota de apremio en el grito. Se incorporó en el lugar donde había estado lavando su vajilla de cáscara de coco en agua del mar —ya se había lavado los cabellos, el cuerpo y la ropa mediante el sencillo recurso de meterse completamente vestida en el agua, y de frotarse de la cabeza a los pies con arena—, y ahora miró hacia el extremo opuesto de la playa. Por supuesto, ella había elegido para bañarse el lugar en que el promontorio impedía que Joss viese lo que ella estaba haciendo; la consecuencia era que tampoco ella podía ver a Joss.

—¡Lilah! Maldita sea, muchacha, ¿dónde está?

Esta vez, la urgencia era inequívoca. De pronto, apareció en la cima del promontorio, mirando alrededor y tratando de hallarla. Sin duda, estaba sano y entero, y por eso ella le dio la espalda y continuó lavando su vajilla en el agua del mar.

Unos instantes después lo oyó acercarse por detrás, y antes de que ella pudiese volverse para mirarlo hostil, él le arrancó de la cabeza la enagua que le sostenía los mechones de cabellos húmedos y evitaba que se distribuyesen sobre su cuello.

—¡Devuélvame eso! —gritó Lilah, pero Joss ya se alejaba por la playa sosteniendo en la mano la enagua—. ¡Venga aquí ahora mismo, sinvergüenza!

Lilah golpeó el suelo con el pie, y echó a correr tras él, sintiendo que el cuerpo le temblaba de rabia. Robarle la enagua era el colmo de los colmos; ¡si él necesitaba un pedazo de lienzo, a Lilah no le importaba! Quizás estaba cansado de tener el pecho y la espalda siempre expuestos al sol, y deseaba fabricarse una tosca camisa. Pero la enagua pertenecía a Lilah, ¡y ella lucharía hasta el último aliento antes de entregarla! Con su piel blanca y los cabellos rubios, necesitaba más que él protegerse del sol. ¿Quién se creía que era...?

Aún no había llegado a la playa cuando vio que él corría hasta el punto más elevado del promontorio, y comenzaba a agitar la enagua enloquecido sobre su propia cabeza. Durante un momento, Lilah lo miró fijamente, preguntándose si el sol lo había trastornado; pero al fin comprendió.

—¡Un barco! —gritó, y recogiéndose la falda comenzó a trepar por el costado del promontorio, siguiendo a Joss.

—¡Aquí, aquí!

Se detuvo junto a Joss, brincando y agitando los brazos en el aire y gritando, tan enloquecida como él. Aunque podía tener la certeza de que la nave cuyas velas se dibujaban en el horizonte no podía oír ni una sola sílaba.

—¡Aquí!

Joss agitó la enagua como una bandera. El barco pasó majestuosamente sobre la línea del horizonte, recortado contra el cielo rosado, carmesí y anaranjado a causa del sol poniente. Era imposible saber si los habían visto o no, pero en todo caso no parecía que el barco se acercara a ellos.

—¡Si pudiera estar un poco más alto...!

Joss miró alrededor inquieto, pero estaba en el punto más elevado de la playa. Lilah le tocó el brazo. La posibilidad de un rescate había eliminado la animosidad entre ellos, al menos por el momento.

—¡Súbame sobre sus hombros!

Él la miró un instante, parpadeando, y después asintió. Lilah había supuesto que él se arrodillaría para permitirle de ese modo que trepase sobre sus hombros. En cambio, la tomó por la cintura y la alzó. La falda era un obstáculo. Con mínimo respeto por el recato, ella la alzó sobre sus muslos, de modo que él pudo elevarla sobre su propia cabeza. Una vez sentada en los hombros de Joss, con las piernas y los pies desnudos que colgaban delante, sobre el pecho del hombre, ella se apoderó de la enagua que él le entregó y la agitó frenéticamente. Ahora, el barco se había alejado más, pero siempre existía la remota posibilidad de que alguien estuviese mirando hacia allí. Quizás un marinero instalado en la cofa...

—¡Se alejan! ¡No nos ven!

—¡No, vengan! ¡Vuelvan! ¡Aquí!

Aferrándose a la cabeza de Joss para mantener el equilibrio, Lilah consiguió apoyar un pie en el hombro de Joss e incorporarse. Él le aferró los tobillos, sosteniéndola lo mejor posible. Si ella quería agitar la enagua, necesariamente debía dejar caer las faldas. Es lo que hizo, y la falda cayó sobre la cabeza de Joss, apartándolo de la vista de Lilah y cegándolo. Trastabillando desordenadamente, ella agitó la enagua desde su inestable lugar, mientras él le sostenía los tobillos con un apretón de acero, y hacía todo lo posible para mantener el equilibrio de ambos.

—¡Vuelvan! ¡Aquí!

Pero la nave continuó alejándose. Lilah se sostuvo sobre las puntas de los pies...

—¡Dios!

Joss había dado un paso hacia atrás para compensar las maniobras que ella hacía sobre sus hombros. Lilah vaciló, y de pronto comenzó a deslizarse como una anguila...

—¡Socorro!

Lilah pegó un alarido y cayó al suelo, aterrizando con un fuerte golpe, en medio del abdomen de Joss.

—¡Uf!

Joss, que felizmente para Lilah había tocado el suelo en primer término, gimió ruidosamente cuando ella se le vino encima. Feliz de haber caído sin lastimarse, Lilah se volvió para ver la cara de Joss.

—¿Qué ha sucedido?

—He tropezado con una maldita piedra... ¿y qué estaba haciendo usted ahí arriba?

La miró hostil desde su lugar, el cuerpo tendido sobre el pasto duro y arenoso. Ella le devolvió la hostilidad, sentada sobre el estómago de Joss. Después, de pronto, él curvó los labios y sonrió. Y después rio más francamente. Al fin, rio a carcajadas. Lilah, que al principio se sintió ofendida, en definitiva tuvo que imitarlo.

—Oh, Dios mío —dijo Lilah, apartándose del cuerpo de Joss para arrodillarse al lado del caído—. ¿Lo he lastimado?

Él la miró, parpadeando.

—Dudo de que jamás pueda volver a comer. Mi estómago sin duda ha quedado permanentemente fuera de combate.

—¡No peso tanto!

—¡Pesa lo suficiente, créame! Si puedo incorporarme, el primer sorprendido seré yo.

Le dirigió una sonrisa, y ella no pudo por menos de retribuirla. Después, él se sentó con un movimiento cauteloso, apretándose el estómago con una mano.

—Es la última vez que le permito subirse sobre mis hombros.

—¡Es la última vez que me subo sobre sus hombros! ¡Podría haberme lastimado!

—¡Yo he sido el lastimado!

—¡Qué delicado!

La respuesta provocó otra sonrisa de Joss. Después, miró en dirección al horizonte y recobró la seriedad.

—No creo que nos hayan visto.

También Lilah miró en dirección al horizonte.

—No, no lo creo.

—Si un barco ha pasado frente a esta isla, otros lo harán. No pasará mucho tiempo antes de que nos salven.

Parecía más esperanzado que convencido.

—Sí.

Ambos miraron largo rato el horizonte ahora desierto. Después, Lilah miró a Joss. Sus bigotes habían crecido hasta formar lo que era casi una barba entera, y la herida había curado, de modo que ahora no tenía un aspecto tan impresionante y un color tan rojizo. Tenía la piel más bronceada que enrojecida. Lilah pensó que estaba más delgado, y si era posible, con músculos mas firmes. Las únicas partes de su cuerpo que ella hubiera podido reconocer sin prestar mucha atención eran los brillantes ojos color esmeralda.

—No hablé en serio cuando dije que deseaba que lo castigasen con el látigo —dijo Lilah bruscamente, en voz baja—. Cuando seamos rescatados, no tendrá que preocuparse. En Heart's Ease hace años que nadie ha castigado con el látigo a los esclavos.

Los ojos de Joss se clavaron en los de Lilah.

—No estoy preocupado. Porque no tengo la más mínima intención de ser esclavo en Heart's Ease, ahora o nunca. Cuando nos recojan, regresaré a Inglaterra.

Ella lo miró un momento, atónita.

—¡Pero no puede hacer eso!

—¿Por qué no puedo? No creo que nos recoja alguien que nos conozca, ¿verdad? A menos que usted revele a nuestros salvadores todo lo que sucedió en Virginia, no tendrán ningún motivo para suponer que no soy un hombre libre, que es precisamente lo que me propongo hacer.

—Pero... pero...

—Salvo que usted se proponga afirmar que soy su propiedad tan pronto nos encuentren aquí —agregó Joss, y en sus ojos, clavados en ella, había una expresión reflexiva.

Lilah lo miró fijamente. Tenía razón. Cuando los rescatasen, a menos que lo hiciera alguien que conociese la historia de Joss, nadie podía imaginar que él era esclavo. Vestido y afeitado, era un caballero inglés de la cabeza a los pies... había sido educado como a un caballero inglés. Ella tenía el poder necesario para liberarlo...

—No me interprete mal. Me ocuparé de que usted salga de esto sana y salva, pero no pienso llevar más lejos la farsa. Cuando vuelva a Inglaterra, le enviaré sus cien dólares.

—No me interesa el dinero... —comenzó a decir ella, todavía desconcertada.

—A mí sí.

Su rostro cobró una expresión de dureza. Al mirarlo, obstinado y orgulloso, como el esclavo más inverosímil que ella había conocido jamás, Lilah se decidió. Recibiría su libertad si con su silencio ella podía otorgársela. En cualquier caso, no era más que lo que ella había decidido hacer después, con el consentimiento de su padre.

—Está bien. Puede enviar el dinero si lo desea, pero fue mi padre y no yo quien en realidad lo compró. Yo me limité... a pujar.

—Entonces, enviaré el dinero a su padre. ¿De acuerdo?

Ella lo miró y asintió lentamente.

—De acuerdo.

Joss le dirigió una sonrisa, una sonrisa súbita y encantadora que le recordó de un modo inquietante al hombre de quien por poco se había enamorado esa primera y mágica noche.

—En ese caso, pido disculpas por mi comportamiento hace dos noches, y le doy mi palabra de que no sucederá otra vez. Hasta que nos rescaten, estará conmigo tan segura como con su propio padre.

Mientras hablaba, él se incorporó y ofreció su mano para ayudarla. Lilah aceptó la mano con sentimientos contradictorios. Si él retornaba a Inglaterrra, Lilah jamás volvería a verlo; ciertamente, Joss no querría volver nunca a Barbados. Y el resto de la residencia forzosa de ambos en la isla, ella estaría tan segura frente a sus insinuaciones como si Joss hubiera sido su padre. Sabía que hubiera debido sentirse muy complacida por las dos cosas... pero no era el caso.

—Entonces, ¿somos amigos?

Joss la ayudó a incorporarse al mismo tiempo que dijo estas palabras, y le soltó la mano. Lilah asintió, aunque en su interior había un extraño sentimiento de vacío.

—Somos amigos —confirmó.

—En ese caso, compartiré con usted mi pescado. Es decir, si no ha terminado de quemarse. Estaba asándolo cuando he visto el barco.

Ella le dirigió una sonrisa, pero ésta fue forzada.

—Adelante, Macduff —citó con tono ligero, pero su corazón no sentía la misma alegría que parecía expresarse en sus palabras. Aunque era un hombre irritante, y además estaba totalmente fuera del alcance de Lilah, era doloroso imaginar que nunca volvería a verlo. Con un sentimiento de vacío en la boca del estómago, Lilah se preguntó si, una vez que él se alejara, su corazón sería el mismo de siempre.

21

El pescado estaba un poco ennegrecido en los bordes, pero aun así era delicioso. Lilah lo consumió tomando las porciones de la hoja de plátano en que Joss lo había asado, se lamió los dedos, y después enrolló la hoja y también se la comió. Joss, sentado frente al fuego, la miró con expresión inquisitiva.

—¿Comerse la vajilla es otra de las extrañas y bárbaras costumbres que le inculcaron?

—En Barbados, las hojas de plátano asadas son un manjar —le informó Lilah, con gesto altivo.

Él enrolló su propia hoja y la mordisqueó un poco, y después hizo un gesto de desagrado.

—Barbados debe de ser un lugar muy extraño.

—Es hermoso —dijo ella, y procedió a contarle todo lo que sabía. Después, pasó a hablarle de su familia, de la muerte de su madre y la llegada de Kevin al lugar poco después que el padre de Lilah se hubiera casado con Jane, tía de Kevin. Una sombra seguramente se extendió sobre la cara de Lilah cuando nombró a Kevin, porque Joss frunció el entrecejo.

—Está enamorada de él, ¿verdad? No se preocupe, si sobrevivimos es posible que también él se haya salvado. No dudo de que ustedes protagonizarán un conmovedor reencuentro cuando vuelva a Heart's Ease.

Había un leve tono de sarcasmo en las palabras de Joss.

Lilah meneó la cabeza.

—Así lo espero. Siento mucho afecto por Kevin. Pero no creo que esté enamorada de él. Mi padre pensó que sería un buen marido para mí, y como sabe, yo tengo veintiún años. Es hora de que me case.

—¿Le tiene afecto? —rezongó Joss—. Si lo dice así, casi compadezco a ese infeliz.

—No llame de ese modo a Kevin... en realidad, es un hombre muy bueno. Usted lo conoció en circunstancias lamentables. Pero ¿por qué lo compadece?

Él la miró sin el más mínimo atisbo de humor en la cara.

—No querría que la mujer con quien me case sienta «afecto» por mí. El «afecto» de poco sirve cuando dos personas comparten una alcoba.

—¡Joss!

Él le dirigió una sonrisa torcida.

—¿Eso le molesta? Escuche, jovencita, le daré un consejo. No se case con un hombre por quien siente únicamente «afecto». En un año será la mujer más desgraciada del mundo.

—¿Cómo lo sabe? —De pronto, concibió una idea y se le agrandaron los ojos—. Usted nunca se ha casado, ¿verdad? Y bueno, ¿tampoco está casado ahora?

—No, no estoy casado, y nunca lo he estado. Y tendré treinta años el mes próximo, por si le interesa.

Ella sonrió con expresión satisfecha.

—Por lo tanto, no sabe más que yo del matrimonio. Sólo le agrada dárselas de sabihondo para impresionarme.

Él meneó la cabeza.

—Ahí se equivoca. Sé más que lo que desearía saber acerca del tipo de matrimonio que usted tendrá con su precioso Kevin... un matrimonio de conveniencia, sin amor, y poco importa si le complace verlo de ese modo o no. Mi madre sentía «afecto» por mi padrastro cuando se casó con él. Había sido el mejor amigo de mi verdadero padre, y cuando él murió (yo tenía ocho años) mi madre buscó el consejo y el confortamiento de este hombre. Era una mujer muy femenina, creía que no podía vivir sin un hombre, y sentía «afecto» por mi padrastro. Se casaron un año después de la muerte de mi padre. Un año más tarde estaban riñendo constantemente, y a los dos años él se había convertido en un hombre amargado y de mal carácter que ahogaba su desgracia en la bebida. No podía soportar la idea de que ella no lo amara. Cinco años después de la boda, él se cayó del muelle, en Bristol. Estaba borracho. A decir verdad, creo que a esa altura de la situación mi madre se alegró de perderlo de vista. Y yo también. Era un borracho sin remedio, y yo temía que cuando no viviese ya bajo el mismo techo para protegerla, él la hiriese en el transcurso de una de sus borracheras.

—Usted estaba muy cerca de su madre, ¿verdad? —preguntó Lilah en voz baja, al recordar que la petición de la madre en su lecho de muerte había determinado que Joss fuese a Boxhill.

Él asintió con un breve movimiento de la cabeza.

—Era buena, gentil y dulce, y no tenía cerebro. Necesitaba un hombre que la cuidase. Pero mi padrastro no era el más indicado.

—Usted no sabía que ella era, bueno... —La voz de Lilah se apagó, pues no pudo hallar el modo de formular la pregunta sin irritarlo.

—¿Hija de una esclava? —observó Joss, mirándola a los ojos. Después, meneó la cabeza—. Mi madre tenía la piel tan clara como usted. Tenía cabellos rojos y ojos verdes, y era hermosa. Mis cabellos negros y la piel oscura provienen de mi padre, que por lo que sé descendía en línea directa de mercaderes británicos cuyo linaje se remonta a Guillermo el Conquistador. Lo único que heredé de mi madre fueron los ojos. Y ella los tenía de su madre, la notoria Victoria.

—Me pareció que el tío George identificaba sus ojos.

—Sí, ¿verdad? Y la impresión de comprobar que sus antiguos pecados habían venido a perseguirlo lo mató. Lo lamento por usted si lo amaba, pero el viejo bastardo merece asarse en el infierno. Mi madre nunca cesó de hablar de su propio padre, o de la esperanza de volver a verlo. Solamente sabía que él la había despachado, con su madre, cuando era niña, y que no debían volver a hablarle jamás. Pero las mantenía; siempre hubo dinero suficiente, incluso después de mi nacimiento. Aunque mi madre deseaba conocer a su propio padre, y nunca pudo comprender por qué él se mostraba tan inflexible en esa actitud, la de prohibir el contacto. Por supuesto, con el tiempo llegó a la conclusión de que era ilegítima. Pero estoy casi seguro de que jamás supo que su propia madre era una mulata de piel clara. Pese a su falta de inteligencia, de haber sabido algo jamás me habría enviado a Virginia. Mi abuela murió cuando yo era pequeño, pero recuerdo que se parecía mucho a mi madre. La piel clara y la figura muy bella.

—He oído decir que los mulatos de Nueva Orléans son muy hermosos.

Joss asintió.

—Seguramente fue así. Atrajo la atención del viejo George, ¿verdad? Por otra parte, cualquier mujer debía de haber sido una ventaja comparada con esa bruja que tenía por esposa.

—Amanda es mi tía abuela.

La voz de Lilah expresaba una suave censura, aunque ciertamente no apreciaba a Amanda mucho más que Joss. De todos modos, Amanda era una anciana y su parienta, y se había educado a Lilah de modo que mostrase respeto en ambos aspectos.

—En ese caso, discúlpeme. Pero después de lo que hizo no puede pretender que yo la aprecie mucho.

—No. —Lo miró y sonrió—. Me alegro de que recupere su libertad. La condición de esclavo no le sienta muy bien.

La mirada de Joss encontró la de Lilah, y el hombre sonrió. —No me sienta, ¿verdad? Mi estimada Lilah, le aseguro que en general soy el hombre más encantador. Usted me ha visto en las peores condiciones.

—Me parece que tiene mal carácter.

—Me disculpo. —La miró un momento y su expresión cambió—. Le prometo que mi trato mejorará, ahora que hemos coincidido en que no seremos más que colegas en el naufragio.

Lilah se echó a reír.

—¿Colegas en el naufragio? ¿Eso somos?

—Por el momento. —Joss se incorporó y flexionó la espalda, y después dirigió una sonrisa a Lilah—. De pie, colega, tenemos cosas que hacer.

—¿De qué se trata?

Ella lo miró con suspicacia.

—Si deseamos que nos rescaten, hay que realizar algunos preparativos. Dudo de que muchos barcos anclen en esta bahía. Pero como hemos visto, pasan frente a la isla. Por lo tanto, creo que necesitamos preparar los materiales para encender una hoguera.

Lilah vio que con el pie él echaba arena sobre el pequeño fuego, y después rodeaba los restos humeantes y le ofrecía la mano. Durante un momento ella se limitó a mirar esa mano, y después alargó la suya. Los dedos de Joss se cerraron tibios y firmes alrededor de la palma de Lilah cuando tiró para ayudarla a incorporarse.

22

Esa noche Joss se maldijo por enésima vez, en vista de que había tenido la temeridad de formular a Lilah esa absurda promesa.

—Estará tan segura conmigo como lo estaría con su padre —repitió con burla y disgusto.

Habían recogido maderas y las apilaron sobre una duna, y practicaron el encendido con el tosco pedernal y el metal que él extrajo de una piedra que encontró en la playa y la hebilla de uno de sus pantalones. De ese modo, ella sabría qué hacer si estaba sola y aparecía un barco. Después, habían descendido para comer un cangrejo que él mató con una roca. Entretanto, Lilah le había sonreído, lo tocó, lo excitó... y él supuso irritado que hacía todo eso sin tener conciencia de sus propios actos. Ahora estaban en medio de la noche, la luna alta en el cielo, y se preparaban para dormir. En la choza que él había construido. Juntos. Y él le había prometido que no la tocada. ¡Santo Dios!

Al mirar a Lilah, que se arrastraba primero hacia el interior de la choza, Joss gimió para sus adentros. Le había dado su palabra. Y por mucho que ella pudiese tentarlo, con su piel sedosa y clara y sus vestidos convertidos en harapos y casi transparentes ahora que ya no usaba la enagua, él no podía faltar a su promesa.

—¡Maldita sea, maldita sea cien veces!

Su intención no había sido pronunciar en voz alta las palabras. Lilah lo oyó, y miró alrededor inquisitiva, desde el interior de la choza. Aún estaba apoyada en las manos y las rodillas, y su seductor trasero, redondo y pequeño, estaba apenas cubierto por la delgada tela del vestido, que se apretaba contra el cuerpo a causa de la posición de la joven. Los ojos suaves de Lilah, que tenían precisamente el color de una de esas palomas de Bristol, parpadearon por encima del hombro, cuando él no supo qué decir; y Joss tuvo que reaccionar deprisa.

—Yo... bien, tengo que ir a ver una cosa. Volveré en un ratito. Duérmase.

—Lo acompañaré.

Ella comenzó a retroceder sobre el piso de la choza. El lienzo celeste se le apretó todavía más alrededor del trasero, hasta que Joss, que miraba fascinado, temió y abrigó la esperanza de que se desgarrase.

—¡No! —La protesta de Joss fue demasiado vehemente, pero no pudo evitarlo. Necesitaba un poco más de tiempo a solas, un poco de tiempo para asegurar el control sobre sus instintos más bajos—. No, volveré enseguida.

Así se sentiría mejor, más sereno. Dios mío, no podía permitir que ella adivinase lo que sentía. Se hundió en la oscuridad iluminada por la luna, y enfiló hacia la bahía. Necesitaba nadar. De ese modo podría aliviar la fiebre que lo consumía.

Nadó largo rato, y al fin, exhausto, salió del agua seguro de que estaba a salvo. Ahora ella ya estaría durmiendo. Y él estaba fatigado...

Pero ella no estaba durmiendo. Estaba sentada sobre una piedra, cerca del lugar en que la marea lamía la arena blanca. Tenía los cabellos recogidos sobre un hombro, los mechones descansando sobre el regazo, mientras trataba de desenredarlos y alisarlos. La luz de la luna bañaba los hilos sedosos y les infundía una vida propia, de modo que relucían y resplandecían como plata fundida. Parecía una condenada sirena. Joss sintió que se le cortaba el aliento al verla.

—¿Qué demonios está haciendo aquí?

Cuando se acercó a ella, en su voz había más frustración que cólera. Ella le dirigió una sonrisa, inclinando la cara de modo que Joss pudo ver cada uno de sus rasgos iluminados por la luna. Incluso el celeste descolorido del vestido revestía una pátina de plata en esa luz ultraterrrena que se derramaba sobre la bahía.

—Me peino. ¿Ve? —Sometió a la inspección de Joss un peine muy tosco—. Lo he fabricado uniendo varillas con enredadera mientras lo esperaba. Ha tardado tanto que empezaba a temer que hubiese sufrido un accidente.

—He estado nadando.

—Ya lo veo.

El acento burlón de su voz fue un aviso para Joss. Se miró él mismo, se puso escarlata y esbozó un gesto de hostilidad antes de caminar hasta el lugar en que los pantalones lo esperaban en la arena. Completamente empapado, se los puso, los abotonó y se volvió para enfrentar a Lilah. Esa descarada hembra continuaba peinándose tranquilamente los cabellos, los ojos fijos con sereno recato en las olas suaves que venían a morir en la playa. Pero a juzgar por la sonrisita que jugueteaba en sus labios, podía suponerse que la dama había visto bastante. La cara de Joss cobró un tono todavía más rojizo y él apoyó los puños en las caderas y la miró hostil a través de los pocos metros de arena que los separaban.

—¡Maldita sea, no podía nadar con los pantalones!

—Lo comprendo.

—¡Le he dicho que fuera a acostarse! ¿Cómo podía saber que usted estaría sentada sobre una piedra, como una maldita Lorelei, cuando saliese del agua?

—Nadie lo critica ni lo acusa de nada.

La voz de Lilah era tranquilizadora, y tenía los ojos siempre fijos en el mar. Él se habría tranquilizado... de no haber sido por esa maldita y subrepticia sonrisa que continuaba jugueteando en los labios de la joven.

—¡De modo que ha visto todo lo que deseaba ver!

Su voz tenía un tono belicoso, lo sabía muy bien, pero no podía evitarlo. La idea de que ella pudiera verlo desnudo en tales circunstancias le parecía extrañamente embarazosa. Y lo irritaba que ésa fuese su propia reacción. Se había acostado con docenas de mujeres en el curso de su vida, y todas lo habían visto completamente desnudo. Que una mujer lo mirase en esa situación jamás le había molestado antes. Quizá todo respondía al hecho de que deseaba tan intensamente a esa zorra y sabía que no podía poseerla. Los caminos de los dos jamás volverían a cruzarse tan pronto salieran de esa maldita isla. Y él no podía decidirse a tomar su cuerpo y después abandonarla fríamente. Joss estaba dispuesto a apostar su vida a que ella era virgen, y una dama, y un caballero no seducía y abandonaba a las vírgenes. O a las damas.

A veces era un infierno ser un caballero.

—Está bien, Joss —dijo Lilah, y abandonó su roca y lo miró a la cara. Con la luz de la luna, que se derramaba sobre ella, y las estrellas, que parpadeaban en el terciopelo de la noche, al fondo y arriba, era tan hermosa que él sintió que su sangre comenzaba a hervir. Tan hermosa que su cuerpo reaccionó sin prestar atención a la mente—. No me sentí avergonzada.

Durante un minuto entero todo lo que él pudo hacer fue mirarla, no muy seguro de que hubiese oído bien. ¿De modo que no estaba avergonzada? ¿Ésa era la dama altiva que apenas podía tolerar que él le tocase el brazo con la mano? ¿Que lo había abofeteado y mordido las dos últimas veces que él había perdido la cabeza y la había besado? ¿Que no ocultaba el pensamiento de que Joss ocupaba un lugar tan inferior al de la propia Lilah que apenas tenía derecho a barrer el suelo que ella pisaba? ¿De modo que no estaba confundida?

—Pues bien, ¡le aseguro que yo sí! —gruñó Joss, y volviéndose, caminó en dirección a la choza.

Si ella se hubiese reído, Joss la habría asesinado.

Pero Lilah no se rio, o si lo hizo por lo menos él no la oyó. Lo siguió sumisamente a la choza y se deslizó en su interior, detrás de Joss. Él había construido el refugio con el fin de que albergase a una sola persona... él mismo. Apenas tenía la altura necesaria para sentarse, y era un poco más largo que la estatura de Joss si se extendía, y quizá tendría un metro de ancho.

En definitiva, no era suficiente para dos personas. Sobre todo cuando una de ellas era un hombre que se excitaba muy rápido, y la otra, una mujer que lo excitaba. Y menos aún cuando él había dado su palabra de que no la tocaría. ¡Infierno y condenación!

Él se sentó en el rincón más alejado, con las piernas cruzadas, y miró hostil a Lilah cuando ella entró arrastrándose. Lilah se sentó, cruzó las piernas delante, y le dirigió una sonrisa.

—Joss, ¿realmente estabas avergonzado?

—Voy a dormir —anunció Joss, y sus ojos se entrecerraron amenazadores. Uniendo la acción a la palabra, se acomodó hasta que quedó completamente estirado, y volvió la espalda a Lilah. Las ramas de palmera que había distribuido para acolchar el piso le pinchaban el costado, pero era imposible que se volviera y mirase a la joven. Sobre todo cuando tenía que apelar a todas sus fuerzas para abstenerse de tocarla.

—Está bien. Buenas noches.

Incluso la suavidad de la voz de Lilah lo irritó. Imaginó que su piel debía de suscitar la misma sensación suave, blanda y sedosa, y exquisitamente refinada. Rechinó los dientes, cuando oyó detrás los ruidos que ella producía al prepararse para dormir. Rogaba a Dios que no se quitase ninguna de sus prendas.

No lo hizo. Se acostó completamente vestida, y se enroscó apoyándose en la espalda de Joss.

Sintió la suavidad del cuerpo femenino con todas las fibras de su piel. La impronta del cuerpo de Lilah quedó marcada indeleblemente en su espalda.

—Esto es mucho mejor que dormir sola. Siempre temí que algo me sorprendiera en medio de la noche.

Joss pudo sentir el hálito tibio sobre su nuca. Dios, si se acercaba más terminaría acostada sobre él. Joss se preguntó enfurecido: ¿acaso deseaba lo que estaba sugiriendo? ¿Sabía siquiera lo que estaba sugiriendo?

—Yo también he pasado frío. Durante la noche sopla un viento bastante intenso en la bahía.

La voz de Lilah recordó a Joss el ronroneo somnoliento de un gatito. Pero la forma le dijo que lo que tenía enroscado y apoyado en su espalda no era un gatito.

—¿Joss?

—¿Qué?

Si la voz de Joss parecía irritada, era porque estaba irritado. Lilah estaba enloqueciéndolo, intencionalmente o por ignorancia criminal. Él habría dado casi todo lo que tenía para volverse y aclarar las ideas del modo más elemental posible.

—Ahora tengo un poco de frío.

Se acurrucó más cerca. Joss permaneció rígido como una tabla, rechinando los dientes, mientras combatía el impulso que amenazaba abrumarlo. Finalmente, cuando ya no pudo contenerse más, comenzó a temblar.

—¡Joss! ¿Qué pasa?

—No pasa absolutamente nada.

Las palabras brotaron a borbotones de sus labios.

—¿Estás seguro?

—¡Sí, estoy seguro!

Ahora, gracias a Dios, podía controlar el temblor, aunque no sabía cuánto tiempo duraría eso.

—Entonces, muy bien.

Ella pareció dubitativa, pero para alivio de Joss cesó de hablar. La suavidad de su respiración agitó el vello de la nuca de Joss, y los pechos de Lilah perforaron la piel de su espalda, y su brazo desnudo descansó sobre la cintura del hombre.

Era un caballero. Pero no un santo.

Cuando concibió ese pensamiento se volvió, dispuesto a rodearla con sus brazos y suministrarle la educación que ella había estado pidiéndole. Pero descubrió entonces que esa mujer enloquecedora se había dormido profundamente.

—¡Santo Dios!

Él la miró hostil un momento, a un paso de despertarla, y después lo desarmó la suave inocencia de su cara. Se la veía muy joven y muy indefensa, acostada allí, a su lado, la cabeza apoyada en el brazo, las dos líneas de las pestañas apoyándose sobre las mejillas como abanicos. Tenía los labios entreabiertos, movidos apenas por la respiración, y sus espléndidos cabellos se distribuían sobre la cara y el cuerpo. Joss acercó una mano a Lilah, vaciló y la retiró. De pronto comprendió que estaba acostada allí, de ese modo, por una y sólo por una razón; confiaba en él. Rechinando los dientes, Joss descubrió que la idea de la confianza de Lilah era un disuasor más importante para él que la promesa que había formulado antes.

Lilah se agitó, se encogió mientras trataba de hallar una posición más cómoda. Maldiciéndose a sí mismo porque era un estúpido total y absoluto, Joss deslizó el brazo bajo la joven y la atrajo hacia sí, de modo que la cabeza de Lilah quedó apoyada en el hombro que él le ofrecía. Lilah suspiró satisfecha, se acurrucó mejor, pero no despertó. Movió el brazo, y lo dejó descansar sobre la cintura de Joss.

El peso, y el olor y la suavidad de Lilah eran insoportables. Joss sonrió sombríamente, rechinó los dientes y cerró los ojos. Sólo una vez, antes de dormirse, se permitió acariciarle los cabellos.

23

Cuando Lilah despertó, estaba sola. Se sentó, se frotó los ojos y miró alrededor. El sol se filtraba a través de las grietas de la choza y convertía las motas de polvo en relucientes gemas. El desorden de las ramas de palmera que cumplían simultáneamente la función de suelo y cama eran el recordatorio físico de que durante la noche había dormido con Joss.

Joss...

Una sonrisita jugueteó en los labios de Lilah. En cierto momento de la tarde anterior, ella había llegado a comprender algo. Estaba tan locamente enamorada de él que sólo el ver esos anchos hombros bronceados le conmovía el corazón.

No podía casarse con él. Lo que él era lo impedía absolutamente. Lilah había aceptado esa realidad. Pero podía amarlo. Durante un lapso breve. Mientras estuvieran en la isla. Un mundo encantado. Para los dos solos. Algo que recordar cuando fuese anciana, cuando ya llevase varios años casada con Kevin y sus hijos hubiesen crecido, y Heart's Ease hubiera gozado de cincuenta años más de prosperidad.

Cuando los rescatasen, cada uno seguiría su camino. Así tenía que ser. Pero por ahora, sólo por ahora, por una vez en su vida, haría lo que deseaba. Lo amaría. Sólo durante un período breve.

La única dificultad parecía ser el modo de explicarle lo que ella sentía.

Lo había intentado la noche anterior, cuando se acurrucó junto a Joss, un momento antes de dormir. Él la había ignorado decididamente, le había dado la espalda y había rechazado heroicamente sus propios impulsos. Pero había temblado como atacado de fiebre.

Otra sonrisa se dibujó en los labios de Lilah. Al margen de lo que él pudiera pensar, ella no era tan ignorante que no supiera lo que eso significaba. La deseaba, pero había decidido que no haría nada al respecto por mucho que ella lo tentase.

Era un caballero, pero ella había decidido arrojarse al agua y había descubierto, con gozoso asombro, que en el fondo de su alma no era una dama. Por lo menos, en lo que a él le concernía. La conciencia de que disponían sólo de ese breve lapso de soledad le infundía valor.

Cuando él dijo que el «afecto» era escaso consuelo cuando dos personas compartían el lecho, esas palabras la indujeron a pensar.

En el curso de su vida ella nunca había sentido por un hombre lo que ahora sentía por Joss. Desde el primer momento él había atraído la mirada de Lilah, y entonces le había parecido altivo y airoso, y entre los dos había nacido un sentimiento mutuo e instantáneo de atracción. Incluso cuando supo la verdad acerca de Joss, la atracción no había cesado. Se había acentuado, alimentándose exclusivamente con breves imágenes de la persona de ese hombre. Había florecido, a pesar de los esfuerzos en contrario de Lilah. Y él también sentía lo mismo. Lilah lo había percibido en los ojos de Joss siempre que la miraba; en la glorieta de Boxhill; en la plataforma de la subasta de esclavos; en el *Swift Wind*, antes de que él la besara, y allí, en la isla, antes de que él se alejase de Lilah para caminar por la playa, esa primera mañana, antes de que sostuvieran esa espantosa riña y él la besara de un modo tan chocante; y la noche de la víspera, cuando él había surgido desnudo y gloriosamente hermoso de las aguas del mar.

Los ojos de Lilah se habían clavado en él mientras Joss se acercaba, y entonces había visto por primera vez lo que era en realidad un hombre desnudo. Era una masa de músculos duros revestidos de satén bronceado y piel suave, y el corazón de Lilah había comenzado a latir aceleradamente mientras contemplaba a Joss.

Si en el curso de su vida estaba destinada a no sentir jamás lo mismo hacia este hombre, era mejor que hiciera algo al respecto. De lo contrario, descendería a su tumba lamentando el don maravilloso y espléndido que la vida le había ofrecido y ella había despreciado.

Lo que existía entre ellos no podía durar eternamente. La eternidad correspondía a Heart's Ease, al padre de Lilah y a Kevin.

Pero por el momento estaba Joss.

24

Lilah salió arrastrándose de la choza, y parpadeó cuando la intensa luz del sol le tocó los ojos. Se paró y miró alrededor, mientras se apartaba los cabellos de la cara. Los llevaba completamente sueltos, aún más aclarados por el sol, como una espesa cortina de seda que le llegaba a la cadera. Pese a que usaba con mucho cuidado la enagua convertida en cofia, sabía que su cara exhibía un color intenso. La idea de las mejillas sonrosadas no era tan desagradable, pero ¿y la nariz? De todos modos, al parecer, Joss no veía ningún defecto en la apariencia de Lilah, y él era la persona que ahora interesaba a la joven.

¿Dónde estaba?

—¡Joss!

—¡Aquí!

La voz llegó desde un lugar que estaba detrás del promontorio. Lilah se internó deprisa entre los árboles, y después se recogió la falda y trepó al promontorio, deteniéndose para beber un sorbo de agua del charco y lavarse la cara. Ahora apenas quedaba agua, y ella sabía que había llegado el momento en que se verían obligados a explorar el interior de la isla.

Joss estaba sentado en la arena, con las piernas cruzadas, bajo las palmeras cocoteras, atento a algo que tenía en su regazo.

—¿Qué hace?

—Me fabrico un par de sandalias. ¿Ve?

Sostuvo en alto un objeto que había estado descansando sobre la arena, al lado. Lilah lo recibió, lo examinó y vio que en realidad era una suela ingeniosamente entretejida con enredaderas alrededor de un marco de madera, y con otros pedazos de enredadera destinados a asegurar el objeto al pie.

—Me parece admirable —dijo la joven y devolvió el objeto.

—Venga. Quiero probar éstas en usted, para comprobar si le quedan bien.

Lilah se acercó obediente, y él le levantó el pie sosteniéndolo por el tobillo, y lo llevó hacia la sandalia, ajustando cuidadosamente los trozos de enredadera. Después, hizo lo mismo con el otro pie. Lilah sentía tibia la mano de Joss sobre el tobillo y el pie, y el contacto era suave. Levantando su falda los pocos centímetros necesarios para permitir que él trabajase, y al comprobar la cabeza oscura inclinada sobre el pie desnudo, Lilah se maravilló ante la naturalidad que parecía exhibir ese contacto estrecho con él. Hacía apenas dos meses que lo conocía, pero tenía la sensación de que era una relación de toda la vida.

—¡Bien! ¿Qué le parece?

Él elevó los ojos mientras aseguraba la segunda sandalia. Estaba orgulloso de su trabajo. Lilah retribuyó su sonrisa con un sentimiento de cálido regocijo. Él entrecerró los ojos, soltó bruscamente el tobillo de Lilah y se incorporó.

—Son maravillosas —dijo Lilah, y elevó y descendió el pie para probar.

—Hummm.

Él ya estaba poniéndose su propio par, y no la miraba. Lilah sonrió para sí. Era evidente que él continuaba decidido a comportarse como un caballero, en concordancia con lo que según creía eran los deseos de la dama. Pero el mero hecho de tocarle el tobillo lo inquietaba.

—Hoy vamos a explorar. Por lo menos, eso haré yo. No necesita venir si prefiere quedarse.

Habló con voz brusca. Lilah lo miró severa.

—¡No pensará dejarme aquí!

Él sonrió, más sereno, y el relámpago conocido de sus dientes muy blancos la deslumbró.

—No era mi intención. En ese caso, salgamos ahora mismo.

Abrirse paso en la selva fue más difícil que lo que Lilah había previsto. Los árboles crecían tan cerca unos de otros que las ramas se entrelazaban a cierta altura, proyectando sobre el interior de la isla un fantasmal resplandor verde. Bajo los pies de los dos náufragos estaba el resultado de siglos de restos que habían caído bajo los árboles, y que en el curso del tiempo se habían convertido en un colchón esponjoso. Había por doquier arbolillos de tronco retorcido que estaban cubiertos con enormes flores de distintos colores, desde el blanco lechoso al carmesí, y su aroma acre e intenso colmaba el aire. Las enredaderas crecían entre los arbustos como gordas serpientes. Los monos, asustados por la presencia de los humanos, chillaban mientras huían delante de los intrusos. Los loros de vivos colores surcaban el aire con estridentes chillidos. Una araña color naranja del tamaño de la mano de Joss los ignoró; estaba muy atareada tejiendo una enorme y complicada red entre las ramas de dos árboles. Al verla, Lilah se estremeció y se acercó más al costado de Joss. Él le cogió instintivamente la mano, y la joven se aferró agradecida a los dedos cálidos del hombre, tratando de apartar el pensamiento de las diferentes criaturas que podrían estar acechando fuera de la vista de ambos. Las serpientes era lo que más temía, pero la única que vieron fue una verde de cuerpo pequeño, que huyó inofensiva cuando ambos se acercaron.

La isla era en realidad la cumbre de una montaña submarina que había emergido en la superficie del océano, y por esa razón la exploración se hizo ascendiendo una ladera. El aire parecía más denso y vaporoso cuanto más se alejaban. Finalmente, llegaron a un arroyuelo cuyas aguas corrían sobre un lecho de piedra negra. Joss miró triunfante a Lilah.

—¡Ah! —dijo, y soltó la mano de Lilah y se acercó al arroyo.

Joss se inclinó para recoger un poco de agua y probarla. Apenas tocó la superficie del agua, en su rostro se dibujó una expresión extraña, retiró la mano y se olió los dedos, y después lamió cautelosamente la humedad.

—¿Qué sucede?

A juzgar por la expresión de su cara, Joss no podía creer lo que sus sentidos le decían.

—¡Está caliente! ¡El agua está caliente!

—¡Caliente!

Lilah se adelantó y se detuvo al lado de Joss, y después se arrodilló a orillas del arroyo y con mucha precaución tocó el agua. En efecto, estaba caliente, más o menos con la temperatura del baño que a veces Betsy le preparaba en su casa. De pronto comprendió la razón del extraño ruido de burbujeo que había estado inquietándola desde el instante en que ambos se habían detenido.

—Vamos. —Lilah se incorporó y tomó la mano de Joss.

—Pero...

Él se resistió, y pareció que estaba dispuesto a discutir, de modo que ella tiró con más fuerza de la mano del hombre. Joss se rindió, y permitió que ella lo condujera a lo largo del sendero de piedras negras, para remontar el curso del arroyo.

—¿Adónde vamos?

—Ya lo verá.

Pocos minutos después encontraron lo que ella había estado buscando. Lilah lo vio primero, vio el vapor que se elevaba tras un velo de mimosas florecidas salpicadas de delicadas flores malvas. Apartó las enredaderas, y con un gesto invitó a Joss a que mirase.

Allí, en un cráter tallado en la roca negra, burbujeaba un pequeño lago. El agua se agitaba alimentada por una importante fuente subterránea. A juzgar por el miasma vaporoso que flotaba sobre ella, y la abundancia de floridas plantas verdes que crecía alrededor, era evidente que el agua del lago era tan cálida como la del arroyo.

—¿Qué demonios...? —preguntó Joss, mirando fijamente.

Lilah miró a Joss por encima del hombro, y sonrió ante el evidente asombro que él manifestaba.

—En Barbados los llamamos estanques volcánicos. Esta isla debe de ser el extremo superior de un volcán, y las aguas de la fuente reciben calor de la roca fundida que está en las profundidades. Imagino que la mayoría de estas islas tienen estanques parecidos. Mire, el agua es perfectamente potable. Podemos beberla. Sucede sólo que ahora está caliente.

Apartó la cortina de enredaderas, y pasó a las piedras cubiertas de musgo que rodeaban el estanque. Joss la siguió, mirando dubitativo el agua.

—Si desea nadar, éste es el mejor lugar —dijo Lilah—. Un estanque volcánico es como un baño natural gigante. Betsy y yo solíamos ir a uno que está cerca de Heart's Ease cuando éramos niñas. Por supuesto, estaba rigurosamente prohibido, pero igual lo hacíamos.

—¿Otra costumbre bárbara? —dijo él con una sonrisa torcida.

Lilah se echó a reír.

—Sí, si quiere verlo así. ¿Tiene la bondad de volverse?

—¿Qué? ¿Por qué?

—Sencillamente, porque me bañaré. Será el primer baño caliente que me haya dado en un mes, y no me lo perderé por nada en el mundo.

—Está bromeando. —La miró con los ojos entrecerrados.

Lilah lo miró con el entrecejo fruncido.

—No, no bromeo. ¿Por qué debería hacerlo?

—¿Realmente piensa desnudarse para tomar un baño en este... caldero? ¿Aquí y ahora?

—Sí, eso haré. Ahora, ¿podría volverse?

25

—¡Está bien, ahora puede mirar!

Lilah llamó a Joss desde el centro de estanque. No era muy profundo, y ella calculó que en el lugar que era más hondo el agua no le cubriría la cabeza. En ese momento tenía el agua hasta el cuello. No era posible ver a través del líquido espumoso, aunque ella se había dejado la camisola en beneficio de la modestia. Sus cabellos flotaban en el agua, y los brazos flotaban a los costados, para ayudarla a mantener el equilibrio en vista de la corriente.

—¿Tiene una apariencia decente? —preguntó Joss, mientras se volvía con gesto cauteloso. Su mirada descubrió a Lilah, y ella sospechó que parecía aliviado al ver que en efecto tenía un aspecto muy decente.

—Vamos, venga al agua. ¡Es maravillosa!

Joss la miró un momento, cruzó los brazos sobre el pecho y meneó la cabeza.

—Ahora no.

—¿Por qué no?

—Porque no deseo bañarme —dijo Joss con cierto

retintín en la voz, y se sentó sobre una piedra, a orillas del estanque, como si pensara permanecer allí el día entero.

—Si quiere estar enfurruñado, hágalo, no me importa.

Lilah concentró su atención en la tarea de bañarse bien por primera vez en varias semanas. Se frotó la cara y el cuerpo con arena, y después se pasó arena por los cabellos. Finalmente, se enjuagó mediante el sencillo recurso de contener la respiración y hundirse en el agua, para después nadar bajo la superficie hacia el fondo del estanque. Cuando de nuevo emergió, descubrió a Joss de pie al borde del estanque, la mirada explorando atenta la superficie. Se apartó de la cara los cabellos mojados y descubrió la mirada de Joss fija en ella, con un resplandor ominoso.

—¡Me ha provocado un susto infernal!

El tono de furia se vio subrayado por los puños apretados a los costados del cuerpo.

—Lo siento, estaba enjuagándome el cabello.

Sonrió a Joss, y pareció que esto lo irritaba todavía más. Continuó de pie al borde del estanque, mirándola hostil.

—Muy bien, ya se ha bañado. Ahora salga y volvamos.

—¡Pero acabo de entrar! No deseo salir todavía.

—Como quiera. Pero si permanece aquí se quedará sola. Yo me marcho.

—¡Joss!

—Hablo en serio. Bien, ¿sale o prefiere quedarse aquí sola?

—Eso es chantaje —dijo Lilah, e hizo un bonito mohín, mirándolo de reojo para ver cómo reaccionaba.

Pareció que él se enojaba todavía más. De hecho, el malhumor de Joss era tan desproporcionado en vista de la situación que a Lilah comenzó a parecerle divertido, pues creía saber muy bien qué era lo que lo molestaba tan profundamente.

—Oh, está bien.

Como él no mostró signos de suavizar su actitud, ella se rindió con un suspiro de resignación, y comenzó a caminar hacia el lugar en que él esperaba, al borde del estanque. No había dado dos pasos cuando una pequeña depresión la tomó por sorpresa. Resbaló, y después se hundió como una piedra bajo la superficie del agua.

—¡Lilah!

Oyó que él pronunciaba su nombre mientras se hundía, y eso le dio una idea. Sonriendo para sus adentros, nadó hasta el fondo del estanque y se mantuvo allí, dejando escapar suavemente burbujas de aire que llegaban hasta la superficie. Como había previsto que sucedería, mucho antes de que pasara un minuto oyó un enorme chasquido. Emergió a la superficie, siempre sonriendo, y vio que él nadaba con rápidos movimientos hacia el lugar en que ella había desaparecido.

—¡Joss!

Al oír el sonido de la voz de Lilah, Joss cesó de nadar y miró alrededor. Lilah le sonrió cuando las miradas de los dos se encontraron. Aunque ella no podía ver a través del agua, imaginó por su postura que tenía los puños apoyados en las caderas. La cabeza de Joss estaba apenas inclinada hacia un costado, y sus ojos lucían ominosos al clavarse en ella.

—Estaba bromeando, ¿verdad?

Formuló la pregunta con voz serena, sobre todo si se la comparaba con la expresión de su cara.

La sonrisa de Lilah se amplió, pero haciendo gala de prudencia meneó la cabeza.

—¡Mentirosa!

Comenzó a acercarse al lugar en que ella lo esperaba. Lilah esperó hasta que Joss estuvo casi sobre ella, y entonces se zambulló hundiéndose bajo la superficie para salir del lado opuesto, y desde allí lo salpicó juguetona.

—De modo que me ha obligado a entrar en el agua con un engaño, y ahora quiere jugar, ¿eh? Muy bien, ¡estoy dispuesto! ¡Todo lo que sea necesario para complacer a una dama!

Trató de atraparla. Riendo Lilah nadó e intentó escapar de él, cuando al fin Joss la alcanzó y la obligó a volverse para mirarlo.

—Será mejor que respire hondo, muchacha, porque voy a hun... —empezó a decir Joss, y entonces ella extendió la mano y le hizo cosquillas en el pecho.

Sorprendido, él acercó los codos a los costados, y soltó a Lilah. Ella nadó alrededor de Joss, y al hacerlo pasó los dedos juguetones sobre la ancha espalda del hombre.

—¡Venga aquí! —Joss se volvió bruscamente, y de nuevo intentó aferrarla. Una sonrisa comenzaba a acechar en sus labios, eliminando el gesto de enojo con que había comenzado a perseguirla.

Lilah se zambulló bajo la superficie, y pasó un dedo juguetón a lo largo del brazo del Joss. Esta vez él la atrapó, cerrando su mano sobre la de Lilah, y obligándola a salir a la superficie.

—¡La tengo! —dijo Joss, que manifestó francamente su complacencia al mismo tiempo que acercaba a Lilah.

Ella intentó hacerle cosquillas otra vez, pero ahora él estaba preparado, la esquivó y le aferró la mano. Se acercó las dos manos de la joven al pecho, y la miró con una sonrisa de triunfo. Lilah respondió riendo también ella, satisfecha de haber sido apresada.

—¿No se alegra de que lo haya obligado a entrar en el agua?

—¡Usted me ha engañado!

Ella asintió, con los ojos chispeantes. Ahora, él tenía los cabellos negros tan mojados como los de Lilah, y se le pegaban al cráneo y se le rizaban alrededor del cuello. Le había crecido una barba completa, que le cubría el delgado mentón. El agua le cubría las dos terceras partes del pecho, de modo que los hombros y el extremo superior de sus brazos musculosos aparecían sobre la superficie espumosa. Sostuvo las manos de Lilah medio sumergidas y medio fuera del agua, los dedos de la muchacha presionando el vello sedoso y mojado que cubría el pecho masculino.

—Jovencita, está jugando con fuego.

Le retuvo las manos mientras la miraba meneando la cabeza.

—¿Sí?

Lilah se acercó un poco más, sonriendo seductoramente. El apretó los labios, y le soltó las manos. Los ojos de Lilah no se apartaron de los ojos de Joss, y ella elevó las palmas de las manos sobre el pecho de Joss para descansarlas finalmente en la piel tibia y húmeda de los hombros. Esa caricia era embriagadora. Lilah no podía ni quería detenerse, y ahora dejó deslizar suavemente los dedos sobre los hombros de Joss.

Joss le atrapó de nuevo las manos, y las bajó. Sus ojos exhibían un verde insondable mientras parecían perforar los de Lilah.

—¿Tiene idea de lo que está provocando? —preguntó Joss con voz ronca.

Lilah lo miró, y la sonrisa desapareció de sus labios. Sin decir palabra, asintió.

Él la miró con los ojos muy grandes, y después su cara adoptó una expresión seria.

—No, no lo sabe. Ni siquiera sabe besar bien. Me mordió.

Ella tuvo que sonreír ante esta observación, a pesar del súbito y desordenado golpeteo de su corazón.

—Usted puede enseñarme, ¿verdad? Y lo mordí porque porque usted me asustaba y pensé que... en general, la gente no besa de ese modo, ¿no le parece?

Terminó la frase con un acento de curiosidad.

—Me temo que tiene razón. —La ingenua pregunta de Lilah provocó en él una sonrisa astuta—. Es decir, salvo si son amantes.

Los ojos de Lilah parpadearon, pero después miró de nuevo a Joss.

—Amantes. Siempre pensé que tendría marido, pero nunca un... amante.

—Las damas jóvenes y bien educadas generalmente no piensan en esas cosas.

—Pero... cuando salgamos de esta isla usted volverá a Inglaterra y yo volveré a mi casa de Barbados, y nunca volveremos a vernos.

La voz de Lilah era apenas un murmullo.

—Eso he pensado.

—Joss, lo echaré de menos.

Ahora, ella no lo miraba, y más bien tenía los ojos fijos en la nuez de Adán de su interlocutor.

—Yo también la echaré de menos.

Él habló como si tuviese un nudo en la garganta. Lilah elevó los ojos hacia él, y entonces se sintió impotente, atrapada por la profundidad esmeralda de los ojos de Joss.

—Entonces, ¿no podríamos ser... amantes... sólo mientras estamos en la isla? ¿Nada más que un tiempo?

Durante un momento pareció que él no respiraba. Después, cerró las manos sobre la cintura de Lilah, y él mismo cerró los ojos. Cuando los abrió de nuevo, su mentón era una línea tensa.

—Usted no comprende lo que está diciendo —afirmó finalmente—. Querida, desde mi punto de vista, nada desearía más que ser su amante. Pero usted... puede haber consecuencias en el caso de una mujer.

Ella frunció el entrecejo.

—¿Qué clase de consecuencias?

—Hijos —dijo secamente Joss, y respiró hondo.

—Oh.

Lilah pensó en ello. Por supuesto, sabía que los hijos llegaban cuando la gente se casaba y compartía una cama. Quién sabe por qué, no había aplicado ese saber a lo que ella sentía por Joss.

—Pero hay... posibilidad de hacer ciertas cosas. Para que no haya hijos.

Pareció que él pronunciaba estas palabras contra su propia voluntad.

—¿El beso trae hijos? ¿La... clase de besos que usted me dio la otra noche? ¿Cuando lo mordí?

De nuevo los labios de Joss dibujaron una semisonrisa renuente.

—No —contestó.

—Entonces, usted puede besarme así, y enseñarme todo lo demás que no provoque la llegada de los hijos.

—Dios. —Él cerró los ojos y tragó saliva, y después los abrió de nuevo para mirarla fijamente—. Lilah, ¿está segura?

Ella asintió. Él se mojó los labios con la lengua.

—Está bien.

Fue apenas un ronco murmullo. Lentamente, como dándole tiempo a cambiar de idea, Joss inclinó la cabeza hacia ella, y sus labios apenas rozaron los de Lilah.

—Rodee mi cuello con sus brazos —murmuró Joss, y ella obedeció. El corazón le latía, y sentía flojas las rodillas.

Cuando los brazos de Lilah se cerraron alrededor del cuello de Joss, ella se acercó un poco más, y al mirar hacia abajo se sintió impresionada.

Una cosa grande y protuberante estaba presionando sobre su vientre. El agua turbia le impedía ver qué era, pero en realidad ya lo sabía. Era esa parte misteriosa de Joss que ella había alcanzado a ver la noche de la víspera, cuando él había salido del mar.

—Dejé mis pantalones sobre la orilla —dijo Joss, que adivinó el sentido de la mirada de Lilah.

Cuando comprendió que él estaba desnudo, a Lilah se le secó la garganta. Su mano soltó el cuello de Joss, descendió por su pecho y se hundió bajo el agua para buscar esa parte sugestiva del hombre. La tocó, la notó caliente y dura e hinchada, y sus dedos la acariciaron suavemente.

—¡Ay!

La mano de Joss aferró la de Lilah, la apartó de él y la sostuvo. Al mirarlo, Lilah advirtió que había un resplandor salvaje en los ojos de Joss.

—¿No debo... tocarle eso? —preguntó ella con voz ronca.

El asintió, en un gesto seco. Después, inclinó la cabeza y la besó lenta y suavemente, y su lengua apenas tocó la línea de separación de los labios. Lilah se apretó contra él, temblando.

Joss irguió bruscamente la cabeza, respiró hondo, mientras ella se apretaba más contra el cuerpo del hombre y lo miraba con ojos enormes y lánguidos.

—Creo que después de todo tenías razón —murmuró Joss, y acercó de nuevo la mano de Lilah.

26

Joss guio los dedos de Lilah, que se cerraron sobre él, y después le mostró cómo podía complacerlo. Lilah movió la mano, primero lentamente y después más rápido. Joss cerró los ojos, y los dientes le rechinaron casi como si estuviese sufriendo. Lilah sintió un extraño engrosamiento en el lugar donde sus propios muslos se unían, y también que sus pechos se endurecían presionando sobre la tela húmeda que los cubría. Y de pronto, casi al mismo tiempo, él gimió y volvió a gemir, y la cosa que ella estaba sosteniendo se estremeció y brincó en su mano. Ella la soltó, impresionada, pero lo que le había hecho ya era demasiado tarde para deshacerlo. Joss se estremeció de la cabeza a los pies. Cuando abrió de nuevo los ojos, ella estaba mirándolo con cautelosa sorpresa.

—¡Oh, Lilah! —Una risa entrecortada escapó de sus labios mientras abrazaba a la joven y la acercaba a su cuerpo—. ¡Qué inocente eres! Si yo fuera un caballero, suspendería esto ahora mismo.

—Estoy cansada de que seas un caballero —dijo

ella, la voz apagada contra el hombro de Joss—. En mi vida jamás he sentido lo mismo que ahora siento contigo, y quiero que hagas algo al respecto.

Joss deslizó una mano sobre los cabellos mojados de Lilah, y le sostuvo la cabeza, obligándola suavemente a echarla hacia atrás para poder mirarla a la cara.

—Eso quieres, ¿eh? —Una tenue sonrisa jugueteó en los labios de Joss y desapareció. Sus ojos tenían al mismo tiempo una expresión tierna y renuente cuando se encontraron con los de Lilah—. ¿Quieres que te enseñe a besar bien?

Lilah asintió, incapaz de confiar en su propia voz. La mano de Joss abandonó la cabeza de la joven, y le acarició la mejilla, y el pulgar rozó apenas el labio inferior.

—¿Prometes que no me morderás? —Era un murmullo ronco.

Ella asintió otra vez, sintiendo que se aceleraban los latidos de su corazón, y él inclinó la cabeza. Al principio, los labios de Joss rozaron los de Lilah tan suavemente que ella alzó el mentón para acentuar el contacto. Los pelos que cubrían las mejillas y el mentón de Joss irritaron la suave piel de la joven, pero ella apenas prestó atención a eso. Cada partícula de su cuerpo estaba concentrada en el roce gentil de las dos bocas.

—Abre la boca —dijo Joss.

Fue un murmullo, sin apartar los labios de la boca de Lilah, mientras la lengua exploraba los dientes cerrados. Lilah tembló, y alzó instintivamente los brazos para apretarse al cuello. Abrió la boca. La lengua de Joss se deslizó en el interior, y tocó la de Lilah. Ella sintió un temblor cada vez más intenso en su propio vientre, y se le aflojaron las rodillas. Mientras se estremecía en los brazos de Joss, éstos se cerraron con más fuerza, obligándola a apretar todo el cuerpo contra él, y así Lilah sintió toda la longitud de Joss. El vello de las piernas masculinas le rozó con fuerza los muslos suaves; el vello del pecho fue como un colchón para los senos de Lilah, que sentía casi como si hubiera estado tan desnuda como él, pues sólo la cubría una fina capa de tela mojada. La parte secreta del hombre de nuevo había adquirido un tamaño enorme, y estaba tan dura como antes, presionándole el vientre. Ahora que ella sabía para qué era, ya no sintió temor.

Alrededor, el agua burbujeaba y silbaba, pero Lilah ni siquiera sabía dónde estaban. Sólo tenía conciencia de la presencia de Joss, de su cuerpo contra ella, de sus labios y su lengua enseñándole cosas con las cuales nunca había soñado.

La lengua de Joss era una gentil invasora, y continuaba acariciando el interior de la boca de Lilah. Ella nunca había imaginado que un acto tan repulsivo pudiera estremecerla así, de la cabeza a los pies. Impulsada por un profundo instinto primordial, la lengua de Lilah también se movió, para acariciar la de Joss.

Gimió en la boca de Lilah, y después alzó su cabeza a pesar de que ella le aferraba los cabellos, y apartó sus labios de los labios de la joven.

—¿Qué sucede?

Los ojos de Lilah parpadearon y miraron con expresión aturdida los de Joss. Los ojos de Joss tenían un color verde oscuro ardiente, y parecían despedir chispas.

—Esto es más difícil de lo que creía. Te deseo tanto que me duele.

—¿De veras? —murmuró ella.

Joss contuvo la respiración, y permaneció muy quieto mientras los labios de Lilah se unían dulcemente a los suyos. Cuando él recibió el beso, el carácter de la caricia cambió. Joss ya no se mostró tan cuidadoso y gentil, y su boca presionó sobre la de Lilah, e introdujo la lengua entre los dientes de la joven, en un gesto de audaz posesión. Sus brazos se cerraron sobre ella como si hubiesen deseado dejarla sin aliento, pero a Lilah no le importó. Estaba poseída por nuevas y excitantes sensaciones, temblando de la cabeza a los pies, embriagada con este nuevo mundo de los sentidos que él le mostraba ahora.

El brazo de Joss sostenía el cuerpo de la joven, y sobre su hombro Lilah descansaba la cabeza; ella le rodeaba el cuello con los brazos. Lilah tenía los ojos cerrados, y la cabeza le daba vueltas mientras se entregaba al beso. De pronto, sintió que las manos de Joss descendían sobre su espalda, y las notó cálidas a través de la tela delgada y húmeda de la camisola. Las manos de Joss se demoraron en la cintura de Lilah, palpando la suavidad de la curva, se deslizaron sobre las nalgas para acariciar los muslos desnudos. Después, antes de que ella pudiese respirar siquiera, tras la intimidad de ese gesto, las manos de Joss se deslizaron bajo la camisola para cerrarse sobre las caderas suaves y redondas.

Lilah jadeó, y la boca de Joss apagó el sonido. Los ojos de la joven parpadearon desorbitados, pero los cerró de nuevo. Las manos sobre las caderas de Lilah la obligaban a acercarse todavía más, y la elevaron un poco sobre las puntas de los pies, de modo que el suave montículo de su feminidad quedó apretado contra la rígida protuberancia de la carne masculina.

—Joss...

No era del todo una protesta, ni del todo un sonido de placer. La cabeza de Lilah giraba locamente, el corazón le latía brutalmente en el pecho, y se sentía confundida y exaltada por el modo en que él la sostenía, por las cosas que la llevaba a sentir.

—Chisss.

Él la calmó con sus besos, hasta que se sintió débil y sumisa, y comenzó a temblar en sus brazos. Después, la boca de Joss la tocó cálida y hambrienta, mientras la balanceaba contra su cuerpo. En el contacto rítmico, ella sintió que su cuerpo se encendía, con llamaradas de placer. Expresó su placer jadeante en la boca de Joss.

—¡Oh, Joss!

Él la sostuvo de otro modo, de manera que una sola mano permaneció bajo la camisola. La otra ascendió para apresar uno de los pechos y apretarlo.

Lilah gritó. Hundió las uñas en la espalda de Joss, cuando un placer exquisito estalló en su interior. Se estremeció y sacudió, y finalmente quedó inerte en los brazos de su amante. Pasó un momento antes de que ella advirtiese que Joss aún la sostenía.

—¿Eso... sucede siempre?

La cara de Lilah estaba apretada contra el cuello de Joss, y él apoyaba su mejilla sobre los cabellos de la joven. La abrazaba con firmeza, y el corazón de Joss latía acelerado contra los pechos de Lilah. Esa parte de Joss que había dado tanto placer a Lilah aún presionaba hinchada y cálida contra el vientre de la joven.

—No siempre. En las mujeres, no siempre. Tienes suerte. Demonios, yo también tengo suerte.

Parecía como si tuviera dificultades para pronunciar las palabras. Lilah se sintió agradablemente aletargada, tibia y cómoda en los brazos de Joss, pero de todos modos se movió para mirarlo.

—¿Tienes suerte?

—De tener una alumna tan aplicada.

Él la miró sonriendo, una sonrisa suave y esfumada, ya que en sus ojos había tensión.

—¿Qué sucede? —preguntó Lilah, frunciendo apenas el entrecejo. Se sentía maravillosamente bien, y parecía extraño que él no sintiera lo mismo.

—No importa. —Joss aflojó el brazo, y alzó una mano para apartar los cabellos de la cara de Lilah—. Todavía tienes mucho que aprender.

—Hummm.

Se apartó de él, y ahora experimentaba cierta timidez después de hacer el amor. Joss tenía los ojos fijos en la cara de Lilah, y parecía que separarse de ella le costaba esfuerzo. Cuando la miró, una sonrisa renuente se dibujó en sus labios.

—Estás completamente empapada y tienes la nariz enrojecida, pero aun así eres la cosa más bella que he visto jamás en mi vida. Creo que un destino malévolo te envió para acarrearme la muerte.

Ella frunció el entrecejo.

—¿De qué estás hablando?

—No es nada. Vamos, salgamos de este maldito estanque. No sé qué te parece, pero yo ya estoy completamente empapado.

Ella pensó entonces que otra vez lo vería desnudo,

y que ahora podría echar una buena ojeada a lo que sólo había entrevisto y tocado. También pensó que él podía examinarla bien cuando saliera del agua con su camisola mojada. La prenda la cubría hasta los muslos, pero en realidad disimulaba muy poco. Ante la idea de que Joss la viese así, Lilah sintió una oleada que era una mezcla de excitación y vergüenza, y que comenzaba a formarse en su interior.

Tomó la mano de Joss.

—Me agrada mucho que seamos amantes —dijo seriamente, y miró sorprendida a Joss, porque él se echó a reír y después emitió un gemido.

27

—¡Eh, Magruder, vas demasiado aprisa para mis viejos huesos!

El grito llegó desde un lugar cercano. Lilah y Joss se detuvieron como paralizados, todavía hundidos hasta el cuello en el agua del estanque.

—¡Vamos, acelera el paso, Yates! Si mi vieja pata de palo puede moverse así, seguro que tus dos piernas buenas podrán ponerse a la par!

Joss y Lilah se miraron asombrados. Las voces eran rudas, los acentos ásperos, pero ciertamente no eran voces fantasmales. En la isla había por lo menos dos hombres de carne y hueso con ellos. Después de casi una semana de soledad, y del temor cada vez más profundo de que pudiera pasar mucho tiempo antes de que los rescatasen, las voces sonaron en los oídos de Lilah como maná. Con una sonrisa complacida dirigida a Joss, abrió la boca para llamar a los desconocidos.

Él se apresuró a silenciarla apoyando la mano sobre la boca de la joven.

—No llames. Estás casi desnuda, y pueden ser más de dos.

Lilah había olvidado su estado de desnudez. Asintió, y Joss retiró la mano sin dejar de mirar a Lilah con cautela. Las voces se acercaron, y ahora discutían ruidosamente acerca de quién llevaba el extremo más pesado de la carga. Joss acercó a Lilah al costado de una ancha roca, y allí permanecieron de pie y en silencio, la cabeza sobre la superficie del agua, escuchando. Lilah pensó de pronto que, ahora que era posible el rescate, su interludio en compañía de Joss podía concluir antes de haber comenzado realmente. Al concebir esa idea, se le hizo un nudo en la garganta, y aferró con más fuerza la mano de su compañero.

Las voces de los intrusos se perdieron a lo lejos. Joss escuchó atentamente, y después con un movimiento de las manos y los brazos salió del estanque. Se inclinó y ayudó a Lilah a hacer lo mismo, y a sentarse sobre el reborde rocoso que se extendía a los pies de ambos.

—Vístete —dijo en un seco murmullo—. Quiero seguirlos.

Él ya estaba poniéndose los pantalones. El ardiente amante del estanque volcánico se había convertido instantáneamente en un hombre de mirada sombría que pensaba en cosas muy alejadas de los placeres que acababan de compartir. Incluso apenas la había mirado mientras ella se ponía el vestido sobre la camisola empapada. Su atención estaba completamente concentrada en los intrusos, cuyas voces lejanas aún podían oír maldiciéndose el uno al otro en la distancia.

—¡Joss! —Era un murmullo. Se volvió para mirarla, con expresión impaciente.

—Por favor, ¿quieres abotonarme?

Aunque ella había conseguido quitarse por sí misma el vestido, abrocharlo de nuevo le era imposible. Los botones eran minúsculos y estaban resbaladizos en los lugares en que la camisola ya había mojado el vestido. Incluso cuando estaban secos, ella sabía que abotonarse sola era un proceso arduo y lento. Vestirse sola era una de las cosas que no extrañaría en absoluto cuando consiguieran salir de la isla.

De hecho, lo único que extrañaría era la persona de Joss.

Le dio la espalda y él le abrochó el vestido con rápida eficiencia; ciertamente, no era la primera vez que ayudaba a vestirse a una dama. El pensamiento de Joss no estaba en lo que estaba haciendo, eso era evidente, y ni siquiera pensaba en ella. Las implicaciones de la presencia de los intrusos concentraban toda su atención. Pero cuando terminó, se inclinó para calzar las sandalias en los pies de Lilah, tratando de atar bien las lianas alrededor de los tobillos. Cuando vio esa prueba de la consideración que él le tenía, Lilah sintió un nudo en la garganta.

Casi deseó que nunca la rescataran.

—Vamos —dijo Joss, tomándola de la mano y obligándola a caminar tras él, en la misma dirección que habían seguido los desconocidos.

Una vez en la selva, marcharon en fila india, y Joss iba delante. El matorral era más espeso en esa dirección, hacia el sur, lejos de la pequeña bahía. Joss trató de protegerla de lo peor de las enredaderas y las ramas, pero un largo arañazo pronto adornó el brazo de Lilah, y su vestido tuvo que soportar un desgarrón triangular en la falda, de modo que se convirtió en una prenda casi indecente.

Lilah se puso a la par de Joss y contempló asombrada el azul del océano reluciendo más allá de la espesa cortina de enredaderas que él había separado al costado unos pocos centímetros.

—Seguramente estamos en el extremo contrario de la isla —murmuró Lilah.

Joss asintió.

—Mira eso.

Habían llegado al borde de un risco que dominaba una pequeña bahía en forma de medialuna. Joss señaló la curva de la playa, ahí abajo.

Lilah miró con los ojos muy abiertos. La escena era increíble. A un costado, en aguas poco profundas, descansaba un barco casi tan grande como había sido el *Swift Wind*. Al principio Lilah creyó que estaba contemplando los restos de otro naufragio, pese a que no se habían desatado tormentas desde el momento en que ella y Joss habían llegado a la isla, y ambos ya habían corrido a pie la circunferencia y descubierto que estaban solos. Pero entonces vio que el barco estaba sostenido por el costado por bloques y cuñas de madera atadas a los árboles, y que los hombres embarcados en botes y remos estaban muy atareados raspando el casco. Se había despojado de todo a la nave: mástiles, velas, sacos y arcones, armas y una variada serie de artículos y objetos que estaban desordenados sobre la playa. Algunas pilas estaban protegidas con grandes lonas, y otras no. No lejos del barco, dos hombres que arrastraban leños se acercaban al lugar en que un fuego ardía bajo un enorme caldero. Estaban demasiado lejos para escuchar el diálogo entre esos dos y el hombre tocado con una gorra que agitaba el contenido del caldero, pero Lilah supuso, a juzgar por la pata de palo de uno de ellos, que eran los hombres a quienes habían oído.

—¿Qué están haciendo? —preguntó Lilah.

—Están carenándolo.

Ante la mirada de incomprensión de Lilah agregó pacientemente:

—Le raspan el casco, lo calafatean y lo reparan. Seguramente sufrió daños con la tormenta. ¿Hueles eso?

Lilah olió el aire, y después asintió, arrugando la nariz.

—Es sebo caliente. Con el sebo revisten el casco, y de nuevo lo hacen impermeable.

Lilah miró un minuto o dos, y después volvió los ojos hacia Joss.

—¿Vamos allí y les explicamos nuestra situación?

Los ojos de Joss examinaron la cara de Lilah, y después descendieron hacia su cuerpo, cuyas curvas femeninas se delineaban claramente con ese vestido mojado. Meneó la cabeza.

—Creo que será mejor vigilarlos un rato. Si toda la tripulación decidiera abusar de ti, yo no podría hacer mucho para impedirlo.

Sus ojos recorrieron de nuevo el cuerpo de Lilah. Al mirarse ella misma, al contemplar la firme redondez de sus propios pechos presionando atrevidos sobre la tela, y la transparencia de la falda, que no estaba ideada para que la usaran sin una enagua alrededor de las piernas, se sonrojó. Cuando estaba sola con Joss, nunca se había preocupado por su propia desnudez. Pero ante la idea de que tantos extraños la vieran de ese modo, le ardieron las mejillas.

—Mi vestido se secará en una hora, o cosa así.

Él meneó la cabeza.

—Húmedo o seco, serías mucha tentación. En realidad, no me parecen un sencillo grupo de marineros honestos.

Ella frunció el entrecejo.

—En ese caso, ¿qué pueden ser?

—Piratas. No es probable que un barco decente realice el trabajo de carenado en una isla desierta alejada de todas las rutas. Sobre todo cuando alrededor hay puertos bien equipados.

—Pero...

En ese momento gritó una mujer, y el sonido fue agudo, estridente y frenético.

Lilah volvió los ojos hacia la playa y vio correr a una mujer, con las faldas negras y los cabellos igualmente negros flotando en el aire. La perseguía un hombre con un pañuelo rojo atado alrededor de la cabeza, el pecho desnudo excepto por una correa de cuero que lo atravesaba, quizá para sostener la vaina de un cuchillo. Mientras Lilah observaba, con los ojos muy abiertos, el hombre atrapó a la mujer por los largos cabellos y dio un tirón y la envió al suelo. Cuando tocó el suelo, la mujer rodó sobre sí misma y quedó de espaldas, y levantó la mano como para rechazar al hombre, aunque el gesto era inútil. Él cayó sobre la mujer, y cuando ella gritó otra vez, Lilah vio que él le levantaba la falda y manipulaba sus propios pantalones. Los ojos de Lilah se agrandaron cuando aparecieron ante ellos las nalgas blancas y pequeñas del hombre. Se instaló entre las piernas desnudas de la mujer, y comenzó a moverse.

—No necesitas ver eso —dijo ásperamente Joss,

tomándola por los hombros, obligándola a volverse, y recibiéndola en sus brazos, de modo que la cara de Lilah se apretó contra el pecho de Joss.

—¡Pero tenemos que ayudarla!

—¿Qué pretendes que hagamos? ¿Correr hacia allí y golpearlo en la nariz? ¿Recuerdas que estamos desarmados? Y tú eres una presa mucho más atractiva que esa pobre mujer que está allí.

—¡Oh, santo Dios! —La idea de que ella podría sufrir la misma degradación infligida a esa mujer no había cruzado su mente.

—Vamos, he visto todo lo que necesito ver.

La expresión de Joss era sombría mientras se alejaba con ella del risco. Continuaba sosteniendo la mano de Lilah, y ella lo siguió sumisa, impresionada por lo que había visto. Si hubiese seguido su primer impulso, y llamado desde el estanque, la primera vez que oyeron voces, bien podría haber compartido el destino de esa infortunada. No dudaba de que Joss habría luchado hasta la muerte para protegerla, pero era un solo hombre, y estaba desarmado. De no haber sido por su cautela, probablemente él habría perdido la vida y ella estaría ahora peor que muerta.

Habían tenido suerte. Ella había sido afortunada. Por el momento.

Pero una serpiente había invadido el pequeño paraíso de los dos. La isla era minúscula, y por lo tanto podía considerarse probable que los intrusos los descubriesen. Tendrían que ocultarse hasta que concluyese el carenado de la nave y los piratas se alejasen.

El regusto del peligro sabía amargo en la boca de Lilah.

28

Hacia la noche habían eliminado todos los rastros de su presencia en la playa. Joss incluso había borrado las huellas de sus pies. Si alguien venía a mirar, nada les indicaría que los dos habían estado en la isla.

El nuevo refugio, una pequeña choza construida por Joss con ramas de palmera y enredaderas, estaba escondida detrás de un ancho árbol, y el tronco enorme y medio podrido de un tamarindo. A menos que alguien tropezara de lleno con el refugio, la choza baja era casi invisible y se confundía con el resto de los matorrales que la rodeaban.

Tenían una amplia provisión de cocos, y agua fresca extraída del estanque volcánico, y almacenada en conchas vacías. No tenían motivo para abandonar la protección de la selva lluviosa, y ni siquiera para pescar o atrapar cangrejos. Sobre las playas de arena blanca, serían demasiado visibles para los que caminaran cerca.

Con la llegada de la noche, podían oírse extraños rumores que procedían del interior de la selva. Lilah y

Joss se miraron, y después se volvieron y entraron juntos en la choza.

No era mucho más grande que la anterior que él había construido, pero el acolchado que él había formado en el suelo era más espeso y más cómodo. Con la enagua de Lilah extendida sobre las ramas, formaba un lecho muy adecuado. Una vez dentro, Joss se estiró de espaldas, y Lilah se acurrucó naturalmente contra él, la cabeza sobre el hombro de Joss y el brazo curvado sobre el pecho del hombre. Sus dedos acariciaron distraídamente el vello sedoso, pero en ese momento en realidad no tenía conciencia de lo que estaba haciendo.

—He estado pensando en esa pobre mujer —dijo en la oscuridad, y se estremeció.

—Nada podemos hacer por ella, de modo que más vale que te la quites de la cabeza.

La voz de Joss era suave, pero decidida.

—¿Dónde... cómo crees que la han atrapado?

—No lo sé. Quizás era pasajera en un barco que han atacado.

Lilah guardó silencio un rato. Hasta allí llegaba el sonido del viento soplando entre los árboles, y los gritos y los movimientos de las criaturas nocturnas de la isla, dedicadas a sus propias actividades. El interior de la choza estaba tan oscuro que ella no podía ver ni siquiera su mano descansando sobre el pecho de Joss, o el resplandor de sus ojos.

—¿Crees que nos encontrarán?

—No lo sé. Lo dudo. ¿Por qué deberían hallarnos? No están buscándonos; ni siquiera saben que estamos en la isla.

—Eso es cierto. —El pensamiento era reconfortante—. ¿Cuánto tiempo lleva generalmente un carenado?

—Depende de la tripulación. A lo sumo, una semana. Por lo que han hecho, calculo que ya han estado trabajando por lo menos dos o tres días.

—¡Quizás ésa fue la nave que vimos!

Cuando pensó en que de hecho quizás hubieran logrado atraer la atención de los piratas, Lilah se estremeció.

—Quizá.

—¿Joss?

—¿Sí?

—Tal vez no podamos estar juntos mucho tiempo.

—En efecto.

—Tal vez los piratas nos descubran. E incluso si no es así, es posible que otro barco se detenga aquí, como lo han hecho ellos, de un momento a otro.

—Sí.

—No importa lo que suceda. Quiero que sepas algo. Yo... te amo.

Un prolongado silencio saludó esta confesión, que ella esperaba sería retribuida con verdadero placer. Lilah levantó la cabeza y trató de interpretar la expresión de Joss, pero la oscuridad era tan densa y general que no pudo ver nada.

—¿Joss?

—¿Qué?

—¿No me dices nada?

Casi murmuró las palabras.

—¿Qué quieres que te diga?

—¿Qué quiero que tú digas? —Lilah se sentó bruscamente, irritada—. ¡Qué quiero que digas! —barbotó, repitiendo la frase.

—Quieres que diga que yo también te amo. O por lo menos eso supongo. Y si lo digo, ¿de qué me servirá? Ya has dicho con bastante claridad que estás dispuesta a aceptar un amante mientras nos encontremos en la isla. Una vez que nos rescaten, no tendré derecho ni siquiera a besar el suelo que pisas, y mucho menos tu boca. Tomarás un esposo parecido a tu precioso Kevin, y él dormirá en tu cama, y pondrá sus manos sobre tu piel blanca y te dará hijos. Pero ¿sabes una cosa?

Ella no respondió, sorprendida ante esta súbita y agria avalancha.

—Jamás volverás a sentir con ningún hombre lo que sientes conmigo. ¿Sabes qué inusual es lo que ahora estamos viviendo? ¡Demonios, no, por supuesto, no lo sabes! Dices que me amas, Lilah, pero no creo siquiera que sepas lo que eso significa.

—¡Lo sé! Y sí, te amo. Pero...

—¡Al demonio con tu amor! ¡No hay «peros» cuando uno ama a alguien!

Dicho esto, Joss se sentó bruscamente y salió de la choza.

—¡Joss!

Lilah se acercó por detrás a Joss, lastimada y atemorizada por la súbita y fiera cólera que él sentía. Él salió y se incorporó allí donde había luz suficiente, de modo que ella por lo menos podía verlo. Permaneció con la espalda vuelta hacia Lilah, los brazos cruzados sobre el pecho, las piernas apenas entreabiertas. Lilah miró esa espalda ancha y musculosa, la postura de la cabeza de cabellos negros, y sintió un nudo en la garganta.

—Sí, Joss, te amo —dijo con voz dolorida, y acercándose por detrás le acarició suavemente el hombro.

Él permaneció allí, rígido, durante un momento, y después, cuando ella volvió a acariciarlo, la contempló con una expresión tan dura que durante un instante Lilah se sintió atemorizada.

—No me amas —dijo Joss entre dientes, y levantó las manos para aferrarla por los hombros—. Sólo crees que me amas. Crees que puedes jugar a amarme un momento, y después, cuando te rescaten, tu vida podrá volver al camino ancho y liso que tú misma elegiste. Bien, querida, eso no servirá. Tú y yo hemos llegado demasiado lejos y ya no podrás realizar tu plan.

Sus manos le apretaron los hombros, y Joss la atrajo hacia sí, los ojos relucientes clavados en la cara de Lilah.

—Por Dios, me amarás —dijo, y después inclinó la cabeza para besarla.

29

La boca de Joss oprimió brutalmente la de Lilah, lastimándola, provocándole un gemido de protesta contra esos labios que la quemaban.

Él no prestó atención al grito de Lilah, y la apretó con más fuerza contra su brazo, de modo que la cabeza de ella quedó encerrada por la fuerza inflexible del hombro masculino. Los brazos que la rodeaban eran como bandas de acero, y la sostenían con tanta fuerza que apenas podía respirar. Tenía que aferrarse al hombro de Joss con la mano que no estaba atrapada entre los dos, o perder por completo el equilibrio. El calor del músculo revestido de satén le quemaba la palma de la mano.

La furia del beso la obligó a abrir la boca. La lengua de Joss penetró profundamente, y ahora no exhibía nada de la gentil seducción que le había mostrado antes. Joss se apoderó de la boca de Lilah, la sometió, la usó despiadadamente. Su lengua enfrentó la débil protesta de la joven, y la doblegó sin compasión. Después, reclamó toda la cavidad tibia y húmeda con una ferocidad que provocó un temblor en Lilah. La violencia de la sexualidad que él había desencadenado tan súbitamente la atemorizó. Aferrada al cuerpo del hombre, soportando ese beso salvaje, Lilah sintió que el mundo giraba alrededor y temió desmayarse. Después, él movió un poco sus propios brazos, aflojando apenas el feroz apretón, de modo que ella pudo recuperar el aliento.

La mano de Joss se cerró sobre el seno izquierdo de Lilah.

Lilah jadeó y se sobresaltó, y sintió que el calor y la fuerza de esa mano traspasaban la delgada tela de su vestido y la camisola, y le llegaban a la piel. El pezón cobró vida, se endureció contra la palma de la mano de Joss, y envió un relámpago de fuego a las entrañas de Lilah. La sensación no se asemejaba a nada de lo que ella había conocido nunca. Abrió bruscamente los ojos, y en un gesto instintivo, trató de liberarse.

El beso de Joss se intensificó salvajemente, y su mano permaneció aprisionando el seno de Lilah, acariciándola, quemando su piel como una marca candente. Ella cerró los ojos y gimió, y ya no luchó para liberarse. Sus uñas se hundieron en el hombro de Joss, pero no porque deseara castigarlo.

La mano de Joss ascendió por el marco satinado del cuelo de Lilah. Acarició la piel desnuda y después, sin la más mínima advertencia, descendió. Los dedos se deslizaron bajo la pechera, y la muselina ya muy gastada cedió con el suave sonido del desgarrón. La mano de Joss se cerró sobre el seno suave, y Lilah gritó al sentir que se le aflojaban las rodillas.

Él la sostuvo, y la depositó en el suelo con la mayor suavidad posible. Ella permaneció tendida, temblando, impedida para hacer otra cosa que mirar al hombre a través de las sombras móviles, mientras sin decir palabras él se arrodillaba al lado, y las manos se deslizaban por la espalda de Lilah para encontrar los botones del vestido. Desabrochó uno, después otro, y un tercero, con rapidez y eficiencia, con una brutalidad controlada que encogió el corazón de Lilah. Aunque hubiera deseado protestar, no podía hacerlo. No atinaba a emitir un solo sonido. Era incapaz de realizar movimiento alguno para impedir lo que hacía Joss. La sangre le hervía, las piernas le temblaban, y en su interior se acentuaba una fiera necesidad que venía al encuentro del ansia salvaje que ella veía en la cara de Joss.

No importaba lo que él se propusiera hacerle, no importaba el modo en que lo hiciera, ella lo deseaba. Deseaba a Joss. Sintió que corría peligro de morir a causa del ansia.

Él terminó de desabotonar el vestido y lo bajó hasta la cintura sin molestarse en liberar primero los brazos enfundados en las mangas. La pechera, que no estaba desabotonada, aferró los codos de Lilah a los costados del cuerpo, acentuando el sentimiento de impotencia que la atemorizaba y al mismo tiempo la conmovía.

Bajo el vestido ella tenía sólo la camisola. La tela muy delgada de la prenda formaba poco más que un inquietante velo sobre la desnudez del busto. Cuando vio los pezones que presionaban sobre el lienzo blanco, Joss gruñó roncamente. Después, extendió las manos, con los dedos que de pronto comenzaron a temblar, para retirar la camisola hasta el punto que estaba exactamente debajo de los senos, de modo que las esferas blancas y satinadas quedaron expuestas al tacto y los ojos de Joss.

Durante un momento él miró sin moverse, y la móvil luz de la luna detrás recortaba la silueta oscura de su cabeza e impedía que Lilah viese la expresión de su cara. Cuando él la miró, Lilah sintió que sus propios pechos se hinchaban y endurecían, y le provocaban en su interior un dolor que era al mismo tiempo placentero e inquietante. El súbito movimiento de sus propias entrañas le arrancó un murmullo suave y sin palabras. En un movimiento instintivo tan antiguo como la mujer misma, arqueó la espalda y ofreció sus pechos al hombre. El aspiró hondo, con un sonido irregular. Después, con un movimiento tan veloz que la sobresaltó, se le echó encima, se acostó sobre ella, y el peso de su cuerpo hundió a Lilah en la espesa y polvorienta alfombra de enredaderas y ramas y hojas. Había una piedra bajo al columna vertebral de Lilah y ella movió las caderas para evitarla.

Parecía que ese movimiento inflamaba a Joss. Sus brazos rodearon la espalda de Lilah, y la acercaron a él. Su boca se cerró sobre la boca de la joven, y la besó con una fiereza que arrancó a Lilah un grito breve y apasionado. El áspero colchón de vello del pecho de Joss hería los pechos de Lilah, que ardían, y Lilah temblaba violentamente. Seguramente él adivinó la reacción de la joven, porque todos sus músculos se endurecieron. Durante un momento su cuerpo se inmovilizó, y después buscó con las dos manos la falda de Lilah, y la corrió hasta que quedó prácticamente enrollada alrededor de la cintura de la joven. Quedó completamente desnuda a partir de la cintura mientras él se acomedaba sobre el cuerpo femenino. Lilah apenas tuvo tiempo de sentir el contacto con el cuerpo de Joss antes de que él le introdujese un muslo entre las piernas, al mismo tiempo que manipulaba los botones de sus pantalones. Antes de que ella supiera lo que estaba sucediendo, él había comenzado a penetrarla. Lilah murmuró una tenue protesta, y movió la cabeza a un costado y al otro, y se retorció en un intento de evitar la súbita e imprevista incomodidad. Pero con los brazos sujetos por la pechera y las piernas separadas por los muslos de Joss, no podía escapar. Él continuó entrando, lastimándola. Y aunque ella gritaba, él seguía entrando, perforando la barrera, hundiéndose profundamente.

El dolor era inquietante, como si estuviesen cortándola con cuchillo. Lilah gritó, pero el sonido brotó casi ahogado. Después, él volvió a moverse, compulsivamente, empujándola, llenándola. A través del dolor ella lo sintió, enorme y caliente, moviéndose en el interior de su cuerpo e inmediatamente olvidó el dolor, olvidó todo excepto el exquisito placer.

Él empujó de nuevo, y esta vez llegó tan hondo que ella temió verse dividida en dos. Jadeó, y sus caderas acompasaron el movimiento del hombre en una respuesta urgente e instintiva. La maravillosa aceleración en el interior de Lilah estalló, fragmentándose en un desbordante torbellino de formas, texturas y colores. Lilah gritó, estremecida. Joss también gritó, y realizó una embestida definitiva antes de abrazarla fuertemente y sostenerse un momento en la profundidad de Lilah.

Después, durante unos instantes, permanecieron inmóviles, entrelazados, ordenando sus pensamientos al mismo tiempo que recuperaban el aliento. Y entonces, sin advertencia, Joss endureció el cuerpo, y se retiró un poco de ella. Tenía la cara envuelta en sombras, y la luna era un resplandor plateado en las alturas. Lilah no podía adivinar su expresión, y ni siquiera lo intentó. Tampoco ella habló, y en cambio lo miró en una suerte de soñadora maravilla que estaba más allá de las palabras. Los ojos de Lilah brillaron suavemente mientras exploraban la cara de Joss. Una mano fina se elevó para tocar, y se deslizó sobre el antebrazo tenso de Joss.

Cuando sintió el contacto, Joss maldijo, con palabras ásperas y chocantes. Se apartó de ella y se puso de pie. Lilah se incorporó apoyándose en los codos, y lo llamó, pero Joss comenzó a caminar en la oscuridad del bosque, dándose apenas tiempo para acomodarse los pantalones alrededor de la cintura, mientras desaparecía en la noche.

30

Joss estaba nadando, precisamente lo que Lilah había supuesto que haría. Ella sintió cierto alivio cuando vio los pantalones abandonados en la playa, y después divisó la cabeza de cabellos negros surcando la reluciente fosforescencia verde que chispeaba bajo la luz de la luna en la bahía. Él estaba encolerizado, eso Lilah lo sabía por el modo brusco en que se había alejado; pero no podía decidir si estaba enojado con ella o consigo mismo. Lo que había sucedido entre ellos era violento y primitivo, fruto del deseo encendido por la cólera. Si él no hubiese estado tan furioso con Lilah, no habría perdido ese control férreo; y la había poseído, precisamente lo que había jurado que no haría. ¡Ahora sin duda se despreciaba mucho! No tenía modo de saber que ella había gozado intensamente con ese acto de fiera posesión.

Bien, se lo diría.

Un sonrisita jugueteó en sus labios cuando Lilah descubrió la misma piedra sobre la cual lo había esperado antes, y se acomodó sobre ella para esperar otra vez.

La luz plateada de la luna bañaba la playa y la bahía con matices iridiscentes de plata y azul profundo. Un viento tibio levemente salino venía del mar. El rumor apagado de las olas y el silbido del viento en los árboles, algunos metros por detrás de Lilah, eran los únicos sonidos, aparte de su propia respiración. En la playa no se movía nada. Incluso las gaviotas estaban durmiendo, y los cangrejos habían desaparecido en sus madrigueras por el resto de la noche. Lilah se abrazó las rodillas, apoyó en ellas el mentón y esperó, los cabellos formando mechones relucientes alrededor de la cara.

Cuando al fin lo vio salir del mar, se le aceleró el corazón. Cuando el agua oscura comenzó a descender, por la cintura, los muslos, las pantorrillas, mientras él vadeaba en un lugar en que el agua apenas le llegaba a los tobillos, Lilah lo miró con los ojos muy abiertos. Era hermoso, con sus anchas espaldas y el cuerpo musculoso, y el movimiento de los brazos y los muslos al caminar. Los cabellos negros estaban tirados hacia atrás, y formaban una maraña de rizos húmedos alrededor del cuello. Tenía la piel pálida a la luz de la luna, y sólo las sombras del negro vello corporal le oscurecían el pecho y el suave nido entre los muslos. En la oscuridad, ella apenas pudo distinguir la cosa que había invadido su cuerpo, lastimándola primero y después suministrándole tanto placer que ahora sintió que se le aceleraban los latidos del corazón con sólo recordarlo.

A esa distancia no podían verse claramente los rasgos de Joss, pero la súbita tensión de su cuerpo cuando la vio fue inequívoca. Se preparó, como si se dispusiera a recibir un golpe o a combatir. Con el cuerpo rígido caminó hacia ella. Finalmente, cuando estaba quizás a un metro y medio de distancia, se detuvo y cruzó los brazos sobre el pecho. A diferencia de la primera vez en que ella lo había sorprendido nadando, ahora parecía indiferente a su propia desnudez. Se mantenía de pie, altivo como un pagano, sin tratar de proteger el recato de Lilah o el suyo propio. Sin mediar palabra, los ojos de Lilah recorrieron de nuevo la magnificencia de ese cuerpo. Cuando retornaron para encontrarse con la mirada de Joss, descubrieron que había entrecerrado los ojos, que ahora eran ranuras hostiles de verde esmeralda.

Aunque sintió que una oleada de color le teñía las mejillas, Lilah consiguió enfrentar la mirada de Joss sin amilanarse. Un momento después, Joss esbozó un gesto con la comisura de los labios, y sus ojos se apartaron de Lilah para posarse inquietos sobre la playa, más allá del lugar en que ella estaba sentada.

—Lilah. —Cuando al fin rompió el silencio, su voz era ronca. Sus ojos encontraron los de Lilah, y vio en ellos un débil atisbo de algo que aceleró los latidos de su corazón—. Te he lastimado, y no ha sido mi intención. Aunque sea por eso, lo lamento más de lo que puedo decir.

Lilah lo miró sin hablar, sopesando las palabras y el tono en que las había dicho. La disculpa extrañamente formal chocaba con la dureza de su voz. Hablaba como si le doliera decir algo...

Siempre sin hablar, Lilah se puso de pie. La arena fina y seca era tibia y la reconfortaba. Hundió en ella los dedos de los pies. El viento agitó sus cabellos y se los arrojó sobre la cara. Levantando una mano para recoger los mechones desordenados, fijó los ojos en Joss. Él volvió a apartar la mirada.

—No me has hecho daño. Por lo menos, no mucho, y no ha durado demasiado —dijo finalmente con voz suave.

Al oír esto, él volvió a mirarla a la cara. Lilah vio que él estaba tieso a causa de la tensión. Fruncía el entrecejo, y tenía los labios apretados.

—Yo estaba enfadado.

La explicación, si de eso se trató, fue brusca. El sentimiento de culpa estaba bien disimulado, pero ella, que lo conocía, comprendió de qué se trataba. Joss lamentaba lo que había hecho, lo lamentaba amargamente, y en cambio ella...

Lilah lo miró reflexivamente. Joss se había cerrado a ella. Las palabras de perdón o incluso de amor no le llegarían. De acuerdo con lo que él sabía, había violado su propio código de honor, violado la inocencia de Lilah, por mucho que ella lo hubiese deseado.

Buscó las palabras que suavizaran su sentimiento de culpa y le permitieran saber que ella no lamentaba en absoluto la pérdida de su virginidad, pero no encontró nada.

El instinto la salvó. De pronto, de lo más hondo de su ser le llegó el saber intuitivo de la única respuesta que podía conmoverlo. En lugar de pronunciar palabras, Lilah se llevó las manos a la espalda, a los botones que había logrado abrochar nuevamente con mucho esfuerzo.

—¿Qué demonios estás haciendo? —preguntó Joss con voz ronca, una expresión de incredulidad en el rostro.

Lilah deslizó el vestido a lo largo del cuerpo y se desprendió de él, sin apartar la mirada de Joss.

—¿Qué te parece?

Él la miró cautelosamente, y ella permaneció de pie, frente a él, cubierta sólo por su camisola. Los ojos de Joss recorrieron casi contra su voluntad las suaves curvas del cuerpo de Lilah, y descendieron a lo largo de las piernas desnudas plateadas por la luz de la luna. Lilah a su vez miró a Joss con aire grave. Cuando de nuevo las miradas de los dos se encontraron, ella consiguió esbozar una sonrisita nerviosa.

—Lilah...

La voz de Joss se quebró cuando ella aferró por el ruedo su camisola y se la pasó sobre la cabeza con un solo movimiento ágil.

Durante un instante sostuvo frente a ella la prenda, ocultando su desnudez. Después, abrió la mano y también la camisola cayó sobre la arena. Estaba tan desnuda como él, con sus huesos delicados y su exquisita belleza sobre el fondo de arena clara y un cielo oscuro y estrellado. Los relucientes rizos color ceniza le llegaban a los muslos, y así aportaban el más etéreo e insinuante velo. Entre los cabellos asomaban los pezones, oscuros y atrevidos contra la blancura cremosa de los pechos. El velo móvil revelaba inquietantes imágenes de las curvas flexibles de la cintura y las caderas, y el sombrío triángulo de vello en el encuentro de los muslos.

Joss miró fijamente, como hipnotizado. Su mirada se ensombreció y relampagueó. Apretó los labios. No habló ni se movió, se limitó a mirar mientras Lilah permanecía inmóvil frente a él, esperando, con el corazón que le latía como un tambor en los oídos.

Al fin, fue evidente que él no estaba dispuesto a hacer o decir nada que le facilitara las cosas a Lilah. Lo que sucediera ahora, dependía de ella.

Elevando el mentón, ella avanzó con movimientos lentos pero firmes para recorrer la escasa distancia que los separaba. No estaba avergonzada. Un instinto más poderoso que la razón le decía que lo que estaba haciendo era lo acertado. Él la había convertido en una auténtica mujer, en su mujer, y no importaba lo que pudiera sucederle en el futuro, eso nadie podría arrebatárselo jamás. Ella conservaría en lugar seguro el recuerdo de esa noche bañada en luz de luna, para rescatarlo y revivirlo si la vida real llegaba a ser demasiado grisácea y tediosa. Aunque podían separarse físicamente, ella llevaría consigo la marca del contacto con Joss, grabada eternamente en su mente y su espíritu, su corazón y su cuerpo. Él había conseguido que los sentidos de Lilah reviviesen, había despertado un caudal de ansias físicas que estaban en lo más profundo de Lilah, y de cuya existencia ella jamás había tenido la más mínima sospecha. Había logrado que ella lo deseara antes de que supiese realmente en qué consistía el deseo. Bien, ahora lo sabía, y continuaba deseándolo. Su cuerpo ardía de deseo.

Cuando estuvo a menos de un brazo de distancia de Joss, se detuvo. Pero tampoco ahora él hizo el más mínimo intento de tocarla, y no dijo nada que la alentase. Tenía el rostro inmóvil y duro, y sus labios formaban una línea inconmovible. Lilah miró sus ojos verdes, y experimentó un estremecimiento que le recorrió el alma. Sintió que la estaban embrujando, que estaba sometida al hombre y a la luz de la luna y a su propio cuerpo hambriento.

—Joss —dijo en voz baja, que se quebró al convertirse en un sonido ronco. Los ojos de Joss parpadearon, y se tensaron los músculos alrededor de su boca. Lilah se mojó los labios con la lengua, y probó de nuevo.

»Quiero que tú... seas mi amante. Por favor.

Estaba hablando en voz tan baja al decir la última palabra que apenas fue audible por encima del murmullo de la marea. Ella miró un momento más, y sus ojos emitieron un destello que era amargo y hambriento al mismo tiempo. Después extendió hacia ella los brazos, en un movimiento violento. Sus manos aferraron los brazos de Lilah, y la atrajo salvando la distancia que aún faltaba para tenerla muy cerca. Aun así, no la apretó contra su cuerpo, sino que la mantuvo a muy corta distancia, de manera que ella pudo adivinar más que sentir el calor del cuerpo de Joss. Ella lo miró, con los ojos grandes y turbios, los labios dulcemente sensuales. Los ojos de Joss la taladraron. Lilah de pronto comprendió que podía sentir el pulso del cuello de Joss, que recorría la piel bronceada por el sol.

—Eres una bruja, y yo soy un condenado estúpido —murmuró Joss, pero incluso en el acto de pronunciar estas palabras ya estaba apretándola contra su cuerpo, y su boca descendía sobre la de Lilah, como si ya no pudiese contenerse más.

Lilah sintió que la boca de Joss era dura, ardiente y ansiosa cuando entreabrió los labios para recibirlo con un deseo tan intenso como el que sentía el propio Joss. Ella deslizó las manos sobre los músculos firmes de los brazos de Joss, le acarició los hombros. Lo besó como si temiera morir en caso de abstenerse, se apretó contra él, gozando con la sensación del duro cuerpo masculino junto al que ella le ofrecía.

Cuando él la alzó sobre las puntas de los pies, Lilah

cerró los brazos con más fuerza alrededor del cuello de Joss, y sus dedos se deslizaron entre los cabellos negros, y sus muslos latieron contra los muslos de Joss. La mano de él encontró el seno desnudo y las rodillas de Lilah se doblaron. Esta vez él cayó con ella, siguiéndola hasta tocar la arena, cubriendo el cuerpo de Lilah apenas la joven estuvo de espaldas. Esta vez no hubo violencia, sólo una necesidad mutua y urgente. Ella abrió las piernas y arqueó la espalda mientras esperaba con temblorosa expectativa la antorcha candente de la penetración de Joss. Pero él se contuvo, preparado, en el borde mismo, y alzó la cabeza, para mirarla mejor. Esos ojos verdes se abrieron paso centelleantes hasta el alma de Lilah.

—Ahora, dímelo —murmuró entre dientes.

—¿Qué?

—Que me amas.

Ella le sonrió, una sonrisa minúscula y temblorosa de pasión. Los brazos de Joss la apretaron, pero todavía ahora él se contenía, esperando las palabras que ansiaba.

—Te amo.

—Joss —insistió él, y la palabra fue un gruñido.

—Joss, te amo —murmuró obediente Lilah, y los ojos de Joss resplandecieron con fiera satisfacción.

Después, la penetró, y fue magnífico y glorioso, una unión originada en el cielo más que en la tierra. Lilah recibió y recibió, y dio y dio, gritando y jadeando y finalmente sollozando de éxtasis mientras él le demostraba cómo era el acto de amor entre un hombre y una mujer. Cuando todo terminó, cuando él descansó tranquilamente sobre ella, Lilah sonreía soñadoramente, mientras le acariciaba la nuca de cabellos sedosos, y la piel húmeda de transpiración de los hombros.

Después, él se incorporó apoyándose en los codos para mirar a Lilah, y en la cara tenía una expresión reflexiva.

—Como te imaginarás, no hay modo de retroceder. No importa lo que suceda.

—No deseo retroceder.

—Te has entregado mí, ahora eres mía, y tu condenado y precioso Keith puede ir a buscarse otra prometida.

Sus ojos despedían chispas verdes en esa atmósfera ultraterrena, y no se apartaban de la cara de Lilah.

—Hum. Me encanta ser tuya.

Esa respuesta sensual, acompañada por las caricias de las manos de Lilah sobre los anchos hombros de Joss, pareció satisfacerlo. No había motivo para señalar que el nombre era Kevin, que probablemente se había ahogado, y que, al margen de que se hubiese ahogado o no, la distancia entre ella misma y Joss era tan enorme como siempre. Esa noche no. Esa noche era especial, unas pocas y mágicas horas arrancadas a la realidad. Además, siempre era posible que no pudiesen abandonar la isla, que viviesen allí el resto de sus días, juntos y lejos del mundo. Era sorprendente cuán atractiva había llegado a ser repentinamente la idea.

La cara de Joss se relajó, y él se recostó al costado de Lilah. La joven se acurrucó contra el cuerpo del hombre, la cabeza descansando sobre los hombros de él. Un brazo se apoyaba en el vientre liso y peludo. Los dedos de Lilah se entretenían explorando el suave colchón de vello negro que se extendía sobre el pecho de

Joss. Recorrieron la línea de las costillas, atravesaron la curva gruesa del abdomen, encontraron el ombligo y por broma jugaron allí. Como eso no provocó más respuesta que un leve parpadeo, Lilah cosquilleó delicadamente el vientre de Joss.

Eso consiguió al fin que él saliese de su reflexivo ensimismamiento. Se apartó un poco para evitar los pérfidos manejos de Lilah, y emitió un gruñido de protesta. Ella lo siguió y ahora le hizo cosquillas en el costado del cuerpo, y él le atrapó la mano. La lenta sonrisa de Joss provocó en respuesta la sonrisa de Lilah, y un beso suave depositado en la mejilla cubierta de barba.

—Si te descuidas, te haré el amor de nuevo del principio al final antes de que tengas la oportunidad de recobrar el aliento.

Los ojos de Joss la miraron amenazadores.

—Me agradaría eso —replicó ella con aire atrevido.

Joss se echó a reír, y el sonido era un poco áspero, pero sin duda se trataba de un acceso de risa, y ahora la apretó con más fuerza, pero mantuvo prisionera la mano de Lilah, para impedir nuevos ataques a sus costillas.

—Eres una pequeña desvergonzada, ¿verdad? ¿Quién lo habría imaginado?

Lilah pasó de la inspección interesada del pecho de Joss a un gesto de rechazo. Las palabras de Joss la sorprendieron, y en cierto sentido la impresionaron. Pasó un momento antes de que hablase, y cuando lo hizo su voz era grave.

—¿De veras soy... desvergonzada? ¿Acaso... bien, la mayoría de las damas no son como yo? Cuando se trata de... de...

Calló, una expresión inquieta en los ojos.

—No, querida, la mayoría de las damas ciertamente no son como tú. De acuerdo con mi experiencia, la mayoría de las mujeres no son como tú.

—Oh.

La voz de Lilah era muy tenue, y ahora experimentaba un ingrato sentimiento de humillación. Se había mostrado demasiado atrevida, demasiado franca en el goce con él. Seguramente él la creía desenfrenada.

Joss advirtió la expresión en la cara de Lilah, y rápidamente la sostuvo entre sus brazos y rodó sobre sí mismo, de modo que él quedó acostado de espaldas sobre la arena, y Lilah extendida sobre él. Las manos de Joss aferraron sus caderas, y sus dedos acariciaron suavemente la carne suave y redonda.

—No, la mayoría de las mujeres no son como tú —repitió, sosteniéndola en el mismo lugar, porque ella intentaba desprenderse para adoptar una postura más digna—. Se te ha otorgado el don de la pasión, y agradezco a Dios que así sea. Es una cualidad inusual en las mujeres, magnífica e inapreciable.

—¿De veras? —preguntó ella, sus ojos todavía un poco turbados.

—De veras —contestó con gesto grave Joss, y después acercó a la suya la cara de Lilah.

Joss tenía la boca cálida, gentil y suavemente persuasiva. Dominó su pasión, y permitió que ella determinase la intensidad del beso. Ella se mostró cada vez más audaz, y su lengua exhortaba a Joss a enredarse en la juguetona batalla.

Cuando al fin ella levantó la cabeza, los ojos de Joss estaban enturbiados por la pasión. Lilah sonrió, y sintió que una espiral de calor le recorría el cuerpo. Pero cuando se inclinó para volver a besarlo, él la esquivó con un movimiento de la cabeza, y sus manos aferraron los hombros de Lilah y la obligaron a enderezarse. Ella respondió obediente al gesto, y las manos de Joss descendieron por el frente del cuerpo de Lilah, y recorrieron los pechos y el vientre y la suave alfombra de vello entre las piernas. Después, él le demostró cómo podía montarse sobre el cuerpo masculino poniéndose a horcajadas.

Con las manos apoyadas en el pecho de Joss para mantener el equilibrio, Lilah lo miró con el entrecejo fruncido; se sentía confundida. ¿Ése era su modo de frenar la pasión que los unía? ¿Tal vez los hombres podían complacer a las mujeres sólo una o dos veces antes de descansar? Comprendió de nuevo qué poco sabía de los hombres.

—Si estás fatigado...

Las palabras de Lilah eran vacilantes, pues deseaba ofrecerle una vía de escape sin herir su orgullo masculino, que según sabía por lo que había oído era muy sensible en este aspecto. Él la miró, interrumpiendo el estudio del cuerpo femenino, que estaba realizando con vivo interés. El calor que sus ojos despedían a lo sumo se vio acentuado por la leve sonrisa que sus labios dibujaron al oír las palabras de Lilah.

—Todavía no —dijo, con voz ronca, su sonrisa se ensanchó hasta convertirse en una amplia mueca—. Apenas hemos comenzado. Aún tienes mucho que aprender. Si hemos de ser amantes, tienes que saber lo que me agrada.

—¿Qué te agrada?

Él hablaba como si hubiese sido un gourmet en un festín, seleccionando puntillosamente su menú. Seguramente no había más que un modo de ejecutar el acto físico. Probablemente se refería a otra cosa...

—Hum. Por ejemplo, a veces me agrada verte, ver todo tu cuerpo cuando hacemos el amor. Así, de tanto en tanto querré que tú me cubras... como ahora, de modo que pueda ver tus hermosos senos...

Mientras hablaba extendió las manos para sostenerlos. Lilah entreabrió levemente los labios cuando sintió que él se movía como si hubiera querido sopesarlos, y después pasaba juguetonamente los pulgares sobre los pezones. Rayos de candente fuego atravesaron el cuerpo de Lilah.

—Joss...

Cuando gimió el nombre, era medio una protesta, medio un grito de placer.

Él abandonó los pechos de Lilah y deslizó las manos sobre el tórax, pasó la cintura angosta y las curvas delicadas de las caderas, y recorrió la leve redondez del vientre. La llamarada se encendió siguiendo la línea de contacto, y fundiendo los huesos de Lilah hasta que todo lo que ella quería era derrumbarse sobre él y conseguir que calmase el dolor exquisito que le había provocado en su interior.

Aunque Lilah con frecuencia había intentado imaginar lo que sería ejecutar el acto conyugal con un hombre, en su imaginación más desordenada nunca había podido imaginar esto: ella misma desnuda, esbelta, pálida y bañada por la luz de la luna, sentada sobre el pecho de su amante, mientras él yacía extendido sobre la arena, tan desnudo como ella, el viento agitándole los cabellos, que formaban una nube plateada alrededor de ambos, y la noche encerrándolos en un capullo misterioso. Era algo que había salido de un sueño, aunque ella nunca hubiera podido soñar nada semejante. Los sueños de amor de Lilah eran cosas amables, tan protegidas e inocentes como ella misma. Si hubiese vivido mil años, sus sueños jamás habrían incluido nada parecido a ese amor pagano.

Por lo menos, antes de esa noche...

Contuvo una exclamación cuando la cálida fuerza de las manos de Joss le tocaron las rodillas, se deslizaron ascendiendo por la seda de la cara interior de los muslos. Quedó como paralizada cuando los dedos que exploraban descubrieron el suave refugio de vello, lo acariciaron lentamente, se hundieron para descubrir resortes secretos de la pasión de cuya existencia no tenía ni la más mínima sospecha. Cuando los dedos de Joss presionaron, ella gritó, se movió, su cabeza cayó hacia delante, y sus ojos se cerraron ante la intensidad de su propio deseo. Sólo las manos apoyadas en el pecho de Joss impidieron que se desplomara.

—Ahora, quiero que me ames.

El murmullo ronco llegó a sus oídos cuando Lilah estaba a un paso de caer en el vértice que la esperaba. Lilah levantó la cabeza y sus ojos se abrieron mientras trataba de comprender lo que Joss había dicho. Él seguramente percibió la incomprensión en los ojos de Lilah, porque sus dedos la presionaron por última vez antes de que sus manos se trasladaran a las caderas de Lilah, apartando de su pecho el cuerpo de la joven y bajándola cuidadosamente sobre él mismo. Lilah lanzó una exclamación cuando sintió el áspero calor que la buscaba. Después, él penetró un poco, y las manos sobre las caderas de Lilah la obligaron a descender, a descender hasta que él la llenó, y ella volvió a retorcerse ante la enormidad de eso que la había penetrado.

—Ámame —murmuró de nuevo Joss, con voz espesa.

Tenía los ojos vidriosos, la cara encendida de pasión. Los músculos de los brazos y el pecho sobresalían como un relieve bajo la piel bronceada mientras trataba de controlarse, para permitir que ella determinase el ritmo. Jadeante, Lilah hizo lo que él pedía, aferrando las muñecas de Joss mientras él con sus manos guiaba las caderas de su compañera en el movimiento que reclamaba. Cuando ella apremió el movimiento a satisfacción de Joss, él le soltó las caderas para buscar los pechos.

Lilah gritó mientras las manos de Joss se cerraban sobre sus senos.

Como si el sonido de la voz de Lilah hubiese desencadenado algo en él, Joss gimió y la atrajo hacia sí, para poder recibir sus senos en la boca. Sorbió con ansia salvaje, las manos duras y calientes sobre la sedosa redondez de las nalgas de Lilah, sosteniéndola a cierta altura sobre él, y avanzando hacia su interior. Impedida de hacer otra cosa que responder, Lilah se entregó a la fiereza de la pasión de Joss. Finalmente, con un grito ronco, él la aferró todavía con más fuerza, temblando en los brazos de Lilah. Mientras él la penetraba con toda su fuerza ella también gritó, arrastrada por esa tormenta de pasión que la había dominado antes.

Finalmente, descansaron en silencio, abrazados temblando de agotamiento y pasión saciada. El cálido hálito del viento los acarició, la quietud de la playa se extendía alrededor, y la marea avanzaba para besar la orilla con ritmo gentil. Pero los dos seres humanos, abrazados en la arena, no tenían conciencia de nada, aparte de sí mismos.

Dominados por la somnolienta fatiga que sigue a la pasión, durmieron.

31

Dos manos rudas se deslizaron bajo las axilas de Lilah, y la arrastraron fuera del tibio capullo en que dormía, y por supuesto la despertaron. En un solo instante advirtió que ya no era la noche sino el alba. Del sol amarillo pálido que apenas se asomaba sobre el horizonte, por el este, brotaban espirales rosadas y púrpuras. La marea continuaba muriendo en la playa, peligrosamente cerca del lugar en que ella había estado durmiendo, de modo que ahora la distancia que la separaba del agua no alcanzaba a diez metros.

En el mismo instante comprendió que había estado durmiendo en brazos de Joss, allí mismo, en la playa, y que ahora la arrastraban para separarla de él, y que su piel desnuda rozaba la arena. Un hombre de aspecto desaliñado, vestido con una camisa escarlata y pantalones negros, a quien ella inmediatamente tomó por uno de los piratas, sonreía y apoyaba el pie desnudo sobre el hombro de Joss, al mismo tiempo que le apuntaba a la cara con una pistola.

También Joss pareció sorprendido por lo que estaba sucediendo. Mientras Lilah miraba horrorizada, la cabeza de Joss se elevó algunos centímetros, y giró en dirección a ella. El pirata que sostenía la pistola dijo algo, amartilló el arma y los ojos de Joss volvieron a la pistola y al hombre que la empuñaba. El cuerpo de Joss se paralizó, y pareció que cada músculo se le paralizaba. La sonrisa del pirata se ensanchó. Su dedo pareció tensarse sobre el gatillo...

Entonces, Lilah comprendió que las manos que la sostenían pertenecían a otro pirata, un hombre con una espesa barba roja a quien faltaba un diente, y que contemplaba lascivo la desnudez de la joven mientras la arrastraba a lo largo de la playa. Lilah no dudaba de que en pocos segundos más la pistola del primer pirata dispararía. Joss moriría, y ella sería brutalmente violada por uno de los dos hombres, o quizá por ambos.

Comprendió al fin la realidad de lo que estaba sucediendo, y gritó.

Gritó con voz tan fuerte y aguda como el silbido de una máquina de vapor. El hombre que la arrastraba se volvió y maldijo, y descargó un puntapié en la espalda de Lilah. Lilah apenas sintió el golpe, y se debatió para desasirse. Al parecer, su grito distrajo por un instante vital al pirata decidido a asesinar a Joss. Incluso mientras luchaba para liberarse de su aprehensor, ella advirtió que la mano de Joss se cerraba sobre la que sostenía el arma, y que el pirata que lo había amenazado saltaba por el aire... De pronto, hubo una explosión, y ella quedó libre. El hombre de la barba roja abandonó la lucha y echó a correr, mientras Joss a su vez se acercaba a la carrera. El otro pirata yacía inmóvil en la arena. Lilah cayó de rodillas, temblando. Después de dirigirle una sola mirada para comprobar en una fracción de segundo que estaba ilesa, Joss persiguió al hombre de la barba roja por la playa y hasta el interior de la selva. Y entonces Lilah pensó que, incluso si Joss atrapaba y mataba al otro hombre, los piratas advertirían la ausencia de dos miembros de su tripulación. Volverían a buscarlos. E incluso era posible que en ese mismo instante hubiese más piratas mirándola.

Con los ojos muy abiertos, Lilah miró alrededor, y el miedo provocó en su boca un sabor agrio.

Excepto por el muerto, la playa estaba desierta. Por lo menos, parecía que estaba sola.

Sus ojos exploraron la selva. Si estaban observándola, vendrían a buscarla. No temerían a una mujer sola. Todo lo contrario...

El recuerdo del destino que había recaído sobre la mujer apresada por los piratas se dibujó en su mente con tanta vivacidad como si en ese mismo instante estuviera desarrollándose ante sus ojos. Lilah se estremeció.

Estaba desnuda. Sus ojos exploraron la playa, buscando las ropas.

¡Qué extraño! ¡Cuán diferente parecía todo a la luz del amanecer! A pocos metros de distancia, poco después del cadáver, estaba la roca desde donde ella había observado a Joss mientras nadaba. La marea casi había alcanzado ese lugar. Su vestido estaba a un costado.

No importaba lo que sucediera, ella afrontaría la situación completamente vestida.

Tomándose apenas el tiempo indispensable para quitarse la arena del cuerpo, Lilah sacudió las prendas y se las puso, cerrando los botones y anudando los lazos con una prisa frenética, contrarrestada sólo por el temblor de los dedos.

Apenas se había arreglado un poco los cabellos, cuando Joss salió de la selva. Con el corazón oprimido, corrió hacia él.

—Está muerto.

Joss dijo esto respondiendo a la pregunta implícita en los ojos de Lilah. Sin detenerse, pasó frente a ella, y se acercó al otro hombre, lo miró un instante, después se inclinó y le dió la vuelta con movimientos cautelosos. Lilah, que lo seguía, se estremeció y volvió la mirada al ver la sangre que brotaba de lo que había sido el costado izquierdo de la cara del hombre. El disparo de Joss había volado esa parte de la cara. Cuando ella volvió a mirar, comprobó que Joss había vaciado los bolsillos del pirata y se disponía a quitarle los pantalones.

—¿Qué haces? —preguntó con voz débil.

—Necesitamos sus ropas.

—¿Por qué?

Joss apartó brevemente los ojos de lo que estaba haciendo, pero ella vio que tenía la mirada sombría y dura, y la expresión severa.

—Cuando nos encuentren, si nos encuentran, quiero que piensen que han encontrado a dos hombres. Estarás mucho más segura si podemos evitar que sepan que eres una mujer.

32

Joss se internó en la isla con el cadáver. Con una piedra cavó una tumba poco profunda en el matorral. Hizo lo mismo con el segundo cadáver. Tenía una actitud serena y al mismo tiempo sombría. Era un hombre muy distinto del amante apasionado de la noche.

Mientras se internaba en la selva con el segundo cadáver, Lilah lo siguió en silencio, llevando las ropas y otras posesiones que Joss había retirado del cuerpo. Cuando los dos cuerpos desnudos quedaron cubiertos por una delgada capa de tierra, ayudó a Joss a apilar vegetación descompuesta sobre las tumbas. Finalmente, él trajo una adelfa grande, arrancada de raíz, y la depositó sobre el lugar.

Cuando terminó, nadie hubiera podido decir que alguien había modificado el estado de la jungla, y mucho menos que se habían cavado dos tumbas. No había pasado ni siquiera una hora desde el momento en que Lilah se vio despertada tan bruscamente de su sueño en la playa.

—Vamos, tenemos que darnos prisa —dijo al fin

Joss, deteniéndose para recoger las pertenencias de los piratas y amontonarlas bajo su brazo, antes de retornar a la playa. Lilah, que todavía seguía muda a causa de la impresión, marchó detrás, a poca distancia. Joss se había puesto los pantalones antes de cargar el primer cadáver, pero tenía el pecho y la espalda desnudos, manchados de tierra y sudor. La temperatura del día ya era elevada. En el interior de la isla, la densa vegetación creaba una atmósfera húmeda, de invernadero, que era desagradable. Lilah sorbía el aire, espeso como una masa, y hacía todo lo posible para evitar las náuseas.

—¿Crees que el resto de la tripulación vendrá a buscar a sus compañeros?

—Sí.

—¿Pronto?

—¿Quién puede saberlo? Probablemente antes de que caiga la noche. La intensidad de la búsqueda depende de la identidad de esos hombres, y de que los necesiten mucho o poco. Si no eran más que dos marineros que no servían de gran cosa a nadie, es posible que la tripulación busque un día o dos, achaque la desaparición a los misterios del destino, y se marche.

—Así lo espero.

Lilah dijo esto con profundo sentimiento. Ella y Joss llegaron al borde de la playa y se detuvieron. Joss dejó en el suelo el atado de ropas, se enderezó y frunciendo el entrecejo miró a Lilah. Para beneficio de Joss, Lilah se impuso esbozar una sonrisa trémula. Joss retribuyó la sonrisa de Lilah, y en sus ojos apareció un resplandor que sólo podía significar un intento de mostrarse tierno. Después, extendió la mano hacia ella, le aferró la cintura, la acercó más, y con la otra mano le levantó el mentón, de modo que la obligó a mirarlo.

—Delilah Remy, eres una mujer en un millón. La mayoría se habría desmayado hace mucho. Me habrían obligado a presenciar una escena de histeria.

—Jamás he tenido un ataque de histeria en mi vida.

Lilah se sentía repelida por la idea misma. La sonrisa de Joss cobró un sesgo burlón. Parte de la tensión desapareció de su cara, y Lilah se sintió mejor que en otro momento cualquiera desde que había despertado. Habían afrontado juntos el horror y la muerte y habían sobrevivido, gracias a Joss. Él la había salvado. Hasta ahora.

—Eres maravilloso —dijo Lilah.

Él entrecerró los ojos y la miró. Inclinó la cabeza un poco, y le dio un rápido beso en la boca. Después, la soltó, y se volvió al mismo tiempo que descargaba una palmadita en las nalgas de la joven.

—Suficiente. Debemos hacer lo que es necesario para limpiar la playa. Mujer, vamos a trabajar.

Lilah lo siguió, mientras él descendía con paso vivo hacia la arena. Un cuarto de hora después todos los rastros del combate mortal que había sobrevenido en esa faja blanca ya no existían. Joss había removido la arena manchada de sangre, de modo que nada parecía desusado. Después, él y Lilah eliminaron todos los rastros de la presencia humana barriendo la arena con ramas de palmera.

—Esto servirá —dijo finalmente Joss.

Lilah lo siguió cuando emprendió el camino de regreso a la choza, y trató de evitar la idea de que incluso ahora era posible que los piratas estuviesen explorando la jungla en busca de sus compañeros.

33

Lilah sintió que habían pasado siglos y no horas desde el momento en que había abandonado el pequeño claro para buscar a Joss, la noche anterior. Si el árbol que servía de apoyo al refugio no hubiera atraído su atención, Lilah habría pasado de largo. Era reconfortante comprobar cuán difícil era descubrirlo para quien no tuviese idea de su existencia.

—Bien, nos ocuparemos de ti —dijo Joss, depositando el atado de ropas frente a la choza, y volviéndose para examinarla con ojo crítico.

—¿De mí?

El tono súbitamente sombrío de Joss volvió a atemorizarla. Le recordó de nuevo que afrontaban un peligro mortal. A juzgar por la expresión de Joss, él preveía que habría problemas, y pronto. Lilah tragó saliva.

—Tenemos que transformarte, de modo que en lugar de ser una dama bella y joven seas un muchachito desaliñado que no merece la más mínima atención. Veamos qué podemos utilizar.

Dicho esto, Joss comenzó a revisar la pila de ropas.

Dos pares de pantalones, ambos negros, la camisa de seda escarlata que había vestido el pirata que intentó asesinar a Joss, y que ahora estaba manchada de sangre, una camisa antaño blanca y botas de cuero que pertenecían al hombre de la barba roja, un saquito de cuero con dos balas de plomo fundido, pedernal y acero, y un poco de tabaco de mascar, una pistola y un cuchillo con su vaina eran el total del botín. Joss cargó la pistola, la aseguró bajo el cinturón de sus pantalones y se incorporó, sosteniendo en una mano el par de pantalones más pequeño.

—Quítate la ropa —ordenó Joss—. Intentaremos convertirte en un jovencito.

La miró impaciente, mientras esperaba que ella obedeciese. Lilah a su vez lo miró y experimentó un súbito acceso de timidez. Desnudarse frente a él a la luz del día era algo totalmente distinto de su audaz intento de seducirlo a la luz de la luna. Sencillamente, no podía... despojarse de sus ropas mientras él la miraba.

—Vuélvete.

Él la miró un momento, como si no pudiese creer en el testimonio de sus oídos.

—Bromeas.

—No, vuélvete.

La expresión de Lilah era tan obstinada como ella se sentía.

—Lilah...

Si estaba dispuesto a argumentar, en todo caso Joss decidió que más valía renunciar al intento. Levantó las manos en un gesto silencioso de derrota, le arrojó los pantalones, y después le dio la espalda.

Arrugando la nariz, ella se vistió.

—¿No hay una camisa?

—La blanca. La roja es demasiado llamativa, se recuerda muy fácilmente. No queremos que nadie relacione estas prendas con los propietarios originales.

Lilah coincidió en silencio. Ella tampoco deseaba usar una prenda que todavía estaba húmeda con la sangre del propietario anterior. Recogió la camisa indicada, cerró los ojos porque no deseaba ver la suciedad de la prenda, y trató de evitar el olor mientras se la ponía sobre su propia camisola. Pero ignorar el olor fue imposible. Era una combinación de pescado, transpiración y otras cosas tan horribles que no deseaba imaginarlas.

—Muy bien. Ya puedes volverte.

Joss se volvió, la miró una vez y esbozó una mueca ante la expresión de profundo disgusto de Lilah. Después, la examinó de nuevo, más lentamente, y frunció el entrecejo.

—¿Bien?

Ella inclinó la cabeza a un costado, y miró con ansiedad a Joss. La cascada de cabellos rubios claros descendía sobre un hombro de la joven. Sus ojos eran enormes estanques azules grisáceos en el óvalo delicado de su cara. La piel de la cara y el cuello era blanca y muy suave, sobre los pómulos acentuados y el mentón frágil. Bajo el cuello abierto de la camisa sucia era visible la clavícula. A pesar de que la camisa era enorme, el busto de la joven todavía se adelantaba provocadoramente. Las curvas de la cintura y las caderas no eran evidentes.

Joss gimió.

—Si en mi vida he visto a alguien que se pareciese menos a un varón, ahora no lo recuerdo.

—Los pantalones son demasiado grandes, pero si los sujeto con algo y me pongo un pañuelo sobre los cabellos, ¿no crees que puedo confundirlos?

—Quizás a medianoche, si tropiezas con un ciego. Bien, probemos. No podrías parecer más femenina que ahora, a menos que corrieses por allí completamente desnuda.

Joss recogió el segundo par de pantalones y los cortó con un cuchillo. De la tela extrajo tres tiras largas, y las anudó para formar un solo cordel.

—Mete la camisa.

Ella hizo lo que Joss le ordenaba, y después él le rodeó la cintura con la tira de lienzo, y lo ató con un nudo. Con un movimiento prudente, ella soltó los pantalones; ahora permanecieron en su lugar. Más animada, lo miró con cierta esperanza.

—¿Así está mejor?

Joss elevó los ojos al cielo con una expresión de total derrota.

—¿Qué sucede ahora?

Con los puños apoyados en las caderas, ella lo miró hostil. El pesimismo de Joss acerca de las posibilidades de Lilah de pasar por varón comenzaba a irritarla. Por lo menos, debía adoptar una actitud de aliento. Ella estaba haciendo todo lo posible para complacerlo.

—Querida, sencillamente eres demasiado... demasiado... —Las manos de Joss esbozaron un gesto frente a su pecho, para indicar que el busto de Lilah se destacaba en exceso—. ¿Qué llevas bajo esa camisa?

—Mi camisola.

—Quítatela. Tal vez eso ayude. ¡Lo necesitaremos!

Lilah vaciló un momento, y después asintió.

—Está bien. Pero por favor, vuélvete de nuevo.

—¡Oh, por Dios...!

Omitió el resto, y se volvió bruscamente. Lilah adivinó por la postura de los anchos hombros que la insistencia en un mínimo de recato comenzaba a irritarlo. Se quitó la camisa, pasó la camisola por la cabeza y la dejó caer al suelo. La idea de sentir la camisa sucia sobre la piel desnuda era poco atractiva, pero nada podía hacer. La abotonó, y dijo a Joss que ahora estaba presentable.

Él le dirigió una mirada y meneó la cabeza.

—¿No está mejor?

—En todo caso, peor. Eres demasiado femenina.

—Bien, discúlpame. —Lilah comenzaba a sentirse algo peor que fuera de lugar—. Como sabes, no puedo evitarlo.

—Vamos, no te enojes. Dios te agració con una figura muy atractiva, y yo se lo agradezco. Pero en esta ocasión representa un problema. Lo resolveremos. Sólo se necesita... algo que...

Se interrumpió, y se volvió para caminar hacia la choza. Lilah lo miró con cierta sospecha mientras él desaparecía en el interior del refugio. Fuera lo que fuese su idea, estaba muy segura de que no le agradaría. Su conjetura se confirmó cuando él apareció con la enagua, y procedió a dividirla en tiras, como había hecho con los pantalones.

—¿Qué haces? —Durante los días que habían vivido en la isla, ella había llegado a apreciar mucho la prenda. Era sumamente útil para diferentes propósitos, estaba entera y era suya. Más valía que Joss tuviese una razón apropiada para destruirla.

—Creo que necesitamos un vendaje —dijo Joss, sin

mirar siquiera a Lilah, mientras alegremente continuaba desgarrando la prenda.

—¿Un vendaje? —Lilah bajó las manos, frunció el entrecejo y pensó—. ¿Un vendaje? —Su voz se convirtió en un chillido.

—Eso mismo he dicho. Quítate la camisa. Y no me vengas con esa tontería de «vuélvete». Es ridículo. No lo haré, y en todo caso en este momento tienes que preocuparte por mucho más que por esos errados intentos de conservar el recato de una dama.

—Tú...

—¡Quítate esa maldita camisa! —rugió Joss.

Lilah pegó un salto. Oír gritar a Joss era algo tan novedoso que la sorprendió. Durante un momento lo miró, pero el resplandor esmeralda que vio en los ojos del hombre la indujo a volverse y comenzar a desabotonarse sumisamente la camisa.

Estaba desabrochando el último botón y ya él le arrancaba impaciente la camisa de los hombros. Con las mejillas muy sonrojadas, ella se cubrió con las manos mientras él la volvía. A pesar de todo lo que había sucedido entre ellos, la joven no podía controlar el sonrojo que le teñía las mejillas mientras él le miraba los pechos. Las manos aplicadas sobre éstos parecían una protección muy escasa para su recato. En todo caso, se hubiera dicho que destacaban su desnudez.

—Lilah.

Esa única palabra, murmurada con voz dulce y premiosa, la indujo a encontrar la mirada de Joss. El sonrojo de Lilah se acentuó, y ella sintió el calor del rubor. Entrecerró los ojos para disimularlos, con la ridícula esperanza de que si ella no podía verlos, él tampoco los vería.

—Basta de comportarte tan estúpidamente, ¿quieres?

Al oír estas palabras tan impropias de un enamorado, Lilah endureció el cuerpo y abrió bruscamente los ojos. Tenía las mejillas siempre teñidas con el mismo tono rosado intenso, pero cuando encontró la mirada serena de Joss, parte de su embarazo se disipó. Joss le aferró las muñecas y ella le permitió que le apartase las manos y después, cuando él la soltó, las mantuvo a los costados. Con el mentón alto, permaneció frente a él sin parpadear, desnuda hasta la cintura. Joss le dirigió una débil sonrisa, y después le miró el busto y frunció el entrecejo, tratando de pensar. Sólo el color más intenso de los ojos de Joss indicó a Lilah que su desnudez lo afectaba hasta cierto punto.

—Si mantienes los brazos a los costados, veremos qué puede hacerse.

Lilah hizo lo que se le ordenaba. Después, Joss se apoderó de las tiras extraídas de la enagua y con ellas le envolvió el busto, vendándola como si fuese una momia, y alisando sus curvas generosas.

—¡Aprietas demasiado! ¡Me duele! —protestó mientras él unía los dos extremos en un nudo resistente, sobre la espalda—. ¡Uf! ¿No puedes aflojar un poco? ¿Por favor?

—Veamos qué aspecto tiene —dijo Joss, sin hacer caso del ruego de Lilah, mientras recogía del suelo la camisa y se la entregaba a la joven.

Moviéndose incómoda mientras intentaba aliviar la presión del vendaje sobre los pechos —aunque sin lograrlo—, Lilah se puso la camisa y la abotonó acompañando el acto con un murmullo poco amable. Joss permaneció de pie, a pocos metros de distancia, examinándola con ojo crítico.

—¿Bien?

Después de un momento, él asintió un tanto renuente.

—No está bien, pero sí... un poco mejor. Ahora recógete el cabello sobre la cabeza.

Lilah se recogió los cabellos mientras él cortaba un ancho triángulo del fondillo de los pantalones, y lo envolvía alrededor de la cabeza de la joven, a estilo de un pañuelo. Joss aseguró la tosca tela negra tan baja sobre la frente de Lilah, que casi le impedía ver. Y después la anudó sobre la nuca, de manera que ocultaba por completo los cabellos. Terminado esto, se retiró un poco y la inspeccionó. Finalmente, meneó la cabeza con evidente disgusto.

—Tal vez no nos encuentren, y no debamos preocuparnos por mi aspecto —propuso esperanzada Lilah, que se sentía desalentada por esta última prueba del fracaso del disfraz.

—No podemos correr ese riesgo —dijo Joss, y sus ojos la miraron de arriba abajo, moviéndose con desconcertante lentitud. Con un gesto súbito, le aferró el brazo, y la mantuvo inmóvil mientras se inclinaba para recoger un puñado de tierra. Mientras ella emitía una protesta y se retorcía, Joss le frotó tierra sobre la cara y la piel del cuello.

—¡Joss! ¡Basta! ¿Qué estás haciendo?

—Una buena capa de tierra ayudará a disimular esa piel tan suave y femenina.

Cuando terminó, Lilah estaba tan sucia que se sentía un montón de estiércol ambulante. Tenía la piel cubierta de roña, y la camisa y los pantalones estaban tan sucios que si se los hubiera quitado se habrían sostenido solos.

Apartándose un poco de ella, que se sacudía el lodo de la punta de los dedos, Joss la examinó de nuevo. Esta vez no meneó la cabeza.

—¿Mejor? —preguntó Lilah.

—Mejor —afirmó Joss—. Camina alrededor de mí, ¿quieres?

Con el entrecejo fruncido, Lilah obedeció. Cuando regresó a él, Joss de nuevo tenía el entrecejo fruncido.

—¿Y ahora qué? —preguntó ella con un suspiro.

—¿Puedes evitar el meneo de tu trasero? Ese balanceo seductor te denunciará apenas des dos pasos.

—Yo no meneo el trasero, ¡y no tengo un balanceo seductor!

Las palabras eran un gruñido.

—¿De veras? ¿Quieres hacerme el favor de caminar?

Lilah caminó mientras Joss la observaba con ojo crítico. Aunque ella centraba sus esfuerzos en mantener inmóvil el cuerpo mientras caminaba, él aún se sentía insatisfecho.

—Vamos, ponte esto —dijo Joss, y levantó las botas del hombre de la barba roja. Antes de entregárselas, dejó caer en el interior de una de ellas una piedra de buen tamaño. Lilah recibió las botas, frunció el entrecejo y automáticamente comenzó a buscar la piedra.

—Déjala —ordenó bruscamente Joss—. De ese modo cojearás.

La dejó. Las botas eran enormes para los pies pequeños de Lilah, pero la piedra parecía poseer el misterioso talento de meterse bajo la zona más delicada de la planta del pie. Esta vez, cuando caminó para beneficio de Joss, él se declaró marginalmente satisfecho.

—Todavía no pareces un hombre, pero creo que esto es lo mejor que podemos hacer. Reza pidiendo que los piratas no nos encuentren, y no tendremos que preocuparnos por todo esto.

—No te inquietes, rezaré —respondió ella fervorosamente. Y en efecto, rezó.

34

Lilah y Joss pasaron los tres días siguientes esquivando a los grupos que exploraban la isla en busca de los piratas desaparecidos. Juzgando por la intensidad de la búsqueda, Joss llegó a la conclusión de que por lo menos uno de los hombres era muy valioso para el barco. Sólo podía conjeturar cuál de ellos, o por qué se lo consideraba así.

Lilah se sentía siempre miserable. El lodo de olor salobre que según insistía Joss ella debía mantener siempre manchándole la piel desnuda le escocía, y atraía la atención de minúsculas moscas que la picaban y acentuaban el prurito. Los pechos le dolían constantemente a causa de las tiras de lienzo que los aplastaban. Con la serie de prendas que se veía forzada a usar —Joss había desgarrado el vestido de Lilah para tener una suerte de tosco jubón que, usado sobre la camisa demasiado grande, disimulaba todavía más su sexo— sentía siempre un calor infernal. Su sufrimiento se agravaba por el hecho de que debían moverse constantemente.

Sólo después del anochecer se atrevían a buscar refugio en la comodidad relativa de la choza, y aflojaban la vigilancia. Los piratas demostraban mucha cautela, y estaban nerviosos a causa de la desaparición de sus dos compañeros. Cuando se acercaba la noche, los grupos de búsqueda volvían a su nave, y no volvían a verlos hasta que el sol estaba alto en el cielo, al día siguiente. Era evidente que los hombres no deseaban afrontar el peligro de la exploración de una isla tropical desconocida, y a la luz de las antorchas. Por lo que Joss y Lilah vieron y oyeron, la mayoría no tenía mucho interés ni siquiera a plena luz del día. Buscaban a los dos tripulantes respondiendo a las órdenes rigurosas de su capitán, pero no tenían entusiasmo, y por eso evitarlos no era tan difícil como podría haber sido el caso.

Durante el día Lilah siguió las instrucciones de Joss, mientras ambos jugaban al escondite con los piratas. En tanto conservasen la calma y mantuviesen abiertos los ojos y los oídos, ella no creía que los capturasen. Por lo menos, esperaba que no lo hicieran. Pero la amenaza del descubrimiento siempre estaba presente. Aunque mantenía una fachada valerosa en beneficio de Joss —que prodigaba generosamente su admiración por el coraje de Lilah—, estaba casi siempre atemorizada. Sabía que si los descubrían, las posibilidades de sobrevivir no eran muchas. Y eso en el caso de que los piratas estuviesen convencidos de que ella era varón. Si adivinaban que era un disfraz, tanto ella como Joss estaban condenados. Lilah sabía que él lucharía hasta la muerte para defenderla, y ella... bien, el destino que la mujer de los cabellos negros había sufrido era peor que la muerte. Verse a merced de los piratas era un horror que no podía contemplar sin estremecerse.

De noche, en la intimidad de la choza, era el único momento en que Joss le permitía desechar su disfraz. En verdad, eso no le entusiasmaba ni siquiera entonces, pero después de más de catorce horas de constante incomodidad, Lilah se negaba a cumplir las órdenes. ¡Si no sentía cierto alivio del escozor, llegaría a enloquecer! Para agravar sus padecimientos, el apretado vendaje le había provocado un irritante sarpullido que le cubría la espalda y se extendía bajo el busto. Joss lo aliviaba aplicando el jugo espeso de una planta que Lilah conocía de Barbados, y que, según había descubierto, crecía silvestre en esa pequeña isla. Todas las noches, la crema producía su efecto, el sarpullido desaparecía, y retornaba al día siguiente, y de nuevo la irritaba profundamente. Así, mientras el sol se derramaba implacable sobre ese paraíso tropical, Lilah se rascaba desesperaba.

Era una bendición quitarse las sucias ropas que usaba durante el día y lavarse con el agua que Joss le traía en las cáscaras de coco. Con la piel limpia, se quitaba el pañuelo que le ocultaba los cabellos, se lavaba lo mejor posible los mechones sucios con la pequeña cantidad de agua disponible, y se peinaba. Después, se ponía su propia camisola —la única prenda femenina que aún poseía— y, de pronto, de nuevo era ella misma. Liberada, el pecho le dolía, pero se sentía tan feliz de volver a su propia piel que apenas advertía el padecimiento de su cuerpo resentido.

Joss, que al parecer no entendía cabalmente el sufrimiento que ella soportaba al verse sucia y percibir su propio mal olor, observaba con interés y una enigmática sonrisa esas abluciones, que consumían mucho tiempo. La miraba, los ojos verdes cargados de humor y de algo que podría denominarse aprecio. Le sonreía, y ella se echaba en sus brazos, se acurrucaba junto a él, apoyaba la cabeza en el hombro de su amante, y la mano en su pecho.

En esas mágicas horas de oscuridad entre el anochecer y el alba, cada uno aprendía todo lo que era necesario acerca del otro. Joss le enseñaba los secretos del sexo, y ella aprendía a complacerlo y a obtener placer. Después, yacía en los brazos de Joss y ambos hablaban, casi siempre las tonterías propias de los amantes; pero también se referían a la niñez y la familia de cada uno, a los secretos más profundos, a sus temores. De lo único que no hablaban era del futuro. Era demasiado incierto, demasiado doloroso mirar hacia delante. La verdad era que, si alguna vez llegaban a reanudar la vida normal, no tendrían un futuro. En todo caso, no podrían vivir juntos. Con la parte de su ser que tenía un sesgo práctico, Lilah lo sabía. Pero su corazón... su corazón se sentía más y más seducido cada hora que pasaba en compañía de Joss.

Durante esas noches en los brazos de Joss, Lilah se sintió cada vez más enamorada. Él se mostraba tierno y gentil con ella, incluso cuando lo dominaba esa pasión que lo impulsaba a despertarla una y otra vez, arrancándola del sueño de agotamiento al que el amor la reducía. Podía conseguir que ella viese, incluso mientras temblaba dominada por la necesidad, y una o dos veces —¡sólo una o dos veces!— ella descubrió que pensaba que sería maravilloso que pudieran salir de esa isla, que pudiese aparecer de la mano de Joss ante su padre, para anunciarle que ése era el hombre con quien había decidido vivir la vida entera.

Por supuesto, era una fantasía irrealizable, y por

muchos motivos. En primer lugar, parecía cada vez más probable que nunca salieran de la isla, vivos o de cualquier otro modo. En segundo, aunque se alejaran de allí, el padre de Lilah no aceptaría a Joss ni en un millón de años. Su linaje excluía totalmente esa posibilidad. Lilah lo sabía, y trataba de rechazar la fantasía. Sufría demasiado cuando comparaba esas imágenes con la fría y cruel realidad.

Pero cuando yacía en brazos de Joss, la cabeza descansando sobre el hombro de su amante, sus dedos delicados acariciando la piel desnuda del brazo mientras hablaban de todo y de nada, la única realidad era que los dos estaban allí. Lo amaba, y pensaba que él la amaba, aunque nunca pronunciaba las palabras; y Lilah no lo apremiaba para que las dijese. Temía que, si insistía en ello, esas palabras desencadenarían la discusión acerca del futuro que ella tanto temía. Había llegado a comprender que, pese a todo su vigor, Joss era un romántico irremediable. Al parecer no veía cuán enorme era el obstáculo que los separaba.

Como no había una solución feliz, Lilah decidió apartar de su mente, mientras pudiera, todo ese horrible embrollo. Lilah decidió atenerse a la norma que le imponía vivir al día. Mientras no sucediese algo que lo impidiera, estaba dispuesta a amar a Joss con todo su corazón.

El recato de Lilah con Joss también se atenuó, gradual pero inexorablemente. Hacia la mañana del cuarto día en general ni siquiera tenía conciencia de su desnudez cuando estaba con él. Todos los días, antes del amanecer, tenía que ponerse su detestable disfraz. A la cuarta mañana, mientras él la miraba, apoyado en un codo, con una semisonrisa fugitiva que acechaba en las comisuras de los labios, Lilah estaba trenzando y recogiendo sus cabellos, y después comenzó a pasarse la camisola sobre la cabeza. Un destello de posesión se manifestó en los ojos de Joss, y él le aferró la mano cuando Luilh se apoderó del lienzo destinado al vendaje del pecho.

Sentada en el suelo, él la detuvo con una mano apoyada en el brazo de la joven, y besó suavemente cada uno de los pezones que un instante después quedarían aprisionados.

—Permítame —dijo Joss, retirando de la mano el lienzo.

—¡Sádico!

Él sonrió, y ahora le besó la boca, antes de concentrar su atención en la tarea inmediata. Con una mueca, Lilah alzó los brazos. Joss ajustó las tiras alrededor del pecho, y en el espacio de unos pocos instantes transformó a la mujer de seductoras curvas en un joven de pecho plano. Mientras ella se ponía el resto de su disfraz, él se calzó los pantalones y salió. Cuando Lilah apareció en la entrada de la choza, él estaba de pie en el borde del claro, mirando inquieto hacia el interior de la isla.

—¿Qué sucede? —preguntó Lilah, acercándose a Joss y observando el panorama de árboles y enredaderas entrelazadas que se extendía hasta donde la vista podía alcanzar.

Los finos hilos de luz del sol comenzaban a atravesar el dosel que se extendía sobre ellos, pero el resto del mundo continuaba exhibiendo su color verde oscuro combinado con las sombras, y el vapor que se desprendía del suelo de la selva se elevaba como dedos perezosos de bruma. Además de los pocos rayos de luz del sol, el canto de los pájaros demostraba que estaba comenzando un nuevo día.

—¿Oyes a los pájaros? Los piratas se han levantado temprano esta mañana, y parece que vienen hacia aquí. Tenemos que alejarnos.

Lilah advirtió inquieta que los pájaros cantaban con más fuerza que de costumbre. De haber estado sola, jamás lo habría advertido. La conocida oleada de miedo sabía como metal en su boca cuando Joss la aferró de la mano y la obligó a seguirlo a través del matorral, lejos de los trinos de aviso de las aves.

El juego tedioso y conocido de andar a escondidas con los piratas recomenzó.

Más tarde, el mismo día, Lilah y Joss estaban en el risco desde donde habían observado la violación de la mujer de los cabellos negros. Acostados boca abajo entre los altos pastos que cubrían la cumbre del risco, con el dosel entretejido de las copas de los árboles unidas por las enredaderas que los protegían del calor del sol vespertino, observaban la actividad en la playa, allá abajo.

Los piratas habían terminado el carenado dos días antes. El barco, identificado por Joss como un bergantín a causa de sus mástiles cuadrados, de nuevo estaba a flote, anclado en las aguas transparentes de la bahía. Varios pequeños botes de remo se desplazaban de tanto en tanto entre la nave y la orilla, trasladando hombres y materiales en ambos sentidos. Ahora no se veían signos de la desgraciada mujer, o de la mayoría de la tripulación. El *Magdalena*, que era el nombre pintado con toscas letras negras en la proa del barco, en general parecía desierto. Podía suponerse que la mayoría de la tripulación había descendido a tierra temprano por la mañana, para realizar una búsqueda exhaustiva de los tripulantes desaparecidos, un hecho que según reconocía Joss de mala gana lo inquietaba. Como dijo a Lilah, a ninguna tripulación pirata le agradaba prolongar su permanencia en una bahía de desembocadura tan estrecha. Un barco anclado en un lugar así se encontraba en una situación de total impotencia. Otro barco que se acercase desde el mar lo tendría atrapado antes de que pudiese siquiera desplegar las velas. El *Magdalena* podía ser capturado sin disparar un solo cañonazo.

Si el capitán permitió que su nave se mantuviera en esa posición, y retrasaba días enteros la partida, ello significaba que los desaparecidos eran individuos muy necesarios.

Ese día, pareció que la búsqueda se concentraba en el extremo más alejado de la isla, de modo que Joss y Lilah se sentían bastante seguros en el lugar que ahora ocupaban, tan seguros que Lilah casi se dejó amodorrar por el calor.

—¡Ya miramos allí una vez!

Las palabras pronunciadas con acento agrio alertaron completamente a Lilah. Joss miraba hacia atrás, los ojos fijos en un sendero irregular que ascendía desde la playa por el costado del risco, cubierto de maleza.

—Demonios, como dijo el capitán, desde allí uno puede ver toda la playa. Quizá cayeron de un peñasco y se los llevó el mar. Los cuerpos pueden aparecer de un momento a otro, flotando sobre una ola, limpios y enteros. Y nosotros los encontraremos.

Las voces sonaban cercanas, quizás unos siete metros por debajo. Lilah no podía creer que los piratas se hubiesen acercado tanto sin que ella misma o Joss los oyesen acercarse. Sintió la inminencia del desastre. Al comprender la situación, su corazón comenzó a latir con tanta fuerza que no alcanzó a escuchar la parte siguiente de la conversación de los piratas. Dominada por el pánico, volvió los ojos hacia Joss.

Él la acalló con un gesto, y después se volvió y se deslizó hasta el lugar en que la cima casi llana del risco dominaba el sendero. Acostado boca abajo, se aproximó cautelosamente al borde y espió. Lilah lo siguió. Seguramente habían estado casi dormidos, y por eso los piratas habían podido acercarse tanto sin ser oídos. Habían hecho el amor hasta casi el alba la noche precedente. Los dos estaban cansados, y la fatiga determinaba que se descuidasen. Y el descuido podía costarles la vida. Tenían suerte, mucha suerte, de que los piratas no intentasen explorar en silencio. Si los piratas hubiesen trepado el risco sin hablar, Joss y Lilah habrían sido presa fácil.

—El capitán Logan está decidido a encontrar a McAfee. Si no fuera así, habríamos partido ayer por la mañana.

El que había hablado era un hombre de cuerpo pequeño y cabellos canos, que llevaba pantalones amarillos y una camisa de rayas anaranjadas. Tenía los cabellos largos hasta los hombros y enmarañados, y un parche sobre un ojo. Lilah pensó que no se parecía en absoluto a un pirata sanguinario. Tenía las manos apoyadas en las rodillas y se inclinaba hacia delante, tratando de recuperar el aliento. El ascenso desde la playa era empinado, y las palabras del hombre llegaban entrecortadas por el jadeo.

—Ese libro de bitácora que encontramos en el *Sister Sue* de nada sirve si no tenemos quién lo lea, ¿verdad? Y McAfee es el único que sabe leerlo.

El segundo pirata era más joven y más corpulento, y no jadeaba tanto, pero su atuendo era igualmente sórdido. Lilah frunció el entrecejo al verlos. Cuando imaginaba a los piratas, pensaba en el saqueo de las riquezas y los cofres de joyas y oro, compartidos por todos los miembros de la tripulación. Pero a juzgar por la apariencia de los hombres que había visto, si en efecto poseían cofres de joyas y oro, no habían invertido nada de todo eso en prendas de vestir y posesiones personales. Del primero al último hombre, la tripulación del *Magdalena* no aparentaba prosperidad, ni cosa parecida. O quizá sencillamente les desagradaba vestir bien o incluso lavarse.

—¿Y qué? ¿Para qué necesitamos leerlo? Estábamos perfectamente antes de apoderarnos de ese libro. El capitán puede encontrar el rumbo guiándose por las estrellas. ¿Para qué necesita el condenado libro?

El más joven de los dos hombres comenzó a decir algo, vaciló, y después miró cuidadosamente alrededor. Cuando tuvo la certeza de que él y su compañero estaban solos en el risco, continuó hablando en voz baja.

—Silas, si te digo algo tienes que prometerme que no lo repetirás. Si el capitán se entera de que escuché cuando él hablaba con McAfee, me arrancará el pellejo.

—¿De qué se trata?

—Bien...

El hombre volvió a vacilar, pues no sabía si era conveniente que revelase su secreto.

—Vamos, Speare, sabes que puedes confiar en mí. Silas Hanks no anda con cuentos, y nunca anduvo.

—Sí. Bien, parece que el capitán oyó hablar de un tesoro. Dicen que está oculto en una caverna de una isla marcada en ese libro de bitácora. Hacia allí debíamos ir cuando terminásemos el carenado. Pero ahora McAfee ha desaparecido, y nadie puede entender ni jota de lo que dice el maldito libro. Por eso el capitán busca con tanto empeño a McAfee.

—Un tesoro, ¿eh? El capitán es un hombre muy codicioso. Debería haber adivinado que era algo por el estilo. Yo sabía que en realidad no estábamos buscando a ese hijo de perra. Nadie extrañará a ese sinvergüenza de la barba roja. Si en toda su vida hizo una sola jornada de trabajo honesto, en todo caso yo no lo vi.

—Así es. Solamente servía para andar con mujerzuelas y fanfarronear después.

Los hombres se miraron y rieron. Pero entonces el mayor, Silas, de pronto recobró la seriedad.

—En fin, ¿qué les habrá sucedido a esos muchachos? Hemos recorrido dos veces cada centímetro de esta condenada isla. Es como si hubiesen desaparecido sin dejar rastro.

—No sé. Y no sé si quiero saberlo.

—Comprendo.

Los dos hombres miraron alrededor, inquietos.

—¿Crees que habrá cazadores de cabezas en esta isla? ¿O caníbales?

—Maldita sea, Silas, ¿cómo puedo saberlo? Lo único que sé es que no he visto ninguno. Todavía.

—Tal vez se ocultan durante el día. Tal vez están observándonos ahora mismo. Tal vez se comieron a McAfee y al viejo Barba Roja, con huesos y todo, y por eso no encontramos ni siquiera un cabello.

Los dos hombres se acercaron más uno al otro. A pesar del peligro en que ella misma estaba, Lilah no pudo contener una sonrisa ante la hipótesis que habían formulado, y el nerviosismo que era su consecuencia. Joss también sonreía, y era evidente que le agradaba el vuelo de la imaginación de los que estaban allí abajo. Si la situación no hubiese sido tan grave, habría sido divertido lanzar un alarido de guerra y ver con qué velocidad esos piratas huían de regreso a su barco. ¡Caramba, caníbales!

—Vamos, subamos allí y terminemos de una vez. El capitán nos ha dicho que revisáramos de nuevo el lugar —observó Silas.

Joss se apartó del borde, y Lilah lo siguió. O por lo menos lo intentó. Cuando ella pisó el pasto que crecía al borde del risco, se desprendió un gran fragmento de suelo. La joven vio horrorizada que caía exactamente a los pies de los piratas. Durante un instante la mano de Lilah apareció sobre el borde del risco, y después ella la retiró con un rápido movimiento.

—¿Qué demonios...?

—¡Hay alguien ahí arriba! ¡Y estoy seguro de que no es McAfee o Barba Roja!

Los dos piratas ascendieron por el sendero, al mismo tiempo que desenfundaban sus pistolas. Lilah y Joss tuvieron sólo un instante para mirarse horrorizados. No había tiempo de huir, ni lugar a donde escapar. Si corrían por el sendero que conducía al bosque, serían oídos, vistos y perseguidos. Cuando los piratas supieran que en la isla había otras personas además de ellos mismos, Joss y Lilah serían perseguidos implacablemente, y atrapados en pocos días...

Joss aferró a Lilah, la obligó a volverse, y con un

empujón la acostó boca abajo sobre el espeso colchón de hojas que había detrás.

—No importa lo que veas u oigas, o lo que me suceda, quédate quieta y callada, ¿me oyes?

Dijo esto en un murmullo rápido y áspero. Después, Joss se dirigió al centro del claro, y desenfundó la pistola del pirata, que sostenía bajo el cinturón. Lilah sólo tuvo tiempo de mirarlo aterrorizada, antes de que los piratas salieran al claro, cada uno con su pistola en la mano. Al ver a Joss, alto y bronceado, y desnudo hasta la cintura, ya bastante formidable incluso sin la pistola que apuntaba sobre ellos, los pies separados y firmes en el suelo, y un sereno desafío en los ojos, se detuvieron bruscamente, vacilando. Silas, que iba un poco más atrás, casi chocó con su compañero. Las dos pistolas temblaron, pero luego apuntaron amenazadoramente a Joss. Él los miró a los ojos, y su propia pistola apuntaba al corazón de Speare.

—Encantado de conocerlos, caballeros —dijo serenamente Joss.

A pesar del miedo que sentía, Lilah experimentó una breve y cálida oleada de orgullo por él. Parecía tan sereno, hablaba con tanta calma como si se hubiese encontrado con un vecino durante su paseo dominical. Debía de tener miedo, no habría sido humano si no experimentaba ese sentimiento, pero incluso ella, que lo conocía tan bien, no podía percibir el más mínimo signo de temor. Ése era un hombre con quien valía la pena compartir la vida... Apenas concibió el pensamiento, lo desterró de su mente.

—¿Quién demonios es usted, y de qué maldito infierno llegó? —estalló Speare.

Detrás de Speare, Silas de pronto dio tres pasos al costado. Durante un momento Lilah no pudo imaginar por qué lo había hecho. Después, adivinó. Con tanto espacio entre los dos piratas, Joss no podía tener la esperanza de matarlos a ambos. Por lo menos, no sin ofrecer a uno de ellos la excelente oportunidad de matarlo primero.

—Podría preguntar lo mismo.

Joss todavía parecía inmutable, pero en su voz se manifestó ahora un acento duro que pareció inquietar a los piratas. Silas dio otro paso hacia la izquierda. Lilah, que miraba, no estaba segura de que Joss lo hubiese advertido siquiera. Ansiaba lanzar un grito de advertencia, pero él le había dicho que permaneciese callada. Si en efecto revelaba su presencia, y después de todo su disfraz resultaba ineficaz, podía estar firmando la sentencia de muerte de los dos. Se mordió el labio, y guardó silencio, los ojos muy abiertos, mientras, con un sentimiento de horror impotente, veía desarrollarse los acontecimientos.

—Caray, Silas, ¿oíste eso? ¡Qué descarado! —Speare apuntó con más firmeza su pistola, directamente al pecho de Joss—. Amigo, se lo preguntaré una vez más. ¿Quién es usted?

Joss guardó silencio durante un momento. Lilah contuvo la respiración. La respuesta que Joss ofreció finalmente, en verdad los sorprendió.

—Me llamo San Pietro, capitán Joss San Pietro, últimamente al mando del *Sea Belle*. Mi barco naufragó en una tormenta frente a estas costas, hace una semana. Les agradecería mucho que me llevasen a donde está su capitán, para reclamar la hospitalidad del mar.

Los dos piratas evidentemente se sobresaltaron tanto ante la serena audacia de las palabras de Joss como le pasó a Lilah. Se miraron uno al otro, y después volvieron los ojos hacia Joss, con una expresión de evidente sospecha en sus caras.

—Speare, ¿qué hacemos? —preguntó Silas.

—Maldito sea, Silas, ¿cómo puedo saberlo? —Miró a Joss—. Nos faltan dos marineros. ¿Los ha visto?

—He visto a muchos de ustedes durante los últimos días. Caramba, han estado recorriendo toda la isla, y yo los observaba. Pero específicamente a dos no, no los he visto. Y ahora, como he dicho antes, desearía hablar con el capitán.

Silas y Speare volvieron a mirarse. Después, Silas se encogió de hombros.

—Demonios, que el capitán Logan aclare esto.

Speare asintió.

—Bien, venga con nosotros. Pero le advierto que, si intenta cualquier engaño, será hombre muerto.

—Caballeros, nada tienen que temer de mí —dijo tranquilamente Joss, que bajó su pistola y después, ante el horrorizado asombro de Lilah, la aseguró como al descuido bajo su cinturón.

Los dos piratas parecieron tranquilizarse un poco, aunque continuaron mirando a Joss con mucha cautela. Sus pistolas no dejaron de apuntarle.

—Vaya delante.

Speare indicó a Joss que los precediera por el sendero. Joss acató la orden, y caminó seguido por Speare. ¡Lilah pensó que en pocos segundos más quedaría completamente sola! Antes de que pudiera decidir qué haría, en el supuesto de que hiciera algo, Silas cerró la fila detrás de Speare, y los dos se alejaron por el sendero en compañía de Joss.

35

Cuando los hombres desaparecieron, Lilah permaneció inmóvil algunos minutos, sin saber qué hacer. ¿Qué harían con Joss? Le parecía inconcebible que en definitiva lo dejasen en libertad. ¿Tal vez él se proponía sorprender a Silas y Speare en el camino, antes de que llegaran a la vista del *Magdalena*? Pero había guardado su pistola bajo el cinto, y en cambio los dos piratas apuntaban las suyas a la espalda de Joss. No parecía probable que ni siquiera Joss pudiera imponerse a dos hombres armados en el espacio de tiempo que se necesitaba para descender a la playa.

El interrogante era: ¿qué podía hacer ella para ayudarle?

Revelar su presencia de nada serviría. No podía hacer nada, y ésa era la triste verdad.

Cuando las voces se alejaron bastante, Lilah salió del matorral que le servía de refugio, y avanzó cautelosamente hasta el borde del risco. Los hombres ya estaban fuera de su campo de visión. Se trasladó al lado contrario del promontorio, desde donde podía dominarse la playa. Y aún estaba agazapada ahí, cuando Joss apareció saliendo del sendero que venía del risco, seguido por los dos piratas que lo cubrían cuidadosamente con sus pistolas.

Si Joss se proponía intentar algo, a lo sumo disponía de unos pocos minutos para lograrlo.

Los tres hombres enfilaron hacia la bahía. La distancia era demasiado grande y no permitía que Lilah oyese lo que decían, pero en todo caso los piratas empujaron a Joss hacia otro hombre, que estaba sentado bajo una palmera, al borde de la playa. Cuando el trío se aproximó, el hombre se paró y movió una mano para desenfundar la pistola. Cuando Joss y sus captores se detuvieron, los cuatro hombres parecieron mantener a lo sumo una conversación muy breve. Después, el cuarto hombre se apoderó de un gallardete escarlata depositado a su lado, sobre la arena, y agitándolo sobre su cabeza pareció enviar una señal al bergantín. Poco después una pequeña batea con dos hombres en los remos partió del barco en dirección a la playa. Cuando la embarcación se acercó, Joss se internó en el agua y subió a bordo de la batea. Silas y Speare lo siguieron. Los remeros invirtieron sus posiciones, y comenzaron a remar en dirección al *Magdalena*. Joss estaba sentado a proa, como si la situación no lo preocupase en lo más mínimo, y la pistola de Speare lo apuntaba constantemente. Joss no revelaba nerviosismo ni siquiera con un gesto mínimo, aunque seguramente temía por su vida.

Mientras la batea se acercaba a la nave, Lilah miraba con el corazón en la boca. Joss, una figura minúscula a esa distancia, identificable únicamente a causa de sus cabellos negros, trepó una escala para llegar a la cubierta, donde fue aferrado por dos pares de manos y apartado de la vista de Lilah antes de que hubiera hecho poco más que poner un pie sobre la cubierta. Cuando él desapareció, Lilah miró sin ver a los restantes hombres que ascendían por la escala del *Magdalena*. Sintió una dolorosa punzada en el estómago. Tenía tanto miedo por Joss que le dolían las entrañas.

En el curso de la tarde no sucedió nada. Aunque vigiló el barco con ojos de águila, no hubo indicios de Joss. El temor de Lilah era constante, tanto por él como por ella misma. Ahora que Joss se había ido, ella estaba sola y se sentía muy vulnerable. Si lo mataban, o si el *Magdalena* zarpaba con él a bordo, quizás ella permaneciera sola días o semanas... ¡incluso definitivamente! La idea le parecía terrorífica. Quedar abandonada en la isla con Joss era casi divertido, una suerte de aventura exótica y romántica. Permanecer sola sin tener la más mínima idea de la suerte de Joss sería la peor de las pesadillas.

La tarde se convirtió en anochecer, y Lilah continuaba agazapada, vigilando el promontorio. Tenía hambre y sed, pero no se atrevía a salir de allí, no fuese que Joss se las arreglara para enviarle un mensaje. Cuando las sombras se proyectaron cada vez más largas, los grupos de búsqueda retornaron a la playa, donde el pirata que esperaba hizo señales con su gallardete escarlata para ordenar que fuese la batea. Hacia la noche, Lilah llegó a la conclusión de que la mayoría de los hombres había abandonado la isla.

Estaba sola, en la oscuridad.

El *Magdalena* se balanceaba grácilmente en las aguas azules de la bahía; era medianoche, y los ojos de buey estaban iluminados. Lilah jugó con la idea de nadar hasta el barco bajo la protección de las sombras. Sabía que eso era ridículo y muy peligroso, pero tenía la sensación de que podía enloquecer si no sabía algo. Quizá por lo menos podría descubrir si Joss estaba vivo o muerto...

Y de pronto, una batea se desprendió del *Magdalena* con dos hombres a proa y dos en los remos. Enfiló hacia la playa. Cuando la embarcación se acercó más a la orilla, ella creyó que uno de los hombres de la proa se parecía a Joss. Sintió que se le detenía el corazón, y después aceleraba sus latidos. La luz de las antorchas iluminaba la espalda desnuda y ancha y los cabellos negros, el pecho muy musculoso a partir de la cintura angosta, y los raídos pantalones negros. Y había algo en el modo de mover la cabeza...

Pero si ese hombre era Joss, en todo caso no parecía que estuviese en absoluto amenazado. Hasta donde Lilah podía ver, no lo apuntaban con pistolas, y ahora conversaba tranquilamente con el hombre sentado a su lado. Aunque fuera absurdo, la esperanza comenzó a renacer en ella.

Cuando la batea llegó a la playa, los hombres saltaron fuera de ella y chapotearon en el agua poco profunda hasta llegar a la arena. Los dos que habían manejado los remos arrastraron a tierra la batea. Cuando todos estuvieron en la playa, el hombre que quizás era Joss señaló el lugar donde estaba agazapada Lilah, y dijo algo a sus compañeros. Los cuatro hombres miraron hacia el lugar en que ella estaba. Desconcertada, Lilah retrocedió.

Cuando volvió a mirar, el hombre de los cabellos negros y uno de los otros había comenzado a ascender por el sendero que venía de la playa. Los otros permanecieron detrás.

El pánico convulsionó el estómago de Lilah, que comenzó a jadear. ¿Qué podía hacer ella? ¿Esconderse? ¿Joss había sido torturado hasta obligarlo a revelar su presencia? ¿Ese hombre era realmente Joss?

Si lo era, tenía que haber revelado la existencia de Lilah con motivos justificados. Si estaba llevando a los piratas hasta su escondite, quizá procedía así porque ella y Joss habían equivocado gravemente las circunstancias. Tal vez los piratas eran inofensivos. O quizás eran marinos honestos, y de ningún modo piratas.

Y tal vez los cerdos tenían alas.

Lilah recordó a la mujer de los cabellos negros y se estremeció.

Oyó la aproximación de los hombres por el sendero. Al escuchar el rumor grave de sus voces, ya no tuvo la más mínima duda. El más alto era Joss. Hubiera podido identificar esa voz en cualquier lugar del mundo.

Se detuvieron en el sendero, un poco más abajo. Agazapada, Lilah retrocedió hasta el lugar desde donde ella y Joss habían espiado a Speare y Silas. ¿Realmente todo eso había sucedido hacía pocas horas? ¡Parecía que habían pasado siglos!

Sólo un hombre permanecía allí. Una nube había cubierto la luna, y estaba demasiado oscuro para decir de quién se trataba. Pero había uno solo, de eso Lilah estaba segura.

Retrocedió deprisa buscando más protección, y de pronto una forma alta y oscura apareció en el claro.

Durante un momento ella miró fijamente, la boca

reseca, mientras la figura buscaba alrededor. Estaba casi segura de que era...

—¡Lilah! —oyó el ronco murmullo.

—¡Joss!

Lilah salió arrastrándose de su escondrijo y salvó de un salto el espacio que los separaba, para arrojarse sobre Joss en el colmo del alivio. Él la recibió en sus brazos, y la sostuvo contra su cuerpo apenas un instante.

—El capitán, Logan, insiste en que me incorpore a la tripulación —explicó Joss en un murmullo—. Lo único que les ha impedido ahorcarme o acabar conmigo de un modo todavía más desagradable es el hecho de que puedo usar un sextante. Por eso soy valioso, por lo menos hasta que ellos lleguen a donde desean ir. Les he dicho que era el capitán de un barco que naufragó frente a estas costas durante la tormenta, y que otro marinero y yo fuimos los únicos sobrevivientes. Tú eres el marinero, un ayudante llamado Remy. Eres mi joven sobrino, y prometí a tu madre que te cuidaría. Eres un poco retrasado, y el naufragio empeoró realmente tu situación. Desde entonces no has dicho palabra. El barco era el *Sea Bell*, de Bristol. ¿Lo recordarás todo?

Antes de que Lilah pudiese contestar, desde abajo llegó el sonido de otra voz.

—¿Todavía está ahí, San Pietro? —La pregunta llegó cargada de suspicacia.

—Por supuesto, no me crecieron alas para cruzar el océano —respondió Joss—. Estoy explicando las cosas a mi sobrino, de modo que no pierda el poco seso que le queda. Vamos enseguida.

—¡Hágalo! ¡No pienso permanecer aquí toda la noche!

Joss se volvió hacia Lilah, y en sus gestos y su voz grave había urgencia.

—No confían en mí, pero me necesitan, y tenemos que ir con ellos o morir. Tú también tendrás que venir, sin olvidar tu papel ni un minuto. Ni un minuto, ¿entiendes? Eres Remy, mi sobrino retrasado, y siempre me sigues como una sombra. ¿Entendido?

Lilah asintió, el corazón oprimido por el miedo. Tendría que incorporarse a la tripulación pirata... en la condición de un jovencito de pocas luces. ¿Podría representar ese papel durante muchos días sin equivocarse? Parecía absurdo, imposible. En realidad, ella nunca había contemplado la posibilidad de poner a prueba su disfraz de muchacho. Pero, como decía Joss, ¿cuál era la alternativa? Si la descubrían, casi seguramente significaría la muerte para ambos. Lilah pensó un instante en el asunto, y después elevó el mentón con gesto decidido. Podría representar el papel, porque era necesario. Ninguno de los dos tenía otra posibilidad.

—No cometeré errores.

Joss asintió. Miró alrededor una vez, y con movimientos rápidos le arrancó de la cabeza el pañuelo, y sostuvo en la mano la gruesa trenza de cabellos que comenzó a desprenderse.

—¿Qué haces? —murmuró ella, encogiéndose y aferrando el brazo de Joss, que dañaba su cuero cabelludo.

—Lamento muchísimo hacerlo, pero todo este cabello es demasiado peligroso. Si descubren que eres mujer...

No completó la frase. Ella conocía el riesgo tanto como él. Con una expresión tensa que decía mejor que las palabras cuánto le dolía lo que estaba haciendo, Joss desenfundó un cuchillo y comenzó a cortar la gruesa trenza. El doloroso tironeo que su cuero cabelludo soportaba arrancó lágrimas a los ojos de Lilah, pero no emitió un solo sonido de protesta. Joss era el que parecía más apenado unos momentos después mientras estaba allí, de pie, contemplando la masa de cabellos plateados que descansaban sobre la palma de su mano.

—Volverá a crecer, tonto.

Ella sentía la ridícula necesidad de reconfortarlo, y entretanto sus propios dedos exploraron, con dolor y desconcierto, el mechón irregular que él le había dejado.

—Lo sé. —Con algo parecido a un suspiro, también él le pasó la mano por la cabeza, ahora despojada de su cabellera.

Joss pasó al lado de Lilah y de dos zancadas llevó la trenza reluciente al borde del risco que dominaba el océano. Durante un instante la sostuvo en su puño cerrado, como si estuviera complaciéndose por última vez en la sensación de los hilos sedosos. Después, echó hacia atrás el brazo y arrojó al mar, a la mayor distancia posible, la trenza reluciente.

—San Pietro, ¿todavía estás ahí?

—Ahora mismo vamos.

Incluso antes de terminar esta frase, Joss se inclinó para raspar un poco del musgo resbaladizo que crecía en la base de las piedras, al borde del risco. Se enderezó, volvió a donde estaba Lilah y le aferró el mentón. Mientras ella lo miraba sin decir palabra, él distribuyó el musgo aceitoso sobre el cuero cabelludo de la joven, abriendo los dedos para que llegase a todos los rincones con los cabellos ahora muy cortos. Después, tomó un puñado de tierra, y con ella también le frotó los cabellos. Hecho esto, se limpió los dedos sucios en la cara de Lilah, con movimientos rápidos y bruscos.

—¡Ay!

—Lo siento.

Volvió a atarle el pañuelo y la examinó un momento.

—Dios nos asista —dijo por lo bajo—, pero es todo lo que puedo hacer. Recuérdalo, no hables, y mantén bajos los ojos. Estás traumatizada y asustada. Y por lo que más quieras, no te impresiones por nada de lo que puedas oír o ver. Un sonrojo podría ser nuestra ruina. Mantente siempre cerca de mí, como si temieses a todos los demás. ¿Entendido?

Lilah asintió. Permanecer cerca de Joss y aparentar que tenía miedo no la obligaría a fingir mucho. Estaba aterrorizada, y no deseaba perder de vista a Joss si podía evitarlo. Ahora lo necesitaba, como nunca había necesitado a otro ser humano en el curso de su vida.

Él la miró un instante más, con expresión sombría. Después, le sostuvo el mentón con la mano y la besó. Antes de que ella pudiese responder al beso, comenzó a descender por el sendero, seguido por Lilah.

Siguieron el recodo del sendero. El pirata que había acompañado a Joss estaba allí, fumando. Lilah inclinó la cabeza y dejó caer un hombro, de modo que adquirió lo que, según esperaba, era una apariencia desmañada y torpe. La piedra en la bota se le clavaba en la planta del pie, de modo que su cojera era real. Joss caminaba como si no estuviera preocupado en absoluto. Y en cambio el corazón de Lilah latía con tanta fuerza que temió que el pirata pudiese llegar a oírlo.

—Ha necesitado bastante tiempo —masculló el pirata cuando Joss se acercó, acompañado por Lilah, que venía a escasa distancia.

Aunque ella mantenía bajos los ojos, tuvo perfecta conciencia del examen implacable al que la sometió ese hombre. Lilah esperaba firmemente que las tiras de tela y la camisa suelta y el jubón alcanzaran a disimular sus formas. Cuando los ojos del hombre recorrieron su cuerpo, Lilah tuvo que hacer un gran esfuerzo para dominar el miedo.

—Acércate, Remy, y trata de no ser tan cobarde —dijo Joss con evidente disgusto, alargando una mano para atraparla por el hombro y obligarla a salvar los pocos metros que la separaban del pirata.

A tropezones, ella acabó por detenerse al lado de Joss, que la sostenía con una mano; la cabeza de Lilah colgaba a un costado. Los tres estaban envueltos en sombras, y eso aportaba cierta protección. Lilah estaba tan concentrada en representar el papel de idiota que, cuando un pájaro nocturno gritó cerca, ni siquiera se sobresaltó.

—El nombre de este caballero es Burl —dijo Joss a Lilah, subrayando las palabras como si ella hubiese sido dura de oído.

Lilah miró fijamente el suelo, y consiguió escupir bastante saliva para representar un babeo verosímil. Mientras la saliva goteaba por la comisura de la boca floja de Lilah y caía al suelo, Joss emitió un gruñido de repugnancia, pero la mano que apoyaba sobre el hombro la apretó en una suerte de felicitación secreta. El pirata apartó la mirada con repugnancia.

Después, dirigiéndose a Burl, Joss dijo:

—Éste es mi sobrino Remy. Su madre creyó que un viaje por mar lo haría hombre, pero usted puede ver cuál es el resultado. No me agrada la idea de devolvérselo. Está peor que cuando partió, y estoy completamente seguro de que ella me achacará la culpa.

Lilah, consciente de que no podría mantener eternamente bajos los ojos, rezongó y movió los ojos, tratando de desprenderse de la mano de Joss. Él la soltó, y frunció el entrecejo cuando ella se puso en cuclillas, y comenzó a trazar dibujos confusos en la tierra.

—¿De modo que es retrasado? —dijo Burl, y meneó la cabeza—. Bien, volvamos al barco. El capitán se alegrará de ver que no tiene por qué preocuparse. Realmente, su sobrino no traerá problemas.

—Ponte de pie, Remy.

Lilah pensó que Joss representaba bien una suerte de exasperación controlada. Fingió que no lo oía, y continuó dibujando círculos en el suelo. Hubo la proporción exacta de brusquedad en la sacudida con que Joss finalmente la obligó a incorporarse. Apenas él la obligó a enderezarse, Lilah de nuevo se puso en cuclillas, y continuó con su tarea. Burl emitió una risotada. Joss maldijo, y la sacudió por segunda vez. Ahora mantuvo una mano cerrada sobre el cuello de Lilah.

Burl, sonriendo ante los esfuerzos de Joss por enderezar a ese sobrino idiota, retrocedió un paso, de modo que Lilah y Joss pudiesen precederlo en el camino de regreso. Lilah cojeó y tropezó, babeó y aflojó el cuerpo. Joss le soltó el cuello y la aferró del brazo, para obligarla a caminar de ese modo. Burl iba detrás, y al parecer aceptaba que ella era lo que fingía ser. Mientras Joss prácticamente la arrastraba, Lilah descubrió sorprendida que su propio terror se había atenuado. Había representado su papel, y lo había hecho bien. Burl pareció convencido de que ella era Remy, un jovencito estúpido. Por supuesto, aún faltaba la prueba real. Aún debía pasar un tiempo con cualquiera de los piratas, o actuar a la luz implacable del día.

Engañar a la totalidad de la sanguinaria tripulación del *Magdalena* sería difícil. Pero no creía que fuese imposible. Ya no.

36

Joss sintió la boca seca mientras observaba a Lilah, trepando la escala para llegar a la cubierta del barco pirata. La joven representó una notable comedia, manipulando torpemente las cuerdas y protegiendo su pierna supuestamente impedida mientras trepaba. Como estaba inmediatamente detrás, Joss podía verle las caderas, lo mismo que los otros hombres del bote. En silencio, emitió un suspiro de alivio. Con esos pantalones abolsados no había nada que revelase su condición femenina. Tenía la cintura pequeña, pero lo mismo podía decirse de la cintura de muchos jovencitos mal desarrollados. Con la camisa demasiado grande, que le colgaba al costado de los pantalones, y el vestido convertido en ese jubón deshilachado encima, era casi imposible determinar la forma de su cuerpo. Joss sólo rogaba a Dios que el lienzo que le sujetaba el busto resistiese. En caso afirmativo, y si ella recordaba que debía mantener los ojos bajos, cojear siempre que caminaba y permanecer constantemente muda, había una pequeña posibilidad de salir bien librados. Joss abrigaba cierta esperanza.

—¡Date prisa, Remy! —gritó.

Lilah continuó ascendiendo lentamente por la escala, como si no hubiese oído. Joss meneó la cabeza para beneficio de los espectadores.

Cuando Joss llegó a cubierta, Lilah estaba en el centro de un grupo de piratas, y la examinaba nada menos que el propio capitán Logan. Los hombres formaban un círculo irregular frente al castillo de proa, y cuatro antorchas encendidas iluminaban el reducido sector, de modo que había casi tanta luz como durante el día.

—Hum... ¿cómo te llamas?

Joss abrió la boca para contestar y entonces Lilah, que parecía no haber prestado atención a la pregunta o a los hombres que la miraban, se puso en cuclillas y comenzó a trazar dibujos sin sentido sobre la cubierta, con el dedo.

—Maldito sea, ¿estás sordo?

Logan parecía más desconcertado que colérico, y miraba a Lilah con una expresión cada vez más contrariada.

—Como ya le dije, es retardado —dijo Joss, uniéndose al grupo—. Siempre fue un tanto lento de entendederas, pero el naufragio terminó de arruinarlo. Casi se diría que no entiende lo que yo le digo, y soy su condenado tío.

—No estoy seguro de que me convenga aceptar pesos muertos en mi barco. —Esto fue dicho en un tono reflexivo, como si Logan estuviese meditando el asunto—. En el *Magdalena* cada uno hace su parte.

—Si es necesario, yo haré su trabajo y también el mío —dijo bruscamente Joss—. Lo que no haré es abandonarlo. Es el hijo de mi hermano fallecido, y soy responsable él. Si usted quiere que le lea el sextante, tendrá que aceptarlo lo mismo que a mí.

—Hum.

Logan caviló también acerca de esto, y sus ojos examinaron cuidadosamente a Lilah. Joss sintió que se le paralizaba el corazón cuando esa mirada sombría recorrió la figura esbelta inclinada sobre el piso de la cubierta. Dicho sea en honor de la joven, pareció que Lilah ni siquiera advertía que la vida de los dos pendía de un hilo, mientras Logan consideraba si la desventaja de aceptar una boca inútil a la que había que alimentar era mayor que el beneficio de la capacidad de Joss con el sextante. A los ojos de Joss, incluso con el pañuelo negro alrededor de la cabeza, ocultando la frente y lo que quedaba de los cabellos, los pechos alisados y el resto del cuerpo disimulado por las prendas masculinas deformes, y todo cubierto de suciedad, ella continuaba siendo inequívocamente una mujer, y la mujer que él amaba. Pero Lilah representaba bien su papel. Ahora, incluso había conseguido babear un poco.

Si no hubiera sido una dama, esa muchacha habría debido dedicarse al teatro. El corazón de Joss se hinchió de orgullo y por su parte Logan apartó con disgusto la mirada.

—¿Sabe escribir? ¿Lo suficiente para firmar su nombre? Tendrá que firmar nuestro acuerdo, lo mismo que el resto.

—Puede escribir su marca. ¿No es cierto, Remy?

Al oír la voz de Joss, Lilah se babeó de nuevo, sin interrumpir su interminable dibujo. Joss casi aplaudió. Tuvo que contener una sonrisa.

—Traigan el documento del acuerdo.

Para gran alivio de Joss, Logan se apartó de Lilah para impartir la orden a un hombre que estaba a su izquierda. Ahora que había decidido permitir que los dos permanecieran a bordo, pareció que el nuevo y desvalido miembro de la tripulación ya no le interesaba. La atención pasó de Lilah al pirata a quien Logan había hablado, que desapareció unos minutos bajo cubierta, y después regresó con un maltratado rollo de papel blanco. Acercaron un barril, y aparecieron una pluma y un frasco de tinta. Joss se adelantó; extendió el papel y le echó una breve ojeada. No era más que el conjunto de normas usuales de la vida a bordo, y la fórmula que regía la división del botín, calculada de modo que la mayor parte correspondía al capitán, con un porcentaje cada vez menor de acuerdo con la importancia del miembro de la tripulación. Llegó a la conclusión de que él y Lilah recibirían una vigésimo quinta parte de lo que restara después que el capitán y los oficiales recibiesen su parte. Lo cual convenía perfectamente a Joss. No tenía intención de que ninguno de los dos permaneciese en la nave el tiempo necesario para cobrar su parte. A la primera oportunidad que se les presentara, si era posible en un puerto importante, abandonarían el barco. Las vidas de ambos pendían de un hilo, y ese hilo se cortaría apenas Logan llegase a donde deseaba ir, o decidiera que Joss y su sobrino retrasado eran un inconveniente más que una ventaja. Antes de que llegase a eso, debían conquistar su libertad. Entretanto, tendrían que andar con mucho, con muchísimo cuidado, si pretendían sobrevivir.

Los nombres de los miembros de la tripulación estaban distribuidos en un círculo. Joss tomó la pluma y firmó su nombre sobre un extremo del círculo. Después, se inclinó, aferró el brazo de Lilah y la obligó a incorporarse y acercarse al papel.

—Escribe tu marca, aquí, sobre este papel —ordenó, y le puso la pluma en la mano.

Lilah soltó inmediatamente la pluma y derramó tinta sobre el barril y las tablas de la cubierta cuando la pluma rodó hacia la baranda. Con expresión dolorida, Joss recuperó la pluma, y cuando volvió a donde estaba Lilah, la encontró de nuevo en cuclillas. Los piratas que miraban se sentían profundamente regocijados, y se palmeaban las espaldas, encantados de la diversión a costa del nuevo tripulante. Incluso el taciturno Logan tuvo que sonreír. Hambrientos de entretenimiento, los piratas encontraban un placer imprevisto en su nuevo colega.

Maldiciendo a gritos, Joss incorporó de nuevo a Lilah, le puso la pluma en la mano, le cerró los dedos alrededor y los sostuvo mientras intentaba que comprendiese lo que él deseaba. La joven tenía un comportamiento maravilloso. Frunció el ceño y babeó, trató de ponerse en cuclillas y fue necesario sostenerla casi en el aire, y entonces dejó caer la cabeza sobre el cuello. Si no hubiera sabido a qué atenerse, Joss habríacreído que realmente era idiota. Finalmente, la obligó a dibujar una X irregular, sosteniéndole la mano y guiando la pluma en la dirección apropiada. Hecho esto, Joss la soltó, y ella se puso otra vez en cuclillas, mientras él escribía al lado de la X mal dibujada: «La marca de Remy.»

Una vez firmado y retirado el documento, se permitió a Lilah que continuase sus interminables dibujos sobre la cubierta, mientras Logan ordenaba que se sirviese un vaso de ron. Mientras Joss vaciaba su jarro, pensó aliviado que habían pasado la prueba. A menos y salvo que sucediese algo que los descubriese, los piratas habían aceptado a Lilah como lo que ella fingía ser: un jovencito medio idiota.

Si ella podía continuar representando la comedia, estarían a salvo. Como él le había dicho una vez, era una mujer excepcional.

Y ésa era precisamente la razón por la cual la amaba, aunque nunca se lo había dicho así. Quizá lo haría, y muy pronto.

O quizá, sólo quizás, ella era la última persona a quien debía decírselo. Joss tenía la sensación de que reconocer ante Lilah que la amaba concedería a la joven un dominio sobre él que ni el tiempo ni las circunstancias podrían quebrar jamás.

Alguien puso en su mano un vaso de ron. Joss lo bebió con la misma rapidez con que había consumido el primero. Por el momento, él y su sobrino retrasado eran miembros de una banda de piratas.

37

Una semana más tarde, el *Magdalena* salía al mar. El disfraz de Lilah había soportado la prueba. El capitán Logan y los demás marineros veían a Lilah sólo cuando se cruzaban en su camino. Y ella tenía la sensación de que incluso entonces en realidad no la veían. Su supuesto retraso mental determinaba que se confundiese con la obra muerta.

Pasaba las horas del día cojeando detrás de Joss, o sentada en cubierta, mientras Joss y el capitán delineaban el curso de la nave mediante complicados cálculos. Como había dicho Speare, Logan había conseguido en un barco capturado un sextante con señales que supuestamente llevaban a una isla donde estaba enterrado un tesoro. La tarea de Joss era conducir allí a los piratas después de descifrar dichas señales. Hasta que completase esa tarea, ella y Joss estaban relativamente a salvo. Después, cuando ya no los necesitaran... ella detestaba imaginar cuál podía ser su destino.

Se habían eliminado las carenas del *Magdalena*, y elevado los baluartes de modo que los piratas pudieran protegerse mejor cuando perseguían a otra nave. La tripulación, desde el capitán Logan hasta el grumete más bajo, dormía en jergones tendidos en cubierta. De noche, cuando Lilah yacía acurrucada bajo su manta, al lado del jergón de Joss, se apostaba un guardia no lejos del lugar en que ambos descansaban. Cada gesto y cada palabra murmurada exigían el mayor cuidado, no fuese que los viesen u oyesen, y se revelase el secreto.

Logan no sospechaba del sexo de Lilah, pero se mostraba cauteloso frente a Joss, y no era la clase de hombre dispuesto a correr riesgos. Aunque ella no tenía idea de lo que ese hombre pensaba acerca de lo que Joss y su desmañado sobrino pudieran intentar contra una tripulación completa de piratas.

Eran veintitrés, sin contar a Lilah y Joss. Armand Logan era un hombre alto y desgarbado, de poco más de cuarenta años, los cabellos oscuros y una cara picada de viruela, que era todavía más desagradable a causa de una cicatriz que se extendía desde la sien derecha hasta el mentón. La cicatriz de tan feo aspecto era probablemente el resultado de un sablazo, dijo Joss respondiendo a la pregunta de Lilah, murmurada mientras se acostaban a dormir, la primera noche a bordo. Logan era el único pirata que vestía bien, con prendas de fina tela y camisas adornadas con encaje. El atuendo elegante no armonizaba bien con la cara deformada. Pero a pesar de toda su fealdad, parecía un hombre semejante a tantos otros, y a Lilah le parecía difícil imaginarlo en el papel de un sanguinario capitán de piratas. Trataba a Joss con la misma cortesía que a todos, e ignoraba por completo a Lilah, una actitud que satisfacía plenamente a la joven.

La mujer de cabellos negros a quien Lilah había compadecido era una de tres capturadas en el mismo barco en que los bucaneros habían conseguido el sextante. Durante el día se las mantenía encerradas bajo cubierta, y después de anochecer, se las entregaba a los piratas que desearan una compañera de cama. Cada mujer era violada cuatro o cinco veces por noche, y la repetición del horror al parecer había amortiguado tanto su sentido, que ya ni siquiera se molestaban en gritar. Sin duda, habían aprendido que las protestas les acarreaban el sufrimiento complementario de un golpe o un puntapié. Y en todo caso, no evitaban que las violasen.

Lilah se veía en dificultades para ignorar a esos patéticos seres, pero Joss le advirtió ásperamente que, si de cualquier modo intentaba aliviar la situación de las víctimas, casi seguramente acarrearía su propia muerte y la de Joss. Debía cerrar los ojos y los oídos a lo que veía y oía, y concentrar los esfuerzos en su propia salvación.

Fue una de las cosas más difíciles que debió hacer en su vida, pero Lilah obedeció. Si se acostaba apenas caía el sol y se cubría la cabeza con la manta, podía ignorar gran parte de la orgía de borrachos que se prolongaba durante la noche. Sólo una vez los sonidos originados en la fornicación forzosa llegaron a sus oídos.

La mujer no estaba gritando ni llorando, sólo gemía, con el gemido impotente y dolorido de un animal. Los rezongos del hombre que la usaba casi cubrían los sonidos más bajos de la mujer. Pero Lilah oía, y sentía náuseas. Cuando todo terminó, la mujer se fue y el hombre se echó a dormir por los efectos del ron y la sexualidad satisfecha. Lilah temblaba violentamente.

Durante horas permaneció despierta, incapaz de apartar de su mente el horror. Después, cuando se durmió, tuvo una pesadilla en la cual ella era la víctima. Fue un milagro que no despertase a la tripulación con sus gritos. En definitiva, perturbó sólo a Joss, que estuvo sobre ella en un instante, la mano sobre su boca, mientras la reprendía en voz alta por haberlo despertado.

Había dos mujeres más que no eran prisioneras, y que se habían embarcado por propia voluntad en el *Magdalena*. Una tenía los cabellos que exhibían un matiz inverosímil de rojo bronceado, y un busto que desconcertaba incluso a hombres muy fuertes. Se llamaba Nell, y había sido la amante de McAfee. Ahora que McAfee ya no estaba, la mujer parecía resignada a elegir un nuevo protector entre los miembros de la tripulación. Si alguna vez había mostrado signos de resistencia, en todo caso Lilah no vio el más mínimo indicio en ese sentido. Parecía más entusiasmada que nunca ante la perspectiva de acostarse con un hombre, fuera quien fuese.

La otra era Nancy, hermana de Nell. Nancy era la mujer del capitán Logan, y tendía a mandonear a su hermana. Al parecer, las dos mujeres se profesaban una cordial antipatía.

Hacia la mañana del octavo día en el mar, comenzaba a atenuarse el temor de ser descubiertos que sentía Lilah. Fue reemplazado por una inquietud nueva. Nell había puesto los ojos en Joss, y hacía los mayores esfuerzos por poner en él algo más que los ojos. Al parecer había elegido al sustituto de McAfee, y el sustituto era precisamente Joss.

Mentalmente, Lilah no podía criticarla. Joss, con la

cara completamente afeitada excepto el elegante bigote que se había dejado después de afeitarse la barba, después del primer día en el mar, era de lejos el hombre más apuesto a bordo del *Magdalena*. Había heredado el guardarropa de McAfee, así como su tarea, que era la de descifrar el sextante, y con las ostentosas camisas de seda que habían sido la preferencia del desaparecido, ofrecía una imagen impresionante. El temperamento de Lilah hervía cuando la mujer se las ingeniaba para acercarse a los lugares en que Joss estaba trabajando (¡lo cual sucedía por los menos una docena de veces al día!), agitando las faldas y haciendo caídas de ojos. La muy trotona incluso tenía el descaro de tocarlo, y una vez deslizó juguetonamente el dedo por la abertura de la camisa; otra, aferró el hombro de Joss, fingiendo que tropezaba; e incluso llegó al extremo de apretar con sus enormes senos el pecho de Joss, mientras fingía que tenía una molestia en el ojo y pedía a Joss que se la quitase.

En vista de su disfraz de sobrino de Joss, Lilah poco podía hacer para frustrar los designios de la mujer. Hubiera sido suficiente una mirada de enojo dirigida a Joss para suscitar interrogantes en quienes podían ver el gesto. De modo que tenía que dárselas de sorda, ciega y muda, y reservar su furia para el momento en que estuviera sola con Joss.

—¡No puedo evitarlo! —protestó Joss, cuando ella se lo reprochó, bien entrada la noche.

Lilah sospechó que percibía un tono regocijado en la voz de Joss, aunque estaba demasiado oscuro para ver bien su expresión. La idea de que la situación pareciera siquiera remotamente cómica a Joss, la enfurecía todavía más.

—¡Puedes mantener abotonada tu maldita camisa! —respondió furiosa Lilah, y esta vez la risa de Joss fue inconfundible.

Lilah endureció el cuerpo, y dirigió a Joss una mirada que en verdad hubiera debido matarlo allí mismo.

La principal preocupación de Lilah era que Nell se metiese una noche en el jergón de Joss. Lilah no sabía cómo ella misma reaccionaría en ese caso. Incluso si Joss rechazaba a la mujer —y no había ninguna seguridad en ese sentido—, Lilah se enfurecería.

—¿Cómo puedes permitirle que coquetee así contigo? ¡Aunque «coqueteo» no es la palabra adecuada para lo que ella hace!

Lilah dijo esto protegida por el rumor de las olas y el sonido del viento, mientras Joss se acomodaba en su jergón para dormir durante la noche. Había cumplido la primera guardia, de modo que seguramente era bastante más tarde que la medianoche. Se había llegado a la conclusión de que Lilah era inútil para montar guardia, y también para ejecutar la mayoría de las tareas de a bordo, de manera que estaba en libertad de retirarse cuando lo deseaba. Pero no había logrado dormir, pues se preguntaba qué estaría haciendo Joss cuando ella no lo vigilaba. Apenas una hora antes, había asomado la cara de su refugio bajo la manta, y había visto a Nell, que caminaba balanceándose sobre la cubierta, acercándose al lugar en que estaba Joss, cerca de la proa; la taza humeante que llevaba en la mano era la excusa para acercarse. Lilah había realizado un enorme esfuerzo para permanecer en silencio e inmóvil en su propio jergón. Cuando Joss fue a acostarse junto a la joven, ella parecía una gata furiosa.

—De modo que has visto eso, ¿eh? Seguramente tienes ojos de gato —replicó Joss ante la acusación, al mismo tiempo que dejaba escapar un suspiro de sufrimiento. La idea de que él se creía tratado injustamente agravó aún más la irritación de Lilah.

—¡Pero no he visto que la rechazaras!

—No supondrás que pueda hacer eso, ¿verdad? Nell es mucha mujer para cualquier hombre.

Estaba burlándose de ella, provocándola para divertirse, y Lilah así lo comprendió después de que se disipase el primer asombro. Pasó de la cólera a la furia total. ¡De modo que se reía de ella!

—Si tanto te agrada, haz lo que se te antoje. —Lilah se volvió de costado para dar la espalda a Joss—. ¡Pero después no vengas a hacerte el enamorado conmigo, pervertido!

Joss se echó a reír, y extendió una mano para acariciar el punto más vulnerable del cuello de Lilah. Al parecer, el capitán Logan ahora confiaba más, a medida que se prolongaba la permanencia de los dos a bordo, de modo que ya no había un guardia apostado a pocos metros del lugar en que ellos dormían. Aun así, había otros tripulantes alrededor, y el gesto de Joss implicaba cierto riesgo.

Lilah se volvió para mirarlo, hostil. Las nubes se desplazaron permitiendo que la luna los iluminase unos instantes, los suficientes para permitir que ella viese la cara de Joss, acostado a medio metro de distancia, la cabeza descansando sobre el brazo.

—¡Eres un hombre despreciable!

—Y tú eres adorable. Sólo estoy burlándome de ti por ese asunto de Nell. Pero a decir verdad no puedes pretender que la rechace sin más. Una actitud así sería excesivamente sospechosa. Después de todo, si tú fueras mi sobrino retrasado, probablemente yo me alegraría de aceptar el bienestar que ella me ofrece.

—Si te acuestas con ella...

Fue una amenaza formulada con los ojos entrecerrados.

Joss sonrió; Lilah podía ver los dientes blancos que relucían entre las sombras móviles.

—No lo haré. La única mujer a quien deseo llevar a la cama tiene un busto aplastado como una tabla, está cubierta de suciedad y en este momento se encuentra acostada aquí, gritándome por algo que no es mi culpa. Es una arpía y una bruja, y no me permite mirar a otra mujer. La atención que presto a Nell es sólo para consumo del público. ¿Satisfecha?

—¡No!

Él sonrió, pero sin emitir el más mínimo sonido.

—Es lógico. Ahora, cállate, arpía, y duérmete. Y por Dios, no empieces a dirigir miradas hostiles a Nell. Se descubrirá todo el engaño.

—En ese caso, tendrás que vigilar tu propia conducta, ¿no te parece?

—Intentaré desalentarla. ¿De acuerdo?

El tono de Joss indicó a Lilah que intentaba mostrarse conciliador.

Lilah no estaba de humor para dejarse apaciguar.

—¡Más vale que así sea! ¡O en efecto, verás lo que es una arpía!

Pero para suavizar la severidad de sus palabras, ella se volvió, se acurrucó un poco más cerca, y bajo la protección de las mantas alargó la mano. Sus dedos encontraron los de Joss, y los acariciaron. La mano de Joss se cerró sobre la de Lilah, la apretó con fuerza y calidez, y la llevó a sus labios. Y después le besó los dedos, uno por uno, demorándose, allí mismo, sobre la cubierta del barco pirata.

38

La segunda semana comenzó con tiempo bueno y cálido. El *Magdalena* seguía un curso sureste, y enfrentaba un intenso viento de proa. Esa mañana, unos doce días después de haberse unido a la tripulación pirata, Lilah despertó sacudida bruscamente por Joss. Rezongó, bostezó y se sentó, parpadeando para protegerse los ojos del intenso sol del amanecer.

—¡A moverse, Remy!

Obediente, Lilah se incorporó y comenzó a enrollar su manta, como hacía Joss. Después, cojeando y con mirada inexpresiva, lo siguió hasta un rincón abandonado de la banda de babor, donde él satisfizo sus necesidades naturales sin la más mínima consideración por el recato, descargando su orina sobre las aguas del mar, como hacían los demás hombres, cuando el tiempo y las circunstancias lo permitían. Lilah inevitablemente tenía que mostrarse más discreta. Escondida detrás de un barril, usaba de prisa un orinal, que el primer día Joss había descubierto y escondido allí con el fin de que ella lo usara. Después de terminar, vaciaba rápidamente el contenido arrojándolo por la borda, y devolviendo el orinal a su escondrijo, donde nadie podía verlo.

Cuando Lilah salió detrás del barril, encontró a Nell haciendo arrumacos a Joss. La masa de ásperos cabellos rojos de la mujer descendía en grandes ondas alrededor de la cara y le llegaba hasta la mitad de la espalda. Tenía la piel morena, y la cara redonda con rasgos un tanto acentuados. A pesar de la estridente vulgaridad de la mujer, Lilah imaginó malhumorada que debía de ser sumamente atractiva para los hombres. Y al menos, su cuerpo lo era. Tenía los pechos muy abundantes, los pezones bien destacados presionando sobre la pechera de floja tela blanca. Su cintura era ancha comparada con la de Lilah, pero la voluptuosidad de los pechos hacia arriba y las caderas hacia abajo determinaba que pareciese aceptablemente esbelta. Incluso ahora, que la mujer permanecía en el mismo lugar, sonriendo con picardía a Joss, balanceaba las caderas, y así la falda negra se desplazaba de un costado al otro.

Era evidente que hoy Nell se había levantado decidida a encontrar hombre. Tenía la blusa tan recogida sobre los hombros que la mitad superior de los pechos estaba al descubierto. La falda estaba levantada, en la medida suficiente para permitir mucho más que una ojeada a dos pies muy bronceados y los tobillos levemente engrosados. Se había ajustado la cintura más que nunca, con una faja de seda rojo intenso. Se había pintado los labios y las mejillas utilizando un matiz parecido de rojo. Los ojos estaban fijos, con irritante avidez, en la presa a la cual apuntaba. Y esa presa le sonreía con verdadero encanto y ni la más mínima proporción de la ofensa que sentía Lilah al mirar.

Lilah se aproximó, cojeando y furiosa, y vio que Nell hacía un coqueto mohín. Sus labios pintados de rojo se curvaron mientras sus ojos recorrían audazmente el cuerpo alto de Joss, y se detenían sobre todo en ciertas regiones inmencionables, bien definidas por los ajustados pantalones negros.

—Te intereso, muchacho, sé que te intereso. Una mujer siempre sabe esas cosas. Entonces, ¿qué nos impide ser amigos? Un caballero como tú tiene... necesidades.

Este discurso provocador, pronunciado con voz ronca, se veía disminuido apenas por el acento populachero de la mujer y ahora consiguió que a Lilah le rechinasen los dientes. Si Joss no despachaba airadamente a esa mujer, ahora mismo, ella... ella... ¿Qué haría? Si no quería traicionar su verdadero sexo, ¿qué podía hacer? Nada, reconoció Lilah con profunda acritud.

Su furia impotente se acentuó cuando Joss extendió las manos para apoyarlas en los brazos desnudos demasiado regordetes de Nell, acariciándolos hacia arriba y hacia abajo mientras la miraba sonriente a los ojos. Lilah se detuvo en seco, observando, mientras una cólera fiera y primitiva hervía en su interior. ¡Él no tenía derecho a tocar a esa criatura, ningún derecho! ¡Él le pertenecía!

—Eres una hermosa mujer, Nell, y yo no sería humano si no tuviese ojos para ti. Pero temo que si me enredara contigo, lo cual me agradaría mucho, tendría que enfrentarme a toda la tripulación del *Magdalena*. Y como soy un recién llegado, no quiero entrar en eso. No es secreto que todos los hombres a bordo ansían ocupar el lugar de McAfee, y alguien me cortará el cuello si me apodero de su tesoro en las narices de todos.

Nell gimió al oír esto, sin duda complacida, y salvó la corta distancia que la separaba de su presa, y acarició con las manos la seda color zafiro que cubría el pecho de Joss, y las entrelazó tras el cuello del hombre. Lilah agradeció a la providencia que él hubiera satisfecho el pedido que ella hizo de mantener la camisa abotonada. Si hubiese tenido que presenciar cómo Nell tocaba la piel desnuda de Joss, seguramente habría estallado.

—Amor mío, jamás hubiera pensado que eras cobarde. Y tú eres el hombre a quien deseo.

Joss sonrió apreciativamente ante la audacia de la mujer, y sus manos descansaron en la cintura de Nell, mientras ella se colgaba de su cuello y descaradamente se frotaba contra él. A los ojos de Lilah era evidente que él nada hacía para desprenderse. Es decir, hasta el momento en que, mirando por encima de la cabeza de la trotona, vio que Lilah lo observaba hostil. Los ojos de los dos se encontraron, y los de Lilah enviaron un mensaje que él podía ignorar sólo a su propio riesgo. Los ojos de Joss se agrandaron un instante, esbozó una mueca, y volvió a mirar a la mujer colgada de su cuello. Meneó la cabeza y la apartó delicadamente.

—Eres una hembra tentadora, pero yo soy prudente. Tendré que pensar un poco en tu ofrecimiento. Ahora, apártate, mujer, y permite que continúe con mi trabajo.

Nell esbozó un mohín, pero Joss la despachó con un gesto que a juicio de Lilah prometía demasiado y una palmada amistosa en el trasero. Esta actitud complació tanto a la desvergonzada trotona que emitió una risita, y envió a Joss una mirada coqueta y un beso por encima del hombro desnudo, mientras se alejaba balanceando las caderas. Era evidente que Nell no consideraba definitivo el rechazo de Joss.

Lilah posó en Joss sus ojos azules ardientes e irritados, y dominada por la cólera olvidó por completo su papel del retardado Remy. No mejoraba las cosas el hecho de que, con el sol naciente, que arrancaba chispas azules a las ondas oscuras de sus cabellos, ahora recogidos sobre la nuca y asegurados por un cordel, y con la cara adornada ahora por el mismo bigote de pirata que tenía el hombre temerario que la primera vez la había deslumbrado, fuese tan apuesto que a Lilah se le cortaba el aliento. Alto y con las espaldas anchas, bronceado y musculoso, era el sueño de cualquier mujer. No era de extrañar que Nell lo hallase atractivo, pero no podía tenerlo. ¡Pertenecía a Lilah! El pensamiento era irrefutable, y la cólera que lo acompañaba parecía un hierro candente. Era suyo, ¡y no tenía derecho a coquetear con otras mujeres! ¡Y ella pensaba decírselo muy pronto a esa depravada!

Joss percibió claramente que habría dificultades, y sonrió para aplacar a Lilah. Cuando eso no sirvió, Joss frunció el entrecejo, entrecerrando los ojos, pero Lilah estaba demasiado irritada para prestar atención a la advertencia que venía con esa mirada. Se acercó a él, cojeando apenas, porque la piedra que tenía en la bota no calmaba su rabia, y descargó con fuerza el puño sobre el pecho de Joss, antes de que él pudiese adivinar lo que ella se proponía hacer, y se apartara.

—¡Tú...! —comenzó a decir furiosa, y de pronto se vio obligada a callar, porque Joss le tapó la boca con la mano.

—¡Calla! —zumbó Joss. Sus ojos recorrieron el lugar.

Lilah advirtió que Silas y otro pirata empujaban un barril hacia ese lugar retirado, junto a la baranda. Más allá, la cubierta hervía de actividad, y la tripulación iniciaba el trabajo cotidiano. Nadie parecía demasiado interesado en el episodio que se desarrollaba junto a la baranda, pero de un momento a otro alguien podía mirar, y descubrir que ella se comportaba de un modo muy impropio de Remy, y por lo tanto interesarse en lo que sucedía. La conciencia del peligro que ella estaba provocando afectó su actitud como una ducha de agua fría. Todavía desprendía vapor, pero ya no ardía.

—Tienes razón, Remy, es demasiado temprano para exigir a un jovencito como tú que se levante de la cama. Por lo menos, cuando está en casa con su mamá. Pero ahora no estás en casa con tu mamá, de modo que si puedes demuestra que eres un hombre.

Sin duda, Joss había pronunciado este discurso para calmar las sospechas, en caso de que alguien hubiese visto la breve escena entre ellos. Silas y el otro pirata parecieron dedicar a la pareja una atención apenas fugaz. De todos modos, continuar hablando podía ser peligroso.

Frustrada, Lilah se las arregló para dirigir otra mirada asesina a Joss antes de bajar los ojos y retomar su papel. Joss se apartó sin decir una palabra más, y continuó realizando sus tareas, mientras su «sobrino» lo seguía sumisamente.

El resto de la mañana y la mayor parte de la tarde Lilah los pasó como la mayor parte de los días a bordo del bergantín. Aunque las mujeres en general no podían pisar el alcázar (la única excepción era que el capitán estuviese dominado por el impulso del amor), Nell y su hermana, de cabellos negros y ojos almendrados, eran muy visibles más abajo, sobre cubierta. Haraganeaban apoyadas en los barriles y agitaban provocativamente sus faldas, con el fin de que la brisa les refrescase las piernas y algo más. Lilah, que transpiraba a causa del calor infernal, miraba con fiera antipatía a la pareja que reía alegremente. De tanto en tanto dirigía una mirada dura a Joss, para comprobar si él se sentía atraído por los encantos que las mujeres exhibían con tanto desparpajo. Fue mérito de Joss que ella nunca lo sorprendiese mirando, pero la joven sabía que eso no significaba que él no mirase. Solamente que lo hacía cuando ella no podía verlo.

Aunque fuese absurdo, tenía que reconocerlo: ella, Lilah Remy, una dama joven y bien educada, perseguida por los solteros más aceptables en todos los lugares que visitaba, y una belleza reconocida, ¡se sentía tan celosa de una hembra desaliñada que viajaba en el barco pirata que estaba casi trastornada!

Lo que sucedería cuando Nell comprendiese que se la rechazaba real y definitivamente, era algo que sólo podía conjeturarse. ¡Lo único que Lilah sabía era lo que sucedería si Joss se entregaba a la tentación!

Al recordar de qué modo, en Boxwood, ella había deseado enamorarse, Lilah se maravilló de la ingenuidad que había demostrado. Enamorarse no era en absoluto maravilloso. Estar enamorado era frustrante, enloquecedor, doloroso.

—¡Barco a la vista! —El aviso llegó del vigía que estaba en la cofa, a gran altura.

La advertencia sacudió el letargo provocado por el calor de la tarde. Todos los que se hallaban a bordo del *Magdalena* dejaron lo que estaban haciendo, para volver los ojos hacia la vasta y azulada extensión oceánica. Un sentimiento de excitación tangible como un fuego recorrió la cubierta.

—¿Hacia dónde? —preguntó Logan.

—¡A estribor!

El eco de los pasos repiqueteó sobre la cubierta con un ruido semejante al de un tambor, cuando la tripulación se acercó a ver. Joss se protegió los ojos con la mano y trató de distinguir la vela pese al resplandor del sol vespertino. Logan apuntó un catalejo. Lilah estaba muy interesada, pero tuvo que contentarse con mirar a través de la baranda del alcázar, sin abandonar su actitud distraída.

Hubo comentarios excitados a lo largo de la baranda de popa, mientras los hombres, a quienes se habían sumado Nell y su hermana, trataban de ver.

—¿Qué es? —Logan bajó el catalejo, y con las manos hizo bocina para gritar al vigía.

—¡Un galeón! ¡Y por lo que se ve, muy cargado!

Logan acercó de nuevo el catalejo al ojo.

—Sí, se hunde bastante en el agua.

Después, retiró del ojo el catalejo, lo cerró y se volvió. Se acercó a la baranda del alcázar para contemplar a su tripulación, las manos cerradas con tal fuerza sobre la caoba lustrada que se le blanquearon los nudillos.

—Muchachos, ¿estáis dispuestos a pelear? ¡A juzgar por la apariencia, allí hay riqueza para todos!

—¡Sí! —gritaron simultáneamente varias voces.

—¡Magnífico! —Logan respiró hondo. Y después—: ¡Ahora nos acercaremos!

Después de que se obedeciera la orden y el timón obligara a la nave a virar, gritó:

—¡Todos los hombres a los puestos de combate!

La tripulación corrió a ocupar las diferentes posiciones. Lilah miró fascinada mientras los marinos rezongones y ásperos pero —eso creía ella— esencialmente inofensivos se trocaban, ante sus propios ojos, en un grupo eficiente y disciplinado de asesinos. Por primera vez desde el día en que los había conocido, se ajustaron a la idea que ella tenía de un grupo de piratas sanguinarios. Las consecuencias de este cambio determinaron que de pronto sintiese una oleada de miedo.

Fox, un hombre de aspecto simiesco que era el encargado del pañol, fue pronunciando los nombres de los tripulantes, de modo que cada uno descendió y recogió armas pequeñas y otros objetos. El timonel Speare mantuvo firmemente el timón, de modo que el *Magdalena* enfiló directamente hacia su presa. El vigía descendió de la popa, y se unió al resto en la carrera bajo cubierta para retirar armas. El canto surgió simultáneamente de muchas bocas, al principio en voz baja, y después cada vez más seguro y sonoro mientras el *Magdalena* surcaba las aguas.

> *¡Yo, ha! ¡Adelante! ¡Me agrada la vida del pirata! Una bodega llena de oro y los muertos que se enfrían.*
> *¡Los doblones relucientes bajo los cráneos negros de moho!*
> *¡Yo, ha! ¡Adelante! ¡Me agrada la vida del pirata!*

Lilah necesitó un rato para comprender el sentido de las palabras, y cuando lo logró sintió que un sudor frío le recorría la columna vertebral. Los piratas matarían para obtener el tesoro, o morirían. Logan, con los ojos almendrados relucientes, se paseaba por el alcázar, murmurando por lo bajo la canción de los piratas. Al observarlo, Lilah ya no tuvo dificultad para comprender que era un asesino implacable. El hombre estaba transformado por la cacería, excitado hasta la locura por la perspectiva de una batalla. A su lado, guardando el sextante y los papeles que usaba en sus cálculos, Joss tenía una actitud controlada; pero Lilah sabía que seguramente se sentía tan inquieto como ella. En el calor de la batalla, todo podía suceder. ¿Qué probabilidades tenían de salir de eso indemnes y a salvo? Incluso si la tripulación del capitán Logan triunfaba, muchos morirían en ambos barcos, y quizás ella misma o Joss. Y si perdían... esa posibilidad era igualmente ominosa. Lo usual era colgar del cuello a los piratas apresados.

Lilah rezó con todo el fervor posible, rogando que el otro barco desarrollase velocidad suficiente para escapar.

—Necesitamos un artillero. San Pietro, ¿sabes disparar un cañón?

—En mis tiempos lo hice.

—Barba Roja era artillero. Puedes reemplazarlo en el cañón de popa. —Los ojos de Logan se detuvieron un momento en Lilah—. Es mejor que envíe a su sobrino abajo, con las mujeres. Lo distraerá, y se cruzará en el camino. Y será más seguro para él.

Joss asintió brevemente una vez. Después, aferrando del brazo a Lilah e indicándole con un gesto brusco que debía seguirlo, descendió la escalera que llevaba a la cubierta principal.

Los piratas se movían alrededor de ellos, y en el

curso de unos pocos minutos se convertían en hombres más jóvenes, más duros y fieros. Los ojos les brillaban con la perspectiva de obtener un rico botín. Una sonrisa ansiosa que parecía más bien una mueca se dibujaba en muchos labios. El canto era más tranquilo ahora, más bien un rumor de fondo en el momento en que los hombres se preparaban para la batalla. Lilah y Joss, que se abrieron paso a través del grupo, no merecieron la más mínima atención.

—¿En serio lucharás con ellos? —murmuró Lilah, atenta a los oídos que podían escucharla, pero incapaz de callar la pregunta mientras Joss la obligaba a acercarse a la pared del castillo de proa, para dar paso a un gran cañón empujado sobre la cubierta.

—No creo que tenga muchas alternativas. Si creen que estamos contra ellos, estos hombres nos matarán sin pensarlo dos veces. Con los piratas, se trata de luchar o morir, y no deseo morir si puedo evitarlo. Ni permitir que tú mueras.

El cañón fue puesto en posición, y asegurado a su lugar en la proa. Joss volvió a empujar a Lilah hacia la escotilla.

—No importa lo que suceda, quédate abajo. Vendré a buscarte cuando haya terminado.

—¡No!

—¿Qué?

—Ya me has oído. ¡He dicho que no!

Que esta conversación se desarrollara en murmullos de ningún modo alivió su aspereza. El desafío de Lilah movió a Joss a detenerse en seco. La irritación relució en sus ojos, y los ensombreció hasta que se convirtieron en dos círculos verde oscuro.

—Me quedaré contigo, te agrade o no. ¡Y si discutes conmigo, alguien descubrirá que no soy tu sobrino retrasado!

—Tal vez no seas mi sobrino, pero sí pareces retrasada —explotó Joss, mirando con cautela alrededor—. Está bien, haz lo que te plazca. Por lo menos podré mantenerte vigilada. ¡Sola, Dios sabe qué estupidez puedes hacer!

Dijo esto último por lo bajo, mientras la arrastraba sobre la cubierta. Lilah, después de obtener la victoria que buscaba, había vuelto de nuevo a su papel de Remy, y cojeaba con una mirada vacía en los ojos, mientras seguía los pasos de Joss.

—¡Guapo, espera un momento!

Nell aferró a Joss cuando pasaban al lado de la escotilla. Joss se volvió para responder, y Nell lo abrazó. En un gesto automático, Joss soltó el brazo de Lilah para sostener a la mujer, y ante los ojos asombrados de Lilah, Nell obligó a Joss a bajar la cabeza y le dio un beso apasionado.

—Cuídate, amor mío —dijo Nell con voz ansiosa, y finalmente lo soltó.

Lilah, los ojos clavados en el suelo, mientras trataba de mantener la personalidad de Remy, miró con odio la cubierta hasta que Nell entró por la escotilla. Joss reanudó su marcha hacia la popa, y Lilah cojeó detrás, el corazón dominado por el enfado. Cuando llegaron al cañón, Silas estaba allí; había terminado poco antes de cargarlo.

—Compañero, es todo suyo —dijo con un guiño, y se alejó caminando por la cubierta, para inspeccionar el cañón siguiente. Lilah vio que los otros hombres que estaban en cubierta ahora se agazapaban, refugiándose detrás de los baluartes. Recordó lo que Joss le había dicho la primera vez que subieron a bordo. Los baluartes estaban destinados a evitar que el enemigo viese la actividad en cubierta hasta que el *Magdalena* estuviese sobre ellos. Por lo que sabían los que tripulaban la otra nave, el *Magdalena* era tan inocente como ellos mismos. Los piratas creían facilitar su propia tarea sorprendiendo a la presa.

Pero por el momento, la furia había disipado el temor que Lilah sentía antes. Lo único que le interesaba era la reacción de Joss ante el beso de Nell. Mientras él se inclinaba a un lado del cañón, y ella estaba en cuclillas al lado contrario, Lilah le dirigió una mirada de furia. Joss la vio, y frunció el entrecejo.

—¿Qué querías que hiciera? ¿Que la rechazara? —preguntó en voz baja, pero con acento obstinado, pues había interpretado acertadamente la mirada acusadora.

Stevens y Burl se acercaron, caminando agachados sobre la cubierta, para ocupar sus lugares a los lados del cañón, y por lo tanto Lilah tuvo que tragarse la respuesta.

Silas llevó sables para Lilah y Joss; los había retirado del pañol del barco. Joss tenía la pistola que otrora había pertenecido a McAfee, e inspeccionó la pólvora para asegurarse de que estaba seca. Al parecer, secreía que Lilah era demasiado estúpida para confiarle una pistola, de modo que le entregaron sólo un sable. El mango frío pareció quemarle la palma de la mano. El combate inminente de pronto pareció horriblemente real.

A igualdad de condiciones, el galeón era más veloz

que el bergantín, pero ese día las condiciones no eran muy iguales. El galeón estaba pesadamente cargado, y en cambio el bergantín, que había sido vaciado después del carenado, pesaba mucho menos. El viento soplaba plenamente de popa para el bergantín, y en cambio el galeón, que llevaba un curso noroeste, estaba navegando con viento largo. El galeón no tenía motivos para sospechar nada extraño y no intentaba distanciarse de su perseguidor. Lilah, que de tanto en tanto espiaba sobre el borde del baluarte, lo mismo que el resto, sintió que sus nervios se tensaban casi hasta el borde del alarido, cuando comprendió que en poco tiempo el *Magdalena* alcanzaría su presa.

—Creen que nos acercamos para intercambiar noticias —dijo Joss—. Desde su alcázar seguramente sólo ven a Logan en el nuestro, a Speare al timón y a Manuel, allí en el castillo de proa. Es evidente que no tienen idea de que somos una amenaza.

—Será la primera sangre para su sobrino, ¿eh, San Pietro? —preguntó Silas. Sin esperar la respuesta, levantó la cabeza para espiar prudentemente por encima del baluarte. Lo que vio lo indujo a agacharse—. Dios, ya casi estamos encima —graznó, y acarició el borde filoso de su sable, en un gesto casi codicioso—. Yo diría que a lo sumo a un cuarto de hora.

El corazón de Lilah golpeó con fuerza mientras intercambiaba una mirada con Joss; pero estaban rodeados por los hombres y no podían continuar conversando.

—El *Beautiful Bettina*, de Kingston, Jamaica. ¿Qué barco? —El grito vino del galeón, y llegó débil pero claro a través de la superficie del mar.

El tiempo pareció suspendido mientras el galeón esperaba la respuesta. En el castillo, Logan bajó la mano en un movimiento cortante.

—¡Arríen las velas o los volaremos en pedazos! —fue su rugido, y para subrayarlo retumbó uno de los cañones del *Magdalena*, y se elevó un chorro de agua blanca cuando la bala cayó a corta distancia de la proa del *Beautiful Bettina*.

39

Ahora que ya no era necesario ocultarse, la tripulación se incorporó bruscamente, gritando y blandiendo sus armas. Alguien izó la tosca bandera negra del *Magdalena*. Cuando se desplegó, flameando desordenadamente en la brisa, la tripulación gritó de nuevo, y en el grito se percibía el ansia de sangre.

Se oyó otro estampido, y un chorro de espuma blanca se elevó hacia el cielo a muy poca distancia de la proa del *Bettina* como resultado del disparo de otro cañonazo.

Lilah, que ahora se había incorporado como todos los demás, pudo ver las minúsculas figuras sobre la cubierta del galeón, corriendo en busca de armas. La estrategia del *Magdalena* había sido magistral, y la sorpresa total.

—Pobres —murmuró, y el horror de lo que estaba sucediendo la llevó a olvidar que no debía hablar. Detrás, Silas aguzó el oído y le dirigió una mirada atenta, pero Lilah estaba demasiado preocupada para advertirlo.

—¡El cañón de popa!

Al oír la orden, Joss indicó con un gesto a Lilah que levantase el panel de madera que ocultaba la boca del cañón, hasta el momento de dispararlo. Lilah obedeció, y sintió los dedos rígidos a causa del miedo, y después permaneció junto al cubo de arena, mientras Joss encendía un fósforo. Protegiéndolo con la mano, acercó la llama a la mecha. La pólvora chisporroteó cuando la mecha prendió. Lilah se estremeció, y se llevó las manos a los oídos.

El cañón explotó con un rugido y un enorme retroceso que lo habría enviado como una catapulta sobre la cubierta si no hubiese estado sujeto con cuerdas. Brotó una bocanada de humo, y a través de ella salió despedida la bala. Lilah miró fascinada, horrorizada mientras el proyectil describía el arco de su trayectoria. Suspiró aliviada cuando cayó pocos metros antes del blanco, levantando otro inofensivo chorro de agua a poca distancia del costado del *Bettina*.

—Desvíe el rumbo —ordenó Logan.

El timonel cumplió la orden, y el *Magdalena* giró en el agua, y se deslizó al costado de su presa. El galeón era más alto, pero no más de un metro y medio o cosa así. Las maderas crujieron cuando las naves se rozaron. Los hombres de Logan aclamaron mientras se abalanzaban sobre el costado. Disparada a corta distancia, otra bala de cañón dio en el blanco, y derribó el palo de mesana del *Bettina*, con el acompañamiento de un coro de roncos gritos. Se arrojaron los ganchos de abordaje, que relucían como plata bañados por la luz del sol, y aferraron la baranda del galeón. Desde la cubierta del *Magdalena* se elevó otro grito ensordecedor cuando los piratas se dispusieron a arrojarse en masa sobre la presa.

—¡Al abordaje!

Logan encabezó el ataque, y fue seguido entusiastamente. Con la perspectiva de la sangre y el botín, los piratas treparon a las redes que estaban atadas a los ganchos, y fácilmente salvaron la distancia que los separaba de la baranda del galeón. Pareció que la mitad de la tripulación pasaba inmediatamente a la otra nave; y afrontaron escasa resistencia.

Entonces, en la cubierta del *Bettina* estalló un cañón. La metralla pasó sobre la baranda y barrió la cubierta del *Magdalena*. El humo negro y las llamas aparecieron en breves instantes sobre Lilah y Joss. Esta vez, el coro de gritos de victoria provino de la cubierta del *Bettina*. Los cuerpos de los hombres que acababan de pasar la baranda del *Bettina* cuando el cañón disparó, cayeron sobre la cubierta del *Magdalena*, y provocaron una sucesión de golpes sordos. Más cuerpos quedaron atrapados en los cables de los ganchos, colgando grotescamente, ensangrentados. Los que aún no habían pasado la baranda retrocedieron, se soltaron y buscaron cubrirse.

—¡Al suelo! —aulló Joss, y rodeando el cañón en un solo movimiento obligó a Lilah a echarse sobre la cubierta.

—¿Qué está sucediendo? —preguntó Lilah cuando una segunda explosión proveniente del galeón envió otra andanada sobre ellos.

—En realidad, estaban preparados. Ese cañón estaba cargado con recortes de metal. ¡Probablemente se ha llevado a la mitad de nuestra gente!

—¡Fuego de cañón!

La orden provino del *Bettina*. Una bala de cañón redonda y negra cayó sobre la cubierta del *Magdalena* y derribó el palo de mesana. El mástil se desplomó acompañado por un coro de gritos.

—¡Maldita sea, al capitán le dio en la cara! ¡Por Dios, le voló la mitad de la cabeza! ¡Estaban preparados, y sospecharon una trampa! —La sangre corría por la cara de Speare. Lilah vio horrorizada que el pirata había perdido la oreja derecha—. ¿Por qué no está disparando ese cañón, maldita sea? ¡Es una condenada masacre!

—Hay muchos de los nuestros a bordo. El cañón no selecciona a los que mata —le dijo Joss.

—¡Al abordaje... de nuevo!

La orden llegó de Foxy, que trataba de agrupar a la tripulación ahora que Logan había muerto. Unos pocos saltaron a las redes al oír la orden, pero fueron derribados por una andanada de fuego de armas pequeñas cuando los defensores se abalanzaron sobre la baranda. Más gritos atravesaron el humo, más cuerpos cayeron ruidosamente a la cubierta. Un infortunado no pudo sostenerse de la red, y de pronto se aferró de nuevo, y sólo sus hombros y la cabeza eran visibles sobre los baluartes del *Magdalena*. Comenzó a sonreír aliviado, pero la sonrisa se convirtió en un gesto de sorpresa cuando los dos barcos, impulsados por una ola, chocaron uno contra el otro. Lilah vio la sangre que le brotaba de la boca al ser aplastado entre los cascos. Cuando las naves volvieron a separarse, unos instantes después, el pirata se mantuvo aferrado a la red unos pocos segundos, y después desapareció de la vista sin ruido.

—¡Corten las cuerdas! ¡Corten las cuerdas!

El grito brotó simultáneamente de muchas gargantas. Los piratas ya no podían afrontar ese combate desigual. En el curso de su vida, Lilah nunca se había alegrado tanto como en el momento en que escuchó la orden de retirada. Joss, después de ordenar a Lilah que permaneciese inmóvil, se dedicó a cortar las cuerdas de los ganchos de abordaje que unían al *Magdalena* con el *Bettina*. Se oyeron disparos de pistola que provenían del *Bettina*, porque los infortunados que habían quedado en ese barco combatían hasta la muerte. Lilah recordó de nuevo que no había rendición para los piratas; al rendirse, sólo trocaban la muerte en batalla por la muerte en la horca.

Más metralla barrió la cubierta del bergantín mientras los hombres se esforzaban frenéticamente por liberarlo de lo que habían creído que era su presa. El olor azufrado de la pólvora se difundía por doquier. Lilah apenas podía respirar, y casi no veía a través de la cortina de humo negro. A esas alturas, su terror había quedado atrás. Permanecía acurrucada detrás del baluarte protector, y sus brazos le protegían un poco la cabeza. El horror le había amortiguado las sensaciones.

En unos momentos más, el *Magdalena* comenzó a separarse del *Bettina*. Dos piratas que habían quedado en el *Bettina*, vivos y al parecer no muy heridos, saltaron al mar y comenzaron a nadar frenéticamente hacia el bergantín. El fuego de los defensores apostados tras la baranda del *Bettina* los alcanzó. Se hundieron gritando, y su sangre llegó a unirse a los charcos rojizos que ya se extendían sobre la superficie del mar.

Una columna de humo se elevaba del lugar donde una bala de cañón había atravesado la cubierta del *Mag-*

dalena. Varios hombres apagaron rápidamente el fuego, y otros trataron de desplegar las velas del bergantín. Joss trabajaba con el resto. Lilah sintió que renacía su terror cuando vio que maniobraba el foque a causa de los destrozos sufridos por el cordaje.

La cubierta estaba sembrada de heridos. Era horrible escuchar sus gritos y gemidos, pero nadie les hizo caso y los sobrevivientes hacían todo lo posible para desprender la nave de su enemigo. Lilah apenas conseguía dominarse, y se decía que, piratas o no, ella tenía que ayudar a esos hombres que la necesitaban. Y de pronto, la bala de cañón surcó el aire con un alarido.

Cayó como un rayo llegado del cielo, y cuando dio en el blanco destruyó el *Magdalena*.

La pólvora estaba depositada a popa, en barriles, y allí cayó la bala. El barco explotó, y fue como el sonido del enorme estornudo de un gigante, y su fuerza levantó sobre el agua el *Magdalena*. Cuando volvió a posarse, estremecido y astillado, un gran abanico de humo negro se elevó de sus entrañas. Llegó una segunda explosión, y su fuerza levantó en el aire a Lilah, arrojándola hacia delante, contra el baluarte. Cuando recobró el sentido, descubrió que la popa del *Magdalena* estaba casi sumergida, y una lámina brillante de llamas avanzaba hacia ella desde la escotilla, con la terrible rapidez de un rebaño de caballos desbocados. Lilah apenas tuvo tiempo de dirigir una segunda y horrorizada mirada, antes de que el instinto la indujese a saltar sobre la baranda, y a zambullirse en lo profundo del mar ensangrentado.

40

Lilah se aferró a la tapa de un barril mientras el *Magdalena* se hundía. Durante lo que pareció una eternidad, el bergantín se mantuvo en equilibrio sobre la proa, con la popa un poco más alta, recortada sobre el cielo celeste. Sus velas parecían luminosas y crepitantes banderas de llamas carmesí. Las columnas de humo negro cubrían las esponjosas nubes blancas que surcaban el cielo. Y después, con poco más que un extraño silbido, el barco se hundió, originando un gigantesco remolino que arrastró a su vértice todo lo que había cerca, antes de desaparecer por completo. El barco y todo lo que tenía a bordo sencillamente desaparecieran de la superficie del océano en pocos minutos. Se formaron rápidos remolinos en el lugar en que la nave había desaparecido, y atraparon a Lilah, aferrada a la tapa del barril. Pero estaba bastante lejos del centro, de modo que la succión de la nave hundida no la arrastró. Otros, no tan afortunados, gritaron cuando se sintieron arrastrados hacia el fondo, y nunca reaparecieron.

Alrededor de la joven había cadáveres y restos. Un

hombre se aferraba a lo que quedaba de un remo. Estaba vivo, pero Lilah apenas le dirigió una mirada. Sus ojos exploraron el suave movimiento de las olas, trataron de identificar cada resto, todo lo que podía ser humano y que estaba al alcance de sus ojos. Le dolía el estómago; tenía la garganta seca.

Un pensamiento ocupaba su mente y borraba todo el resto: ¿qué le había sucedido a Joss?

Él había estado manipulando el foque cuando explotó la pólvora. Y después, ella no volvió a verlo. ¿Había conseguido salvarse? ¿O se había hundido con el barco? Al pensar que podía estar muerto, que quizá nunca volvería a verlo, Lilah quiso gritar y maldecir, quiso llorar. Si había muerto, ella no podría soportar la vida.

Dos botes recorrían la superficie del agua, recogiendo sobrevivientes. Pertenecían al *Bettina*, cuyo capitán sin duda era un hombre demasiado temeroso de Dios para permitir que ni siquiera los piratas se ahogasen. En cambio, los condenaría a la horca.

Joss no podía estar muerto. Si así hubiera sido, ella lo habría sabido, lo habría sentido en lo más profundo de su corazón. Estaba vivo, estaba entre los restos, que era todo lo que quedaba del bergantín antes tan orgulloso. Tenía que hallarlo ahora, antes de que lo encontrase la tripulación del *Bettina*. Creerían que era un pirata como los demás. A voluntad del capitán, los piratas apresados podían ser ahorcados sumariamente colgándolos de un mástil. No se necesitaba proceso. Era la ley del mar. La triste verdad era que quienes habían sobrevivido al naufragio del *Magdalena* quizá jamás volviesen a ver tierra. Bien podían terminar la vida en el extremo de una cuerda, en medio del mar.

Lilah pensó que ella misma podía ser confundida con un pirata, pero esa posibilidad no la inquietó demasiado. Explicaría la situación, y ellos lo comprenderían y la devolverían a su padre. Joss era el problema. Convencer a un capitán de que le perdonase la vida era una cosa; argumentar en defensa de la vida de un hombre, un artillero que según todos los indicios había sido un miembro más de los piratas era otra.

Pero nada de todo eso importaba por el momento. Lo único que importaba era encontrar a Joss. Vivo.

¿Dónde estaba?

Como no deseaba pronunciar su nombre por temor a atraer la atención de los botes y ser recogida antes del momento oportuno, Lilah miró con mucho cuidado alrededor. Movió el agua con las piernas, siempre aferrada a la tapa del barril, y nadó hasta un bote salvavidas volcado al que se aferraban tres hombres.

Yates era uno, y Silas otro. Lilah no conocía al tercero. La piel de la cara de Silas estaba ennegrecida, quemada en carne viva en varios lugares. Tenía los cabellos chamuscados. Su aspecto era terrible, como el de una criatura extraída de una pesadilla. Aun así, parecía que no sufría demasiado, o por lo menos eso pensó Lilah cuando la miró fijamente un momento, sin reconocerla, o quizá se encontraba en estado de *shock*.

—¿Remy? ¿Eres tú?

—Sí, soy yo, Silas.

La voz de Lilah, enronquecida por el humo que había inhalado, de todos modos estaba lejos de los gruñidos inarticulados de Remy. Ahora que el *Magdalena* se había hundido, parecía que no tenía sentido continuar representando el papel. Además, su preocupación por

Joss era tan intensa que le impedía pensar en otra cosa.

—Maldición —murmuró Silas, mirándola—. Eres una condenada mujer. ¡Maldición!

Además del cambio de la voz, Lilah advirtió que había perdido el pañuelo y la capa protectora de suciedad. Que Silas identificase su verdadero sexo era casi inevitable, pero a ella ya no le importaba.

—¿Ha visto a Joss? ¿A San Pietro? —preguntó con voz apurada, pero Silas se limitó a mirarla, y los ojos se destacaban grotescamente en la cara quemada.

Un bote se acercó, con los remos batiendo el agua. Lilah vio que dos sobrevivientes estaban acurrucados en la proa, vigilados por un hombre con un mosquete. Un tercero estaba tendido en el fondo, y sin duda se encontraba desmayado. Un marinero del *Bettina* acurrucado en la proa se inclinaba sobre el agua mientras tanteaba un cuerpo flotante con un gancho. Dos tripulantes manejaban los remos, pero Lilah tenía ojos sólo para el hombre tendido en el fondo del bote.

Era un individuo de cabellos negros, y espaldas anchas, alto y musculoso, y vestía una camisa de seda color zafiro. Era Joss. Estaba segura.

Abandonó la tapa del barril, nadó hacia el bote y se aferró al costado.

—¡Fuera! —El hombre del mosquete le apuntó con el arma.

—No soy pirata —dijo impaciente Lilah, casi sin mirarlo—. Ayúdeme a subir.

Ante la evidente femineidad de la voz, todos los hombres que podían moverse se volvieron hacia ella.

—Varón o mujer, no importa. Son todos piratas —dijo uno.

—Le digo que yo no...

—Ayúdala a subir, Hank —dijo el que tenía el mosquete y parecía estar a cargo, al hombre del gancho. Y después, dirigiéndose a Lilah—: Si intenta algo, la mataremos. Y no nos importa lo que sea.

Varias manos la ayudaron a subir. La atención de Lilah estaba concentrada en Joss. Tenía sangre en la espalda de la camisa.

—¿Qué le sucede? —preguntó, tratando de arrodillarse al lado de Joss.

El hombre que la había ayudado a subir se encogió de hombros.

—¡Por Dios, es el idiota, Remy! ¡Es su mujer!

Uno de los piratas se incorporó apenas, reaccionando de su letargo, para mirar a Lilah con una mezcla de sorpresa y odio.

—¡Cuide su lenguaje! —El hombre del mosquete movió el arma para apuntar al que había hablado, que decidió callar.

Lilah ignoró este diálogo, y en cambio concentró sus esfuerzos en descubrir la gravedad de las heridas de Joss. Estaba inconsciente, completamente mojado, y las manchas de sangre se extendían como tinta roja sobre la seda húmeda que le cubría la espalda. Siguió el rastro de la sangre hasta su origen, un corte profundo en la nuca. Tenía los cabellos pegajosos de sangre. Lilah alargó una mano temblorosa para determinar la gravedad de la herida. Cuando se movió, el cañón del mosquete le tocó el hombro, obligándola a retroceder.

—¡Usted, siéntese con los otros!

—Pero...

—Ya me ha oído. ¡Siéntese! ¡De lo contrario, varón o mujer, la enviaré al infierno! ¡Aquí, y ahora!

Lilah miró el rostro de expresión dura e inflexible, y comprendió que haría lo que decía. Era un hombre joven, probablemente apenas unos años mayor que ella misma, de rostro pecoso y cuerpo desmañado. Pero tenía una expresión ominosa y aferraba con fuerza el mosquete. Lilah comprendió que él la creía un miembro de la banda pirata, exactamente como el resto de los prisioneros. También comprendió otra cosa: había participado en una lucha a muerte, y por lo que él sabía, ella pertenecía al enemigo al que había derrotado por poco.

El bote recogió a Yates, a Silas y al tercer pirata, aferrados al bote salvavidas, y después cambió de dirección para regresar al *Bettina*. Lilah mantuvo la mirada fija en Joss. Se movió una vez, flexionando la espalda como si le doliera, y el movimiento acentuó la hemorragia, de modo que la sangre le corrió por el cuello y le manchó la camisa. Alzó la cabeza, y volvió a dejarla caer, por lo que ahora la otra mejilla descansó en el charco de agua de mar que se movía en el fondo del bote. En esa nueva posición, Lilah podía verle la cara. Ansiaba acercarse a él, pero temía que si lo intentaba el hombre del mosquete le disparara. De modo que permaneció en el mismo lugar, observando y sufriendo.

Joss esbozó una mueca, parpadeó un momento y después cerró los ojos. Lilah contuvo la respiración, y realizó un movimiento involuntario para acercarse. El cañón del mosquete se le clavó en el hombro, y la obligó a interrumpir el gesto.

—¡Hágalo de nuevo y la mato!

—¡Está herido y sangrando! ¡Necesita ayuda!

—¡Quédese donde está! ¡Aquí no mimamos a los condenados piratas! ¿Quién es, su amante? Qué lástima.

—No es pirata... ni yo tampoco. Nos obligaron...

—Por supuesto.

Lilah miró hostil al hombre, que la observaba con una mezcla de odio y desprecio, y el pequeño orificio negro al extremo del mosquete no se desvió un instante, apuntándole al corazón. Joss gimió, y ella sintió una acceso de cólera.

—Mire, estúpido, mi nombre es Dalilah Remy. Mi padre es el dueño de Heart's Ease, una de las principales plantaciones de azúcar en Barbados. Naufragamos y...

—Vaya al grano —interrumpió bruscamente el hombre—. No tengo tiempo para escuchar cuentos de hadas.

—Caramba, ¡usted...!

—Olvidando dónde estaba, Lilah comenzó a incorporarse. El bote se balanceó precariamente. El hombre la obligó rudamente a sentarse otra vez.

—¡Muévase de nuevo, y la arrojaré al agua y dejaré que se ahogue!

Al mirar el gesto duro de su boca, Lilah le creyó. Disgustada, cruzó los brazos sobre el pecho y permaneció sentada, y pasó el tiempo mirando al imbécil del mosquete y dirigiendo ojeadas inquietas a Joss, mientras el bote volvía al *Bettina*.

41

Sobre la cubierta del *Bettina* los piratas fueron agrupados bajo el mástil principal, y con guardia a la vista. Lilah vio con indignación que también a ella se la obligaba a permanecer allí. Joss, todavía inconsciente, fue llevado del bote a cubierta mediante una cuerda atada bajo los brazos. Lo subieron y arrojaron sobre la cubierta con tanto cuidado como si hubiese sido un saco de harina. Lilah, que esperó hasta que el guardia mirase en otra dirección, se acercó furtivamente al costado de Joss. Se quitó el jubón empapado, y lo apretó sobre la nuca de Joss, tratando de contener la hemorragia. La herida no era grande pero sí profunda, y todavía sangraba abundantemente. El golpe que la había provocado seguramente había sido muy fuerte. Era un milagro que no se hubiese ahogado.

La de Joss no era, ni mucho menos, la peor de las heridas. Lo mismo que Silas, la mayoría de los sobrevivientes estaban terriblemente quemados. Yates había perdido un pie. Lilah y otro pirata eran los únicos que no estaban heridos.

En total, nueve piratas, incluidos ella misma y Joss, habían sido llevados a bordo del *Bettina*. El resto fue dado por muerto, y sus cadáveres se hundieron con el barco o fueron dejados para comida de los tiburones. No se creía que un funeral decente fuera necesario en el caso de los piratas, la chusma del mar.

Excepto Lilah, ninguna de las mujeres había sobrevivido. Atrapadas bajo cubierta cuando explotó el barco, probablemente habían estado entre las primeras víctimas. Lilah abrigaba la esperanza de que la explosión misma las hubiese matado enseguida. No le agradaba imaginar que habían perecido como consecuencia de las quemaduras, o que se habían ahogado.

Ni siquiera en el caso de Nell. La audacia que había demostrado persiguiendo a Joss no merecía un fin tan terrible.

En la cubierta reinaba un terrible desorden. El foque había desaparecido en el combate. Yacía destrozado sobre la cubierta, como un recordatorio ominoso de todo lo que el galeón había perdido en el combate. Sus muertos formaban una fila bien ordenada frente al castillo de proa, y parecía que el número superaba la docena.

Fácilmente identificable mientras se movía con frenética energía, el capitán era un hombre bajo y robusto, de labios apretados. En ese momento estaba de pie delante del castillo de proa, la Biblia en una mano y una pistola en la otra. Sonó un disparo. Lilah se sobresaltó, y después comprendió que el disparo era la señal dirigida a todos los hombres, excepto los guardias, con el fin de que se reuniesen para asistir al servicio fúnebre en homenaje a los compañeros caídos.

Cuando las oraciones por los muertos concluyeron

y los cadáveres estaban siendo arrojados uno tras otro al mar, Lilah ya se sentía dominada por el miedo. No había motivo para esperar compasión de los que habían sido agredidos de un modo tan implacable.

El capitán se detuvo frente a sus prisioneros. Miró con desprecio al lamentable grupo.

—¡Piratas! —dijo—. ¡Bah!

Escupiendo sobre la cubierta para expresar su opinión acerca de los cautivos, se volvió a un hombre alto y delgado que estaba detrás.

—No es necesario llevar esta resaca al puerto. Ahórquenlos.

—¡Sí, capitán!

Por la prontitud con que el hombre respondió era evidente que, como el capitán, ansiaba la venganza. El resto de la tripulación que estaba a la vista de Lilah coincidió con gesto sombrío. Los piratas que oyeron pronunciar la sentencia y tenían lucidez suficiente para saber cuál sería su destino gritaron y gimieron, sollozando y pidiendo compasión. Silas se adelantó de rodillas, tratando de aferrar la pierna del capitán que ya comenzaba a alejarse.

—Compasión, señor, compasión...

El capitán descargó un brutal puntapié en la cara de Silas.

El pirata gritó, se llevó las manos a la cara quemada, y se desplomó sollozando sobre el suelo de la cubierta. Lilah se sintió descompuesta de miedo, y comprendió que debía actuar.

El capitán ya se alejaba. Sin prestar atención al guardia, Lilah retiró de su regazo la cabeza de Joss y se incorporó bruscamente.

—¡Capitán! ¡Espere! —Habría corrido hacia él, pero el mosquete que la apuntaba la indujo a detenerse—. ¡Capitán! Debo hablar con usted.

Vio aliviada que el capitán se volvía bruscamente al oír su voz. Lilah supuso que era porque pertenecía a una mujer.

—Una muchacha. —Sus ojos la recorrieron de arriba abajo, y tomaron nota de su sexo. Después, se encogió de hombros—. No importa.

—Pero no soy pirata —exclamó desesperadamente Lilah, sin hacer caso de las miradas asesinas que le dirigían sus compañeros de infortunio—. Soy Delilah Remy, y naufragué...

—¡Cierra la boca, zorra!

Uno de los guardias evitó que se acercara al capitán, y amenazó con aplastarle la cara con la culata del mosquete. Lilah no le hizo caso, consciente de que no tendría otra oportunidad, y sus ojos y su voz rogaron al capitán que la escuchase.

—Por favor, nos obligaron a embarcar en el *Magdalena*, nunca fuimos parte de la tripulación. Fuimos víctimas de esos piratas tanto como ustedes...

La culata del mosquete se alzó en el aire, y el guardia se preparó para descargar el golpe. Lilah se encogió, y alzó el brazo para protegerse la cara.

—Papá, ha tratado de decir algo parecido cuando la hemos sacado del agua, pero yo no estaba de humor para escucharla.

Lilah comprendió entonces que el joven marinero de cara pecosa, el que mandaba el bote de rescate, era hijo del capitán.

De reojo alcanzó a ver una cuerda arrojada para

enganchar en un penol de verga. Se elevó en el aire, describió un arco contra el cielo, erró el blanco y volvió a caer. Cuando comprendió lo que eso significaba, Lilah se estremeció y redobló sus esfuerzos.

—Tiene que escucharme. Por favor, se lo ruego...

El capitán se volvió, y cruzó los brazos sobre el pecho. Lilah sabía que ni por asomo parecía la joven dama que había sido, pero abrigaba la esperanza de que los dos hombres viesen algo que los indujese a reconsiderar la situación.

Ensayó una sonrisa insegura y temblorosa. Como eso de nada sirvió, permaneció muda, mirando fijamente a los dos hombres, y mordiéndose inconsciente y nerviosamente el labio inferior, mientras se retorcía las manos.

—Permitan que se acerque —ordenó finalmente el capitán.

El guardia que la vigilaba retrocedió un paso. Con un profundo sentimiento de alivio, Lilah se adelantó.

—Ahora, diga lo suyo, y dígalo de prisa. ¡Y recuerde que me desagradan los mentirosos!

Bajo el penol de verga, arrojaron de nuevo la cuerda. Esta vez describió un arco elegante, se enganchó y quedó en la posición adecuada.

—Me llamo Delilah Remy... —comenzó a decir Lilah, pero fue interrumpida por un marinero que vino a informar al capitán de que la cuerda estaba enganchada y que comenzarían a ahorcar a los piratas.

—Léanles una plegaria y acaben de una vez.

El marinero fue despedido con un gesto de la mano del capitán. Lilah trató de cerrar los oídos a los gritos desesperados de sus antiguos compañeros de tripulación, mientras uno de los marineros atacaba la rápida recitación de «Padre nuestro...»

Tenía que preocuparse por ella misma, y por Joss.

Hablando con la mayor rapidez posible explicó de qué modo ella y Joss habían llegado a bordo del *Magdalena*. Su historia se vio apoyada por el hijo del capitán, que dijo:

—Los hombres que retiré del agua parecieron sorprendidos de saber que era una mujer.

—Hummm. —El capitán la miró fijamente un momento, y asintió—. Está bien. Barbados no está lejos de nuestra ruta. De todos modos, mi barco necesita reparaciones, de modo que imagino que podemos recalar allí lo mismo que en otro lugar cualquiera. Si usted dice la verdad, se alegrará de volver a casa. De lo contrario... bien, imagino que podemos ahorcarla en Bridgetown lo mismo que aquí.

Se volvió, complacido consigo mismo, y dirigió una rápida mirada a su hijo.

—Cededle una cabina, y entregadle algunas ropas secas, pero que permanezca encerrada.

—Sí, papá.

—Capitán.

El capitán se volvió para mirarla, y a juzgar por su expresión estaba sorprendido de que continuaran importunándolo acerca de un asunto que ya estaba satisfactoriamente resuelto.

—Mi acompañante... tampoco es pirata.

—¿Cuál es?

—El que está acostado allí. El hombre alto, de cabellos negros. Está herido, y desmayado.

—¡Manejaba el cañón de popa! ¡Yo mismo lo vi cargar el arma!

El que había hablado era uno de los marineros, miembro de un pequeño grupo que había estado escuchando el relato de Lilah con diferentes grados de suspicacia.

—¿Es así?

El capitán miró a Lilah con ojos que de pronto eran mucho más fríos.

—Él... ha tenido que hacerlo. Nos habrían asesinado si no obedecíamos...

—¡Era el artillero! Yo también lo he visto, señor... era difícil confundirse, porque es tan alto.

Los ojos del capitán se volvieron hacia Lilah. Al ver la expresión de esa mirada, ella casi se desesperó.

—¡No pueden ahorcarlo! Le digo que lo han obligado...

—No importa cuál sea la verdad de su historia, si ha estado manejando el cañón es un maldito pirata. ¡Lo ahorcaremos con los demás!

Dicho esto, el capitán comenzó a alejarse de nuevo.

—¡No! ¡No pueden hacerlo!

Lilah corrió detrás de él, y le aferró el brazo. Él la miró impaciente.

—Se lo advierto, muchacha, no estoy de humor para escuchar las inquietudes del corazón de una joven. He perdido a casi un tercio de mi tripulación, y uno de los muertos es el hijo de mi hermana. Además, Dios sabe cuánto daño ha sufrido mi barco. ¿Sabe lo que me costará repararlo? Estoy dispuesto a perdonarle la vida, pero no haré lo mismo con un hombre que ha disparado un cañón sobre mi barco. Si usted lo ama, lo lamento mucho.

—¡No lo amo! —Las palabras brotaron atropella-
das de sus labios mientras Lilah buscaba frenética las
que podían salvar a Joss. El capitán estaba preocupado
por el dinero...—. No es mi... ¡Nada! ¡Es un esclavo,
muy hábil y muy valioso! Pertenece a mi padre... y vale
más de quinientos dólares norteamericanos. Mi padre
querrá ser recompensado si pierde una propiedad tan
valiosa. Si lo ahorca, ¡deberá a mi padre esa suma! Pero
si se lo devuelve y me devuelve a mí, yo... me ocuparé
de que sea bien retribuido por la molestia.

El capitán miró a Lilah, y después a Joss.

—Vamos, muchacha, no me venga con cuentos. Es
un blanco y...

—Le digo que es un esclavo, y usted no tiene derecho a ahorcarlo. Es lo que llaman un mulato de piel clara; mi padre es el propietario, y lo obligará a pagar si
usted lo mata. Quinientos dólares...

—¡Echemos una ojeada a este esclavo!

El capitán y el grupo que lo rodeaba se acercaron
para mirar a Joss. Lilah los acompañó, con el corazón
en la boca. Estaban arrastrando a los piratas, que gritaban y lloraban, para ahorcarlos.

Joss había recuperado la conciencia, pero no estaba
del todo lúcido. Parpadeó y alzó de nuevo la cabeza
antes de gemir y volver a apoyarla sobre las tablas en-
sangrentadas de la cubierta.

—¡Traigan un cubo de agua!

Alguien llevó el agua, y vaciaron el cubo sobre Joss.
Cuando el agua fría lo mojó y se derramó sobre la cubierta, Joss volvió a levantar la cabeza, parpadeando.
Movió un brazo para usarlo como almohada, y apoyó
sobre él la cabeza. Permaneció con los ojos abiertos, y

Lilah supuso que estaba mareado pero consciente. Entonces, su mirada se posó en la figura de Lilah, y entrecerró apenas los ojos.

—Muchacho, ¿me oyes? —preguntó el capitán, inclinándose para formular la pregunta, su cara a pocos centímetros de la de Joss.

Joss asintió, con un movimiento apenas perceptible.

—¿Usted ha disparado el cañón contra mi barco?

Lilah contuvo la respiración.

—No tenía alternativa. Nos habrían asesinado... si no lo hacía. Espero que usted... acepte mis disculpas.

Parecía que le costaba respirar.

El capitán se pasó la lengua sobre los labios, y se puso en cuclillas.

—¿Conoce a esta... persona?

Hizo un gesto en dirección a Lilah. Los ojos de Joss miraron a la joven, y movió la cabeza en lo que pareció un gesto de asentimiento.

—Sí.

—¿Cómo se llama, y qué relación tiene con usted?

De modo que el capitán quería también comprobar la identidad de Lilah, y comparar su relato con el de Joss. Lilah advirtió que el capitán evitaba usar pronombres que revelasen el sexo de la prisionera, y comprendió que Joss no podía saber que ellos ya estaban al tanto de la verdad que se ocultaba bajo el deteriorado disfraz. Y él intentaría protegerla.

—Remy. —Joss habló con voz áspera, pero se movió, tratando de sentarse. Se estremeció y volvió a caer, y Lilah— tuvo que hacer un gran esfuerzo para abstenerse de correr al lado del herido—. Es mi...

—Joss, saben que soy una dama —lo interrumpió Lilah—. No necesitas continuar protegiéndome.

Joss la miró, el capitán hizo lo mismo. Su mirada era una clara advertencia en el sentido de que ella debía guardar silencio.

—La señorita Remy afirma que usted es negro. Dice que usted vale quinientos dólares, y que es su esclavo. ¿Qué responde a eso?

Joss miró de nuevo a Lilah, pero esta vez con dureza.

—Jamás dudo de la palabra de una dama —dijo finalmente, y sus labios se curvaron en un gesto que era casi despectivo.

—Entonces, ¿usted es esclavo y pertenece a la señorita Remy? ¿O a su padre? Quiero una respuesta clara, sí o no.

—Joss...

Murmuró el nombre casi involuntariamente, desconcertada por la súbita dureza de los rasgos de Joss.

—Señorita, ¡cierre la boca!

Lilah guardó silencio. Sólo podía mirar dolorida a Joss, sabiendo lo que sin duda él estaba pensando. Pero ¿acaso podía haber hecho otra cosa?

—¿Sí o no? ¡No dispongo de todo el día!

Joss la miró durante unos instantes que parecieron infinitos, con los ojos verdes fríos como el hielo. Después dijo:

—No importa lo que ella sea en otros aspectos, la dama no miente. Si dice que es así, entonces es así.

Eso fue suficiente para el capitán.

—Demonios, métanlo en el calabozo. Encierren a esta joven en una cabina, y volvamos al trabajo. La carga no admite demoras, y no deseo deber quinientos dólares y además lidiar con una carga que se ha echado a perder. Aclararemos la situación de estos dos cuando lleguemos a Barbados. Y ahora, joven, sepa que no olvido la recompensa que usted ha prometido.

Unos minutos después Lilah se alejó vigilada por un guardia, y dos marineros se encargaron de Joss y medio lo arrastraron detrás de la joven. Cuando ella se acercó a la escotilla escuchó un ronco grito que venía de la proa del barco. Los ahorcamientos habían comenzado.

Su acompañante la tomó del brazo, con un movimiento de sorprendente cortesía, y siguió con ella por un corredor, mientras los guardias de Joss comenzaban a descender con su detenido hacia las entrañas de la nave. Lilah se detuvo.

—Quiero asegurarme de que esté bien, por favor.

Los tres marineros se miraron, se encogieron de hombros y permitieron que ella los acompañase mientras descendían con Joss los peldaños de la estrecha escalera.

El calabozo del *Bettina* estaba formado por una sola celda, oscura, húmeda e incómoda. Lilah sintió que se le oprimía el corazón cuando vio dónde dejarían a Joss. Pero por suerte sería por pocos días, y eso era mejor que ser ahorcado. Sólo deseaba que Joss lo viese también de ese modo.

Lilah permaneció en el corredor mientras introducían a Joss y lo depositaban en la más baja de las dos literas que había. El joven marinero que la acompañaba ya no le sujetaba el brazo, y al parecer actuaba frente a ella dispensándole el trato que correspondía a una dama joven, y no a una muchacha pirata. Como nadie se lo impedía, Lilah entró en la celda. Los dos guardias habían dejado a Joss boca abajo, por consideración a la herida en la nuca. Ya no sangraba, por lo que ella podía ver a la escasa luz de la única linterna que colgaba de un gancho, en el corredor. Pero tenía los cabellos apelmazados por la sangre, y aún se lo veía débil y mareado.

—Joss... —comenzó a decir Lilah, inclinándose sobre él, y hablando en voz baja mientras los hombres esperaban junto a la puerta de la celda.

Él yacía con la cabeza apoyada en el brazo. En la oscuridad sus ojos relucían duros, verdes y brillantes.

—Perrita traidora.

Lilah contuvo el aliento.

—Joss...

—Señorita, tiene que salir de aquí. El capitán ha dicho que había que encerrarla en una cabina, y yo debo volver a cubierta.

Lilah asintió en respuesta a la indicación del marinero, y se volvió. Había pasado la oportunidad para explicar la situación.

Cuando la puerta se cerró tras ella, y uno de los hombres que había transportado a Joss corrió el cerrojo, Lilah habló a su acompañante.

—¿Pueden ocuparse de que reciba atención médica? Él... como he dicho es muy valioso.

El marinero se pasó la lengua por los labios.

—Preguntaré al capitán Rutledge; él tendrá que decidir.

Y Lilah tuvo que contentarse con esa respuesta.

42

Durante tres días Joss permaneció solo en el calabozo húmedo y sombrío del *Bettina*, con la única excepción de una sola visita del médico de a bordo, que examinó la nuca del herido, espolvoreó la zona con una sustancia maloliente, y se retiró, para no volver nunca más. Las comodidades muy espartanas del calabozo no molestaban demasiado a Joss, pero la soledad sí. No era que deseara tratar con la tripulación. Le bastaba verlos los pocos minutos, tres veces por día, en que le traían una bandeja de alimento y la pasaban por la abertura de la puerta de madera y barrotes.

La persona a quien deseaba ver urgentemente era Lilah. Tenía mucho que decirle. Cuanto más pensaba en los actos de la joven —y como disponía de todo el tiempo del mundo para pensar, se demoraba largamente en eso— más lo enfurecía su traición. Después de todo lo que habían compartido, que ella revelase al primero que se le cruzaba que Joss era esclavo lo inducía a contemplar la posibilidad de retorcerle el esbelto cuello. Lo llevaba a imaginar el momento en que la pondría sobre sus rodillas, y castigaría su trasero hasta que le doliese la mano.

La perrita infiel había afirmado que lo amaba, y él le había creído, y después, apenas se acercó a la periferia de la civilización, había permitido que los ciegos prejuicios en que la habían educado redujesen a Joss a la condición de un ser anónimo, que no tenía derecho a besar la falda de Lilah, y de ningún modo su boca, y que mucho menos tenía derecho a vivir con ella, amarla, desposarla y ser el padre de sus hijos.

Perra.

Sabía, en algún rincón de su mente, aunque abrigaba la esperanza de equivocarse, y deseaba equivocarse, que en definitiva esas pocas gotas de sangre los separarían. Sabía que ella nunca reconocería, a la luz del día y ante la sociedad, que amaba a un esclavo. Un esclavo negro. Porque eso era Joss. Por mucho que le costase reconocerlo. Ese minúsculo aporte de sangre de un lejano pariente de su árbol genealógico importaba más que su educación, su crianza y su carácter.

La señorita Lilah, la mujer blanca como un lirio, se había acostado con un hombre de diferente raza. ¿Qué significaba eso para ella? O más bien, ¿qué significaría si su encumbrada familia y sus cultos amigos lo descubrían? En el mejor de los casos, sería una proscrita social. En el peor, una mujer degradada, una prostituta.

Colérico y amargado, Joss jugó con la idea de difundir a los cuatro vientos su relación con Lilah, apenas estuviese en condiciones de hablar con todo el mundo. ¡Cómo temblaría la empingorotada perrita cuando el mundo descubriese que era una hipócrita hecha y derecha!

Pero él era un caballero, maldita sea, y un caballero no se ufanaba de sus conquistas, por mucho que la dama se hubiese comportado mal con él.

La perrita había demostrado que estaba tan caliente como un horno encendido. Lo había buscado porque necesitaba un semental, maldita sea; ésa era la verdad del asunto. Y ahora que la devolvería al seno de su familia, se casaría con ese estúpido campesino, Keith o Karl o como se llamase, si en el mundo no había justicia y él no se había ahogado. Y aunque se hubiese ahogado, se casaría con alguien semejante a ese individuo.

Y pasaría sus noches en brazos del marido, soportando el contacto mientras recordaba las noches apasionadas que los dos habían compartido. Joss sería el tema de las fantasías de Lilah, y esa idea lo enfurecía más que nunca.

Llevaría el anillo de otro hombre, junto con su apellido y le daría hijos, y siempre recordaría con ansia a Joss. Pero la santurrona hipócrita jamás lo reconocería, excepto quizás en el fondo de su alma. Nunca volvería a él. Jamás.

Él era un esclavo negro. Ella, una dama blanca.

Ésa era la verdad del asunto, según ella y el mundo lo veían, y más valía que se lo metiera en la cabeza antes de quedar nuevamente al alcance de la perrita. Si la estrangulaba no ganaría nada, excepto bailar al extremo de una larga cuerda.

Y de todos modos, él no deseaba matarla. Quería calentarle el trasero hasta que no pudiera sentarse, hacerle el amor hasta que no pudiera caminar, y mantenerla bien segura en sus propias manos por el resto de la vida.

Maldita sea, la amaba. La amaba tanto que la idea de que ella podía estar con otro hombre provocaba en él un furor homicida. La amaba tanto que la traición de Lilah le provocaba retortijones.

Bien, primero lo que era primero. Ya estaba harto de ese asunto de la esclavitud. Al margen de lo que sus antepasados habían sido o no, volvería a Inglaterra cuanto antes. Y la perrita podía continuar realizando sus planes de una vida agradable, ordenada y tediosa. ¡Y él le deseaba buena suerte!

Esa noche, cuando el mismo marinero de cara arrugada que le había traído la comida los tres últimos días reapareció, Joss estaba de pie, esperando junto a la puerta. En su tono más humilde, pidió una pluma, tinta y papel. Comprobó sorprendido que satisfacían su pedido.

Y con una sombría semisonrisa se dedicó a escribir una carta que ya llevaba mucho retraso, dirigida a su segundo en la compañía de navegación en Inglaterra.

43

La mañana siguiente, el *Bettina* entró en Bridgetown. Joss supo únicamente que el barco había echado el ancla en un puerto de aguas tranquilas. El lugar exacto no le fue revelado hasta dos días más tarde, cuando dos marineros fueron para sacarlo del calabozo donde había pasado solo casi seis días. Vio con silenciosa furia que aseguraban hierros a sus muñecas antes de llevarlo a cubierta. Ahora tenía la mente clara, podía caminar sin ayuda, pero estaba un poco débil a causa del confinamiento sin aire puro ni ejercicio.

Cuando salió a la luz del sol por primera vez en casi una semana, Joss se detuvo a la entrada de la escotilla, parpadeando furiosamente para protegerse los ojos del resplandor que los enceguecía. Su acompañante le clavó el mosquete en la espalda, urgiéndolo impaciente a continuar.

Cuando sus ojos se adaptaron gradualmente al brillo de la tarde tropical, tuvo conciencia de la presencia de cuatro figuras de pie cerca de la tabla; el grupo lo miró mientras se aproximaba. Tres eran hombres, y le pareció que uno de ellos era el capitán del *Bettina*.

El cuarto miembro, lo advirtió cuando su acompañante le ordenó detenerse a pocos metros de distancia del pequeño grupo, era Lilah. Estaba elegantemente ataviada con un vestido escotado de muselina rosada y mostraba los hombros blancos y los brazos esbeltos bajo las mangas minúsculas. Una ancha faja de color rosado más intenso le rodeaba la cintura bajo el busto. Una cinta del mismo color le sujetaba los rizos cortos muy rubios que enmarcaban el rostro pequeño. Para irritación de Joss, el estilo amuchachado le sentaba bien, y subrayaba la frágil perfección de sus rasgos, el tono crema de su piel, el suave gris azulado de los ojos enormes. La hermosura misma de Lilah irritó tanto a Joss que tuvo que esforzarse para mirarla sin que le rechinaran los dientes. Se limitó a mirarla con expresión hostil y helada.

Ella afrontó la situación sin que se le moviesen siquiera las pestañas espesas. La suave semisonrisa que curvaba sus labios no varió mientras la joven decía algo al hombre bajo y robusto que estaba a su derecha. Joss no lo conocía, pero no necesitaba ser un genio para comprender que debía ser el padre de Lilah. Tenía alrededor de sesenta años, y su rostro mostraba un tono rojizo permanente a causa del sol; su cabello era una versión canosa de los tonos rubios de Lilah, y su figura era robusta, pero aún no recaía por completo en la obesidad.

Joss conocía al hombre que estaba al lado de Lilah. Joss maldijo a Dios, al demonio o a quien fuese responsable porque, después de todo, el prometido de Lilah no se había ahogado.

44

—Joss...

El nombre fue un suspiro apagado en la garganta de Lilah, y nadie lo oyó. No podía acercarse a él, ni admitir que a sus ojos era más que un esclavo a quien profesaba agradecimiento. Su padre y sobre todo Kevin ya estaban irritados y se mostraban suspicaces, dispuestos a pensar lo peor de Joss... y de ella misma.

Porque Lilah había pasado casi dos meses sola con él.

Si la sociedad de la isla sabía eso y nada más, Lilah sería el tema de un escándalo furioso. Si ella hubiese naufragado con un blanco joven y viril que fuese soltero y se pareciese a Joss, el padre de Lilah ya estaría planificando un matrimonio forzoso. Pero como Joss era mestizo, casi carecía de existencia real por lo que se refería a la sociedad. El tabú que prohibía que una dama blanca respetable aceptara como un amante a un hombre como Joss era tan intenso que casi excluía la posibilidad de que algo semejante pudiera suceder. Por lo menos, en la mente del padre de Lilah. Otros miembros del círculo social al que ellos pertenecían, algunos de los cuales desde hacía mucho estaban celosos de la belleza y la riqueza de Lilah Remy, recibirían con agrado la difusión de tales versiones. Lilah podía imaginarse a esas personas frotándose las manos al ver cómo ella caía... La idea la atemorizaba casi tanto como la perspectiva de presenciar la cólera de su padre si éste llegaba a descubrir lo que su hija había hecho.

No podía reconocer públicamente que amaba a un hombre de color, que se había entregado a él varias veces. Sabía que era una actitud cobarde de su parte, pero sencillamente no podía decidirse a dar ese paso. Frente a nadie, ahora o nunca. Su buen nombre, su familia y Joss significaban demasiado para ella.

Si llegaba a confesar lo sucedido, estaría firmando la sentencia de muerte de Joss. Lilah sabía tan bien como conocía su propio nombre que su padre arreglaría las cosas de modo que Joss estuviese muerto antes de que amaneciera un nuevo día si llegaba a saber la verdad de lo que había sucedido en esa isla.

Su propio padre le había demostrado sobradamente la realidad de la situación en que Lilah podía encontrarse fácilmente si ella o Joss no se mostraban discretos. Esa mañana, cuando llegó al *Bettina* respondiendo al mensaje del capitán Rutledge enviado a Heart's Ease, después de entrar en el puerto, su padre se había sentido profundamente complacido de verla, había derramado lágrimas sentimentales y la había apretado contra su corazón. Kevin también la había besado, y ella se lo había permitido, pues no le quedaba alternativa.

Después, los dos hombres habían comenzado a formular preguntas acerca de Joss. ¿Él la había insultado? ¿Se había mostrado excesivamente familiar? ¿Se había atrevido a tocarla? ¿Cuántas noches habían pasado solos los dos, en qué condiciones?

Cuando escuchó la primera andanada de preguntas Lilah comprendió con absoluta claridad que el único modo de salvar a Joss era mentir en todos los detalles de lo que había sucedido entre ellos. Había despertado las sospechas de los hombres al insistir en que se atendieran las heridas de Joss a bordo del barco. El capitán Rutledge informó acerca del asunto cuando insistió en que el padre de Lilah pagase la atención médica de Joss, agregando esa suma a la recompensa prometida, además del pago de la manutención de Lilah y Joss a bordo de la nave.

El padre de Lilah, acicateado por el relato de Kevin acerca de la conducta escandalosa de Lilah en relación con Joss mientras estaban en las Colonias, se había mostrado más duro que nunca con ella. Sólo su antigua costumbre, es decir, el modo en que adoraba a su hija única, le había permitido serenarse.

Pero si ella demostraba por Joss más consideración de la que imponía la mera gratitud, ponía en riesgo la vida de su amado.

Lilah lo miró ahora, dominado por una furia silenciosa mientras permanecía de pie, entrecerrando los ojos para defenderlos de la brillante luz del sol; y formuló el deseo de que él lo entendiese. Aunque dudaba de ello. A causa de su propio carácter, Joss no era hombre de medir las consecuencias cuando amaba. Pero Lilah suponía, y la idea la abrumaba, que ella era cobarde. Sin embargo, las consecuencias en su caso eran demasiado terribles.

Con un leve estremecimiento Lilah vio que las ropas que vestía Joss estaban desgarradas, y que los pantalones negros y la camisa de seda color zafiro estaban reducidos a jirones. Pisaba las tablas de la cubierta con los pies desnudos. Tenía los cabellos muy largos, y como carecía de un cordel para sujetarlos, descendían en ondas negro azuladas hasta los hombros. El contorno del bigote se confundía con la barba que había crecido durante una semana. Pero ni siquiera el desaliño podía disimular las dos líneas negras de las cejas, o los ojos, que exhibían el verde brillante del plumaje de un ave exótica. No podía disimular la actitud arrogante y la mirada firme de un hombre orgulloso.

Al contemplar la firmeza del mentón, las cejas enarcadas con arrogancia, que miraba al grupo cuyos miembros a su vez lo miraban, Lilah se dijo que jamás un hombre hubiera podido parecerse menos a un esclavo.

Tenía anillos de hierro en las muñecas, unidos por unos treinta centímetros de cadena. Cuando su conciencia tomó nota por primera vez de este detalle, Lilah contuvo la respiración. Después consiguió, y con mucha dificultad, contener sus sentimientos antes de traicionarse. Con un gesto rápido desvió la mirada, y observó a Kevin y después a su propio padre: los dos miraban a Joss con expresión dura.

Lilah rogó que Joss no dijese nada que los traicionase a ambos.

—¿Éste es el esclavo?

El padre de Lilah habló al fin, y en su voz se expresaba la incredulidad. Había hablado a Kevin. El bueno y severo Kevin, que había logrado llegar a una isla poblada esa noche terrible, que había vivido en Heart's Ease todo el período en que ella había estado en la isla con Joss. Todo el período que ella había necesitado para ver que su propio mundo cambiaba definitivamente. Y para comprobar que también su corazón cambiaba definitivamente, aunque Kevin no lo sabía. Y nunca podría saberlo.

—Es un hombre de color. Le dije que podría pasar por blanco.

—Entiendo.

Los dos hombres continuaron examinando a Joss como si éste fuera un caballo u otro animal sometido a inspección. Lilah, que ya no podía continuar soportando esa implacable mirada de los ojos verdes, se volvió hacia su padre.

—Papá, me salvó la vida.

—Eso dijiste. —Miró a Joss un momento más, frunciendo el entrecejo—. Eso no me agrada. Si llega a saberse que estuviste sola con él varias semanas... —Meneó la cabeza—. Merece mi gratitud porque evitó que te ahogaras, y te salvó de lo que podría haber sido un destino aún peor a manos de esos malditos piratas. Pero la verdad lisa y llana es que sería mejor venderlo. Podríamos dejarlo aquí, y encargar a Tom Surdock que lo ofreciese en la subasta.

—¡No! —La reacción de Lilah fue instintiva. Al ver la tensión en la cara de su padre se apresuró a explicar el acento premioso de su propia voz. Su padre y Kevin no debían sospechar...—. Si... si lo vendieses, él... podría hablar con alguien. Relataría que... estuvo solo conmigo todo ese tiempo. Por supuesto, jamás me tocó, pero si la gente descubriese que naufragamos juntos... Sabes cómo la gente se complace en la murmuración.

Los ojos de Lilah se posaron apenas una fracción de

segundos en Joss, mientras intentaba medir la reacción provocada por sus palabras. La cara de Joss permaneció impasible, aunque sus ojos se entrecerraron apenas, clavados en la cara de Lilah. Lilah rogó que permaneciera callado. Sintió un escalofrío al recordar el temperamento de Joss, que en más de una ocasión había desembocado en una terrible explosión. Si ahora perdía los estribos, si cedía a la furia que, como ella bien sabía, debía estar bullendo en su interior, todo se perdería para los dos. Pero si Joss estaba furioso, lo disimulaba muy bien bajo esa cara de líneas imperturbables. Los ojos de Lilah se posaron brevemente sobre él, recorrieron su cara con la rapidez y suavidad de las alas de una mariposa. Después, desvió la mirada hacia su padre, que meneaba la cabeza para rechazar el pedido.

Lilah habló de nuevo, ahora con más desesperación que antes.

—Papá, ¿no comprendes que sería mejor retenerlo en Heart's Ease, hasta que la gente cese de murmurar? Sabes que apenas vuelva a casa, todos ansiarán oír el relato de mi naufragio. Puedo decir que además de un esclavo, me acompañaba otra mujer. Pero si él dice algo diferente... Si lo conocen, y comprueban... que parece un blanco, y que... Bien, creo que será mejor que nadie lo vea, ¿no te parece? Si lo apartamos de la vista de todos, en Heart's Ease, antes de que pase mucho tiempo la gente encontrará otro tema de conversación. Y entonces... puedes venderlo, si lo deseas.

Dirigió otra rápida mirada a Joss, esta vez con un sentimiento de profunda culpa. No advirtió que él interpretase el silencio como disculpas, y en todo caso no vio indicios de que su expresión se ablandara.

—Imagino que tienes razón —admitió renuente su padre después de un momento prolongado.

Kevin no pronunció palabra, y se limitó a mirar a Joss con esa expresión maligna que no agradaba a Lilah. Kevin, que estaba al tanto de las murmuraciones de la relación anterior de Lilah con Joss, y que había presenciado la chocante familiaridad de Joss en la subasta de esclavos, tenía motivos especiales para odiar el hecho de que Joss hubiese pasado todas esas semanas a solas con Lilah. La antipatía de Kevin por Joss se desprendió de él tan claramente como el débil olor de la transpiración. Más tarde o más temprano habría dificultades entre los dos, si ella no descubría un modo de prevenir ese desenlace.

Pero Lilah no podía preocuparse ahora de ese asunto. Tenía que concentrar los esfuerzos en convencer a su padre, a Kevin y al mundo de que Joss nada significaba para ella, salvo por el hecho de que le había salvado la vida. La gratitud del ama con el esclavo era un sentimiento aceptable, y para complacer al mundo ella debía demostrar que eso era todo lo que sentía por Joss. No era mucho, comparado con lo que en realidad sentía, pero serviría para explicar los esfuerzos especiales que quizás hiciera por él.

—Tú, muchacho. ¿Cómo se llama? ¿Joss? Tú, Joss, ven aquí.

El padre de Lilah habló bruscamente, y el súbito cambio de tono cuando se dirigió a un hombre en quien veía nada más que un esclavo fue sorprendente. Lilah vio que los dos hombres se cruzaban miradas afiladas como sables, y contuvo la respiración. Formuló íntimamente el deseo de que Joss mantuviese quieta la lengua e hiciera lo que se le ordenaba. Su padre tenía un temperamento tan explosivo como el de Joss. Aunque era un amo bondadoso, Leonard Remy no toleraba ninguna insolencia de sus esclavos. Y a sus ojos, él era un esclavo, una propiedad perteneciente a Heart's Ease, y nada más. El único problema era que Joss rehusaba aceptar esa jerarquía inferior. En su propia mente, aún era Jocelyn San Pietro, capitán inglés y hombre de negocios, y un hombre libre. Las diferentes percepciones que los dos hombres tenían del lugar de Joss eran una fórmula segura para provocar el desastre.

La única esperanza de Lilah era llevar a Joss a la relativa seguridad de Heart's Ease sin incidentes. Allí, en el orden natural de las cosas, Joss y su padre rara vez se cruzarían.

Cuando lo tuviese sano y salvo en Heart's Ease, y la tensión se aliviase un poco, Lilah haría lo posible para liberarlo. ¡Sólo necesitaba que Joss confiase en ella y se mostrase paciente hasta que llegase ese momento! Pero conociendo a Joss, no creía que él se mostrase paciente mucho tiempo. El milagro era que hubiese guardado silencio hasta entonces.

Joss se adelantó lentamente, deteniéndose a pocos metros del padre de Lilah, y ella emitió un silencioso suspiro de alivio. Se mostraba cauteloso, y esperaba ver qué sucedería antes de hacer nada. ¡Gracias a Dios!

—Salvaste la vida de mi hija. Más de una vez. —Era una afirmación, no una pregunta—. ¿Por qué?

La pregunta fue formulada con voz dura, disparada sobre Joss como una bala. Los ojos no vacilaron un instante.

—No permito que sufra daño una persona inocente, si puedo impedirlo.

La respuesta era perfecta. Directa, pero sin revelar nada del secreto de ambos. Lilah pudo sentir que parte de la tensión se disipaba en el cuerpo de su padre. Por su lado, Kevin mantenía el cuerpo rígido como siempre. En sus ojos había sospecha, y parecía que vigilaba a Lilah tanto como a Joss mientras éste hablaba.

—Mereces mi gratitud.

Joss se limitó a inclinar la cabeza. Leonard dirigió una mirada a su hija, que permanecía silenciosa y pálida a su lado, y después miró de nuevo a Joss.

—Dice que no hiciste nada que afecte su honor.

Era tanto un desafío como una pregunta.

—¡Papá! —Lilah estaba escandalizada. Miró hostil e indignada a su padre. ¿Cómo podía formular una pregunta así en presencia de tantas personas?

—¡Calla, muchacha! Más vale aclarar esto, y ahora mismo. —Desvió los ojos de Lilah a Joss, y los entrecerró, en una actitud calculadora—. Bien, muchacho, ¡contesta! ¿Hiciste con mi hija algo que pueda avergonzarla?

—¡Papá, me estás ofendiendo!

La protesta de Lilah se originaba tanto en la alarma como en la vergüenza. Conociendo a Joss, la aterrorizaba la posibilidad de que su orgullo no le permitiese mentir. Y si reconocía algo que se asemejase a la verdad, era hombre muerto, y ella no estaría mucho mejor.

—¡He dicho que calles!

El tono del padre de Lilah era tan duro como jamás lo había mostrado al hablar a su bienamada hija única. Obligada a callar, Lilah sólo pudo mirar a Joss en una actitud de silencioso ruego. Pero él no la miró. Tenía concentrada la atención en el señor Remy.

—Señor Remy, puede tener la certeza de que nunca he deshonrado y jamás deshonraré a una dama.

Lilah percibió el filo disimulado en la frase, pero se sintió tan aliviada ante la diplomacia de la respuesta que no protestó. De modo que Joss la informaba, y muy sutilmente, de que no la consideraba una dama. Bien, ya le haría pagar sus palabras. Pero después, mucho después, y a su propio modo.

—Muy bien —dijo el señor Remy.

Sus ojos miraron brevemente a Lilah, y ella sintió que recuperaban ánimo al ver el alivio en el rostro de su padre. Sin duda, creía que ella mantenía un estado tan virginal como el día que había partido de Barbados. Bien, el sentimiento de culpa podía ser incómodo, pero la verdad era mucho peor. Su padre estaba apaciguado; ¡lejos de su intención desilusionarlo!

Leonard se dirigió al capitán Rutledge, que se había mantenido al margen del diálogo.

—Si no tiene inconveniente, manténgalo a bordo hasta que pueda adoptar las medidas necesarias para transportarlo a mi plantación. Enviaré a varios hombres hoy mismo, más tarde, o a lo sumo mañana por la mañana, para recogerlo. Le agradezco nuevamente la bondad que ha demostrado con mi hija, y ya sé que usted comprenderá si le digo que ansío volver a mi casa. Mi futuro yerno... —Aquí, la voz de Leonard transmitió el orgullo que sentía, y repitió las palabras acompañándolas con una mirada afectuosa a Kevin—. Mi futuro yerno y yo llevaremos a casa a la joven, y la mantendremos allí. ¡No habrá más excursiones para ella! Deseo verla bien casada, y que no me acarree más preocupaciones. Su madrastra sin duda está agobiada por la inquietud en este mismo momento, y se preguntará por qué tardo tanto en volver con ella a nuestro hogar.

Leonard tendió la mano al capitán Rutledge, que la aceptó y la estrechó con la primera sonrisa que Lilah veía en su cara.

—Los hijos son verdaderos demonios, ¿verdad? Tengo seis varones, de modo que sé muy bien las preocupaciones que acarrean. —Soltó la mano del padre de Lilah, y la extendió para pellizcar la mejilla de Lilah en un estilo jocoso y paternal—. Señorita Remy, vaya ahora con su padre, y que sea muy feliz. Me siento muy agradecido al destino porque no permití que mi carácter se descontrolara cuando la sacamos del mar, y no la ahorqué con su acompañante al mismo tiempo que ejecutamos a los piratas.

—Yo... también me siento agradecida, capitán —dijo Lilah, incapaz de formular otra respuesta.

Después, su padre la tomó de la mano y comenzó a alejarse con ella. Mientras descendía por la tabla, Lilah tenía perfecta conciencia, con cada paso que daba, de que un par de ojos color esmeralda le perforaban la espalda.

45

¡De regreso al hogar! Lilah nunca se había sentido tan contenta de ver un lugar como fue el caso cuando divisó la casa de Heart's Ease, en esa soleada tarde. Cuando el carruaje entró por el largo camino que conducía a la residencia principal, Lilah sintió la grata sombra de las dos filas de palmeras altas y frondosas que bordeaban el sendero como un abrazo. Miró el techo de tejas rojas de la casa, que podía entreverse a través de los árboles. A ambos lados de la joven, Leonard y Kevin sonrieron con indulgente diversión ante ese súbito ataque de nerviosismo. Consciente de las sonrisas de sus acompañantes, de todos modos Lilah se inclinó adelante ansiosamente para echar su primera ojeada en casi seis meses a la amplia residencia de estuco blanco en que había nacido. En ese momento, abrigaba la esperanza de no volver a separarse jamás de ese lugar por mucho más tiempo que una noche.

—¡Lilah!

—¡Señorita Lilah!

Al oír el ruido de las ruedas del carruaje, su madrastra Jane salió a la galería, y descendió la escalera. Detrás venía Maisie, la piel reluciente como ébano pulido a causa del calor, como le sucedía siempre, con su cuerpo muy delgado que desmentía la reputación de que era la mejor cocinera de Barbados. El resto de los esclavos de la casa iba detrás de Maisie, descendiendo a trompicones los peldaños para saludar a la bienamada hija de la casa.

—¡Lilah, bienvenida al hogar!

Lilah saltó del carruaje a los brazos de su madrastra, y abrazó a la buena mujer a quien había llegado a amar profundamente a lo largo de los años. Maisie extendió la mano para palmear el hombro de Lilah, y entonces vio que tenía los dedos blancos de harina, y retiró la mano con una sonrisa.

—¡Señorita Lilah, creíamos que estaba muerta!

—¡Oh, Maisie, qué alegría verte! ¡Qué alegría verlos a todos!

Cuando Jane la dejó en libertad, Lilah abrazó a Maisie, y desechó entre risas las protestas de la anciana acerca de sus manos enharinadas. Al mirar por encima del hombro de Maisie a los esclavos que sonreían y sollozaban, Lilah encontró un par de ojos que había temido no volver a ver jamás.

—¡Betsy! ¡Oh, Betsy! ¡Temí que te hubieses ahogado!

Lilah cayó en los brazos de Betsy, y las dos jóvenes se saludaron con sincero afecto.

—¡Señorita Lilah, usted estuvo más cerca de ahogarse que yo! ¡Nuestro bote salvavidas fue descubierto por otro barco menos de un día después! El bote en que estaban usted y el señor Kevin fue el único que se perdió, y cuando el señor Kevin regresó a casa y dijo que

su bote había naufragado y que el mar se la había llevado... bien, ¡le aseguro que no desearía volver a pasar
momentos como ésos! ¡Y pensar en las aventuras que
usted vivió mientras a nosotros se nos destrozaba el corazón!

—Terroríficas aventuras, Betsy —dijo Lilah, apartándose de su doncella para sonreír al resto de los esclavos de la familia—. ¡Me alegro tanto de verlos a todos
que podría llorar! Pero no lo haré... por los menos hasta que haya visto a Katy. ¿Cómo está, Jane?

—Por supuesto, sufrió muchísimo por ti. ¡Su niña,
perdida en el mar! Será mejor que vayas a verla.

—Sí, eso haré.

—Señorita Lilah, le llevaré agua para el baño y pre-
pararé algunas ropas limpias. Sé que querrá ponerse sus
propias prendas, tan pronto como sea posible.

Lilah miró el vestido barato pero bonito que su
padre había comprado a una costurera de Bridgetown
cuando descubrió horrorizado que tenía sólo ropas masculinas. Comparado con lo que se había acostumbrado
a llevar después del naufragio del *Swift Wind*, ese vestido era magnífico. Pero cuando Lilah recordó su propio guardarropa, desde las prendas interiores a los vestidos que usaba durante el día y los refinados atuendos
para las fiestas, confeccionados con las mejores telas
trabajadas por las modistas más hábiles, de pronto sintió vivos deseos de cambiarse. Ser de nuevo ella misma.

—Hazlo, Betsy. Y gracias a todos por la bienvenida. Los he echado de menos a cada uno más de lo que
puedo decir.

Ascendió los peldaños y entró en la casa, seguida
por Jane y los esclavos, que iban detrás. Su padre y Ke-

vin se ocuparían del caballo y el carruaje, y después probablemente se dedicarían a sus tareas. El trabajo en una plantación de azúcar de las proporciones de Heart's Ease nunca terminaba, y obligaba a los dos hombres a consagrarle toda la atención posible.

—Lilah, querida, ¿eres tú?

Katy Allen ocupaba un cuarto pequeño en el último piso de la casa de tres plantas. Ciega y obligada a guardar cama, rara vez descendía a los pisos bajos. Había llegado de Inglaterra con la madre de Lilah; era una especie de parienta pobre que tenía varios años más que la joven a quien debía servir como acompañante. Después, permaneció en la casa hasta la boda de su pupila, y aún más tarde. Cuando Lilah nació y su madre falleció, Katy había asumido el papel de niñera de la pequeña, y después había sido su gobernanta. En el corazón de Lilah ocupaba un lugar apenas menos importante que el padre, y la anciana lloró cuando Lilah se acercó al lugar en que ella estaba, sentada en la amplia mecedora instalada en un rincón de la habitación, y la abrazó.

—Soy yo, Katy.

Lilah sintió un nudo en la garganta cuando abrazó el cuerpo anciano y frágil, y respiró la suave fragancia del polvo que se desprendía de la mujer, y que la había reconfortado desde su primera infancia.

—Sabía que no te habías ahogado. Una niña tan traviesa como tú, que a pesar de todo siempre sobrevivió, no podía morir así.

—No debiste preocuparte.

Lilah, que no se dejaba engañar por las palabras valientes de Katy, volvió a abrazarla. Esta vez una lágrima, seguida por una sonrisa y un sollozo, descendió sobre la mejilla blanca como papel.

—No te marches nunca más, ¿me oyes?

La anciana extendió la mano y acercó a su regazo la cabeza de Lilah, ese regazo que Lilah había mojado muchas veces con sus lágrimas infantiles, y le acarició los cabellos.

—No, no me marcharé, Katy. No me marcharé —murmuró Lilah. Y mientras la mano tan amada le acariciaba consoladora los rizos recortados, Lilah se dijo que había vuelto al hogar para siempre.

46

Al día siguiente, Lilah se enteró por los comentarios de los criados que Joss había llegado sano y salvo. Aunque la devoraba el deseo de verlo, pasaron tres días antes de que creyese que podía salir subrepticiamente de la casa, después de la cena, para hacerle una visita clandestina.

Las largas y tranquilas horas del día, cuando su padre y Kevin estaban en los campos, y Jane se consagraba a las tareas propias de la administración de la casa, habrían sido el momento más oportuno para ver a Joss sin que nadie lo advirtiese. Por desgracia, un día después de su llegada lo habían puesto a trabajar cavando orificios para las cañas con un grupo de peones. Su jornada comenzaba a las cinco y media, cuando la campana de la plantación convocaba a los peones, que se reunían en el patio principal para recibir instrucciones. Se le suministraba una taza de té de jengibre caliente, y después lo llevaban al sector donde debía trabajar. Su jornada duraba catorce horas.

El recinto de los esclavos incluía un lugar separado

del resto; allí se desarrollaba una intensa actividad porque las familias preparaban su cena o trabajaban los pequeños huertos que estaban detrás de las chozas. La visita de Lilah a la choza de Joss seguramente sería observada y comentada, a menos que la hiciera muy tarde, después de que los esclavos se hubieran acostado.

Finalmente, tres días después, Lilah llegó a la conclusión de que nunca se le ofrecería la oportunidad perfecta, de modo que esperó que Betsy la preparase para acostarse, y entonces la despidió y volvió a ponerse las prendas necesarias para mantener un mínimo de decencia. Finalmente salió de la casa.

Eran poco más de las diez. Su padre y Kevin jugaban al ajedrez en la biblioteca, y creían que ella ya se había acostado. Jane se había retirado a su habitación. Cuando Lilah, con los zapatos en la mano, atravesó subrepticiamente la galería, oyó una voz que llamaba a Maisie, y se sintió como paralizada, con el corazón en la boca. Pero la voz provenía de la cocina, que estaba al fondo de la casa, y la respuesta de Maisie llegó también de allí. Después de un momento de angustia, Lilah consideró que podía seguir su camino.

Mientras atravesaba el terreno en dirección a las chozas de los esclavos, con sus techos de paja, Lilah prestaba atención a todos los sonidos: el murmullo de las voces y las risas que venían de la cocina, donde los esclavos continuaban lavando la vajilla después de la cena, y Maisie preparaba el pan de la mañana siguiente; el suave mugido de las vacas lecheras alojadas en el establo, al fondo del campo; el relincho ocasional de un caballo en el establo. La noche era cálida, pero una suave brisa impedía que fuese desagradable. El aire estaba cargado con una mezcla familiar de olores: caña de azúcar y melaza, estiércol, la vegetación descompuesta a causa del calor, las flores tropicales. La brisa murmuraba a través de las ramas de palmera, e impulsaba las hojas chatas del molino, donde se procesaba la caña. El sonido crujiente de las paletas movidas por el viento era tan conocido que generalmente Lilah ni siquiera lo oía. Pero esa noche, como el temor a ser descubierta aguzaba sus sentidos, le prestó atención. Incluso el canto de los grillos parecía demasiado estridente, y Lilah llegó a sobresaltarse cuando uno chirrió a poca distancia.

Las minúsculas chozas estaban distribuidas en pulcras filas, semejantes a calles. Lilah sabía por Betsy que habían dado a Joss la choza de un esclavo llamado Nemiah, que había muerto trágicamente poco antes, aplastado por la enorme piedra que molía la caña de la plantación. Lilah se había criado en la isla, y era natural que la choza la inquietase; las religiones locales insistían firmemente en que las almas de los que habían muerto en circunstancias violentas merodeaban cerca de sus residencias terrenales, pero sabía que Joss debía ridiculizar ese género de ideas.

La choza estaba al final de la última fila. No había empalizadas alrededor del sector de los esclavos, y no se apostaban guardias. Para él habría sido muy fácil huir, si hubiese existido un lugar adonde ir. Barbados era una isla pequeña, de poco más de veintidós kilómetros de ancho y unos treinta y cuatro kilómetros de longitud. No había modo de salir de allí como no fuese en barco, y se perseguía implacablemente a los esclavos que se fugaban. Si huía, Joss jamás podría salir de la isla. Los jefes de los puertos serían alertados, y se mantendría una vigilancia constante. Huir de Barbados era casi imposible. Lilah estaba segura de que uno de los capataces que vigilaban a los esclavos había convencido a Joss de la imposibilidad de intentar nada semejante. De lo contrario, ya habría tratado de huir. Por supuesto, a menos que estuviese esperando hablar primero con ella.

Las persianas estaban cerradas sobre las ventanas, pero se filtraba un poco de luz por las grietas de la pared de lodo y paja. Joss no dormía.

Lilah empujó la puerta. Estaba cerrada pero sin traba, y se abrió fácilmente. Moviéndose con rapidez para disminuir la posibilidad de que la viesen y la reconocieran, su silueta recortada contra la luz que venía del interior de la choza, la joven entró, y cerró la puerta, esta vez con la traba. Después, sintiendo en los dedos de los pies la frescura del suelo de tierra, Lilah se volvió buscando a Joss.

Yacía de espaldas sobre un catre toscamente fabricado, vestido únicamente con los pantalones blancos y anchos que suministraba la plantación, una mano bajo la cabeza. Una lámpara de aceite humeaba sobre un barril, detrás de Joss, e iluminaba la única habitación de la choza. Los restos de una comida que parecía chamuscada estaban sobre la ruinosa mesa puesta contra la pared, detrás de la puerta. El catre, el barril y una sola silla de madera dura eran los únicos muebles. Joss estaba leyendo un libro bastante deteriorado, obtenido quién sabía dónde. Se prohibía a los esclavos que aprendiesen a leer, pero Lilah supuso que como Joss ya sabía leer cuando se enteró de su condición de esclavo, estaba en una situación distinta. Cuando ella entró y cerró la puerta, Joss apartó los ojos del libro. Lilah se volvió para mirarlo, y él se limitó a contemplarla, los ojos verdes brillando en la semipenumbra.

Durante un momento prolongado se miraron sin hablar. Se había afeitado el bigote, y tenía los cabellos cortos. Estaba limpio, un hecho sorprendente si se tenía en cuenta que había pasado el día trabajando duramente.

—Hola, Joss.

Lilah se recostó sobre la puerta, las manos presionando la madera áspera, y sonrió a Joss un tanto insegura. No podía saber cuál sería la reacción de Joss ante la visita.

Como respuesta, Joss entrecerró los ojos y apretó los labios. Con un movimiento desenvuelto movió las piernas, y sus movimientos eran cuidadosos y exactos; señaló la página del libro con una pluma, y depositó el ejemplar sobre el baúl, al lado de la linterna. Sólo entonces miró a Lilah. Y esa mirada dura dijo a la joven todo lo que necesitaba saber: Joss ardía de furia.

—Caramba, es nada menos que la pequeña señorita Lilah, la bella de Barbados —dijo al fin, sonriendo con aire felino—. ¿Tan pronto cansada de su pulcro prometido? ¿Viene a satisfacer su deseo de carne negra?

Tenía un tono brutal, y mientras decía las dos últimas palabras se puso de pie. Lilah lo miró con los ojos muy grandes mientras avanzaba hacia ella. Adelantó una mano, la palma hacia fuera, para rechazarlo. Los zapatos se desprendieron de sus dedos inertes, y cayeron casi sin ruido sobre el suelo de tierra, al lado de los pies desnudos.

—¡Joss, espera! Puedo explicarte...

—¿Puedes explicarme? —La voz era apenas un sordo rumor, grave y amenazador, mientras él se sentaba—. Dices que me amas, te acuestas conmigo, y a la primera oportunidad me traicionas, ¡y PUEDES EXPLICARLO!

Estas últimas palabras fueron como un rugido, y mientras explotaban en la cara de Lilah, Joss extendió la mano y la atrajo bruscamente, y sus dedos la lastimaron al hundírsele en el brazo.

—Joss, calla... ¡No grites!... ¡Basta! ¿Qué estás haciendo?

—¡Te devuelvo un poco de lo que me diste, señorita Lilah!

La obligó a atravesar la minúscula habitación, se sentó sobre el camastro, y la puso boca abajo sobre su regazo, con una rapidez y ferocidad que le impidió hacer nada para salvarse.

—¡No! ¡Joss, suéltame! ¡Suéltame ahora mismo!

Ella se retorció para escapar, pero él la afirmó sobre sus rodillas con un brazo musculoso, y con la otra mano le levantó la falda.

—¡Basta! ¡Basta ahora mismo, o yo...! ¡Oh! ¡Ay! ¡Basta!

La mano de Joss cayó sobre las nalgas de Lilah en una palmada ruidosa. Lilah gritó. Trató de apagar el sonido apretando su propia mano contra la boca, porque comprendió que un grito podía atraer a alguien, que vendría a investigar. Era imperativo que no la descubriesen en la choza de Joss, ¡y mucho menos en una posición tan comprometida! Descargó puntapiés, y se retorció y luchó, pero en silencio y sin resultado. Lilah hizo todo lo posible para liberarse, moviendo las piernas y golpeando los muslos de Joss con los puños, y mordiéndose la lengua porque no quería expresar a gritos su propia cólera. El trasero le dolía con cada golpe, pero él la sostenía con una mano de hierro, y Lilah no conseguía desprenderse. Finalmente, como no mostraba signos de que estuviese dispuesto a suspender los golpes o a escuchar el jadeo y los ruegos de Lilah, ésta perdió los estribos. Cuando la mano se descargó en lo que seguramente era la duodécima palmada, Lilah mordió con la mayor fuerza posible, a través del pantalón de algodón barato, el duro músculo de la pierna de Joss.

—¡Perra del infierno!

Con este juramento, él la arrojó fuera de su regazo. Lilah aterrizó en el suelo de madera dura, sobre las manos y las rodillas.

—¡Hijo de perra, mezquino, sucio, inmundo y maloliente! —gimió Lilah, al mismo tiempo que se incorporaba. Estaba tan furiosa que de buena gana le habría abierto la cabeza con un hacha. Echó hacia atrás el brazo y abofeteó a Joss con tanta fuerza que le dolió la palma.

Joss se llevó una mano a la mejilla agredida, y se incorporó de un salto. Lilah tuvo que retroceder de prisa para evitar que la derribase de un puñetazo. Cuando se inclinó sobre ella, desprendiendo cólera como una cocina desprende calor, los ojos de Lilah se clavaron en los de Joss, y la joven no cedió ni un centímetro. Él la miraba con tanta furia como la que ella sentía, y sus labios se curvaban enfurecidos. Durante un momento se miraron hostiles, ambos con expresiones asesinas. Y entonces, cuando él extendió la mano hacia Lilah, sin duda para sacudirla o cometer otra agresión contra su persona, de pronto Lilah recordó que ése era el hombre al que amaba, el hombre que creía que ella lo había traicionado. Con un sonido de fastidio avanzó hacia él, y se echó en los brazos que intentaban lastimarla. Alzó sus propias manos para aferrarle las dos orejas.

—¡Estúpido! —dijo, y su voz se suavizó un instante. Después, sin soltarle las orejas, alzándose de puntillas, unió su boca a la de Joss.

47

—¿De modo que estúpido? —murmuró él sobre la boca de Lilah, pero sus manos no intentaban lastimarla. En cambio, se posaron, casi de mala gana, sobre su cintura, no precisamente sosteniéndola, pero tampoco rechazándola.

—Sí, estúpido —repitió Lilah, su boca a pocos milímetros de la de Joss, pero siempre con las manos aferrando las orejas del hombre—. ¡Hombre estúpido y ciego! ¡Si no hubiese dicho al capitán Retledge que eras mi esclavo, te habrían ahorcado por pirata!

Lo besó de nuevo, demorándose en la caricia, y usando contra él las lecciones que Joss le había enseñado. Él tenía los labios cálidos y firmes, con un suave regusto a jengibre. Trató de resistirse y apartar su boca. Lilah le sostuvo con fuerza las orejas. Él se quejó, y movió las manos para liberarse.

—¿No conseguí salvarte la vida, no logré que curasen tus heridas? ¿Había otro modo de lograrlo, sin reclamarte como... como mi propiedad?

Con las manos unidas ahora a las de Joss, lo besó

otra vez, deslizó la lengua sobre la obstinada línea que formaban los labios masculinos firmemente cerrados, y le mordisqueó el labio inferior.

—¡Yo debería estar enfadada, no tú! He arriesgado mi vida entera al venir aquí esta noche, ¿y cómo me recibes? ¿Qué haces? ¡Me golpeas, eso es lo que haces! ¡Qué vergüenza!

—No es cierto, no te he castigado... —Joss comenzaba a debilitarse bajo las caricias de Lilah; no se rendía, pero ya no se mostraba tan firme.

Lilah acercó los labios al mentón de Joss, bajó las manos para deslizarlas sobre la cintura de su amante, y se complació en el contacto con los músculos de acero, sedosos al tacto.

—Entonces, ¿cómo lo llamarías?

—¿Palmaditas de amor?

—¡Bah! ¡Palmaditas de amor! ¡Y no podré sentarme durante una semana!

Lilah deslizó las manos sobre la piel desnuda de la espalda de Joss, acariciando los músculos lisos a ambos lados de la columna vertebral, apretando la yema de los dedos sobre los omóplatos de su hombre y afirmando constantemente un cuerpo contra el otro.

—No importa lo que fuera, lo merecías, y bien lo sabes, ¡bruja! ¡Un precio muy bajo cuando piensas que tus palabras me cortaron la libertad!

—¡Te salvaron la vida!

—Creí que habíamos acordado que, cuando nos rescataran, no dirías una palabra acerca de mi situación. ¡No estaría cavando esos condenados agujeros para la caña de azúcar de sol a sol si tú hubieses mantenido quieta la lengua!

A pesar de la aspereza de las palabras, la voz de Joss ya no era tan dura. Sus brazos rodeaban la cintura de Lilah, y sus manos acariciaban suavemente el lugar que él mismo había castigado poco antes.

Lilah se apartó un poco para mirarlo.

—Realmente, no tenía alternativa. Debía decirles quién era yo y que tú eras mi esclavo, o permitir que te ahorcaran. No habría dicho eso en circunstancias que fuesen un poco menos graves; te lo aseguro. Joss, no te traicioné.

Él la miró un momento, y sus ojos exploraron la cara de Lilah. Una mano suspendió la suave caricia en las caderas de la joven para rozar los cabellos muy cortos, que ahora brillaban limpios y rizados, pero que en todo caso no eran los finos hilos de seda largos y seductores que él había amado antes. De todos modos, como él ya lo había comprobado sobre la cubierta del *Bettina*, le sentaban bien.

—Mira, me agrada como estás ahora: un jovencito de rizos rubios con la cara de un ángel, y el cuerpo de una mujer. Seductor. Imagino que Keith piensa lo mismo.

La amargura había vuelto. Lilah lo miró con los ojos muy abiertos. Kevin era un tema que no deseaba comentar en ese momento con Joss.

—No quiero hablar más de eso. Joss, ¿no me besarás?

Habló con voz quejosa, y lo miró dulcemente a los ojos. Él la miró un momento, y sus ojos tenían un fulgor ardiente mientras ella apretaba sus piernas contra las de Joss.

—¿Por favor, Joss?

Era un murmullo seductor, y él la víctima dispuesta. Alzó una mano para sostener la cabeza de Lilah, y obligó a la joven a inclinarla hacia atrás, y de ese modo ofrecerle sus labios. Cuando Joss inclinó la cabeza, murmuró algo, pero la sangre de Lilah fluía con tanta intensidad que ella no alcanzó a oír nada.

La boca de Joss tocó la de la Lilah, y ella entrecerró los ojos. Los labios de Joss eran tibios y suaves al posarse sobre los de Lilah, y ese beso le pareció muy dulce.

—Te extrañé —dijo ella, casi unida a la boca de Joss, los ojos muy abiertos.

Los de Joss exhibían un matiz oscuro, provocado por la pasión, y se clavaron en los de Lilah.

—Ahora no quiero hablar —gruñó Joss, y se apoderó de nuevo de la boca de Lilah.

Esta vez, el beso fue intenso y profundo. Cuando él levantó por segunda vez la cabeza, la condujo al camastro. Lilah se sentó en las rodillas de Joss, entrelazando los brazos alrededor de su cuello, la cabeza echada hacia atrás y apoyada en el hombro de Joss, mientras él derramaba besos ardientes sobre la piel suave del cuello de la joven.

—¿Qué demonios llevas debajo? ¿Nada?

La mano de Joss acariciaba el seno femenino, de modo que el pezón se destacaba muy visible bajo la fina muselina.

—Nada más que... una enagua.

La voz de Lilah era insegura, y ahora ella se estremecía a causa de los movimientos de esa mano acariciadora.

—¿Salir de casa semidesnuda es otra de las bárbaras costumbres de esta isla?

Ese gruñido provocó una sonrisita trémula en Lilah.

—En Barbados usamos tantas prendas como vosotros en Inglaterra. Pero he tenido que vestirme sola. No deseaba que Betsy supiera que...

Su voz se apagó, y pareció que se sentía profundamente culpable.

—No deseas que ella sepa de mí —concluyó Joss con voz dura, y su mano suspendió el fascinante viaje a través del cuerpo de Lilah.

—Oh, Joss... —comenzó Lilah con expresión deprimida, aún sentada sobre las rodillas de Joss.

—Calla —dijo Joss, y la abrazó y comenzó a besarla otra vez, fieramente, como si quisiera evitar las palabras de Lilah, y lo que él mismo estaba pensando.

Después, la depositó sobre el camastro, y se acostó al lado. La obligó a mirarlo, para poder ocuparse de los botones de la espalda del vestido, y su boca no la abandonó ni por un instante. Ella apenas tuvo conciencia de que Joss la despojaba, primero del vestido, y después de la única enagua que vestía. Cuando quedó desnuda, Joss se quitó los pantalones, y presionó sobre la espalda de Lilah. Ella arqueó el cuerpo e instintivamente abrió las piernas, esperando con temblorosa expectativa que él la penetrara.

Pero Joss no lo hizo.

En cambio, separó todavía más las piernas de Lilah y se arrodilló entre ellas. Sus manos se deslizaron, cálidas y fuertes, sobre las esbeltas pantorrillas, y la temblorosa blandura de los muslos. Le acarició el vientre y los pechos, y retornó otra vez a los muslos. Lilah contuvo la respiración ante la exquisita tensión que comenzó a acentuarse en su interior, en el lugar que él tan escrupulosamente se abstenía de tocar. Cuando las manos de Joss la acariciaron de nuevo, siempre sin tocar el lugar que más las necesitaba, Lilah se movió sinuosamente, invitando a la mano de Joss a acercarse al lugar del cual se apartaba. En cambio, Joss se concentró en frotarle los pezones con los pulgares, presionando los pechos y el vientre antes de deslizar sus manos en una caricia enloquecedora sobre el interior de los muslos. Cuando inició por tercera vez ese ataque irritante, ella emitió un pequeño sonido de protesta y abrió los ojos.

Lo que ella vio ahora la había conmovido hasta la médula seis meses antes. Joss tenía la expresión dura, y sus ojos como esmeraldas recorrían el cuerpo hermoso que de un modo tan placentero se le sometía. Estaba arrodillado entre los muslos separados descaradamente, y de la cabeza a los pies era el macho conquistador y depredador.

Siguiendo la dirección de la mirada de Joss, y contemplando su propio cuerpo, Lilah percibió su desnudez como si hubiera sido la primera ocasión. Toda ella era una extensión de piel blanca y suave, inequívocamente femenina. Él era todo músculo duro, inequívocamente masculino.

Tendida y desnuda sobre la áspera manta gris, su propio cuerpo era la cosa más impresionante que ella hubiera visto jamás. Y él también lo veía, y la linterna humeante iluminaba implacable todos los detalles.

—Joss...

Fue un murmullo apenas audible, que brotó con dificultad de sus labios a causa de los años de recato femenino que le habían inculcado.

—¿Sí?

Él no interrumpió lo que hacía. No se detuvo siquiera en su caricia sensual, pero sus ojos encontraron los de Lilah. Eran verdes como esmeraldas, y ardían furiosamente.

—La luz —consiguió decir Lilah, apenas capaz de respirar, mientras él continuaba infligiéndole esa forma especial de deliciosa tortura.

Él meneó la cabeza.

—Oh, no. Esta noche no, querida. Quiero verte... y quiero que me veas. No quiero que tengas la más mínima duda acerca de la identidad del hombre que te hace el amor.

—Pero...

—Chisss.

La calló cerrando los labios de Lilah con un beso tenso y hambriento. Durante un momento descansó sobre ella, y su peso era en sí mismo una sensación paralizadora, y él la aplastaba sobre el fino y áspero colchón que crujía sobre sus sostenes de cuerda. Lilah a su vez lo besó, apretando su cuerpo contra el de Joss, experimentando deliciosos estremecimientos de necesidad que se avivaban allí donde los dos cuerpos se tocaban.

Cuando la boca de Joss descendió y encontró los pechos de Lilah, mordisqueó los pezones, Lilah gimió y le pasó los dedos sobre los cabellos negros.

Él descendió todavía más, depositando besos breves y ardientes sobre el abdomen, y con la lengua exploró el botón del vientre, y ella se movió seductora bajo los besos. Las manos de Lilah tocaron los hombros de Joss, y los aferraron.

Y cuando él descendió todavía más, y al fin tocó el

centro de la femineidad con la boca, y no con las manos, Lilah gritó, y sus manos aferraron los cabellos de Joss. Abrió mucho los ojos, y lo miró con expresión salvaje, medio enloquecida por sus propias necesidades contradictorias, ansiosa por que él hiciera lo que estaba haciendo, con todas las fibras de su ser, pero sabiendo, desenfrenado, que estaba mal, y que él debía detenerse.

—Joss... no... —jadeó, tratando de cerrar sus muslos contra la cabeza de Joss.

Pero él estaba entre las piernas de Lilah, y las sostenía abiertas, acariciándola suavemente, concediéndole al fin la caricia que ella había deseado... pero decidido también a darle más.

—Ahora, calla. Está bien.

La tranquilizó como hubiese hecho con una yegua asustada, con voz serena, y el contacto visual. Incluso cuando ella estaba preparándose para protestar otra vez, él hundió de nuevo la cabeza y la besó profundamente entre las piernas, desvergonzada y pecaminosamente, y entonces, el calor y la presión de su boca sobre ella la encendieron, y Lilah ya no hubiera podido decirle que se detuviese, del mismo modo que no hubiera podido descender de ese camastro para alejarse.

Cerró los ojos, y así Joss pudo hacer lo que se le antojaba.

Cuando se acomodó sobre ella, el miembro duro, latiendo y exigiendo entrar, ella jadeaba, retorciendo el cuerpo, ansiosa por el amor del hombre.

—Dímelo.

Las palabras apenas llegaron.

—Dímelo.

Él insistía, y se mantenía a la entrada de los pliegues que lo reclamaban, y obligando a Lilah a que respondiese antes de que él le diese lo que ella deseaba desesperadamente.

—Dímelo.

Cuando ella le contestó, lo hizo sin rodeos:

—Te amo, te amo, te amo —gimió contra la boca de Joss.

Y entonces, él la elevó al cielo y la llevó de vuelta a la tierra.

48

Después, mucho después, Joss levantó la cabeza del lugar en que descansaba, sobre los pechos de Lilah. Ella se movió debajo, y sus manos automáticamente aferraron a Joss, pero sin despertar. Joss rodó a un costado, se estiró al lado de Lilah, y la acomodó contra su cuerpo. Después, dejó que durmiese todo lo que le pareció prudente.

Finalmente, tuvo que despertarla. Antes de que pasara mucho tiempo amanecería.

—Lilah.

Le acarició los cabellos. No hubo respuesta.

—Lilah.

Le tocó las pestañas con un dedo, retorció un rizo sedoso. Tampoco ella contestó.

—Lilah, amor mío, si no te despiertas ahora mismo te empujaré fuera de este camastro y te arrojaré al suelo.

Esta amenaza, acompañada por el movimiento distraído de un dedo que recorrió la línea de los labios entreabiertos, y después descendió por el arco del cuello para describir un círculo alrededor de los hermosos pechos, finalmente provocó cierta reacción. Lilah murmuró algo, y se movió en la cama. Sólo un rápido movimiento de Joss impidió que acabase en el suelo.

Él miró con ojos de conocedor las caderas desnudas. Durante los muchos años en que se había acostado con numerosas mujeres, ninguna lo había impresionado así. Ninguna había logrado que se enamorase.

¿Qué había en ella? Era hermosa, pero también lo eran casi todas las demás. Era inteligente, lo que podía decirse de alguna de sus predecesoras, pero no de la mayoría. Era una dama, y eso reducía considerablemente la nómina. Quizá lo que le había atraído era la aureola de categoría que la acompañaba, no importaba lo que ella soliera hacer.

Quizás era su coraje. Nada la atemorizaba mucho tiempo, ni la murmuración, ni la cólera, ni la posibilidad de ahogarse, ni quedar abandonada en una isla desierta, ni descubrir que esa isla no estaba tan desierta como ellos habían pensado, ni unirse a una tripulación pirata en la condición de un joven retrasado, ni verse en medio de una batalla en el mar. Se había elevado a la altura de todos los desafíos durante los últimos meses, y él la admiraba y la respetaba por eso.

Lilah conseguía que él se encendiera como un fuego de turba.

Lo había abofeteado, le había mordido la lengua y la pierna, le había gritado por cosas que él no podía evitar. Era una arpía y una bruja casi siempre, y a veces, sólo a veces, un ángel. Lo había impresionado desde el primer momento, y logrado que él se inflamase primero de pasión, después de cólera, y más tarde otra vez de pasión. Había conseguido que perdiese los estribos hasta el extremo de provocarlo a una situación de violencia física, y ahora que pensaba en ello eso lo avergonzaba. Aunque su opinión meditada era que en el caso de la señorita Delilah Remy una buena tunda era algo que llegaba con mucho retraso.

Era una belleza reconocida, la niña mimada de su familia, una mujer rica y acostumbrada a recibir las atenciones de una numerosa servidumbre.

Incluso sin la catástofre de su propio linaje, incluso si él hubiese sido la persona que siempre había sido, es decir un marino y hombre de negocios inglés, sin la horrible pesadilla de la sangre mestiza y la esclavitud, no habría podido ofrecerle una vida comparable con la que ella llevaba en Barbados.

La vida de Joss en Inglaterra era muy distinta, y más sencilla. Con su actividad naviera él ganaba lo suficiente para ofrecer una vida muy cómoda a su esposa, pero no con el lujo al que Lilah estaba acostumbrada. Tenía sólo dos criados, y una casa que era espaciosa pero no elegante, y amigos que pertenecían a la misma categoría social que el propio Joss. Estaba muy alejado de las altas cumbres de la sociedad. Incluso si hubiera podido desposala sin la interferencia de la pesadilla, ella habría tenido que renunciar a una parte de su riqueza y a su condición social para convertirse en la esposa de Joss.

Joss lo sabía, y la situación no le agradaba.

Pero con el agregado de la pesadilla, la situación de los dos se convertía en un problema sin solución. Si ella lo elegía, tendría que renunciar a todo lo que siempre había amado: el hogar, la familia, los amigos, su vida entera. Era un paso importante, y Joss no estaba seguro de que Lilah quisiera darlo.

Se sentía inseguro, y eso era otra cosa que no le gustaba. En el curso de su vida jamás había imaginado que se enamoraría de una mujer y tendría que preocuparse de la posibilidad de que ella lo rechazara. Su éxito con las mujeres había sido demasiado permanente, sin esfuerzo. Pero con Lilah, no podía sobrentender nada. ¿Estaba dispuesta a renunciar a tanto por él?

Lilah decía que lo amaba. Joss creía que incluso lo decía en serio. Pero ¿lo amaba en la medida suficiente para regresar con él a Inglaterra? Porque la vida de Joss no estaba ahí, y jamás podría estarlo. No podría compartir una vida con ella ni siquiera con la mejor voluntad del mundo. Lilah debía acompañarlo.

¿O debía resignarse a aceptar que ese maldito problema de la sangre y todo lo que él implicaba fuese un obstáculo permanente en su camino?

Había decidido ponerla a prueba. Ahora mismo, antes de perder por completo el control de sí mismo.

—¡Lilah!

Con una expresión sombría en el rostro, sacudió el hombro de Lilah.

—¿Eh?

—¡Maldita sea, Lilah, despierta!

Finalmente consiguió despertarla. Lilah no se movió, sino que desvió la cabeza a un costado y parpadeó.

—Oh, Joss —murmuró, y sonrió.

Se la veía tan hermosa, los ojos cargados de sueño, la boca suave y sonrosada, que tuvo que besarla. El resultado fue un bostezo, una sonrisa y otro murmullo.

—Ojalá pudiese quedarme. Me encanta dormir contigo.

—¿De veras? Me alegro, porque confío en que dormirás conmigo el resto de tu vida.

La idea tardó un minuto en penetrar. Cuando lo hizo, a Lilah se le agrandaron los ojos y giró sobre sí misma para mirar fijamente a Joss. Él pudo complacerse en la visión total y desembarazada de la desnudez femenina, pero por el momento eso no era lo que le interesaba.

—¿Qué significa eso?

La incomprensión que se manifestaba en los ojos y la voz de Lilah indujo a Joss a sonreír, a pesar de que sentía un nudo en el estómago. Para suavizar la tensión que por orgullo no quería demostrar frente a Lilah, desvió la mirada de los ojos de la joven a su boca, y la acarició suavemente con un dedo.

—Para tratarse de una joven que parece acostumbrada a coleccionar peticiones de mano, no puedo decir que seas muy rápida. Estoy pidiéndote que seas mi esposa.

—¡Que sea tu esposa!

Hubo un silencio prolongado, que él podía interpretar como desconcierto o como otra cosa, según su voluntad. Los ojos de Lilah eran como anchos estanques, muy azules, enormes y sombreados.

—Hum. Casarte conmigo.

La voz de Joss era áspera.

—¡Oh, Dios mío!

Él frunció el entrecejo.

—Ésa no es una reacción que me aclare mucho. ¿Sí o no?

Una sonrisa curvó lentamente los labios de Lilah.

—¿Has practicado mucho esto?

—¿Qué? —preguntó impaciente Joss.

—Pedir la mano de las damas.

El entrecejo de Joss se acentuó. Si ella no le contestaba pronto, la estrangularía. Estaba más nervioso que en cualquiera otra ocasión de su vida, y ella, condenada, ¡sonreía!

—En realidad, eres la primera.

—Ya me parecía.

Ella emitió una risita inesperada, un sonido delicioso, una suerte de dulce gorjeo adolescente.

—¿Sí o no? ¡Qué romántico de tu parte!

—¿Y bien?

Joss no estaba de humor para las bromas de Lilah. Ella suspiró, y de pronto recobró la seriedad.

—Joss, no es tan sencillo, y lo sabes muy bien.

—¿Qué tiene de complicado? Me marcho, me sacudo el polvo de esta isla mil veces maldita y de sus costumbres bárbaras. Puedes venir conmigo, o permanecer aquí. Si vienes, supongo que preferirás hacerlo siendo mi esposa.

—Joss...

—¿Sí o no?

—¡Ojalá dejaras de decir esas palabras! En primer lugar, no puedes salir tan sencillamente y dejar Heart's Ease. Lamento recordártelo, pero mi padre es el propietario. Eres esclavo. No puedes marcharte sin más. ¡Incluso necesitas un pase para usar los caminos! Te perseguirán, te traerán de regreso, te castigarán y quizá te matarán.

—Tendrán que encontrarme primero.

—Lo harán. Créeme. Barbados es una isla pequeña, y tiene una milicia muy eficiente. Para huir, tendrías que abandonar la isla, y no podrías hacerlo. Medio día después de tu desaparición, todos los capitanes de todos los barcos de cada puerto de Barbados estarán enterados. Te atraparán más tarde o más temprano.

—Entonces, ¿qué propones? ¿Qué continúe en esta maldita pocilga el resto de mi vida cavando agujeros en el suelo? ¿Mientras tú duermes con el jefe allá en la gran residencia, y vienes en secreto de tanto en tanto, a pasar el rato, cuando sientas la necesidad de divertirte un poco?

—No he dicho eso.

—¿No? Nunca has dicho que te casarías conmigo.

Lilah se sentó y se estiró en el camastro. A pesar de la cólera cada vez más intensa que lo dominaba, la mirada de Joss se vio irresistiblemente atraída por el cuerpo esbelto, de piel muy blanca. Desnuda, era el ser más hermoso que había visto en su vida, y lo enloquecía.

—Ignoro si puedo casarme contigo. Te amo. Te amo tanto que ya casi es ridículo. Pero casarme... Joss, ¿cómo puedo prometer que me casaré contigo? ¡Eres esclavo en la plantación de mi padre! ¿Lo que quieres que haga es acercarme tranquilamente a él y decirle: «Oh, a propósito, papá, abrigo la esperanza de que no te opongas, pero en definitiva no me casaré con Kevin, he cambiado de idea y me casaré con Joss, nuestro esclavo»? Moriría de una apoplejía... y si no muere, me matará. Lo digo en serio.

—Me marcho apenas se me ofrezca una oportunidad. Puedes venir conmigo... o quedarte aquí. Elige.

—Joss... —Era casi un gemido—. ¡No puedes irte sin más! Y no puedo continuar discutiendo contigo, ¡tengo que retirarme! ¿Qué hora es?

—Casi las cuatro.

—¡Oh, Dios mío! ¡Debo regresar! ¡Todos se levantarán muy pronto!

Deslizó las piernas esbeltas y blancas sobre el costado del camastro y se puso de pie, y casi al mismo tiempo extendió la mano hacia la enagua. Mientras se la pasaba sobre la cabeza, se volvió para mirar a Joss.

—Quiero que me prometas, ¡que me prometas!—, que no cometerás ninguna estupidez. No intentarás huir hasta que se me ofrezca... la oportunidad de convencer a mi padre. Creo que puedo lograr que él te libere, si insisto en que me salvaste la vida, pero eso puede llevar un tiempo. Así, no tendrás que huir... podrás irte por propia voluntad.

Él se recostó en el camastro, cruzando los brazos, completamente desnudo, sin sentir la más mínima molestia. Su mirada se clavó calculadora en la cara de Lilah.

—Digamos que te concedo tiempo para convencer a tu padre... ¿cuánto tiempo?

—Unos pocos meses. A lo sumo un año.

Él meneó la cabeza.

—Lo siento, no esperaré tanto. Esta farsa ya ha durado demasiado.

—Joss... —Su voz sonó apagada cuando se pasó el vestido sobre la cabeza—. Átame los cordeles, ¿quieres?

Le dio la espalda, y él se puso de pie para atar los cordeles del vestido. El gesto fue tan automático, que pudo hacerlo aunque aún estaba furioso con Lilah. Cuando terminó, la obligó a volverse para mirarlo, y apoyó sus manos sobre los hombros de la joven.

—Cuando pueda, me marcho. ¿Vengo a buscarte o no?

Ella lo miró con expresión inquieta. Joss percibió

distraídamente que la tela del vestido que él tocaba era muy fina, una delicada muselina blanca salpicada de puntos azul grisáceos que hacían juego con los ojos de lilah. Con sus rizos dorados y la cara exquisita, se la veía tan hermosa que hubiera podido trastornar a cualquiera. De pronto Joss pensó que, si bien ésa era la primera vez que él proponía matrimonio, ciertamente no sucedía lo mismo en el caso de Lilah. ¡Demonios, la mitad de la condenada población masculina de esa isla detestable probablemente deseaba casarse con ella, sin hablar de los jóvenes ricos de las Colonias! ¡Y él había creído que Lilah diría que sí, muchas gracias, ante la propuesta que él le hacía! Seguramente estaba loco. Joss la miró con el entrecejo fruncido.

—No te enojes. ¡No puedo decidir algo así aquí mismo, sin más trámites! Tengo que pensarlo, y mi pretensión no es irrazonable, de modo que bien puedes borrar de tu cara esa expresión obstinada. Te amo, bien lo sabes, no se trata de eso, pero... necesito tiempo para pensar.

—Como te dije antes, ignoras el significado de la palabra «amor» —escupió Joss—. Si te lo permito, te casarás con ese condenado y estúpido de Kevin, y además continuarás conmigo. Sólo que esa clase de arreglo me desagrada.

—¡No es cierto!

—¿No es cierto? ¡Vamos, sal de aquí! Tienes que regresar a casa antes de que alguien descubra que viniste en secreto para entretener a un esclavo.

—¡Vete al infierno!

Lilah rara vez maldecía, pero por otra parte rara vez se había sentido tan furiosa. Joss se mostraba tan injusto que ya era absurdo; era un gorila estúpido, y si llegaba a considerar seriamente el asunto él mismo lo comprendería. Pero al parecer, era demasiado exigir un poco de pensamiento racional. ¡Era un individuo tan orgulloso y obstinado que no podía ver más lejos de su nariz!

—Fuera. ¡Ahora!

Como ella continuó vacilando, Joss la alzó en brazos, la llevó hasta la puerta, la abrió y depositó a Lilah al otro lado. Ella lo miró hostil, abrió la boca para decir algo, pero después la cerró otra vez sin hablar. Se recogió la falda y corrió tan furiosa que deseó alejarse de él a la mayor velocidad posible. En su prisa, olvidó por completo que estaba descalza.

Joss, que se maldijo y maldijo a Lilah por lo bajo, se apoderó de sus pantalones, se los puso y partió tras ella. Lilah ya estaba en la mitad del campo que conducía a la residencia principal, el vestido blanco fácilmente visible a la luz grisácea de la hora que precede al alba. Joss se detuvo en el límite del sector de los esclavos, cruzó los brazos sobre el pecho y maldijo larga y profusamente hasta que ella desapareció de la vista.

Amaba a esa perrita. Y a pesar de lo que había dicho, sabía que no iría a ningún sitio sin ella.

Se marcharía, eso era cierto, cuando llegase el momento oportuno. Un accidente de la cuna no convertía a un hombre en esclavo.

Pero cuando se marchara la llevaría consigo. Aunque tuviese que arrastrarla de los cabellos.

Y la señorita Delilah Remy podía verlo con agrado o con disgusto. A Joss no le importaba en absoluto.

49

Lilah subió sigilosamente la escalera de la servidumbre, al fondo de la casa en sombras, tanteando el camino junto a la pared de frío yeso, y pisando con mucho cuidado el peldaño flojo que como ella sabía siempre crujía. A esa hora, poco antes del amanecer, reinaba el mayor silencio. Un crujido sonaría anormal y estrepitoso...

Su dormitorio estaba en el primer piso, y daba al prado bien cuidado que se extendía frente a la casa. Su padre y Jane compartían una *suite* al fondo del corredor. Lilah contuvo la respiración mientras pasó de puntillas frente a las puertas, pero nada se movió. Cuando abrió la puerta de su dormitorio y entró, suspiró aliviada pero en el mayor silencio.

Estaba a salvo.

—Señorita Lilah, ¿es usted?

Lilah se volvió bruscamente, y se llevó la mano a la boca mientras trataba de descubrir a Betsy en la oscuridad. La joven al parecer había estado durmiendo en una de las dos sillas dispuestas frente a las altas ventanas, esperándola. Se levantó en el mismo momento en que los ojos de Lilah la descubrieron, el cuerpo delgado recortándose brevemente contra el gris más claro de la ventana, antes de acercarse a su ama.

—¡Chisss, Betsy!

—¿Dónde ha estado? Casi he enloquecido de miedo, y me preguntaba si debía despertar al amo, o al señor Kevin...

—No los has despertado, ¿verdad? —La voz de Lilah estaba cargada de temor.

—No, no los he despertado. He imaginado que quizás usted no deseaba que supieran dónde se encontraba. ¿He hecho bien?

—Sí, Betsy, has hecho bien. ¿Cómo... cómo has sabido que había salido?

—Vine a traerle una taza de chocolate. Maisie la preparó, porque dice que usted adelgazó demasiado mientras se encontraba en esa isla. Pero no la vi aquí, y me asusté, y no sabía qué hacer. Pensé que quizás esos piratas habían regresado para apresarla o...

Su voz flaqueó.

Betsy se había detenido frente al tocador, y antes de que Lilah comprendiese lo que la criada hacía, usó pedernal y acero para encender una lámpara. Después, se volvió para mirar a su ama. Atemorizada repentinamente por el suave resplandor amarillo, Lilah se llevó la mano al busto.

Betsy siguió el movimiento, tomó nota de los cabellos desordenados y la boca hinchada, el atuendo incompleto, y sus ojos se agrandaron enormemente.

—Ha estado con ese hombre, ¿verdad?

Era más una exclamación impresionada que una pregunta. Lilah miró un momento a su doncella, tragando nerviosamente sin contestar. Betsy era su amiga más querida. Pero ese secreto era algo que Lilah no podía compartir. Una sola murmuración y ella y Joss se verían perdidos...

—No sé de qué hablas —dijo Lilah, volviendo la espalda a Betsy y acercándose a una palangana para salpicarse la cara con agua.

—¡Oh, sí, sabe de qué hablo, señorita Lilah! —Betsy meneó la cabeza, la cara tensa de inquietud—. Estuvo con ese hombre, el que tiene un poco de sangre negra. Ese... Joss. Recuerdo cómo me impresionó desde la primera noche, cuando lo conoció. Lo que usted dijo al amo y al señor Kevin acerca de que él ni la había tocado mientras estaban en la isla fue mentira, ¿verdad? Usted se entregó a él, y los dos durmieron juntos. No trate de mentirme, señorita Lilah. ¡La conozco como me conozco a mí misma!

—Oh, Betsy, sé que está mal, pero no puedo evitarlo. ¡Lo amo!

Lilah no tuvo más alternativa que confesar. Betsy la conocía demasiado bien. Jamás podría ocultarle el episodio.

Betsy respiró hondo. Se miraron fijamente, una con horror, la otra angustiada. Después, Betsy extendió las manos y tomó por los hombros a Lilah, y la sacudió un poco. Ya no eran el ama y la doncella, sino sólo dos antiguas amigas que se amaban.

—Señorita Lilah, no puede hacer eso. Sabe que no puede. ¡No puede deslizarse en la oscuridad a las chozas de los esclavos, para acostarse con un hombre como ése! ¡Usted es una dama! Si el amo o el señor Kevin la descubren...

Betsy calló, y se estremeció visiblemente.

—¡Lo sé! ¡Pero lo amo! Él... quiere que huyamos juntos. Para casarnos.

La voz de Lilah se quebró y los ojos se le llenaron de lágrimas. Betsy dirigió una mirada de horror al rostro pálido de su ama, y después la abrazó, acunándola gentilmente, apoyada en su propio cuerpo.

—Está en una terrible dificultad, ¿verdad, querida? Pero usted ya sabe lo que tiene que hacer. No puede volver a verlo... no, no puede. Y con respecto a casarse... señorita Lilah, lo mismo sería que pretendiese casarse con mi Ben. Es exactamente lo mismo.

Lilah levantó la cabeza, se apartó un poco de Betsy, y en su imaginación se dibujó una vívida imagen de Ben, el zapatero de la plantación. Era un hombre de buen carácter, apuesto, un trabajador hábil... y negro como el ébano.

Meneó la cabeza.

—¡No!

—Es la verdad, señorita Lilah. Sucede sencillamente que usted no quiere reconocerlo. Su carácter es el único desde que era una niñita; no acepta ver nada que no le agrade.

Lilah levantó el mentón en actitud desafiante.

—Dime una cosa, Betsy... si Ben fuese blanco, ¿de todos modos lo amarías? ¿Aun así querrías ser su mujer?

Al pensar en lo que Lilah preguntaba, a Betsy se le agrandaron los ojos. Después, meneó la cabeza, consternada.

—Comprendo lo que quiere decirme. Oh, querida, no conozco la respuesta. Sólo sé que usted está buscándose muchos sufrimientos y angustias si no termina con esto.

Al ver la expresión obstinada en la cara de Lilah, abrazó estrechamente otra vez a su ama, y la apretó contra su cuerpo.

—Malditos sean todos los hombres —murmuró agriamente.

Lilah, que descansaba fatigada en el hombro de Betsy, se sentía inclinada a coincidir con ese juicio.

50

Era el final de la tarde del día siguiente. Lilah estaba sentada en los peldaños de la baranda del fondo, conversando con Jane, y su madrastra, instalada en una mecedora, realizaba el delicado bordado que adornaba todos los pañuelos de su marido. Lilah, que nunca había sabido coser bien, estaba sentada con las manos unidas sobre las rodillas, y sentía una deliciosa pereza en ese calor somnoliento. Se habría sentido perfectamente satisfecha con el mundo de no haber sido por dos cosas: su preocupación acerca de lo que debía hacer con Joss, y el tema de conversación de Jane. Su madrastra estaba decidida a trazar planes respecto de la boda de Lilah.

—No tiene sentido retrasar la boda, ¿verdad, querida? Quiero decir, ahora que realmente te has decidido contraer matrimonio con Kevin.

Lilah desvió la mirada, y contempló los verdes pastos y los arbustos rosados, y apenas visibles sobre las copas de las palmeras, las paletas del molino de viento, que giraban lentamente con la brisa. Si abrigaba la esperanza de distraer a su madrastra y obligarla a cambiar de tema, se vio frustrada. Heart's Ease era un lugar tan pacífico como siempre lo era a esa hora del día, antes de que los hombres y los esclavos volviesen de los campos, antes de que comenzara a prepararse la cena.

—Jane, acabo de volver a casa. Han sucedido tantas cosas que en realidad no he pensado mucho en... la boda.

—Pues bien, ¡en ese caso más vale que lo pienses! —dijo Jane con una risita amable, apartando los ojos de su labor para mirar a su hijastra—. Como sabes, Kevin te ama profundamente. Estuvo fuera de sí todas esas semanas en que te creíamos perdida.

—¿De veras? Yo también me preocupé por él.

—Creo que seis semanas sería tiempo suficiente —dijo Jane.

—¡Seis semanas! —Lilah se sentía abrumada.

Jane la miró y frunció el entrecejo.

—¿Ya estás sintiendo los nervios de la boda? ¡Dios mío, cómo te sentirás la víspera! Pero no te preocupes, querida, todas las mujeres sienten lo mismo antes de casarse. Después de todo, es un paso importante. El matrimonio es para toda la vida.

—Oh, Jane... seis semanas —dijo Lilah con voz débil, y se sintió como si una trampa estuviera cerrándose sobre ella—. Yo... no sé si podré prepararme...

—Entonces, dos meses —dijo Jane, como dando por zanjado el tema—. De todos modos, es mejor que sean dos meses. Tendremos tiempo de preparar tu vestido... será el vestido más hermoso que haya tenido una novia, ya lo verás. Organizaremos una gran fiesta, e invitaremos a todos los conocidos de la isla. Tu padre me ha dicho que no ahorre gastos, y no lo haré. Después de todo, no es frecuente que una hija única se case.

Se puso de pie, el canasto de la labor en la mano.

—Querida, ahora debo entrar. Tengo que arreglar muchas cosas en la casa. ¿Por qué no vas a dar un paseo? Te agradecería que me traigas una jarra de jarabe del molino, para cubrir la torta de Maisie. Además, creo que te encontrarás con Kevin. Sé que no lo has visto mucho desde que regresaste a casa, pero por favor, no creas que eso significa falta de amor por su parte. Tú sabes que él y tu padre están muy atareados durante la temporada de la molienda.

Jane se alejó, y Lilah permaneció sentada un momento más, su mente tan activa como su cuerpo estaba quieto, mientras trataba de resolver el terrible dilema que la agobiaba. Después de todo lo que había sucedido entre ella y Joss, ¿podía casarse con Kevin? Era la actitud más razonable... pero la idea de permitirle las intimidades que Joss exigía la abrumaba.

Lilah se incorporó bruscamente, se sacudió su falda y comenzó a caminar decidida hacia el molino. Como Jane había dicho, no había pasado mucho tiempo con Kevin en la semana que siguió a su regreso al hogar. Él estaba consagrado al trabajo propio de la temporada de la molienda, el momento de actividad más intensa en la plantación, y en cambio ella... si había que decir la verdad, Lilah había estado esquivándolo.

Si se profundizaba la verdad, lo cierto era que, desde que se había enamorado de Joss, Lilah apenas podía tolerar los besos de Kevin, pese a que ahora sabía que eran caricias relativamente castas. Y siempre que estaban solos, parecía que él pretendía besarla.

¿Cómo podría soportar el matrimonio con ese hombre?

Ése era el problema que Lilah tenía que resolver, y pronto. Con prisa suficiente para desbaratar todos los planes de boda que Jane trazaba con tanta complacencia. Con prisa suficiente para interrumpir todo antes de que fuese demasiado tarde.

Ahora, su vida era muy complicada. ¿Por qué no podría haberse enamorado de Kevin y no de Joss? Kevin era bondadoso, y trabajador, y la amaba, y mantenía excelentes relaciones con el padre de Lilah. Era el marido perfecto para ella. ¿Por qué quería a Joss, con todos sus inconvenientes, y no a Kevin, con todas sus virtudes?

Tal vez, sólo tal vez, no se había esforzado lo suficiente para amar a Kevin. Quizá si ella buscaba la oportunidad...

Y ésa era la razón por la cual ahora estaba caminando hacia el molino. Había decidido que debía aprovechar todas las oportunidades.

51

El molino de azúcar era una escena de intensa actividad. Media docena de esclavos apilaban montones de caña recién cortada frente al molino, y hacia el fondo otros esclavos paleaban los montículos dorados de bagazo, es decir, lo que quedaba de la caña después que se había despedazado y aplastado varias veces para extraerle el jugo. Del interior del molino llegaba el sonido del agua corriente, agregada al jugo al mismo tiempo que la «leche de lima», destinada a eliminar las impurezas. A un costado del molino había enormes artesas chatas, y allí el sol evaporaba el agua de la mezcla líquida, dejando el jarabe espeso y pardo que Jane necesitaba para su tarta. Lilah estaba tan familiarizada con la producción de azúcar que apenas prestaba atención a los sonidos o las imágenes propias del proceso. En cambio, exploró con la mirada el lugar, buscando a Kevin.

Kevin montaba una yegua baya, y se inclinó hacia delante, la cabeza cubierta con un sombrero de ala ancha, mientras supervisaba al esclavo que estaba a cargo de la mula, la cual, a causa de la falta de viento, accionaba la piedra de moler.

—¡Kevin!

Lilah hizo un gesto para atraer su atención. Pero en el instante mismo en que los ojos de Kevin se volvieron hacia ella, comprendió que había cometido un terrible error. El esclavo bañado en sudor que manejaba la mula en círculos era Joss. Y él la buscó con los ojos en el momento mismo en que Kevin sonrió, agitó la mano y espoleó su montura para acercarse a la joven. Lilah miró a Joss, y se sintió absurdamente culpable, antes de apartar los ojos para saludar a Kevin, que estaba desmontando.

—Buenas tardes —dijo Kevin, con una ancha sonrisa, y sujetó las riendas con una mano e inclinó hacia atrás el sombrero mientras se acercaba a Lilah y le daba un beso ruidoso.

Lilah, que sabía que Joss no perdía detalle, retrocedió nerviosamente.

Kevin frunció el entrecejo.

—¿Sucede algo?

—Yo... yo... Jane me ha enviado a buscar una jarra de jarabe.

—Maisie ha preparado una torta, ¿eh? Qué rica. Sabe hacerla muy bien.

—Lo sé.

Lilah sonrió, y se sintió más cómoda al recordar al jovencito torpe que, la primera vez que había ido de visita a Heart's Ease, había consumido una noche tanta torta que ella lo había encontrado después enfermo en el huerto.

Kevin ató su caballo a una higuera cercana, tomó del brazo a Lilah y caminó con ella hacia las artesas. Así pasaron a pocos metros de Joss. Lilah le dirigió una mirada de reojo. Vio que, si bien su cara se mostraba impasible mientras obligaba a la mula a realizar el trabajo, todos los músculos de su cuerpo estaban tensos. No miró a la pareja que pasó agradablemente tomada del brazo, pero Lilah sabía que él tenía conciencia, con todas las fibras de su ser, de que ella estaba con Kevin.

Como le había sucedido a la propia Lilah cuando había visto a Joss con Nell.

—Jane ha estado insistiendo en que fijase la fecha para nuestra boda —dijo de pronto Lilah. Se había detenido cerca del molino, y Kevin había enviado a uno de los esclavos a llevar una jarra.

—¿De verdad? —Kevin dirigió una mirada a Lilah, y se encogió de hombros—. Cuando quieras. Si deseas conocer mi opinión, cuanto antes mejor.

Lilah vaciló. Ése no era el lugar más apropiado para una conversación acerca del tema. Pero de pronto deseaba resolverlo todo. Si ofrecía la respuesta justa, lo que tanto temía hacer sería mucho más fácil.

—Kevin, ¿por qué deseas casarte conmigo?

Formuló la pregunta con absoluta sinceridad, volviéndose para mirarlo, con una mano descansando sobre el antebrazo de Kevin.

—¿Por qué crees que lo deseo? Naturalmente, tonta, porque te amo. Sabes que estoy enamorado de ti desde hace años.

No era la respuesta que deseaba escuchar, pero tendió a sospechar que él le decía lo que, según creía, ella deseaba oír.

Kevin la miró con el entrecejo fruncido.

Lilah miró los ojos almendrados y la cara curtida

por el tiempo, que conocía tan bien. Más allá de las anchas espaldas de Kevin, podía ver a Joss, desnudo hasta la cintura, sucio y transpirado en sus anchos pantalones blancos, tironeando salvajemente del arnés de la mula recalcitrante. Una mujer en su sano juicio que tuviese que elegir compañero entre el caballero de la plantación y el esclavo semidesnudo no habría vacilado. Entonces, ¿eso demostraba que ella estaba loca?

Pero en definitiva Lilah supo, súbitamente y sin la más mínima duda acerca del acierto de su decisión, que no podía casarse con Kevin. Y no creía tampoco que él la amase. No como un esposo debe amar a su mujer. No como Joss la amaba.

Muy pronto tendría que informar a Kevin de su decisión. Pero ahora no. No deseaba que Joss fuese testigo de lo que, según ella temía, iría a parar en una discusión desagradable. Era improbable que Kevin tomase a la ligera el rechazo, pues también significaba perder Heart's Ease.

—Sabes que te amo, ¿verdad? —murmuró Kevin, y sus manos acariciaron los brazos desnudos de Lilah, y después la aferraron, mientras inclinaba la cabeza sobre ella.

Antes de que Lilah pudiese contestar, él estaba besándola, esta vez con un beso prolongado, a la vista de todos los esclavos; a la vista de Joss.

Mientras Lilah volvía a atravesar el patio con la mano enganchada en el brazo de Kevin, y la boca latiéndole a causa del beso, tuvo perfecta conciencia de un par de ojos que la observaban y pertenecían a una cara que de pronto había adquirido una expresión salvaje.

52

Esta vez, cuando Lilah se deslizó fuera de la casa, era casi medianoche. Había esperado tanto para tener la certeza de que todos dormían. No se atrevió a decir ni siquiera a Betsy que se preparaba para ver a Joss. Si Betsy estaba al tanto de las actividades de su ama y guardaba silencio, sería víctima de la cólera de Leonard Remy. Y la cólera de Leonard Remy sería terrible si descubría la perfidia de su hija. Y Lilah mucho temía que más tarde o más temprano tendría que llegar a eso.

Atravesó corriendo el patio envuelto en sombras, sosteniéndose la falda para evitar que se ensuciara con el pasto húmedo y el rocío. Cuando llegó al sector de los esclavos, pasó de la carrera a la marcha normal. Las chozas estaban todas en sombras; hacía mucho que los esclavos dormían.

Incluso la choza de Joss estaba a oscuras. Como antes, la puerta no estaba cerrada con una traba. Lilah entró, cerró la puerta y permaneció un momento apoyada contra la hoja de madera. No oyó un solo ruido, ni un roce de la cama. Ni una respiración.

—¿Joss?

En el momento mismo de pronunciar el nombre comprendió que estaba sola. Joss no se encontraba allí. Tan pronto sus ojos se acostumbraron a la oscuridad, miró alrededor. Como había pensado, el camastro estaba vacío. La choza estaba vacía.

De pronto, Lilah temió que él hubiese cumplido su amenaza y se hubiese marchado sin ella.

¿Dónde podía estar, a esa hora, cuando todas las personas razonables estaban durmiendo?

Cuando había ido a verlo la vez anterior, él acababa de darse un baño.

Era una posibilidad, aunque tenue. Lilah salió de la choza, y con sus sostenes de cuero la puerta se cerró silenciosa tras ella. Caminó con mucho cuidado para evitar el ruido, y se dirigió al extremo más alejado del sector de los esclavos, donde comenzaban los cañaverales. En ese lugar cercano a la casa, aún no se había cortado la caña, y el viento perfumado que soplaba en ese momento, originaba el rumor constante de las plantas, que rozaban unas con otras. Hacía muchos años que no se acercaba a ese lugar, y necesitó unos instantes para encontrar lo que estaba buscando. Entonces, impulsada por un miedo terrible, alzó sus faldas y descendió de prisa por el sendero que llevaba al estanque donde se bañaban los esclavos. El sendero era angosto, y las altas cañas le rozaban los brazos desnudos y las faldas, y se le enredaban en los cabellos. Las criaturas nocturnas se movían y deslizaban apartándose de su paso. Lilah no les dedicó ni siquiera un pensamiento. Tenía que hallar a Joss antes de que fuese demasiado tarde.

Irrumpió en el claro, jadeante, y exploró la superficie silenciosa y oscura del agua, donde ella y Betsy habían pasado mucho tiempo cuando eran niñas.

—¿Joss? —Su voz era un murmullo suave y desesperado—. ¿Joss?

No hubo respuesta. Se acercó al borde del estanque, haciendo todo lo posible para mantener el equilibrio al pisar las enredaderas resbaladizas que crecían cerca de la orilla. «Piensa —se dijo— piensa: ¿qué camino habrá seguido?» Si podía descubrirlo, quizá lograra alcanzarlo antes de que fuese demasiado tarde...

Joss estaba flotando de espaldas en el agua, mirándola. Lilah lo vio en el momento mismo en que se disponía a regresar.

—¡Joss! ¿Por qué no me has contestado?

El alivio la arrastró como una ola, desentendiéndose perversamente de su malhumor. Las manos en jarras, miró hostil a Joss. Él estaba casi a los pies de Lilah, y su cuerpo se extendía paralelo a la orilla, flotando en el estanque poco profundo. Sólo la cabeza de cabellos oscuros completamente mojados se elevaba sobre la superficie del agua. El resto de su cuerpo era una mancha descolorida.

—Quizá no deseaba hablar contigo. —Su voz era dura e insolente—. Tal vez estaba harto de ti y de esta maldita situación.

Lilah suspiró.

—Estás enojado porque Kevin me ha besado. Si sales de allí, te lo explicaré.

—No quiero tus explicaciones. También estoy harto de ellas.

—Joss, no eres razonable.

—¡Y estoy profundamente harto de que me digas que no soy razonable!

Su voz de pronto fue explosiva. En la oscuridad, sus ojos eran astillas de vidrio verde.

La voz de Lilah entonces fue suave y seductora.

—No me casaré con Kevin.

—¿Qué?

—Ya me has oído. No me casaré con Kevin.

—¿Cómo? ¿Siempre besas a los hombres con quienes no deseas casarte? Bien, ahora que lo pienso, eso es lo que haces.

—¿No prefieres saber con quién pienso casarme?

Lilah no hizo caso de sus evidentes intentos de iniciar una riña. Lo que tenía que decirle era demasiado importante, demasiado maravilloso, y el malhumor de Joss no podía frustrarlo.

—No demasiado.

Maldito hombre, ¿tenía que ser tan difícil en una situación como ésa?

—Voy a casarme contigo, ¡bestia de mal carácter!

Lo miró con odio. Él le respondió con la misma moneda.

—¿Debo decir que me siento honrado?

El sarcasmo intencional logró que ella apretase los puños con verdadera furia. ¡Debía evitar a toda costa discutir con esa criatura irritante en el momento mismo en que aceptaba su propuesta de matrimonio! Respiró hondo, y logró controlar su voz.

—¿Quieres hacerme el favor de salir de ahí para hablar conmigo?

—No, no saldré.

—En ese caso, ¡yo entraré al agua!

—Como te plazca.

Con los dientes rechinando ante la cuidadosa indiferencia de Joss, Lilah se desvistió deprisa. Joss la observó en silencio. Después, cuando ella desató los sostenes de su enagua, él se puso de pie. El agua corría por su cuerpo, y volvió al estanque, que ahora lo cubría hasta la cadera.

—¡Eres el hombre más irritante, ofensivo y obstinado que he tenido la desgracia de conocer! —exclamó ella.

—¿Y a pesar de todo quieres casarte conmigo?

Se burlaba de Lilah, pero aún estaba enojado, y su voz era apenas un gruñido mientras salía desnudo del estanque y pasaba al lado de la joven para recoger sus pantalones.

—¡En este momento no estoy tan segura! —replicó Lilah, enfurecida. Después, dejando escapar un suspiro de profunda resignación, cedió y caminó hacia él—. ¡Sí, me casaré contigo!

Él la miró, olvidando los pantalones. Algo en la expresión de Joss indujo a Lilah a detenerse. Se detuvo donde estaba, y permaneció un momento mirándolo. ¡Ni en un millón de años habría imaginado que él reaccionaría así! Había supuesto que gritaría de alegría cuando ella le dijese que al fin había decidido jugarse el todo por el todo, y convertirse en su esposa.

—¿Le has dicho a tu joven amante que se suspende la boda?

—Si te refieres a Kevin, no es mi amante, ¡y tú lo sabes!

—¿Se lo has dicho?

Ella lo miró y meneó la cabeza.

—Todavía no.

—Ya me parecía.

Joss desplegó sus pantalones e introdujo un pie en una pernera, indiferente al hecho de que aún estaba completamente empapado.

—¿Qué importa cuándo se lo digo a Kevin? ¿No te importa que te haya dicho que me casaré contigo?

Las palabras eran casi un gemido.

Él la miró con expresión tensa, introdujo el otro pie en los pantalones y se acomodó la prenda.

—Oh, me importa. Sucede sencillamente que no te creo.

—¡No me crees! ¡De modo que no me crees!

—Es lo que he dicho.

—Eres el individuo más obstinado y estúpido que... —Se interrumpió y avanzó hacia él, con una expresión asesina en los ojos—. ¡Te amo, idiota sin remedio, y quiero casarme contigo! ¿Me entiendes?

Llegó a donde estaba Joss, y lo golpeó para subrayar sus palabras.

—¡Ay!

—Y otra cosa, mientras estamos en el tema de tus defectos. Aunque muchas veces me has obligado a pronunciar las palabras, tú jamás, ni una sola vez, has dicho que me amabas.

—¿Nunca?

La voz de Joss de pronto cobró un acento humilde.

—¡Nunca!

—¿Ni una vez?

—¡No!

—¿Y querrías que lo hiciese?

—¡Sí! —Lilah pronunció la palabra con peculiar aspereza.

—Pues así es.

—¿Qué es así?

—Tú ya lo sabes.

A Lilah literalmente le rechinaron los dientes.

—Joss, si no me dices ahora, en este mismo instante, que me amas, y lo dices con esas palabras, vuelvo directamente a casa ¡y me caso con Kevin! ¿Me oyes?

Ahora él sonrió, una sonrisa lenta tan encantadora como la que ella jamás le había visto. Aferró las manos de Lilah, la acercó un poco más, de modo que ella quedó de pie, un cuerpo contra el otro, separados sólo por las manos unidas.

—¿Te casarías realmente con ese fulano?

La voz de Joss ya no manifestaba cólera; casi parecía que se estaba burlando de Lilah.

—¡Sí! —Y un instante después—: ¡No!

Hubo una pausa. Lilah dijo:

—Estoy esperando.

Él la miró, con una sonrisa astuta.

—Me cuesta decir las palabras.

—¿Qué?

El tono con que ella pronunció la palabra no era muy alentador.

—Nunca las he dicho.

—¿Nunca? —Eso atrajo la atención de Lilah, y la suavizó. Lo miró, observó al hombre alto y apuesto con quien había prometido casarse, y sintió que se le oprimía el corazón—. ¿Dices la verdad?

—Eres una mujercita suspicaz, ¿eh? —La sonrisa todavía jugueteaba en las comisuras de los labios, pero su voz era seria—. Juro que es la verdad.

Durante un momento ella se limitó a mirarlo.

—Todavía estoy esperando —observó, cuando pareció que él se mantendría toda la noche en silencio.

Joss comenzó a mover los labios. Abrió la boca, y la cerró otra vez.

—Está bien —dijo ella, de pronto servicial—. Te ayudaré. —Soltó sus manos, se elevó sobre las puntas de los pies, y rodeó con los brazos el cuello de Joss. Él aún estaba mojado, pero cuando lo abrazó, Lilah ni siquiera advirtió eso.

»Yo... —dijo, obligando a Joss a inclinar la cabeza, y rozando con los labios los de su amado.

»Te... —Aceptó el beso, acariciando los labios de Joss con una lengua seductora, explorando el interior y rozando la línea suave y dura de los dientes.

»Amo... —Apartó los labios. Cuando él quiso restablecer el contacto, cerrando las manos sobre la cintura de Lilah, ella meneó la cabeza.

—¡Dilo!

—Ayúdame un poco más —dijo Joss, con voz ronca a pesar del regocijo que expresaba.

Lilah lo miró, contempló los cabellos muy negros mojados bajo sus dedos, y la boca dura y bien formada, y los ojos verdes y ensombrecidos, fijos en la cara de Lilah, y sintió que le ardía la cara.

—Muy bien —murmuró ella, y de nuevo le ofreció sus labios.

53

Cuando Lilah lo besó, usando en él todos los menudos e inquietantes trucos con tanta eficacia, las manos de su amado descendieron sobre los muslos de ella, desnudos bajo la camisola. Joss volvió a elevar las manos, oprimió las nalgas, acarició la piel sedosa y desnuda de la cintura, y su mano trabajó bajo la única prenda que ella conservaba. Pero cuando las manos de Joss la oprimieron y quiso obligarla a inclinarse hacia atrás, para asumir el control del beso, ella apoyó las manos en los hombros de Joss y se desprendió.

—Oh, no. Primero conseguiré lo que quiero. Dilo, Joss. Un hombre alto y fuerte como tú no puede mostrarse temeroso de tres palabritas.

Aunque los ojos de Joss eran más cordiales, su boca esbozó una mueca burlona.

—De modo que deseas torturarme, ¿eh? Adelante. Creo que la idea me gusta.

—Hummm.

Ella depositó pequeños besos sobre el mentón de Joss, en su garganta. Sobre los hombros. Joss tenía la piel cálida y húmeda, y levemente salada, y a ella le encantaba el sabor. Sus labios podían sentir la pulsación de la sangre bajo la piel.

Súbitamente fascinada por el sabor y la textura del cuerpo de Joss, ella olvidó que su propósito era arrancarle una confesión de amor. Lilah inclinó la cabeza, y descendió siguiendo la línea del esternón de Joss, y sus labios rozaron los rizos de vello y acariciaron los músculos duros. En su minuciosa exploración del pecho masculino, encontró un pezón que asomaba de su lecho de pelos negros. Intrigada, lo tocó con la lengua, lo acarició. Vio complacida que se endurecía exactamente como le sucedía a ella. Respiró hondo y lo apretó entre sus labios, y lo mordisqueó un poco. Las manos de Joss se cerraron sobre la cintura de Lilah. Los labios de la joven recorrieron el pecho del hombre y buscaron el otro pezón, e hicieron lo mismo que antes.

—Lilah...

El nombre pronunciado así era más gemido que otra cosa. Ella lo miró, y vio que los ojos verdes llameaban. Advirtió con sorpresa que todo el cuerpo de Joss estaba rígido a causa de la tensión. La idea de que ella podía provocar esa reacción en su maestro de amor la llevó a sonreír como un gato frente a un cuenco de leche.

—¿Aún no estás dispuesto a aceptar la rendición? —ronroneó Lilah, enderezándose para acariciar el cuello de Joss, mientras sus dedos le acariciaban los pezones que acababa de besar.

Al apretar su cuerpo contra el de Joss, al sentir el calor y la fuerza del hombre, experimentó una oleada de excitación que la recorrió de la cabeza a los pies. Él tenía el pecho duro contra los senos casi desnudos de Lilah, y entonces ella sintió que sus propios pezones también despertaban. Sobre sus muslos desnudos pudo sentir el roce inquietante de los toscos pantalones de algodón. Poco más arriba, presionando contra el vientre femenino, estaba la firmeza acerada de la virilidad de Joss, hinchada y pronta.

Al oír la pregunta medio burlona, él consiguió reír, aunque fue un sonido quebrado.

—Jamás.

—Te lo advierto, no tomo prisioneros —murmuró Lilah, y procedió a demostrarle lo que quería decir.

Su mano se deslizó por el pecho de Joss, y acarició la carne febril, y siguieron sus labios, que depositaron breves y ardientes besos sobre una línea que conducía al vientre de Joss.

Cuando lo besó muy cerca del lugar en que comenzaba la cintura de los pantalones, Joss contuvo la respiración, y sus manos se deslizaron entre los cabellos de Lilah, y trataron de acercar todavía más la cara de la joven. Lilah descubrió el ombligo de Joss, y lo exploró con la lengua. Él echó hacia atrás la cabeza, con los ojos febriles, y de pronto ella advirtió que podía complacerlo como él la había complacido.

La idea era impresionante, sugestiva y desenfrenada.

Lilah se arrodilló, apenas consciente de la humedad del suelo, y tironeó de los pantalones de Joss. Éstos descendieron hasta la rodilla, y después cayeron al suelo.

Él estaba desnudo, era vulnerable... y le pertenecía.

Actuando por instinto, sus manos aferraron la dura redondez de las nalgas de Joss, y sus labios besaron suavemente esa parte del cuerpo masculino que la había convertido en mujer.

—¡Oh, Dios mío! —Las palabras fueron una exclamación, dicha como si él estuviese muriendo.

Lilah lo miró en un gesto inquisitivo, y descubrió que él la miraba con ojos que ardían y taladraban.

Después, la depositó sobre la blanda alfombra de musgo, le arrancó la camisola y con la rodilla le separó los muslos en un solo movimiento violento.

Lilah enlazó los brazos sobre la espalda de Joss y elevó sus caderas para salir al encuentro del hombre que la penetró salvajemente.

Finalmente, Lilah consiguió lo que deseaba. Mientras el cuerpo de Joss se agitaba convulso en el interior de Lilah, gimió las palabras en el oído de la muchacha:

—Te amo, te amo, te amo.

Una vez, muchas veces, como una letanía.

54

Más tarde, mucho después, él la ayudó a vestirse, sonriendo perezosamente mientras Lilah se burlaba a causa de las palabras que él aún no podía decir salvo impulsado por la pasión. Él se puso los pantalones —¡otra vez!— y rodeó la cintura de Lilah con su propio brazo duro y desnudo, mientras regresaban por el sendero que conducía al sector de los esclavos. Lilah se apoyaba en él mientras caminaba, y experimentaba una oleada de verdadera felicidad, diferente de todo lo que había conocido antes.

Ahora estaba segura: Amar a Joss era de lejos la cosa más maravillosa que jamás le había sucedido. Al margen de las dificultades, al margen de lo que podía costarle, deseaba vivir con él, amarlo, ser su esposa, y la madre de sus hijos. Al pensar en los hijos una sonrisa soñadora le curvó los labios. Pensaba con agrado en la posibilidad de un varón que se pareciera a Joss. O para el caso una niña. O los dos. ¡Una tribu entera! Ante ese grato pensamiento, emitió una risita.

—Y ahora, ¿qué te divierte?

Ella besó el hombro desnudo sobre el cual se apoyaba.

—Estaba pensando en los niños. Una tribu entera.

—¿Nuestros hijos?

Lilah asintió.

—De eso deduzco que hablabas en serio.

—¿Acerca de qué?

—De casarte conmigo.

Lilah se detuvo para mirar a Joss, y de pronto su cara adoptó una expresión grave.

—Sí, hablaba en serio.

Él se volvió para mirarla, y levantó las manos para apoyarlas en los hombros de la joven, mientras la miraba a los ojos. La ancha esfera anaranjada de la luna, que ya palidecía y había descendido en el cielo al aproximarse el día, apenas era visible por encima del hombro izquierdo de Joss. Alrededor, el mundo estaba envuelto en sombras oscuras, y los únicos signos de vida venían de las pequeñas criaturas nocturnas y el suave roce de las cañas.

—Para casarte conmigo, tendrás que renunciar a todo esto: a tu hogar y tu familia, e incluso a algunos de los lujos a los cuales estás acostumbrada.

Las palabras sonaron casi como si estuviese diciéndolas contra su voluntad. Lilah contempló ese rostro, el rostro súbitamente austero que amaba más que a nada en el mundo, y sintió que se le oprimía el corazón. Joss la amaba tanto que estaba dispuesto a señalar los inconvenientes de la decisión que ella había adoptado.

—¿Intentas decirme que no estás en condiciones de mantener a una esposa?

—Puedo mantenerte, pero me temo que no por

completo en el estilo al que estás acostumbrada. Me gano bien la vida, pero vivo cómodo, no con riqueza.

—Hum. Y pensar que yo abrigaba la esperanza de casarme por dinero. Oh, bueno...

El intento de Lilah de aliviar la situación demostró buen corazón, pero cuando oyó las palabras siguientes de Joss comprendió que él hablaba con profunda seriedad.

—Es muy probable que nunca vuelvas a ver a tu familia. En vista de las circunstancias, yo no regresaré a esta... a Barbados. Y si te casas conmigo, es muy probable que tu padre te trate como si ya hubieras muerto.

Joss parecía decidido a lograr que ella comprendiese exactamente lo que hacía, ahora que Lilah se había decidido a hacerlo.

—Sé todo eso.

Lilah habló con voz suave. Una tenue sombra oscureció su mirada. Él vio la reacción y se le endurecieron los labios.

—Si te casas con el Gran Jefe, heredarás todo esto, y podrás legarlo a tus hijos. Tendrás la vida que siempre has conocido, la que según me dijiste tú misma deseabas.

—Eso también lo sé.

Que él la amara tanto que estaba dispuesto a poner las necesidades y los deseos de Lilah por delante de los suyos propios disipó definitivamente las dudas que podían perdurar en la joven. Una plantación, incluso una tan apreciada como Heart's Ease, no era más que eso. En el curso de los últimos meses ella había aprendido que la gente era lo que realmente importaba. Lo trágico era que en esa situación ella no podía dejar de herir a los seres amados: su padre, Jane, Katy, Kevin y el resto. Pero lo haría por Joss, a quien amaba con un sentimiento profundo y maravilloso que nunca había creído que llegaría a experimentar en toda su vida.

Lilah sabía que, fuese cual fuese su elección, tenía que sufrir.

Pero podía vivir sin su familia, sin Heart's Ease. No podía vivir sin Joss. Es decir, vivir y ser feliz.

Elegía a Joss, definitivamente. Cuando intentó expresar esta idea a Joss él la escuchó con el rostro muy serio, y después le levantó el mentón, porque deseaba examinar la cara de Lilah a la suave luz de la luna.

—¿Estás segura?

—Sí.

Entonces, él sonrió, una extraña sonrisa que suavizó toda su cara.

—No lo lamentarás. Juro que te cuidaré bien.

Ella se acercó a él más y lo besó.

Cuando volvieron a caminar en dirección a la choza de Joss, comenzaron a trazar planes.

—Pero sería mucho más sencillo si esperaras hasta que pueda convencer a mi padre de que te libere —arguyó Lilah, como había hecho antes varias veces, mientras se acercaba al límite del sector de los esclavos.

La choza de Joss estaba al fondo. Cuando se aproximaron al lugar, caminaron más despacio. Inconscientemente, ambos intentaban retrasar el momento de la separación.

—No esperaré más tiempo que el indispensable. Lo que deseo es que encuentres una excusa para ir a Bridgetown, y tomes pasaje con destino a Inglaterra para un hombre y su esposa... con nombres falsos. La noche antes de la partida del barco montamos a caballo y vamos a Bridgetown. Con suerte, llegaremos a tiempo para abordar la nave antes de que zarpe con la marea.

—Si nos descubren...

—Si esperamos que convenzas a tu padre de que me libere, lo cual, dicho sea de paso, es muy improbable, o que mi gente de Inglaterra finalmente me descubra, y te garantizo que están buscándome, pero probablemente no hallaron el rastro, podemos esperar años. No estoy dispuesto a pasarme los días realizando trabajos forzados y las noches esperando que te acerques clandestinamente a mi cama. Además, cuanto más esperemos, será más peligroso. Si nos descubren antes de que podamos huir, se desatará el infierno.

Por supuesto, Joss tenía razón, aunque la idea de fugarse de Heart's Ease como ladrones en la noche para no regresar jamás provocaba un hormigueo en el estómago de Lilah. Pero ¿acaso tenían alternativa?

—Diré a Jane que necesito comprar algunas cosas para mi ajuar. No se opondrá en absoluto si deseo ir a Bridgetown con ese fin.

Joss esbozó una mueca.

—Entiendo que no te propones decir al Gran Jefe que se cancela la boda.

—Creo que será mejor que no se lo diga. Podría comenzar a preguntarme acerca de mis motivos, y es posible que no necesite mucho tiempo para relacionarme contigo.

—Supongo que lo imaginará cuando huyas conmigo.

Lilah miró a Joss, y se sintió aliviada al ver que él sonreía.

—Dios mío, ¡me encantaría verle la cara cuando reciba la noticia!

—A decir verdad, Kevin es un hombre muy bueno —protestó Lilah sin mucha convicción, cuando ya estaban llegando a la choza.

—En eso discrepamos. Entra un minuto. En tu última visita te dejaste algo y tengo que devolvértelo.

—¿Qué es?

—Tus zapatos.

Mientras hablaba, Joss comenzó a abrir la puerta. Retrocedió un paso para permitir que Lilah lo precediera. Ella entró en la choza, y se detuvo bruscamente apenas había caminado dos pasos. Allí, sentado en el camastro de Joss, apenas visible en la penumbra, estaba Kevin.

El par de zapatos que ella había dejado en la choza colgaba de su mano.

55

Durante un momento Lilah y Kevin se miraron fijamente, igualmente atónitos. Joss entró detrás de Lilah, dijo algo, vio a Kevin y pareció paralizado. Kevin ni siquiera lo miró. Su atención estaba fija en Lilah. Con movimientos lentos depositó los zapatos a un costado, sobre el camastro, extendió la mano, frotó el pedernal con el acero y encendió la linterna. A la luz amarillenta de la linterna miró de nuevo a Lilah. Aturdida y muda, Lilah no se había movido. Detrás, Joss recobró la presencia de ánimo en la medida suficiente para cerrar la puerta, de modo que, si había un choque, fuese una escena a solas. Se apoyó en la puerta, las manos abiertas contra la madera, la mirada atenta.

—Kevin... —dijo finalmente Lilah, la garganta tan seca que el nombre parecía poco más que un graznido.

La expresión de la cara de Kevin era indescriptible.

—Tú... pequeña... zprra —dijo Kevin, y se puso de pie. Lilah vio que estaba totalmente vestido, e incluso calzado con botas. Lo único que le faltaba era la corbata; tenía abierto el cuello de la camisa. En la minúscula habitación, su figura parecía enorme. Lilah sintió que detrás Joss enderezaba el cuerpo, y estaba tenso.

—No —dijo, indicando con un gesto a Joss que permaneciera en el lugar que ocupaba.

Todo el instinto de protección le decía que Joss sería el blanco principal de la furia de Kevin. De todos modos Joss se movió, y avanzó un paso para detenerse a poca distancia de la espalda de Lilah. Por mucho que ella protestase, la sensación de que la respaldaba la sólida fuerza de Joss era reconfortante. La situación era desastrosa, y la mente de Lilah buscaba desesperadamente el modo de resolver la dificultad.

Kevin deslizó la mano bajo el cinturón de sus pantalones color tabaco. Cuando la retiró, unos segundos después, Lilah vio horrorizada que empuñaba una pistola.

—¡No! —repitió Lilah, alzando una mano para rechazar a Kevin—. ¡Por favor, Kevin! Yo... sé lo que estás pensando, pero...

Joss aferró rápidamente los hombros de Lilah, y trató de empujarla hacia un costado, de modo que no estuviera entre su cuerpo y la pistola. Con el corazón latiéndole aceleradamente, Lilah rehusó moverse.

Kevin se echó a reír, y su risa tuvo un sonido duro y amargo.

—Más vale que te apartes, Lilah, esto es para él.

Cuando pronunció la última palabra, su voz era una manifestación de odio puro.

—Kevin. —La sangre latió en los oídos de Lilah mientras buscaba el modo de calmarlo—. Kevin, tú... te equivocas en lo que piensas. Yo... nosotros...

—Querida, no insultes su inteligencia. —La voz de

Joss era fría e insolente, y aunque al parecer se dirigía a Lilah, en realidad miraba a Kevin. Lilah se estremeció al advertir la provocación en las palabras y la voz de Joss—. Puesto que ha descubierto nuestro secreto, más vale que reconozcas que has estado durmiendo conmigo durante meses.

El sonido que brotó de la garganta de Kevin era parecido al que podía producir un toro enfurecido. La cara se le ensombreció, y los rasgos toscos se tiñeron con un feo matiz castaño rojizo. La boca se deformó para emitir un rezongo. Los ojos ardientes se clavaron en la cara de Lilah.

—Tú... tú... ¿cómo has podido? —escupió Kevin, y se le hinchó el pecho mientras absorbía una gran bocanada de aire. Después, continuó con voz estrangulada—: ¿Cómo has podido permitirle que te pusiera las manos encima? Otro hombre cualquiera ya habría sido terrible, pero él... ¡por Dios, ni siquiera es blanco!

—Gran Jefe, no es necesario ser blanco como la pared para acostarse con una dama y conseguir que le guste.

El acento intencionalmente sarcástico en la voz de Joss aterrorizó a Lilah. ¿Por qué decía esas cosas, por qué acicateaba así a Kevin? No creía que estuviera mostrándose intencionalmente temerario; por lo tanto, debía de tener un plan.

—¿Lo has oído, Lilah? ¿Has oído lo que piensa de ti? ¡Se vanagloria, se vanagloria porque tú has permitido que te tocase! Probablemente se ha pavoneado frente a todos los hombres... ¡Dios mío, siento deseos de vomitar! ¡Hubiera sido mejor que murieses antes que dejarte deshonrar por un tipo como éste!

Ahora Kevin barbotaba, y su voz se había convertido en un grito agudo, mientras sus ojos pasaban de la cara de Lilah para fijarse en la de Joss.

—Muchacho, voy a hacerte un gran agujero en medio de tu bonita cara —dijo Kevin a Joss, como si la idea lo complaciera mucho. Después, volvió a mirar a Lilah, y con la pistola señaló un costado.

»No te entrometas. Siempre es posible que yerre el tiro.

—Apártate, Lilah —dijo Joss al oído de la joven, en voz tan baja que Kevin no pudo oírlo.

—¡No! —Lilah estaba frenética. Conocía bastante bien a Kevin como para saber que en verdad se proponía matar a sangre fría a Joss, allí mismo. Apretada contra el cuerpo de Joss, lo protegía lo mejor posible con su propio cuerpo, y aferraba la tela de sus pantalones con las dos manos, para evitar que él la apartase a un costado—. Kevin, ¡no hagas esto! ¡No lo mates! Por favor, yo...

—Tienes aproximadamente un segundo para apartarte.

Kevin levantó la pistola. Joss aumentó la presión de sus manos, hasta que a Lilah casi le dolieron los hombros.

Sin advertencia previa, sonó el estampido de la pistola. Joss arrojó a un costado a Lilah con tanta violencia que ella se golpeó contra la pared antes de caer aturdida al suelo. Consiguió ponerse de rodillas, el estómago encogido de horror, y miró a tiempo para ver que Joss derribaba a Kevin arrojándose sobre él. Al parecer, había atacado a Kevin con una zambullida rápida y baja en el momento mismo en que el otro disparó la pistola, un instante después de apartarla del camino. Kevin cayó con un gruñido y una maldición, y comenzó a descargar crueles puñetazos. A su vez, Joss lo golpeó en el estómago, y la espalda, y los golpes resonaban sordamente. Después, los dos rodaron sobre el suelo, debatiéndose cada uno para imponerse al otro, como dos perros salvajes.

La lucha parecía bastante pareja, y los dos hombres dispensaban y asimilaban una proporción tremenda de castigo. Lilah lanzó una exclamación cuando Kevin cerró los dedos sobre el cuello de Joss. Miró alrededor, buscando un arma para acudir en ayuda de Joss.

La pistola había caído al lado del camastro. Disparada una vez, ya era inútil.

Desesperada, buscó otra arma... ¡la linterna! La apagaría, para descargarla después sobre la cabeza de Kevin.

Cuando comenzó a acercarse a la linterna, avanzando cerca de la pared para mantenerse separada de los hombres, Joss levantó los pies, tomó impulso y envió a Kevin volando hacia el otro extremo del cuarto. Después, se arrojó sobre Kevin, lo sostuvo con una mano hundida cruelmente en el cuello del otro, y le golpeó la cara con fuerza feroz. Kevin gruñó y se estremeció. Sus manos aferraron impotentes los muslos de Joss. Joss levantó la pistola inútil, cerró la mano alrededor del cañón y descargó el mango de madreperla en un costado de la cabeza de Kevin.

Cuando ya repetía el golpe, la puerta se abrió bruscamente.

56

—¿Qué sucede aquí?

El hombre que apareció en el umbral de la puerta era enorme, de piel negra, vestido con los mismos anchos pantalones blancos que usaba Joss. Lilah contuvo un grito ante la súbita aparición, y vio que Joss se volvía para mirar hostil al intruso. ¡Otro desastre! Y entonces, milagrosamente, su mente comenzó a funcionar de nuevo.

La situación tenía remedio.

—Henry... Te llamas Henry, ¿verdad? Necesito tu ayuda. El señor Kevin ha sufrido... un ataque, y Joss ha tenido que dominarlo. Necesito que lo cuides, y no le permitas levantarse hasta que yo regrese con ayuda.

Henry, cuya identidad ella recordaba porque era el más alto de los peones, más alto incluso que Joss, y muy musculoso, frunció el ceño. Pero tenía muy arraigada la costumbre de obedecer, y sin duda sabía que ella era la hija del amo.

—Sí, señorita Lilah —dijo, y entró en la habitación, mirando inseguro el cuerpo inconsciente de Kevin.

Después de dirigir una mirada rápida y sorprendida a Lilah, Joss bajó la pistola y se incorporó, y se apartó del cuerpo. Joss estaba descalzo, y vestía únicamente los pantalones, que ahora exhibían una larga rasgadura en una pierna. Tenía el pecho y los brazos cubiertos de marcas rojas a causa de los puñetazos. Sus cabellos estaban muy desordenados, y la sangre le corría por el costado de la boca. Se la limpió con el dorso de la mano, y miró de nuevo a Lilah. A pesar de todo lo que había sucedido, le brillaban los ojos verdes. Lilah sospechaba con cierta repugnancia íntima que, como la mayoría de los hombres, en el fondo probablemente nada le agradaba tanto como una buena riña.

—Ven conmigo —dijo, haciendo un gesto a Joss, en la actitud típica del ama—. Henry, cuento con que mantendrás sujeto al señor Kevin hasta que yo regrese con ayuda. ¿Me entiendes?

—Sí, señorita Lilah, entiendo.

El corpulento hombre se puso en cuclillas junto al cuerpo acostado de Kevin, y frunció el ceño como haciéndose cargo de la gravedad de su misión. Lilah dirigió un gesto a Joss para indicarle que la siguiera, y salió deprisa. Vio asombrada que se había reunido un nutrido grupo en el estrecho camino que separaba las hileras de chozas. Al parecer, un número bastante elevado de trabajadores negros había despertado a causa del estampido y había acudido a investigar.

Lilah contempló el grupo de caras, reconoció a varios de los presentes en la semipenumbra del amanecer, y eligió a uno.

—Mose, ve allí y ayuda a Henry. Tienen que mantener al señor Kevin en esa choza hasta que yo regrese. ¿Me entiendes?

—Sí, señorita Lilah.

Mose se separó del grupo, que según vio Lilah ya contaba con otras veinte personas, y entró en la choza, cruzándose con Joss, que en ese momento salía.

—Los demás, volved a dormir. No tiene sentido que estéis aquí —dijo bruscamente a los que se demoraron.

Cuando comenzaron a dispersarse, dirigió un gesto a Joss, que caminó tras ella con engañosa docilidad. Tan pronto los dos estuvieron fuera de la vista del resto, Lilah dirigió una mirada de terror a Joss. Vio asombrada que él sonreía.

—¡Como creo haberlo dicho antes, eres una en un millón! Eso ha sido un golpe realmente genial. —La admiración iluminó sus ojos y se acercó a ella—. ¿De cuánto tiempo disponemos antes de que el Gran Jefe se les escape de las manos?

—No lo sé... papá advertirá su ausencia a las cinco y media, cuando Kevin no toque la campana.

—Entonces, disponemos de poco más de una hora. Tengo que huir. No es necesario que vengas conmigo. Será peligroso, y me perseguirán. Puedo enviar por ti cuando esté a salvo en Inglaterra.

Lilah se detuvo bruscamente. Joss la imitó, y su rostro mostró de pronto una expresión de profunda seriedad. Más lejos, quizás a medio campo de distancia, ella alcanzó a ver las paredes de estuco blanco y el techo de tejas de Heart's Ease, sombrío y silencioso en la hora que precede al alba. La casa y todos los que la habitaban eran el centro de los afectos de Lilah. Había llegado el momento de decidir de un modo definitivo e irrevocable si estaba dispuesta a renunciar a su hogar y a su familia, y a toda la seguridad que siempre había conocido, y a hacerlo por ese hombre. Si se marchaba sin ella, Lilah temía mucho que jamás volviese a verlo. Incluso si Joss conseguía huir y regresar a Inglaterra, ella quedaría atrapada. Su padre jamás le permitiría reunirse con él.

Y lo más probable era que no consiguiese escapar. Como ella había dicho, lo perseguirían. Pero quizá si lo acompañaba, podía evitar que lo matasen inmediatamente.

En todo caso, su decisión ya estaba tomada. No le importaban las consecuencias, buenas o malas, su suerte estaba unida a la de Joss.

—Iré contigo, y no disponemos de tiempo para discutir —dijo Lilah con aire decidido, y tomó de la mano a Joss—. Vamos, tenemos que escapar antes de que Kevin comience a armar escándalo. Los establos están en esa dirección.

57

Antes de mediodía ya estaban a la vista de los techos rojos de los edificios iluminados por el sol de Bridgetown. Lilah y Joss frenaron al llegar a la cima de una colina cubierta de pasto desde la cual podía verse el movimiento sereno del océano hacia el oeste y al frente de la ciudad que se extendía sobre la curva color zafiro de la bahía de Bridgetown. Desde ese lugar también podían ver un tramo importante del camino que habían recorrido poco antes. El calor era intenso, y el sol muy luminoso; los caballos, la yegua *Cándida*, montada por Lilah, y un corpulento bayo llamado *Tuk* estaban muy fatigados.

Desmontaron para permitir que los animales descansaran; la veloz fuga les había exigido mucho, y Joss y Lilah se acostaron cansados sobre los altos pastos, mientras los caballos inclinaban la cabeza para beber del arroyo que corría por la ladera. Hasta ese momento no habían visto indicios de persecución. Parecía que la decisión de huir directamente hacia Bridgetown, donde podrían vender los caballos para comprar pasajes en cualquiera de los barcos que quizá zarparan al día siguiente había sido acertada. Como Lilah había señalado, nada se ganaría si intentaban internarse en Barbados hasta que su padre los olvidase. El padre de Lilah jamás los olvidaría. La única esperanza de los dos era encontrar un barco que partiese de Barbados para un puerto cualquiera, antes de que llegase al patrón del puerto la noticia de que los buscaban. Más tarde, cuando estuvieran fuera del alcance del padre de Lilah y la milicia, ya pensarían en el modo de llegar a Inglaterra.

Sentada con la espalda contra el enorme tronco retorcido de un baobab, Lilah acariciaba distraídamente los cabellos de Joss —él se había acostado, y apoyaba la cabeza en el regazo de la joven— y pensaba en la situación de ambos. Ella se sentía agotada, sucia, hambrienta y asustada. Había pasado la noche sin dormir, y su vestido de muselina amarillo limón, que no estaba destinado a soportar los rigores de la equitación, aparecía horriblemente arrugado y manchado. Además, estaba vestida sólo a medias, pues no se había tomado la molestia de ponerse el corsé, las medias o más de una enagua cuando se había vestido para salir a buscar a Joss, la noche anterior. De todos modos, estaba más presentable que Joss. Él estaba descalzo, no se había afeitado, y vestía únicamente los pantalones rotos, y todo su torso aparecía cubierto de cardenales. Lilah pensó que podían afrontar un problema que ella no había contemplado antes: ¿quién era el capitán de un barco respetable que aceptaría a bordo a dos pasajeros de aspecto tan lamentable, sin documentos ni equipaje?

Fue lo que dijo a Joss.

—Les pagaremos bastante, de modo que no harán

muchas preguntas. Los caballos nos darán bastante dinero. Por lo menos lo suficiente para abordar un barco, y sobrará un poco. Y ya he pensado que debíamos comprar la ropa que necesitamos antes de ir al barco. Así, tendremos equipaje y estaremos decorosamente vestidos. Eso facilitará las cosas.

Se sentó, sonrió a Lilah, y entrecerró los ojos. Con la barba sin afeitar y el pecho desnudo parecía un auténtico bandido. A pesar de su inquietud, Lilah a su vez sonrió. No importaba cuál fuese el costo, ella no tenía la más mínima duda acerca de su propia decisión. ¡Pero necesitaban salvarse de sus perseguidores!

—Vamos, hemos descansado bastante —dijo Joss, cuyos pensamientos al parecer seguían un curso paralelo a los de Lilah. Se puso de pie, y se estremeció al sentir el dolor de los golpes; y extendió una mano para ayudar a Lilah.

Ella se incorporó, y después pasó delicadamente la mano sobre el tórax de Joss.

—¿Estás seguro de que no tienes una fractura? —preguntó Lilah con expresión inquieta. Había recibido severos golpes de Kevin... y había salido victorioso. Lilah se estremeció al pensar en lo que Kevin debía de sentir ahora. O lo que hacía. Y lo que su propio padre hacía.

—Seguro. No te preocupes. He sobrevivido a cosas peores que unos pocos cardenales.

—Lo sé.

Lilah le sonrió de nuevo, y esta vez fue una sonrisa franca. Él la miró un instante, y sus ojos adquirieron una expresión grave. Después, inclinó la cabeza y la besó.

Cuando montaron, Lilah volvió los ojos hacia atrás.

Lo que vio le provocó una llamarada de miedo: alrededor de una docena de jinetes uniformados que alcanzaban la cima de la loma y se acercaban veloces.

—Joss...

Con la boca seca, no pudo decir más. Y sin pronunciar palabras señaló hacia atrás. Él miró, y su rostro expresó la tensión que sentía.

—¡La milicia! ¿Crees que vienen a buscarnos?

La voz de Lilah se oyó aguda, a causa del temor.

—Por el modo de cabalgar, diría que es probable. Y ciertamente, no pienso quedarme aquí para asegurarme. ¡Vamos!

Obligaron a galopar a sus fatigados caballos, y enfilaron hacia la ciudad. Alrededor, todas las tierras estaban cultivadas, y no había lugar donde ocultarse, aunque lo hubiesen deseado.

El golpeteo de los cascos de los caballos sobre el camino de tierra dura hacía eco al tamborileo acelerado por el miedo del corazón de Lilah. Inclinada sobre el pescuezo de *Cándida*, exhortándola a correr más rápido a pesar de la distancia que la yegua ya había salvado ese día, Lilah sabía en lo más profundo de su corazón que no conseguirían huir. Joss corría al lado, el rostro sombrío, la espalda desnuda reluciendo bronceada bajo la luz intensa del sol. Montaba a caballo como si hubiera nacido con él.

Detrás, se oyó el estampido de un disparo de mosquete. La bala silbó cerca de la cara de Lilah. Obedeciendo al instinto, la joven se agachó. Ahora sólo tenía un pensamiento en su mente: su peor pesadilla estaba a un paso de convertirse en realidad. Serían apresados y devueltos a Heart's Ease, donde Joss debería afrontar la venganza de Leonard Remy. Y Lilah sabía demasiado bien que para su padre nada podía ser más terrible que el hecho de que ella y Joss hubiesen mantenido una relación de amantes. Su padre se las arreglaría para matar a Joss.

Otro mosquete disparó detrás. La bala pasó cerca, esta vez a corta distancia de Joss. Joss se agachó, y por encima del hombro miró hacia el lugar en que la milicia venía acortando la distancia. Apretó los labios, que formaban una línea dura y recta.

—¡Detente! —ordenó, con una expresión severa en el rostro.

Lilah volvió la cabeza, y miró a Joss con auténtico asombro. Seguramente no había oído bien.

—¡He dicho que te detengas!

Esta vez era un rugido, y no cabía equivocar el sentido de las palabras.

Otra bala de mosquete cruzó el aire, a centímetros de la derecha de Joss. Éste se inclinó peligrosamente al costado de la montura para aferrar las riendas de *Cándida*. Las sostuvo, y a pesar del salvaje grito de protesta de la joven, obligó a *Cándida* y a *Tuk* a detenerse en el camino.

—¡No! —gritó Lilah, luchando con Joss por el control de su caballo.

—Los tiros son para mí, pero no tienen muy buena puntería. Bien pueden herirte —dijo Joss con expresión severa, y soltando las riendas de Lilah obligó a *Tuk* a girar en dirección a los jinetes que se acercaban.

Lilah ahora podía huir, pero si no estaba con él esa fuga carecía de propósito. Además comprendía, como seguramente era el caso de Joss, que la captura era inevitable. Los caballos cansados no podían distanciarse de las monturas más frescas que venían detrás.

A semejanza de Joss, ordenó girar a su caballo para afrontar la situación, y esperó a su lado en actitud de orgullosa desesperación.

Un instante antes de que los jinetes cayeran sobre ellos, Lilah miró a Joss.

—Te amo —dijo, consciente de que quizá nunca volviera a tener la oportunidad de decírselo. Se le llenaron los ojos de lágrimas, y éstas comenzaron a descender por sus mejillas.

Joss vio las lágrimas, y sus ojos se ensombrecieron. Inclinado sobre la montura, la besó una vez, un beso rápido e intenso. A la vista de la milicia, que ya caía sobre ellos.

—Yo también te amo —dijo. Sus ojos encontraron los de Lilah, y ella sintió que se le oprimía el corazón al ver la expresión en la cara de Joss.

Y entonces llegó la milicia y los rodeó. Arrancaron las riendas de las manos de Lilah, y Joss fue desmontado del caballo, y arrojado al suelo. Yaciendo sobre la tierra, boca abajo, le aseguraron esposas a las muñecas y le pusieron hierros.

—¡No lo hieran! —exclamó Lilah, incapaz de contenerse, pese a que sabía que rogar por él era completamente inútil—. ¡No ha hecho nada!

—Para empezar, es un condenado ladrón de caballos, ¡y casi ha matado a golpes a mi mayordomo! ¡Antes de que pase mucho tiempo quiero que lo ahorquen! —resonó una voz de acero.

Conmovida, Lilah miró alrededor y vio a su padre, que se acercaba montado a caballo. Al parecer, venía en la retaguardia del grupo, y ella no había alcanzado a verlo en esa colección de uniformes. No estaba acostumbrado a cabalgar a esa velocidad, y sin embargo se las había arreglado para seguir el paso de hombres treinta años menores en persecución de su hija descarriada. Eso bastó para indicar a Lilah hasta qué punto estaba furioso. Ahora, ella sintió que la puerta de la jaula se cerraba y que nada podía hacer, y miró impotente y sin esperanza a Joss. A golpes estaban obligándolo a incorporarse. Lo rodearon media docena de miembros de la milicia con las pistolas preparadas. Otros milicianos estaban armados con mosquetes. Los habían atrapado. No había modo de fugarse.

Leonard Remy recibió las riendas de *Cándida* del uniformado que las sostenía, y dirigió a su hija una sola mirada de hielo. Lilah tragó saliva. Había visto a su padre en muchas situaciones distintas, e incluso en actitudes de estrepitosa cólera, pero nunca de ese modo. Parecía que su cara se hubiese convertido en una máscara de piedra, y que lo mismo hubiese sucedido con su corazón.

—Capitán Tandy, le agradezco su eficaz trabajo. Ahora volveré a casa con mi hija, y confío en que usted sabrá qué hacer con este canalla.

—Señor, lo llevarán al Fuerte Santa Ana, y allí esperará el juicio por el delito del robo de caballos, y por las restantes acusaciones que usted desee presentar. Puede hablar con el coronel Harrison, jefe de la guarnición, o...

—Lo conozco —lo interrumpió Leonard—. Tendrá noticias mías, se lo aseguro.

Sin más trámite, el padre de Lilah dirigió un breve gesto de asentimiento al oficial. Sostenía las riendas del caballo de Lilah con un apretón tan tenso que sus nudillos palidecían. La impresión por lo que estaba sucediendo secó los ojos de Lilah. En Barbados se ahorcaba a los ladrones de caballos. Pero aunque fuese un destino terrible, era mejor que ser devuelto a Heart's Ease como un esclavo fugado, para ser ejecutado sumariamente por su padre. La aparente intención de abstenerse de una venganza personal en perjuicio de Joss la desconcertó, pero no se detuvo a pensar en ello, por lo menos entonces. Restaba tan poco tiempo, apenas el necesario para formular una última y desesperada petición al padre que, en el curso de su vida, nunca le había negado nada.

—¡Papá, por favor! ¿No intentarás entender? Lo amo...

Antes de que Lilah pudiese comprender lo que sucedía, Leonard Remy se volvió en la silla, y su mano carnuda describió un arco para caer sobre la cara de Lilah. El golpe sonó estrepitoso como un disparo, e incluso se impuso al movimiento de los caballos, al ruido de las armas y las voces de los hombres. Lilah contuvo una exclamación, y se llevó la mano a la mejilla, ofendida, y el corazón le dolió aún más que la cara. Él nunca la había golpeado.

—¡Hija, cierra la boca!

Muda de asombro, Lilah miró fijamente a su padre. Algunos milicianos observaron sorprendido la escena, y otros desviaron la mirada. Los ojos de Joss se clavaron en el padre y la hija, y llameaban de cólera, pero estaba encadenado, y no podía defender a Lilah. Los caballos y los hombres los separaban, y eran tantos que no permitían ni siquiera que pronunciaran una palabra de despedida.

—No me avergüences y no continúes cubriéndote de vergüenza. O juro que te llevaré a casa amordazada y atada.

La voz de Leonard Remy era un gruñido casi tan frío como los ojos.

—Papá, por favor...

Era un ruego lamentable.

—¡Basta! —rugió él, la cara enrojecida de cólera, los ojos desorbitados mirando a su hija.

Después, dio un brusco tirón a las riendas de *Cándida*, y Lilah, desprevenida, casi cayó al suelo. Tuvo que aferrarse a la montura para mantener el equilibrio. Espoleando a su caballo para obligarlo a iniciar un trote ligero, Leonard Remy volvió a su hogar, arrastrando detrás a su dolorida hija.

58

Cuando llegaron a la casa, Lilah comprobó incrédula que Leonard Remy ordenaba que la encerraran en su habitación. Apenas le había hablado en el camino, excepto para decirle con voz helada que lo había avergonzado y se había degradado con su conducta desenfrenada. A los llorosos ruegos en favor de Joss, respondió con una cólera que era temible.

Lilah llegó a la conclusión de que su padre no había dicho a la milicia que Joss era esclavo, y que tampoco había explicado cuáles eran los antecedentes de Joss. Se había limitado a convocarlos con el pretexto de que su hija estaba fugándose con un aventurero que había atacado a su mayordomo y robado su mejor caballo. Esas acusaciones por sí solas bastaban para ahorcar a Joss. Pero la horca, de acuerdo con la opinión expresada en alta voz por Leonard, era muy poco para el villano que había arruinado a su hija. El padre de Lilah había hecho todo lo posible para preservar lo que restaba del nombre de su hija omitiendo el hecho de que su cómplice en la vergüenza era un esclavo fugado. Al proceder así había renunciado a la oportunidad de vengarse personalmente de un hombre a quien consideraba poco menos que el diablo en carne y hueso. Aunque el escándalo, que era inevitable cuando se filtrara la noticia de la frustrada fuga de Lilah, sería muy grave, podían abrigar la esperanza de que con el tiempo los ecos del asunto se apagarían. Si alguien fuera de la familia inmediata llegaba a descubrir que el sinvergüenza con quien Lilah había huido era un hombre de color y un esclavo fugado, la infamia consiguiente sería algo que ninguno de ellos podría afrontar.

Al día siguiente de su retorno al hogar, Lilah fue convocada a la biblioteca. Lilah nunca antes había sido «convocada» a ningún lugar, y siguió a Jane, enviada a abrirle la puerta y llevarla a la planta baja, con algo más que un poco de inquietud. Pero mantuvo la cabeza alta y se mostró serena, sin permitir que se manifestase la humillación o el miedo que sentía. Se proponía luchar por Joss y por ella misma.

La biblioteca tenía las paredes revestidas con paneles de teca, y había en ella estantes con libros encuadernados en cuero. Aunque fuera ya había oscurecido, las lámparas de aceite proyectaban un resplandor dorado sobre todos los objetos. La habitación estaba amueblada con una alfombra Aubusson rosa claro, un macizo escritorio de caoba y un sillón de cuero; había otros sillones con mesitas al lado. Era el dominio privado de Leonard, y Lilah había pasado allí muchas veladas gratas cuando era menor, jugando ajedrez con su padre.

Las persianas de madera que cubrían las ventanas y ocupaban el lugar de las cortinas ahora estaban abiertas, y permitían que una suave brisa refrescase la habitación. A pesar de la brisa en la habitación hacía calor; pero Lilah sintió frío cuando miró a su padre, sentado detrás del escritorio. Su expresión cuando la vio entrar fue de disgusto. Lilah inmediatamente se sintió manchada y sucia, y se irritó consigo misma por sentirse de ese modo. Rehusaba avergonzarse de su amor.

Jane entró en la biblioteca con Lilah. Leonard inmediatamente ordenó a Zack, uno de los criados, que estaba de pie junto a la puerta, que se marchase.

Kevin también estaba presente, y ocupaba una silla cerca del escritorio. Tenía una venda blanca en la cabeza, allí donde Joss lo había golpeado con la pistola. Un costado de su boca estaba inflamado y descolorido, y mostraba un ojo negro de aspecto lamentable.

Arrojado a la cárcel, tratado como un ladrón, las heridas de Joss seguramente no habían merecido el mismo cuidado que las de Kevin. Lilah sintió que se le encogía el corazón al pensar en ello. Inmediatamente rechazó de su espíritu la idea. Si quería conservar una mínima esperanza de convencer a su padre de los méritos del plan que había trazado, tenía que mantener la cabeza fría, y no permitir que sus propios sentimientos la turbasen.

—Hola, Kevin —dijo Lilah con voz serena, mientras cruzaba la habitación para acercarse a su padre.

Los ojos de Kevin parpadearon, pero él no contestó.

Ninguno de los dos hombres se puso de pie como imponía la cortesía cuando ella entró, ni dijo una palabra de saludo, ni la invitó a sentarse. Lilah se detuvo frente al escritorio, y esperó con la cabeza alta, aunque las rodillas habían empezado a temblarle ante la frialdad del silencio. Los dos hombres continuaron mirándola como si nunca la hubiesen visto antes, o como si de pronto le hubiesen crecido dos cabezas.

El silencio se prolongó, y comenzó a cargarse de tensión. Finalmente, Jane lo quebró, diciendo con voz tímida:

—Leonard, ¿no crees que debe permitirse a Lilah que se siente?

El esposo le dirigió una mirada rápida, con los ojos entrecerrados, y después volvió a mirar a su hija.

—Siéntate —ladró.

Lilah lo miró, buscando un indicio de que ese hombre no tenía frente a ella una actitud tan cerrada como parecía. La cara sombría, de rasgos toscos, parecía pertenecer a un extraño y no al padre que siempre la había adorado. Sintiendo un dolor sordo que comenzaba a difundirse en la zona de su corazón, Lilah ocupó una silla pequeña, de respaldo recto. Tres pares de ojos se clavaron en ella, como perforándola. Se sentía como una prisionera en el patíbulo. El corazón le latía con fuerza mientras miraba de una cara conocida a otra, y descubría que los gestos se suavizaban sólo en la de Jane. Había sabido que su padre se enfurecería si llegaba a descubrir el amor que ella profesaba a Joss, pero ni en sus fantasías más absurdas había imaginado que su cólera sería tan terrible. Era casi como si la odiara.

Los dedos de Leonard tamborilearon sobre la superficie del escritorio, y el hombre miró a Kevin y después de nuevo a Lilah, y su cara se endureció hasta que pareció que estaba tallada en granito. Su mirada era distante y fría. Lilah tuvo que morderse el interior de la mejilla para evitar que las lágrimas asomasen a sus ojos.

Comprendió que al expresar sus sentimientos por Joss había renunciado definitivamente al amor de su padre.

Finalmente, Leonard habló.

—No necesito repetir cómo me afecta la abominación que has cometido, y cuán ofendido y agraviado me siento en vista de que tú, mi hija, te degrades con un esclavo. Las palabras que puedo decir no lograrán expresar la profundidad de mi repugnancia por lo que has hecho. No eres la hija que yo creía conocer.

—Papá...

Se le hizo un nudo en la garganta, y la palabra se convirtió en un graznido. Los ojos de Lilah miraron a Leonard en actitud de ruego. Él la silenció con un gesto, y pareció que no estaba en absoluto conmovido por la angustia de la joven.

—En este momento, mi único interés es rescatar todo lo posible de este desastre. El informe acerca de tu transgresión sin duda ya está extendiéndose como un incendio por toda la isla; puedes tener la certeza de que en adelante solamente te recibirán nuestros amigos más íntimos. Y te admitirán en sus casas sólo por respeto a mí, y sólo porque no conocen la verdadera gravedad de tu depravación. Por supuesto, pensarán que tu ruina tuvo que ver con un blanco. Nadie podrá imaginar siquiera cuán bajo caíste realmente.

Lilah ahora no intentó interrumpirlo. Las lágrimas estaban demasiado cerca de la superficie y no le permitían hablar.

—A pesar de que me sentí tentado, tu madrastra me ha convencido de que no es necesario repudiarte por completo. Si quieres tener la más ligera posibilidad de ocupar de nuevo tu lugar en la sociedad, tendrás que casarte inmediatamente. Kevin dice que aún está dispuesto a aceptarte. Saludo la nobleza espiritual y la bondad hacia mí que lo ha inducido a ese sacrificio. Aunque es una actitud que no corresponde a quien lo ama como a un hijo, he decidido aceptar su ofrecimiento porque tú no tienes otra salida; tú eres la hija de mi sangre por mucho que eso me avergüence, y sólo así podrás evitar la ruina absoluta. Debes sentirte agradecida hacia Kevin, que está dispuesto a ofrecerte la protección de su apellido. En su lugar, yo no sería tan generoso.

—El padre Sykes vendrá mañana al mediodía para presidir la ceremonia. En vista de las circunstancias, todo se hará con la mayor discreción posible, y asistirán únicamente los miembros de la familia. Kevin me dice que está dispuesto a tratarte bondadosamente, a pesar de lo que has hecho. Confío en que le demostrarás el agradecimiento debido.

Lilah respiró hondo una y dos veces, y encontró la mirada de su padre con su propia mirada dolorida.

—Lamento haberte causado tanto dolor, papá —murmuró—. Por favor, créeme, nunca fue mi intención.

Después, volvió los ojos hacia Kevin. Kevin, a quien conocía desde la niñez, a quien había cuidado cuando enfermó de cólera, y a quien había amado, aunque no del modo debido. Kevin, que aún deseaba casarse con ella. ¿Por qué? ¿Para adueñarse de Heart's Ease? Pensó que eso era parte del asunto. Pero quizá deseaba desposarla porque a su propio modo, en efecto, la amaba.

Él la miraba con una expresión sombría en los ojos. Lilah sintió que le remordía la conciencia. Si él la había amado realmente, sin duda ahora sufría. Ella detestaba la idea de lastimarlo todavía más, pero no podía casarse con él.

Se humedeció los labios, y habló en un tono grave y sereno.

—Lamento haberte lastimado, Kevin. Nunca pensé que las cosas terminarían así. Sinceramente, creí que podía aprender a amarte, que podíamos casarnos y ser felices. Ahora comprendo que me equivocaba.

Sus ojos se desviaron hacia Leonard.

—Papá, por favor, escúchame. Sé que te he conmovido, y decepcionado y avergonzado. Lo lamento, porque te amo. Pero también amo a Joss.

Leonard emitió una exclamación ofendida, descargó el puño sobre el escritorio y comenzó a abandonar su asiento en un acceso de furia. Lilah también se puso de pie, y lo enfrentó valerosamente, tratando de decir lo que pensaba antes de que el dolor, en vista del sufrimiento que infligía a su familia, le cerrara la garganta.

—Jamás me casaré con Kevin, jamás, y no puedes obligarme a eso. Comprendo que si permanezco aquí en Heart's Ease, soltera, quedaré arruinada, y todos vosotros os sentiréis avergonzados. Por eso te pido que me dejes marchar. Déjame marchar, y permite que Joss se aleje y nos iremos a Inglaterra y comenzaremos una nueva vida. No necesitas volver a verme ni oír jamás de mí, si ése es tu deseo, y puedes legar Heart's Ease a Kevin, que seguramente lo merece.

—¡Basta! —Leonard rodeó la esquina del escritorio, rugiendo como un ciervo herido.

Lilah no cedió terreno cuando él se acercó, pues sabía que debía ser fuerte si deseaba tener la oportunidad de ver otra vez a Joss.

—¡Harás lo que se te ordena y te sentirás agradecida! Te casarás mañana con Kevin, y si vuelves a mencionar siquiera el nombre de ese condenado negro en mi presencia te castigaré con el látigo, como debí hacer cuando eras una niña! —gruñó Leonard, inclinándose amenazador hacia la cara de Lilah.

—No me casaré con Kevin, ni mañana ni nunca. Y nada puedes hacer para obligarme a eso.

Su voz era muy serena, a pesar del leve temblor de su labio inferior.

El padre y la hija permanecieron de pie, enfrentados, uno mirando hostil y la otra al borde de las lágrimas, pero inmutables pese a todo. El cuerpo de Leonard era abrumador comparado con la esbeltez de Lilah, y sus rasgos curtidos por la vida al aire libre parecían toscos comparados con la delicadeza del rostro de la joven. Sin embargo, en ambos había una semejanza que sugería una voluntad inflexible; y era evidente que se había llegado a un callejón sin salida. Él ordenaba, y ella no estaba dispuesta a obedecer.

Kevin se paró, estremeciéndose como si el movimiento le provocara dolor.

—Leonard, si me permite... —dijo, al irritado anciano, mientras tomaba del brazo a Lilah y la llevaba suavemente a un costado.

Muy conmovida por esa lucha de voluntades con su padre, algo que no tenía precedentes para ella, Lilah permitió que Kevin la condujese a un rincón de la habitación, donde él le tomó las dos manos con las suyas y permaneció de pie, mirándola. Pasó un momento antes de que Kevin hablase.

—Mira, será mejor que te cases conmigo. Lo pasarás muy mal si te niegas.

—Kevin, tú no quieres casarte conmigo —dijo Lilah con voz tranquila, contemplando la cara que Joss había maltratado tanto. Lilah nunca había tenido la intención de herir a ninguna de esas personas, y sin embargo estaba lastimándolas a todas. Por Joss. Y por ella misma. Porque nunca se sentiría feliz sin él—. Mira, no te amo, no te amo como debe amar una esposa. Siento afecto por ti, pero eso no es suficiente. Ya lo he aprendido. Te haré desgraciado, y tú no mereces ser desgraciado. Eres un hombre muy especial, y mereces a alguien que te ame más que a nada en el mundo.

—¿Imagino que crees amar a ese potrillo tuyo?

Un gesto burlón deformó los labios de Kevin, desplazando la bondad de su mirada. Lilah suspiró.

—Su nombre es Joss, y es un hombre exactamente como tú. Quién era su madre no modifica en absoluto las cosas. Sí, lo amo. Lo amo más que lo que jamás creí poder amar a alguien, y no me avergüenza reconocerlo. Y ahora, después de saber eso, ¿realmente quieres casarte conmigo?

Kevin frunció el ceño mientras meditaba sobre las palabras de Lilah.

—Lilah, unidos formaríamos una buena pareja. Nos conocemos desde hace años, ambos amamos la plantación, y si tú te casaras conmigo la gente pronto olvidaría esa aberración que has sufrido. Tu padre lo olvidaría. Yo administraría la producción de azúcar, y tú dirigirías la casa y. tendríamos hijos. En veinte años apenas recordaríamos que ha sucedido todo esto.

—Yo lo recordaré —dijo Lilah en voz baja—. Siempre lo recordaré.

—Yo te ayudaré a olvidar. Por favor, cásate conmigo, Lilah. Te amo.

Había ruego en los ojos de Kevin y en su voz. Ella lo miró serenamente.

—No, Kevin.

—¡Ya es suficiente!

La interjección provino de Leonard, que cruzó la habitación para sacudir brutalmente el brazo de Lilah y obligarla a mirarlo.

—¡Te casarás mañana con Kevin, y eso es todo! ¡Si te niegas, venderé a tu criada... esa Betsy, a la que tanto amas! ¡La enviaré a la subasta pública antes de que puedas decir esta boca es mía!

Lilah miró asombrada la cara de su padre. Sabía que si no lo obedecía cumpliría su amenaza. Y también sabía que había un solo modo de terminar de una vez con el tema del matrimonio con Kevin. Tendría que revelar un secreto muy reciente.

Enderezó el cuerpo y de pronto desapareció el ansia de llorar. Tendría que ser fuerte, y lo sería. Si cedía, tendría mucho que perder.

—Papá, Kevin no quiere casarse conmigo. O por lo menos, no querrá cuando sepa la verdad. —Hizo una pausa, y respiró hondo. Ahora que todos la miraban, era difícil pronunciar las palabras. En un gesto inconsciente, cerró los puños a los costados del cuerpo, presionando sus propios muslos, mientras se imponía decir las palabras—. Sabéis, estoy embarazada. Estoy embarazada de Joss.

59

A la mañana siguiente Lilah vio con sorpresa y horror que fijaban barrotes de hierro en las ventanas de su dormitorio, y que eso le impedía abrirlas más que unos pocos centímetros. Al parecer, Leonard temía que ella intentara huir nuevamente de Heart's Ease. Limitarse a encerrarla con llave en su habitación no era garantía suficiente de que permaneciese allí. Lilah era perfectamente capaz de descender por la ventana del primer piso.

En realidad, Lilah había estado planeando precisamente eso. Ya era muy evidente la imposibilidad de convencer a su padre de que retirase las acusaciones contra Joss, de modo que él se viese libre y pudiese regresar a Inglaterra. Ni siquiera a cambio de la promesa de Lilah de casarse con Kevin haría tal cosa. Leonard odiaba a Joss con un odio virulento que no se calmaría hasta que Joss hubiese pagado con la vida lo que había hecho a su hija única.

La temerosa y deprimida Betsy podía atender las necesidades de su ama durante el día, pero ante el enojo y la humillación de Lilah, Jane o Leonard acompañaban a Betsy hasta la puerta de Lilah, la abrían, encerraban a las dos jóvenes y, una vez concluidas las tareas de la criada, permitían que ella saliera otra vez. Por la noche, encerraban a Betsy en su propio y minúsculo cuarto del segundo piso, para evitar que descendiera a escondidas y ayudase a escapar a su ama. Cuando Lilah comprendió claramente que su padre la tenía atrapada y sin salida, se sintió impotente y atemorizada como nunca le había sucedido en el curso de su vida.

Era una prisionera en su propio hogar, separada de todos y de todo. El hombre a quien amaba estaba encarcelado en Bridgetown, y le esperaba un juicio que podía terminar con su vida, por el delito de amarla. Él ni siquiera sabía que Lilah estaba embarazada... Cuando pensaba en la posibilidad de que lo ahorcasen, de que muriese sin saber nada, Lilah temía enloquecer. Por el bien del minúsculo capullo de vida que llevaba en su seno, trataba de desechar esos pensamientos. Debía confiar en que las cosas saldrían bien, por imposible que pareciera.

Con el paso de los días, transcurrió una semana y aún más, y fue evidente que su padre no estaba dispuesto a ceder. Lilah se convenció de que su padre se proponía mantenerla encerrada hasta que naciera el bebé, y que después se lo arrebataría apelando a la fuerza. La cólera que había mostrado ante la condición de Lilah era terrible; Lilah estaba cada vez más segura de que Leonard bien podía cometer un acto tan malvado. A sus ojos, un nieto mestizo era una abominación.

Por mucho que pensara, no podía concebir el modo de resolver su situación, y de ayudar a Joss.

Diez días después de haber comenzado su encierro, estaba acostada en la cama, sentía calor y estaba desanimada, y trataba de dormir. Las primeras semanas de embarazo comenzaban a provocar sus molestias. Se sentía siempre fatigada, y a veces tenía náuseas. Sabía que tenía que concebir un plan de fuga, pero carecía de la energía necesaria para pensar. La verdad era que, a menos que lograra persuadir a su padre de que moderase su actitud, o a Jane de que lo desafiase, la fuga era imposible.

El sonido de los cascos de un caballo en el camino que llevaba a la casa sacudió su letargo. Habían tenido pocos visitantes desde el regreso de Lilah, y aún menos después de su vergüenza. La curiosidad la indujo a abandonar el lecho y cruzar hasta la ventana, para espiar el camino. Cuando apartó la cortina y parpadeó ante la intensa luz del sol vespertino, Lilah vio que el visitante era un hombre, un desconocido. Cuando desmontó observó sin mucho interés que era joven; tendría algo más de treinta años, estaba bien vestido, y su cuerpo era delgado y musculoso. Tenía los cabellos amarillos claros, casi tan rubios como los de Lilah. Leonard Remy recibía a pocos visitantes que venían por asuntos de negocios, y Lilah supuso que, como no conocía a ese hombre, debía corresponder a esa categoría. Lo miró hasta que desapareció bajo el alero de la veranda, y después dejó caer de nuevo la cortina y volvió a la cama.

Esa noche Betsy fue para ayudarla a desvestirse, como hacía siempre, y Jane fue su acompañante silenciosa. Lilah sospechaba que Leonard había prohibido a su madrastra que le hablase; y Jane, siempre una esposa obediente, ni soñaría con desobedecer la orden de su marido. Betsy no pronunció palabra hasta que Jane salió y cerró con llave la puerta, dejando a solas a las dos jóvenes. Entonces, se acercó deprisa a Lilah, que estaba sentada en la silla frente a la ventana y se sentía mejor que durante las horas anteriores del día. Las pequeñas dosis de compañía de Betsy que se le permitían eran los momentos más luminosos de sus días.

—Señorita Lilah, tengo que decirle algo, acerca de ese Joss —murmuró Betsy, mirando nerviosa alrededor, como si las paredes mismas tuviesen oídos. No se permitía que Betsy permaneciera mucho tiempo con Lilah, y así la joven había aprendido a trabajar mientras hablaba, y ahora estaba desabotonando el vestido de su ama.

—¿Qué?

Esa paranoia era contagiosa, y Lilah descubrió que también ella hablaba en voz baja. Lo cual, cuando pensaba en el asunto, podía ser una actitud prudente y no tonta. Ni en sus fantasías más absurdas habría imaginado jamás que su propio padre podría tratarla de manera tan inhumana, pese a la gravedad de su delito. Si era capaz de encerrarla semanas enteras en su cuarto, y permitir que el hombre a quien amaba fuese ahorcado, y quizás incluso arrebatarle a su hijo, también podía tomar terribles represalias cuando descubriera que Betsy le llevaba noticias del hombre a quien él odiaba más que a nada en el mundo.

—Ese hombre que ha venido hoy... está buscándola. O por lo menos busca al capitán Jocelyn San Pietro... es él, ¿verdad?

Lilah asintió.

Betsy continuó hablando.

—Ese hombre trabaja para Joss en Inglaterra. Dice

que recibió de él una carta donde le explica que fue vendido como esclavo y comprado por el señor Remy. Ese hombre (se llama David Scanlon) ha venido a comprar la libertad de Joss.

—¿Qué ha dicho papá?

Las palabras fueron apenas más que un suspiro, mientras la esperanza comenzaba a renacer en ella. Lilah se volvió para mirar a Betsy, con el vestido medio desabotonado, olvidados por completo los preparativos para acostarse. Aunque sabía que todo eso era absurdo, no pudo evitar el súbito sobresalto de su corazón.

—Ha dicho que nunca oyó hablar de Jocelyn San Pietro, y ha ordenado a ese hombre que saliera de Heart's Ease.

—Oh, no. ¿Y el hombre se ha ido? ¿No ha intentado... lograr que papá le dijese algo?

—Su padre no es un hombre agradable para hablarle cuando está enojado, ¡y por cierto que está irritado con todo esto! ¡Jamás lo he visto así, y digo la verdad! Pero sí, el hombre le ha dicho que si el señor Leonard sabía algo de Joss, lo encontraría a bordo del *Lady Jazmine*, en el puerto de Bridgetown. Y ha agregado que permanecería allí hasta que tuviese noticias de Joss.

Lilah frunció el entrecejo mientras Betsy terminaba de desabotonarle el vestido. Pensó deprisa. ¿Cómo informar a David Scanlon de la suerte de Joss?

Betsy pasó el vestido sobre la cabeza de Lilah, y desvió su atención hacia los nudos del corsé. De pronto, Lilah encontró la solución.

—Betsy, ¿crees que podrías sacar de aquí una carta?

Las manos de Betsy se demoraron en la cintura de Lilah.

—Podría intentarlo, señorita Lilah. Seguramente podría intentarlo.

—Esta noche no hay tiempo, pues Jane regresará de un momento a otro, pero mañana escribiré una carta a ese señor Scanlon diciéndole dónde está Joss y lo que le ha sucedido. Quizás él pueda hacer algo para salvarlo.

—Tal vez.

Betsy no parecía muy esperanzada, pero Lilah sí lo estaba. Ese amigo de Joss podía ser la salvación del hombre a quien amaba. Pero primero tenía que escribir la carta; felizmente, los elementos necesarios estaban en su escritorio, pues ella dudaba de que los trajeran si los pedía, y Betsy tendría que sacar subrepticiamente de la casa el mensaje. Eso era lo difícil del asunto.

—Betsy, ¿cómo lograrás que mi nota salga de esta casa? No quiero que te sorprendan.

—Dios mío, lamentaría que me sorprendieran. —La voz de Betsy reflejaba un deseo profundo, pues las dos jóvenes pensaban en la cólera de Leonard Remy—. Pero puedo deslizarla bajo mi pechera hasta que vea a Ben (ahora a veces viene por la tarde a la cocina) y entonces se la entrego. Está dispuesto a hacer todo lo que sea necesario por mí.

—¡Que el cielo bendiga a Ben!

—Yo siempre digo lo mismo.

Las dos jóvenes rieron quedamente, y era la primera vez que Lilah reía desde su frustrada fuga con Joss. Era agradable volver a sonreír, y ese breve momento de regocijo no desapareció del todo mientras Betsy le quitaba el corsé, después desataba los cordeles de las enaguas y ayudaba a Lilah a despojarse de las prendas. La ayudó a quitarse las medias, le pasó el camisón sobre la cabeza, y colgó la prenda de una inmaculada percha blanca.

—¿Qué haría sin ti, Betsy? Eres la única amiga que me queda.

Lilah sonrió con sincero afecto mientras Betsy le abotonaba el camisón.

—Señorita Lilah, no soy la única que sufre por usted —dijo Betsy con expresión grave, mientras se acercaba a la ancha cama de dosel y la abría para Lilah. La joven se acostó—. Mamá y Maisie creen que el modo en que la trata su padre es una verdadera vergüenza. Y la señorita Allen también está muy conmovida. ha querido venir a consolarla, pero el amo se ha opuesto. Creo que de todos modos se habría acercado, pues como usted sabe ella nunca le presta mucha atención al señor Leonard. Pero no hay nadie que se atreva a ayudarla a bajar la escalera, y sola no puede hacerlo.

—Katy es muy buena —dijo Lilah, con los ojos húmedos. Se le formó un nudo en la garganta al pensar en todos los seres a quienes ella amaba: Joss, Katy, Jane, e incluso su padre, a pesar de todo, separados de ella como si hubiese muerto. ¿En qué aprieto se había metido al amar a Joss? Y sin embargo, si hubiera podido recomenzar todo, ¿no habría hecho exactamente lo mismo?

Se oyó el ruido de llave en la cerradura, indicando el fin de la reunión de las dos jóvenes, Betsy se apartó nerviosamente de la cama. Como podía suponerse, venían para vigilar la salida de Betsy y encerrar con llave a Lilah. Por primera vez desde que Lilah había anunciado su embarazo, Jane entró en la habitación. Traía una bandeja de plata con el servicio de té.

—Betsy, sube ahora a tu cuarto, y espérame allí. En poco rato iré a cerrarte la puerta.

—Sí, señora.

Betsy hizo una breve reverencia a Jane, y con una mirada insegura a Lilah dejó solas a las dos mujeres. Jane depositó la bandeja sobre la mesa, junto a la cama, y después, como advirtió que los ojos de Lilah se desviaban con un atisbo de esperanza hacia la puerta sin llave, regresó para cerrar.

—Finalmente, he convencido a tu padre de que me permita hablar contigo —dijo Jane, mientras guardaba la llave en el bolsillo de su voluminosa falda—. ¡Oh, Lilah, esto ha sido tan difícil para todos! Cómo pudiste... en fin, no importa. No he venido para reñirte. Sólo que no puedo comprender cómo pudiste... provocar tu propia ruina con un hombre así. He dicho a tu padre que quizá perdiste la cordura en el naufragio. Es la única explicación que tiene sentido. Antes fuiste siempre una dama tan perfecta...

La vacilación con que Jane pronunció estas palabras las despojó de una parte de su filo. Cuando Jane se acercó a la cama, acompañada del roce de sus faldas, se la veía más apenada que acusadora. Lilah se sentó, después de deslizar una almohada detrás de la espalda, y se apoyó en el respaldo profusamente tallado de la cama, mientras su madrastra acercaba una silla y se sentaba.

—Jane, ¡no estoy loca! Lo amo, y ésa es la verdad pura y simple. Ojalá pudieras conocerlo en un plano de igualdad, hablar con él, aunque sea una sola vez. Y lo mismo vale para papá. Es... maravilloso. Es un hombre educado y un caballero, apuesto y encantador y...

—No hablemos de él —dijo Jane, que no consiguió

contener un estremecimiento mientras extendía la mano hacia la tetera de plata.

Mientras servía el té, la mano le tembló un poco, y Lilah advirtió con un sentimiento de compasión que Jane estaba muy conmovida por la destrucción de su familia. El amor de Lilah por Joss había tenido consecuencias que ella jamás había contemplado siquiera...

—Vamos, querida, bebe esto y conversemos —dijo Jane y ofreció la taza a Lilah.

El brebaje era fuerte, y muy amargo. Lilah esbozó una mueca al percibir el gusto. Jane debía de estar más conmovida que lo que parecía si no lograba preparar un té decente. Pero Lilah estaba tan contenta en vista de la leve mejora de sus condiciones de encierro reflejada en la visita de su madrastra que consiguió beber el líquido de gusto desagradable sin pronunciar una palabra de queja.

—Querida, debo mencionar, antes de pasar a lo que deseo decirte, que a pesar de todo todavía te considero una hija. Deseo lo que es mejor para ti, lo que es mejor para todos, y ésa es la actitud de tu padre. Está tan enojado, porque te ha amado mucho, porque estaba tan orgulloso de ti, y ahora tú... haces esto. ¡Sabes que es un hombre muy orgulloso! ¡Esto casi está matándolo!

—Lamento sinceramente haberos lastimado —dijo Lilah, y depositó la taza sobre el platillo y sintió que se le cerraba la garganta—. ¡No fue nunca mi intención! ¡No pensé que sucedería nada de todo esto, pero yo... no puedo decir sinceramente que lo lamento! Amo a Joss...

—Por favor, ¡no menciones el nombre de ese individuo! ¡Cuando lo oigo en tus labios me siento mal! —dijo Jane con un estremecimiento muy visible.

Lilah enderezó un poco el cuerpo, y alzó el mentón.

—Tú y papá tendréis que aceptarlo: llevo en mi vientre el hijo de Joss, que es un esclavo. Además, viviré con él. Nos casaríamos, si pudiéramos. ¡Por favor, Jane, si me amas, ayúdame! ¡Ayúdame a convencer a papá de que lo deje en libertad, de que permita que los dos salgamos de Barbados y vayamos a un lugar donde su sangre no tenga tanta importancia!

Jane tragó saliva, desvió la mirada y después volvió los ojos hacia Lilah.

—Sabes que tu padre jamás aceptará eso. Bebe tu té, querida, está enfriándose.

Lilah bebió distraídamente otro sorbo.

—Sé que papá se propone apoderarse de mi hijo. No lo permitiré.

Jane desvió de nuevo la mirada.

—Lilah, no has reflexionado bien en todo esto. El... el niño que estás consiguiendo será mestizo. Un proscrito. Tú también te verás desterrada de la sociedad. Un padre amante no puede desear un destino tan horrible para la hija amada.

Lilah bebió el último sorbo de té de la taza y devolvió el recipiente a Jane, que lo depositó sobre una bandeja, al lado de su propia taza, que aún permanecía intacta.

—¡Mi hijo no será un proscrito si convenzo a papá de que permita que Joss y yo nos marchemos! Podemos volver juntos a Inglaterra, casarnos...

—Lilah, eso no cambiará la sangre de ese hombre. Tienes que mirar las cosas con realismo. Aunque lo consideres muy atractivo, ese hombre no es para ti. Es mejor que abandones la idea de que podrás convivir con él.

—Pero Jane...

El argumento de Lilah se vio interrumpido por un súbito y terrible retortijón en su interior. Se interrumpió en mitad de la frase, con los ojos muy grandes, mientras las manos sostenían el vientre. El dolor agudo y lacerante... ¡terrible! Nunca había sentido nada parecido...

Su cara seguramente reflejaba el sufrimiento que sentía, porque Jane se puso de pie, muy pálida.

—¿Qué sucede, querida?

—El estómago... —Lilah no pudo decir más, porque la acometió de nuevo el dolor, y su cuerpo se retorció de sufrimiento.

—Oh, Dios mío, Dios mío, no sabía que sufrirías así —murmuró Jane con el rostro ceniciento.

Cuando el dolor se atenuó un poco y fue reemplazado por otro incluso más siniestro, esas palabras penetraron en la conciencia enturbiada por el sufrimiento de Lilah. Abrió los ojos, y miró horrorizada a su madrastra, que se inclinaba ansiosa sobre la joven, mientras ésta se retorcía en la cama.

—Jane, Jane... ¿qué has hecho? —era un grito ronco.

—Querida, hablamos... hemos pensado que era mejor... que no tuvieses este hijo. ¡Lilah, sería un bastardo... un mulato! —Otra llamarada de dolor acuchilló el vientre de Lilah. Permaneció de costado, jadeando, las rodillas recogidas, mientras miraba fijamente a su madrastra.

—¡Estaba en el té! —jadeó Lilah, que ahora de pronto comprendió.

Jane había acudido a un negro y conseguido la raíz que los nativos usaban cuando querían interrumpir un embarazo. Lo habían molido y mezclado con el té...

—Cuando esto haya concluido, cuando estés mejor, podrás casarte con Kevin y olvidaremos que jamás ocurrió este terrible episodio —decía deprisa Jane, mientras la transpiración le brotaba sobre el labio superior. Tenía los ojos grandes y sombríos, como un eco del sufrimiento de Lilah, y sus manos suaves acariciaban la frente de su hijastra.

—Sal de aquí —dijo Lilah con los dientes rechinando para contener el dolor, y rechazando por completo el contacto de Jane—. ¡Estás matando a mi hijo!

—Lo siento, querida, siento mucho que debas sufrir así, pero lo hacemos por tu bien, un día comprenderás y te sentirás agradecida...

Jane balbuceaba, la cara muy pálida mientras veía retorcerse de sufrimiento a su hijastra. Lilah cerró los ojos porque no deseaba ver la cara de su madrastra, y todo su ser se concentraba en el esfuerzo por evitar la muerte de la minúscula vida que había en ella.

Mientras se hundía en un torbellino de dolor, su mente repetía constantemente las mismas palabras: ¡Dios mío, por favor, por favor, no te lleves a mi hijo!

60

Cerca de la medianoche del día siguiente, Lilah estaba demacrada y exhausta, incapaz de dormir a pesar de que el resto de los habitantes de la casa hacía mucho que estaban acostados. A veces aún sentía calambres en las entrañas, pero nada como el sufrimiento que la había torturado la noche anterior. Lo peor había pasado, y ella no había perdido a su hijo.

No cabía duda de que Jane y Leonard estaban amargamente decepcionados. Lilah sabía que jamás les perdonaría lo que habían intentado hacer. Con ese episodio, el último lazo que unía a la joven con sus padres y su hogar estaba roto.

Ahora comprendía de qué eran capaces su padre y Jane y Kevin, y tenía miedo. Ni por un momento supuso que cesarían en sus intentos. Para ellos, ese niño era una atrocidad, un monstruo que no debía nacer. Estaban decididos a suspender el embarazo, si podían. Lilah no podía comer ni beber nada que ellos le trajesen por temor a que de nuevo trataran de matar al niño, incluso antes de que viese la luz del día.

Lo horroroso del asunto era que la tenían inmovilizada, como si hubiera sido una rata en una trampa. Además, ahora estaba debilitada, y encerrada en ese cuarto, y no tenía modo de evitar la desgracia que su familia le preparaba en nombre del amor. ¿Qué haría?

Mientras Lilah yacía acostada, tratando frenéticamente de encontrar un modo de salvar a su hijo, oyó el suave chasquido de una llave introducida en la cerradura de la puerta. Temblando en la cama, los ojos muy grandes en un intento de ver a través de la oscuridad, oyó el sonido de la llave que giraba, y el chasquido de la cerradura al abrirse.

El terror le cerró la garganta, y el corazón le latió alocadamente. ¿Era otro intento contra la vida de su hijo? ¿O como habían fracasado cuando quisieron interrumpir el embarazo, llegarían al extremo de tratar de matarla, para salvarse ellos mismos de la vergüenza?

Alguien a quien ella no podía identificar en la oscuridad entró en la habitación y volvió a cerrar la puerta. Lilah permaneció tensa e inmóvil, tratando de ver. Era como una horrible pesadilla, sólo que Lilah estaba muy segura de su propia lucidez.

—¿Quién es? —La voz de Lilah sonó quebradiza a causa del miedo. Necesitó todo su valor para formular la pregunta. Su mano se deslizó hacia el candelabro que estaba sobre la mesita de noche. Si querían agredirla, se defendería...

—¡Calle, señorita Lilah!

—¡Betsy!

—¡Calle!

Betsy se acercó a la cama, con movimientos rápidos y silenciosos, y se inclinó para abrazar a su ama. Lilah se aferró fieramente al cuerpo de Betsy.

—¿Qué haces aquí? ¿Cómo has conseguido salir de tu cuarto? ¿Jane te ha abierto la puerta?

—No. La señorita Allen me ha permitido salir. Y me ha enviado aquí para abrir la puerta de este cuarto. La oyó gritar y quejarse anoche. Y consiguió que la señorita Jane le dijese lo que habían hecho. Afirmó que lo que usted hizo estaba mal, pero lo que ellos intentaban hacer a un pobre e indefenso niño era incluso peor. De modo que esta noche se ha apoderado de las llaves de la señorita Jane, se las ha quitado del bolsillo cuando la señorita Jane ha ido a darle las buenas noches, y después de que la señorita Jane se marchara, ha caminado a tientas por el corredor hasta mi cuarto, y me ha permitido salir. Y luego me dijo que viniese aquí y abriese esta puerta.

—Pero Katy... ¡Katy apenas puede caminar! ¡Y está ciega!

—Lo sé, pero ha logrado hacerlo por usted, querida. La ama. No podría descender la escalera hasta este cuarto, y por eso me ha enviado. ¡Ahora, levántese, y yo la ayudaré a vestirse! Después de que usted salga, cerraré con llave esta puerta, y volveré a mi propio cuarto. La señorita Allen me encerrará otra vez, y dejará caer por ahí las llaves de la señorita Jane, como si se hubiesen desprendido de su bolsillo. Por la mañana, cuando vean que usted salió de una habitación cerrada con llave, no imaginarán siquiera cómo lo hizo.

—¡Oh, Betsy, gracias!

Lilah salió deprisa de la cama, y en su súbita excitación olvidó los pequeños calambres, que eran el residuo del té mezclado con la hierba. ¡Era libre! Trazó planes a toda prisa, y su mente ejecutaba verdaderas piruetas mentales. Iría a caballo a Bridgetown, buscaría a ese Scanlon que había preguntado por Joss, le explicaría la situación de Joss y la suya propia. Era su única esperanza.

—¡Ayúdame a vestir! Necesito mi traje de montar...

En pocos minutos Lilah estaba completamente vestida. Sólo le faltaba calzarse las botas.

—Señorita Lilah, ¿adónde irá?

Ahora que el momento de la separación había llegado, de pronto Betsy parecía muy temerosa.

Lilah meneó la cabeza.

—Es mejor que no lo sepas. Oh, Betsy, ¡te extrañaré!

Las dos jóvenes se abrazaron y se separaron. Lilah miró a su criada a través de la oscuridad, y su rostro trasuntaba inseguridad.

—Betsy, si quieres venir conmigo, yo... te daré la libertad...

Betsy meneó la cabeza.

—No, señorita Lilah, pero se lo agradezco. Se trata de Ben...

Lilah sonrió.

—Betsy, te deseo mucha felicidad, y para siempre.

—Y yo a usted, señorita Lilah.

Lilah sintió que los ojos se le humedecían. Pero ahora no había tiempo para eso. Si quería alcanzar éxito en su fuga, debía partir con la mayor rapidez posible.

—Dile a Katy que se lo agradezco. Dile que la amo —dijo Lilah, y salió por la puerta, caminó por el corredor, descendió la escalera y dejó atrás a Betsy.

Un cuarto de hora después, en el segundo piso de la casa, una anciana sentada junto a una ventana abierta, en la oscuridad, oyó el sonido lejano de los cascos de un caballo, y sintió que las lágrimas afluían a sus ojos.

—Dios vaya contigo, querida —murmuró a la noche.

61

Lilah cabalgó como no lo había hecho nunca en su vida. Sabía que era esencial alejarse rápidamente, porque su ausencia sería descubierta antes de que pasara mucho tiempo. Jane solía acompañar a Betsy, que traía el desayuno alrededor de las nueve. A esa hora tenía que haber hallado el barco; ¿cómo se llamaba? Lady no sé cuántos. Sí, *Lady Jazmine*... Y al hombre llamado Scanlon. Tenía que narrarle su historia, y decirle dónde estaba Joss, y confiar en que él lograría ayudarles.

Aproximadamente una hora antes del amanecer, Lilah remontó la colina donde ella y Joss habían descansado los caballos, unas dos semanas antes. Esta vez ni siquiera se detuvo, y no contempló el hermoso panorama de la ciudad dormida y las olas ondulantes del océano relucientes bajo las estrellas. Avanzó a todo galope hasta el límite mismo de la ciudad, y después aminoró la velocidad, porque temía atraer excesivamente la atención. Incluso a esa hora, los muelles estaban despiertos. Algunos pequeños pesqueros salían al mar, y se completaba la carga de los barcos que deseaban salir con la marea. Los faroles iluminaban los viejos muelles de madera, y su luz se reflejaba en la piel de los hombres que empujaban los barriles sobre las planchadas. De tanto en tanto se oían cantos de marineros, entonados mientras los hombres trabajaban; y desde el mar el frío viento salado barría toda la extensión del puerto.

Cándida trotó sobre el borde del muelle, mientras Lilah se esforzaba por leer los nombres de las altas naves que se balanceaban suavemente sujetas por el ancla. Durante la desenfrenada carrera había reaparecido el dolor del abdomen. Pero decidió que no le haría caso.

Al principio, pensó que el *Lady Jazmine* no estaba entre las naves amarradas al muelle. ¡Sí, ahí estaba! Era el penúltimo barco, anclado a pocos metros del lugar en que dos isleños discutían enérgicamente acerca del precio que debía pagarse por un barril de ron local.

Suspirando aliviada, Lilah desmontó y ató a *Cándida* a un poste, con la ferviente esperanza de que no fuera robada por ninguno de los individuos de aspecto poco tranquilizador que aprovechaban las horas de la noche para recorrer el muelle; después, caminó deprisa, evitando la disputa cada vez más agria, para acercarse a la planchada del *Lady Jazmine*. El paso estaba bloqueado por dos barriles puestos de través precisamente con ese fin. Tenía un guardia, pero el hombre estaba sentado al principio de la planchada, apoyado contra los barriles, completamente dormido. No podía servir de mucho...

Sin hacer caso de un súbito e intenso retortijón en el vientre, Lilah rodeó al guardia y los barriles, y subió deprisa por la planchada. Otro retortijón la agobió al llegar al final, y la obligó a apretar los dientes.

—¿Quién está allí?

La pregunta brusca llegó en el momento mismo en que se atenuó el dolor. El *Lady Jazmine* estaba sumido en la oscuridad, y Lilah tuvo que esforzarse para ver quién le hablaba. Lilah trató de dominar sus nervios y pasó a la cubierta.

—Yo... tengo un asunto urgente con un tal señor Scanlon. Se refiere a Joss San Pietro.

—¿Sí? —Se oyó el sonido del roce. Se encendió una luz, que tocó la mecha de una linterna, y ésta se prendió e iluminó el lugar. Alguien levantó la linterna, de modo que la luz iluminó la cara de Lilah. El hombre que sostenía el artefacto estaba en la oscuridad—. ¿Y quién es usted?

—¿Qué importa? —Lilah se sentía al mismo tiempo ansiosa y atemorizada—. Tengo que ver al señor Scanlon. Le aseguro que es muy urgente.

—Yo soy Scanlon —dijo la figura, y cuando levantó un poco más la linterna, Lilah vio el resplandor de los cabellos muy rubios—. ¿En qué puedo servirla?

—Joss... Joss está en un calabozo del fuerte Santa Ana. Mi... mi padre ordenó arrestarlo por robo de caballos. Comprende, está enamorado de mí y... ¡Ah! ¡Oh!

—¿Qué sucede? —dijo ásperamente el señor Scanlon, cuando Lilah se dobló por la cintura, aferrándose el estómago—. ¿Está enferma?

—Creo que estoy perdiendo a mi hijo —exclamó Lilah, y sintió un líquido tibio entre las piernas, en el instante de caer desmayada sobre la cubierta.

62

Joss yacía de espaldas sobre el colchón relleno de paja, que era todo lo que separaba su cuerpo del suelo de tierra. Alrededor, hombres de todos los matices y colores entre el blanco y el negro roncaban y se agitaban, aunque los ruidos que producían no era lo que impedía que Joss también se durmiese. Su mente estaba atareada buscando el modo de fugarse. Sabía que eran planes imposibles. Estaba en un calabozo de una fortaleza cuyas paredes tenían un espesor mayor de seis metros. Las muñecas y los tobillos estaban asegurados con cadenas. Carecía de armas. Los guardias jugaban a las cartas frente a la puerta cerrada del calabozo. Más lejos, por el corredor, había otros dos guardias. Carecía de dinero para pagar un soborno, y Lilah era su única amiga en esa maldita isla. Joss sintió deseos de burlarse de sí mismo: «Bien, San Pietro, encuentra el modo de salir de este agujero.»

Todos los prisioneros de sexo masculino, al margen de la raza o el delito, estaban encerrados en ese único y amplio calabozo. La razón de este hecho era sencilla. El resto de la cárcel, que al parecer se había visto dañado durante un severo huracán, unos años antes, aún no había sido reparado. Uno tenía la impresión de que la mayoría de los delitos en Barbados estaban relacionados con el consumo de alcohol; de un total de diecisiete detenidos Joss era el único que, si el asunto llegaba a juicio, podía terminar ahorcado. El resto, excepto un par de torpes ladrones que habían intentado despojar de su bolso a una dama, y casi habían sido noqueados con el mismo objeto que habían pretendido robar, formaba un grupo heterogéneo y siempre cambiante.

Debía escapar, porque de lo contrario lo colgarían. Vivía amenazado diariamente por la perspectiva de comparecer ante lo que se denominaba justicia en ese rincón del infierno; si llegaba ese momento, debería enfrentarse a Leonard Remy. Joss no dudaba de que el padre de Lilah bebería hasta la última gota de la copa de la venganza, en perjuicio del hombre que había deshonrado a su hija. Sólo le sorprendía que necesitara tanto tiempo para decidirse a actuar.

Siempre que pensaba en Leonard Remy, se inquietaba. El hombre había abofeteado a su hija, y Joss transpiraba un sudor frío cuando pensaba en lo que podía estar haciéndole en el mismo momento en que él esperaba a que lo obligasen a comparecer ante el tribunal. ¿Era capaz de herirla? ¿A su propia hija? Sólo pensarlo, inspiraba sentimientos asesinos en Joss. Pero nada podía hacer para ayudarla. A menos que hallase el modo de huir.

El ruido de pasos que se aproximaban por el corredor con su suelo de tierra apisonada arrancó a Joss de su furiosa ensoñación. Acababan de cambiar la guardia, y todavía faltaban algunas horas antes de que le trajeran el repulsivo plato de pescado crudo que generalmente servían como desayuno. ¿Quizá traían detenido a otro borracho?

Los guardias apartaron los ojos de los naipes, y trataron de ver a los que llegaban. La pared de piedra a cada lado de la puerta de rejas impedía que Joss viese a los recién llegados.

—Oh, Hindlay, eres tú —rezongó uno de ellos, y se tranquilizó—. ¿Qué demonios buscas ahora?

—Deseo que abras esa condenada celda, y deprisa —fue la respuesta dicha en un rezongo, y cuatro miembros uniformados de la milicia aparecieron repentinamente, llevados a punta de pistola por media docena de marineros.

Joss parpadeó, de pronto sonrió y se puso de pie. Otro preso despertó, vio lo que estaba sucediendo, y lanzó un grito.

—¡Es una fuga! —exclamó, y corrió hacia la puerta que el irritado guardia acababa de abrir.

Despertados por el grito, los que no estaban borrachos lo siguieron. Joss, el único cargado de cadenas a causa de la gravedad de su delito, avanzó hacia la puerta un poco más trabajosamente. Se detuvo frente al guardia encolerizado, y sin decir palabra adelantó los brazos. El guardia, apretando los dientes, abrió las esposas que lo sujetaban las muñecas y los anillos.

—Gracias, señor —dijo Joss, y sonrió mientras los marineros, sin muchas ceremonias, amordazaban, maniataban y empujaban hacia el interior de la celda a los guardias.

El salvador de Joss, un hombre de cabellos muy rubios, giró la llave en la cerradura, y después se la guardó indiferente en el bolsillo.

—Buenas noches, Jocelyn.

David Scanlon inclinó la cabeza con exquisita cortesía. Los marineros que lo acompañaban saludaron a Joss con diferentes grados de afecto.

—Qué alegría verlo, capitán.

—Hola, capitán.

—También yo me alegro de verlos, Stoddard, Hayes, Greeley, Watson, Teaff. ¿Como de costumbre, Davey está metiéndolos en problemas?

Los hombres sonrieron.

—Hablando de problemas, amigo mío... —Mientras hablaba, Davey encabezaba con movimientos rápidos y eficientes la retirada general de la cárcel, que ahora carecía de guardias—. Parece que eso es exactamente lo que ha estado haciendo desde la última vez que nos vimos.

—¿Te refieres a mi lamentable carrera de ladrón de caballos? Créeme, no es lo que dicen. —Joss palmeó en el hombro a su amigo—. Davey, gracias por venir tan rápido.

—Por supuesto, yo también me alegro de verte. —Davey miró alrededor con su acostumbrada cautela antes de dirigir un gesto a los demás. Después, acompañado por Joss y con el resto detrás, caminó tranquilamente hacia las puertas abiertas del fuerte—. En realidad, no me refería a eso. Aludía a tu inusitada actitud al deshonrar a una persona que sin duda, antes de conocerte, era una dama joven e inocente.

Joss se detuvo bruscamente, miró a su amigo y su rostro cobró una expresión dura.

—Lilah... ¿la has visto?

Davey hizo un gesto de asentimiento.

—No sólo la he visto, amigo. Ha aparecido en el *Lady Jazmine*, hace unas dos horas, y era evidente que estaba en problemas. Me ha dicho dónde podía hallarte.

Joss atendió sólo a lo que era importante en las palabras de su amigo.

—¿Por qué dices que evidentemente estaba en problemas? ¿Qué le ha sucedido? ¿Dónde está ahora?

—Todavía en el *Lady Jazmine*. Para ser exactos en la cabina del capitán. Lamento decirte que parece estar a un paso de perder a tu hijo.

63

De pie en la cubierta del *Lady Jazmine*, Joss observaba con placer un poco menor que el acostumbrado cómo se hinchaban las velas con el viento y las naves enfilaban hacia la boca del puerto de Bridgetown. Ni siquiera el arcoíris de rosados y púrpuras, que era todo lo que restaba del alba, alcanzaba a levantarle el ánimo. En lo más profundo de su ser había un vacío que, según temía, nunca podría quedar colmado.

En ese momento, Lilah estaba en la cabina de Joss. La acompañaba Macy, el médico de a bordo. En la breve ojeada que pudo dirigirle antes de que Macy lo expulsara de la habitación, la vio retorciéndose y gimiendo de dolor. También Joss estaba intensamente pálido cuando Davey lo sacó de allí.

Ahora luchaba contra el terrible miedo. ¿Quizás ella moriría? Si perdía a Lilah, también querría morir.

—Capitán, ya puede entrar.

Macy había salido al fin de la cabina. Joss miró la sangre que le manchaba las mangas de la camisa, y sintió que el estómago se le encogía al mismo tiempo que el corazón.

—Ella... ella...

Pero no esperó a escuchar la respuesta. En el momento mismo en que Macy intentó explicarle, Joss ya estaba volviéndose y caminando deprisa hacia la cabina del capitán.

Dentro, la habitación estaba en sombras. La luminosidad prometida por el alba apenas había penetrado allí.

Lilah yacía en el camastro, el cuerpo menudo bajo una pila de mantas. Joss creyó que dormía. Tenía los ojos cerrados, las oscuras pestañas descansando sobre las mejillas blancas como la muerte.

Joss sintió que se le destrozaba el corazón. Parecía tan joven y pequeña, tan indefensa. Sólo los cortos rizos dorados parecían pertenecer a la valerosa joven que él amaba.

—¿Lilah? —Fue un murmullo ronco mientras él se aproximaba al camastro.

Lilah abrió lentamente los ojos. Durante un momento pareció que no podía centrar la mirada. Después, miró a Joss.

—Joss —suspiró, y sonrió apenas. Después, le temblaron los labios y se le arrugó la cara—. Oh, Joss, ¡he perdido a nuestro hijo!

Las lágrimas brotaron de sus ojos y rodaron por las mejillas. Conmovido hasta lo más hondo, Joss se arrodilló junto al camastro y la abrazó dulcemente.

—No llores, querida —murmuró tiernamente, acariciándole los cabellos—. Cuando lloras se me desgarra el corazón. Por favor, no llores, Lilah.

—Tenía tanto miedo —murmuró ella—. Te he echado tanto de menos. Abrázame, Joss.

Joss se acostó al lado de Lilah, evitando que el cuerpo de la joven se moviese en absoluto. Ella se aferró al cuerpo de Joss, sin advertir ni por un instante que él estaba sucio y medio desnudo, y que probablemente olía mal. Hundió la cabeza en el hueco entre el hombro y el cuello de Joss, y le relató todo, y lloró hasta que ya no le quedaron lágrimas. Después, se adormeció.

Joss continuó acostado, sosteniendo el escaso peso de la joven, colmado por una fiera ternura que nunca había sentido antes.

Le acarició la mejilla y los cabellos, y besó los rizos sedosos de su cabeza.

—Estás a salvo, querida —murmuró—. Ahora estás a salvo, Lilah, amor mío.

Epílogo

Casi exactamente un año después, Katherine Alexandra San Pietro descansaba en los brazos de su madre, mamando satisfecha mientras la mecía para adormecerla. Katy, como se la llamaba, aún no tenía seis semanas, y no poseía la más mínima idea de lo que eran el día y la noche, por lo tanto, ignoraba que eran las tres de la madrugada, y que corría grave peligro de caer al suelo mientras su madre cabeceaba y estaba a un paso de dormirse en la mecedora.

—Vamos, querida, dámela. Vuelve a acostarte.

La voz de Joss despertó a Lilah e impidió que Katy recibiese un golpe. Lilah parpadeó, sonrió somnolienta a su esposo, y le entregó a la niña. Después, volvió con paso vacilante a la cama.

Era pleno día cuando Lilah despertó de nuevo. Abrió los ojos y vio el sol que entraba por la ventana del dormitorio en la casa espaciosa y cómoda de Bristol, y comprendió horrorizada que Katy no la había despertado al amanecer, como solía hacer.

¿Le había sucedido algo a la niña?

Con ese horrible pensamiento Lilah se dispuso a saltar de la cama. Entonces oyó un gorgoteo satisfecho y miró alrededor.

Joss yacía a su lado, acostado de espaldas, y eso era sorprendente.

El esposo de Lilah solía dormir boca abajo, y además ocupaba dos terceras partes de la cama.

Oyó de nuevo el gorgoteo. Podría ser el estómago de Joss, pero Lilah no lo creía.

Lilah apartó la manta y tuvo que sonreír.

Allí, acostada sobre el pecho velludo y musculoso de su padre, estaba Katy, completamente despierta y gorjeando alegremente mientras levantaba y descendía la cabeza.

—Oh, qué cosa más preciosa —sonrió Lilah, inclinándose para levantar a la niña.

—¿Quizá te refieres a mí? —Después de todo, Joss estaba despierto, como lo comprobó Lilah cuando él abrió los ojos y sonrió.

—Ciertamente —dijo Lilah con suma cortesía, dejando a Katy donde estaba un momento más para depositar un beso en los labios de Joss.

La mano de Joss se deslizó sobre la nuca de Lilah, y la obligó a inclinarse más, pues deseaba obtener de ella una caricia más entusiasta. Lilah sintió la conocida vibración de su sangre, y apoyó la mano sobre el pecho de Joss...

Y Katy se apresuró a chillar.

Joss soltó a Lilah, y ésta se sentó, y ahora consiguió apoderarse de la niña.

—Malcriada —gruñó Joss a su hija, y se acomodó mejor sobre las almohadas.

—Pero te amamos —observó Lilah, mientras sonreía a Joss.

—Y yo —dijo Joss, mirando a las dos damas de cabellos rubios y ojos azules que se acurrucaban y arrullaban en la cama— las amo a las dos.